LA BÊTE NOIRE

Collection dirigée par Glenn Tavennec

L'AUTEURE

Elizabeth Kay a commencé sa carrière comme assistante éditoriale chez Penguin Random House, à Londres. Elle est aujourd'hui éditrice et se consacre en parallèle à sa passion pour l'écriture. *Sept mensonges* est son premier thriller.

ELIZABETH KAY

SEPT MENSONGES

Traduit de l'anglais (Royaume-Uni)
par Axelle Demoulin et Nicolas Ancion

LA BÊTE NOIRE
Robert Laffont

Titre original : SEVEN LIES

ISSN 2431-6385
ISBN 978-2-221-24645-0

(éd. originale : ISBN 978-0-7515-7813-3, Sphere, an imprint of Little, Brown Book Group, Londres, 2020)

Dépôt légal : juin 2020

PREMIER MENSONGE

1

— Et voilà, c'est ainsi que j'ai gagné son cœur, a-t-il conclu en souriant.

Il s'est penché en arrière sur sa chaise et a placé ses mains derrière sa tête en bombant le torse. Il a toujours été suffisant.

Il m'a dévisagée, puis a posé les yeux sur l'imbécile assis à mes côtés, avant de revenir sur moi : il attendait notre réaction. Il voulait voir un sourire s'afficher sur nos lèvres, sentir notre admiration, notre émerveillement.

Je le détestais. Ma haine était totale, brûlante. Je n'en pouvais plus qu'il répète cette histoire chaque fois que je venais dîner, tous les vendredis soir. Peu importe qui m'accompagnait. Peu importe quel crétin je fréquentais à ce moment-là.

Il leur racontait toujours la même anecdote.

Parce que, tu comprends, c'était son plus beau trophée. Pour un homme comme Charles – qui avait réussi dans la vie, avait de l'argent et était séduisant –, une femme belle, brillante et pétillante comme Marnie était en quelque sorte la médaille qui complétait sa collection. Et comme il se nourrissait du respect et de l'admiration des autres – et peut-être parce qu'il ne recevait aucun des deux de ma part –, il les soutirait aux autres invités.

Ce que j'aurais voulu répondre, et que je n'ai jamais dit, c'est que le cœur de Marnie n'était pas un trophée qu'il pouvait remporter. Un cœur, pour être honnête – et j'ai finalement décidé de l'être –, ne peut se conquérir. On ne peut que l'offrir ou le recevoir. Impossible de persuader un cœur, de le séduire, de tenter de le changer, encore moins de le subtiliser, de l'endurcir ou de le ravir. Surtout pas question de le gagner.

— De la crème ? a proposé Marnie.

Elle se tenait debout à côté de la table, une cruche en faïence blanche entre les mains. Ses cheveux étaient soigneusement épinglés au sommet de sa nuque, des boucles lâches retombaient sur ses joues et son collier était emmêlé – le fermoir avait glissé à côté du pendentif sur sa poitrine.

J'ai secoué la tête :

— Non, merci.

— Pas toi, a-t-elle corrigé en souriant. Je sais que tu n'en prends pas.

★

Je voudrais te dire une chose avant de commencer. Marnie Gregory est la femme la plus impressionnante, la plus admirable et la plus étonnante que je connaisse. C'est ma meilleure amie depuis plus de dix-huit ans, depuis notre rencontre en sixième. Notre relation est officiellement majeure : elle a le droit de boire, de se marier et de jouer à des jeux d'argent.

C'était le premier jour d'école et on faisait la queue dans un long couloir étroit. La file d'élèves de onze ans menait jusqu'à une table tout au fond. Quelques groupes s'étaient créés par intervalles et dépassaient de l'alignement bien ordonné, comme des souris déformant l'estomac d'un serpent.

J'étais angoissée, je ne connaissais personne et je me préparais psychologiquement à passer les dix prochaines années seule et isolée. J'observais les groupes et tentais de me persuader que je n'avais de toute façon aucune envie d'en faire partie.

J'ai avancé trop vite, trop loin, et j'ai piétiné le talon de la fille devant moi. Elle s'est retournée. J'ai paniqué. J'étais certaine qu'elle allait m'humilier, me hurler dessus, me rabaisser devant tout le monde. Mais cette crainte s'est dissipée dès que j'ai aperçu son visage. Ça paraît ridicule, je sais, mais Marnie Gregory ressemble à un soleil. Je le pensais à l'époque, je le pense encore aujourd'hui. Sa peau est d'une blancheur incroyable, d'une couleur crème proche de la porcelaine, qui n'est altérée que rarement par des joues rosies – après de l'exercice physique, par exemple, ou lorsqu'elle déborde de joie. Ses cheveux sont d'un auburn profond, avec des reflets roux et dorés, et ses yeux d'un bleu pâle, presque blanc.

J'ai reculé et je me suis excusée en fixant mes chaussures toutes neuves.

— Pardon…

— Je m'appelle Marnie, et toi ?

Cette première rencontre est à l'image de toute notre relation. Marnie est une personne ouverte, chaleureuse et amicale. Son assurance est sans faille, elle n'a peur de rien et ne doute jamais de la bonne foi de son interlocuteur. Alors que je suis de nature méfiante. Je redoute une animosité potentielle, j'appréhende le pire. Je m'attends toujours à être ridiculisée. À l'époque, je craignais d'être jugée pour les boutons sur mon front, mes cheveux ternes, mon uniforme trop grand. Maintenant, c'est le timbre de ma voix, son léger tremblement, mes vêtements – confortables et rarement flatteurs –, mes baskets, mes ongles rongés.

Elle est la lumière, alors que je suis l'ombre.

Je le savais à ce moment-là. À présent, tu le sais aussi.

— Ton nom ? a aboyé la prof en blouse bleue qui se tenait derrière un bureau à l'avant de la queue.

— Marnie Gregory, a-t-elle répondu, d'une voix ferme et assurée.

— E… F… G… Gregory. Marnie. Tu es dans cette salle de classe, celle avec le C sur la porte. Et toi, qui es-tu ?

— Jane.

L'enseignante a levé les yeux de la feuille devant elle et a soupiré.

— Oh, pardon ! ai-je balbutié. C'est Baxter. Jane Baxter.

Elle a consulté sa liste.

— Avec elle. Là-bas. La porte C.

On pourrait prétendre que c'était une amitié de circonstance, que j'aurais accepté n'importe quelle offre de gentillesse, d'affection, d'amour. Et il y a peut-être un fond de vérité là-dedans. Mais je pourrais répliquer qu'on était destinées à être ensemble, que notre amitié était écrite dans les étoiles, parce que, plus tard, Marnie allait avoir besoin de moi, elle aussi.

Ça peut sembler absurde, dit comme ça, je sais. Ça l'est sans doute. Mais, par moments, je serais prête à jurer que c'est la stricte vérité.

★

— Oui, je veux bien de la crème, a répondu Stanley.

Stanley avait deux ans de moins que moi, c'était un avocat bardé de diplômes. Ses cheveux blond-blanc lui tombaient sur les yeux et il souriait tout le temps, souvent sans raison apparente. Il était capable d'entretenir une conversation avec une femme – contrairement à la plupart de ses pairs – grâce, sans doute, à une enfance entourée de sœurs. Mais il était d'un ennui abyssal.

Sans surprise, Charles semblait apprécier sa compagnie. Ce qui me rendait Stanley moins sympathique encore.

Marnie a tendu le pichet de l'autre côté de la table, pressant son chemisier contre son ventre, pour éviter que le tissu – de la soie, je crois – ne touche le rebord du plat contenant la salade de fruits.

— Autre chose ? a-t-elle demandé en regardant Stanley, puis moi, et enfin Charles.

Ce dernier portait une chemise à rayures bleues et blanches et avait défait les boutons du haut, laissant apparaître un triangle de poils foncés dans l'encolure. Les yeux de Marnie s'y sont attardés un instant. Il a secoué la tête.

— Parfait, a décrété Marnie en s'asseyant pour saisir sa cuillère à dessert.

Charles dominait la conversation, comme d'habitude. Stanley parvenait à suivre la cadence, intercalant le récit de ses propres exploits partout où c'était possible, mais je m'ennuyais et je pense que Marnie aussi. Nous étions toutes les deux appuyées contre le dossier de nos chaises et sirotions nos verres de vin, absorbées par les discussions imaginaires qui se déroulaient dans nos propres têtes.

À vingt-deux heures trente, Marnie s'est levée, comme toujours à cette heure-là, et elle a déclaré :

— Bon.

— Bon, ai-je répété en me levant à mon tour.

Elle a rassemblé les quatre bols et les a empilés dans le creux de son bras gauche. Une perle de jus rouge d'une framboise qui restait dans un des récipients s'est incrustée dans le blanc de sa blouse. J'ai empoigné le saladier vide – elle l'avait fabriqué elle-même dans un cours de poterie quelques années plus tôt – et le pot de crème, puis je l'ai suivie dans la cuisine, au fond du duplex.

Cet appartement – leur appartement – reflétait parfaitement la dynamique de leur couple. Charles s'était chargé du gros apport financier – il payait presque tout –, mais c'est Marnie qui avait insisté pour l'acheter. Elle avait tout de suite su qu'il était fait pour eux, et ça ne t'étonnera pas d'apprendre que la persuasion est une seconde nature chez Marnie.

Quand ils avaient emménagé, le lieu était presque un taudis : étriqué, triste, sale, humide, divisé en deux étages distincts et absolument pas entretenu par les anciens occupants. Mais Marnie a toujours été visionnaire. Elle est capable de faire naître l'espoir dans les recoins les plus sombres – y compris en moi, curieusement – et se fait confiance pour obtenir les meilleurs résultats, quoi qu'il arrive. J'ai toujours envié sa foi inébranlable. Elle naît de son obstination. Marnie n'a pas peur de l'échec, non pas parce qu'elle n'a jamais échoué, mais parce que, pour elle, une défaite n'est qu'un détour, une petite diversion sur le chemin qui la mène au succès.

Elle avait travaillé sans relâche – le soir, les week-ends et en prenant tous ses congés de l'année – pour leur construire un joli cocon. De ses petites mains, elle avait arraché le papier peint, poncé les portes, peint les placards, lissé les tapis, posé les parquets, cousu les stores : elle avait tout fait de A à Z. Jusqu'à ce que chaque pièce dégage la même chaleur qu'elle : une assurance tranquille, un sentiment d'appartenance reconnaissable entre tous – et pourtant indéfinissable.

Marnie a placé les bols dans le lave-vaisselle, en laissant un emplacement libre entre chacun.

— Ils se nettoient mieux comme ça, a-t-elle commenté.

— Je sais.

Elle me le répétait toutes les semaines parce que j'émettais à chaque fois un léger grognement désapprobateur. Ça me semblait un gaspillage d'eau.

— Les choses vont bien avec Charles, a-t-elle déclaré.

Un picotement a couru le long de ma colonne vertébrale et je me suis redressée en me forçant à respirer.

On n'avait discuté de leur relation qu'une seule fois auparavant et la conversation avait été tendue, chargée de la longue et tortueuse histoire d'une très vieille amitié. Depuis, on ne l'avait évoquée qu'en termes très pratiques : leurs projets pour le week-end ; la maison qu'ils achèteraient peut-être un jour à l'extérieur de Londres ; la mère de Charles atteinte d'un cancer, qui vivait en Écosse et mourait d'une mort très lente, douloureuse et solitaire.

On n'avait pas, par exemple, discuté du fait qu'ils étaient ensemble depuis trois ans et que, plusieurs mois auparavant, j'étais tombée sur une bague de fiançailles en diamants, cachée dans la table de chevet de Charles – je sais, je n'aurais pas dû fouiner. On n'avait pas non plus discuté du fait que, même sans cet anneau, ils fonçaient droit vers un engagement qui les lierait bientôt pour l'éternité, d'une manière dont Marnie et moi n'avions jamais été liées, même après bientôt vingt ans d'amitié.

On n'avait pas discuté du fait que je le détestais.

— Oui, me suis-je contentée de répondre parce que j'avais peur qu'une phrase complète, ou même un mot de deux syllabes, ne précipite notre amitié dans le chaos.

— Tu ne trouves pas ? Tu ne penses pas que ça se présente bien pour nous ?

J'ai hoché la tête et remis le reste de la crème dans le contenant en plastique du supermarché.

— Toi aussi tu trouves qu'on est faits l'un pour l'autre, hein ?

J'ai ouvert la porte du réfrigérateur et je me suis cachée derrière, en reposant la crème lentement, très lentement, sur la tablette supérieure.

— Jane ?

— Oui. Oui, tu as raison.

C'était mon premier mensonge à Marnie.

Depuis lors, une question me hante presque tous les jours : si je n'avais pas prononcé ce premier mensonge, aurais-je enchaîné avec les autres ? Je tente de me persuader que le premier était le moins important de tous. Mais c'est faux. Si j'avais été honnête ce vendredi soir-là, tout aurait pu être – tout aurait été – différent.

Je veux que tu le saches : je croyais bien faire.

Les vieilles amitiés sont comme des cordes nouées depuis longtemps, elles sont usées à certains endroits. Je redoutais que le fil de la nôtre ne soit trop mince, trop effiloché pour supporter le poids de ma vérité. Parce que la vérité – le fait que je n'avais jamais détesté personne comme Charles – serait certainement venue à bout de notre amitié.

Si j'avais été sincère – si j'avais sacrifié notre amour pour le leur –, Charles serait probablement encore en vie aujourd'hui.

DEUXIÈME MENSONGE

2

VOICI DONC MA VÉRITÉ. Je ne veux pas paraître mélodramatique, mais je trouve que tu mérites de connaître cette histoire. Je pense qu'il *faut* que tu l'entendes. Elle t'appartient autant qu'à moi.

Charles est mort, c'est vrai, mais ce n'était pas mon intention. En réalité, je n'ai jamais imaginé être un jour débarrassée de sa présence pénible. Il avait une personnalité dominante et écrasante : la voix la plus forte, les gestes les plus grandioses. Il était plus grand, plus large, plus fort et meilleur que tous les autres. On pourrait dire qu'il prenait beaucoup de place, ce qui, évidemment, paraît un peu ironique maintenant. Cela dit, sa simple existence semblait démontrer qu'il serait toujours là.

★

Pendant les premières années de ma vie, ma famille m'a servi de cadre de référence – ce qui est sans doute vrai pour presque tout le monde. Les grands choix, ceux qui définissaient mon quotidien – où je vivais, avec qui je passais du temps et même comment je m'appelais –, ne m'appartenaient pas. Mes parents étaient les marionnettistes qui décidaient de la forme que prenait ma vie.

Plus tard, c'était à moi de prendre les décisions : à quoi jouer et avec qui, où et quand. Après avoir été tout pour moi, ma famille est devenue les fondations sur lesquelles j'ai construit mon identité. C'était exaltant, voire un peu accablant, de découvrir que j'étais devenue une entité propre.

Mais j'ai eu de la chance. J'ai trouvé quelqu'un pour m'accompagner dans cette transition.

Marnie et moi sommes rapidement devenues inséparables. Nous ne nous ressemblions en rien et pourtant nos profs confondaient souvent nos prénoms, parce que nous passions tout notre temps ensemble. Nous étions assises l'une à côté de l'autre à chaque cours, nous allions d'une salle de classe à l'autre ensemble et nous prenions le même bus pour rentrer chez nous en fin de journée.

J'espère qu'un jour tu vivras une amitié comme celle-là. À l'adolescence, on peut être très liées, on se dit que cette entente durera toujours, on est soudées par les nouvelles expériences et une enivrante impression de liberté. C'est merveilleux de rencontrer sa meilleure amie à onze ans. C'est grisant d'être indispensable à quelqu'un, d'avoir tant besoin l'une de l'autre et de se sentir si intimement entremêlées. Malheureusement, ces liens ne peuvent pas durer éternellement. Un jour, tu choisiras de t'extraire de cette amitié parce que tu voudras connaître l'amour. Tu t'en détacheras, les bras d'abord, puis tout le corps, et enfin les souvenirs commenceront à s'estomper. Tu finiras par exister de façon indépendante, tu ne seras plus qu'une seule personne, là où vous étiez deux auparavant.

Nous étions encore deux, Marnie et moi, après la fac, quand nous avons emménagé dans l'appartement du quartier de Vauxhall, à Londres. Il était moderne, dans une nouvelle construction érigée moins de dix ans plus tôt, entourée d'autres bâtiments similaires abritant des appartements identiques, avec des portes en pin ouvrant sur des couloirs recouverts de moquette bleue. Notre logement avait un sol en lino effet bois, des meubles de cuisine blancs élégants et des murs d'une couleur magnolia sans âme. Il y avait des spots dans chaque pièce, y compris dans les chambres, et du carrelage couleur pêche sur le sol de la salle de bains. L'atmosphère était froide, hivernale, et pourtant il y faisait toujours trop chaud. Mais c'était notre havre de paix, à l'abri des lumières criardes et du vacarme incessant d'une ville cosmopolite dans laquelle nous ne nous sentions pas encore tout à fait à l'aise.

Les choses étaient différentes alors. Nous discutions de nos emplois du temps autour de bols de céréales et nous nous répartissions les responsabilités pour la journée : une bouteille de shampooing à acheter, des piles à remplacer dans la télécommande, le dîner à préparer. Nous marchions côte à côte jusqu'à la station de métro, et montions dans la même voiture. La logique aurait voulu que je prenne celle à l'autre bout, pour me trouver plus près de la sortie au moment de descendre, mais nos vies étaient si intimement jointes que voyager séparément nous aurait paru ridicule.

Nous nous empressions de rentrer du travail pour colmater les trous qui s'étaient formés au cours de la journée. Nous mettions la bouilloire à chauffer, nous allumions le four, nous nous moquions de collègues ridicules et nous nous plaignions de réunions pénibles. Notre façon de cohabiter nous unissait dans l'intimité : les bouteilles de lait partagées dans le frigo, les chaussures empilées derrière la porte d'entrée, les livres mélangés sur les étagères, les photos sous cadre exposées sur les rebords de fenêtre. Nous étions si profondément enracinées l'une dans l'autre qu'une lézarde, aussi fine soit-elle, semblait impossible.

Nous avions peu d'argent et peu de temps, et pourtant, toutes les deux ou trois semaines, nous nous aventurions dans un coin méconnu de ce nouveau monde, pour découvrir un restaurant ou un bar et explorer un quartier différent. Marnie était blogueuse free lance en plus de son travail et en permanence à la recherche de sujets d'articles. Elle rêvait d'être la première à avoir encensé un restaurant qui se verrait décerner une étoile au *Michelin*. Elle avait bossé dans l'équipe marketing d'une chaîne de pubs après avoir décroché son diplôme, mais quelques mois plus tard, elle avait préféré un emploi plus créatif, plus gratifiant, plus personnel aussi. Elle avait ouvert un blog consacré à la cuisine : elle rassemblait des informations et des critiques de restos, elle partageait aussi ses propres recettes.

C'était le début de l'aventure. Son public s'élargissait rapidement. Pour répondre à la demande de ses *followers*, elle s'est mise à enregistrer des vidéos de cuisine. Puis elle a accepté d'être sponsorisée par une marque d'accessoires culinaires haut de gamme. Notre appartement s'est soudain retrouvé rempli de casseroles en fonte, de ramequins pastel et de plus d'ustensiles que deux personnes ne pourraient jamais en utiliser. Par la suite, on lui a offert une chronique régulière dans un journal.

Mais, au début, il n'y avait que nous deux, qui épluchions les magazines gratuits pour dénicher de nouveaux établissements à tester.

Je pense qu'on peut comprendre beaucoup de choses sur les relations sociales rien qu'en observant les gens qui dînent ensemble au restaurant. Marnie et moi aimions regarder les couples entrer main dans la main ; les groupes d'hommes en costumes sur mesure devenir de plus en plus bruyants au fil de la soirée, finissant par accaparer toute l'attention ; les couples illégitimes ; les repas d'anniversaire ; les tout premiers rendez-vous amoureux. Nous aimions analyser la salle, deviner le passé des clients et prédire leur avenir, se raconter l'histoire de leur vie en espérant tomber juste.

Si tu avais été là, à une autre table, et que tu avais joué au même jeu que nous, nous observant de loin, tu aurais vu deux jeunes femmes, l'une grande et belle, l'autre voûtée et renfermée, parfaitement à l'aise ensemble. Je crois que tu aurais compris que notre amitié avait des branches robustes et des racines profondes. Tu aurais vu Marnie – sans réfléchir, sans demander, sans avoir besoin de le faire – tendre la main pour prendre les tomates dans mon assiette. Tu m'aurais peut-être surprise à chiper, à mon tour, les rondelles de cornichon ou les tranches de concombre dans la sienne.

Marnie et moi n'avons plus dîné en tête à tête depuis trois ans, depuis qu'elle a emménagé avec Charles. Nous ne sommes plus aussi à l'aise aujourd'hui qu'à l'époque. Nos mondes ne sont plus aussi intimement interconnectés. Je ne suis plus qu'une invitée occasionnelle dans sa vie. Notre amitié n'est plus un socle, mais une excroissance dans un autre amour qui a pris toute la place.

Je ne pensais pas alors – et je ne le pense pas maintenant non plus – que le lien entre Marnie et Charles soit plus fort que le nôtre. Je comprenais implicitement que leur amour, qui était charnel, transcendait notre amitié et que c'était normal. Pourtant, notre relation, qui s'était tissée dans les couloirs de l'école, dans les autocars lors de sorties scolaires ou au cours de soirées pyjama, méritait bien plus qu'on passe notre vie ensemble.

Tous les vendredis, vers vingt-trois heures, quand je quittais leur appartement, j'étais contrainte de dire adieu à un amour qui m'avait formée, définie, avait déterminé qui j'étais. C'était cruel d'être à la fois à l'intérieur de cet amour et de m'en sentir exclue.

Une vérité qui m'apparaissait déjà – et que je ne saisis toujours pas complètement –, c'est que c'était moi qui étais à l'origine de cette situation, ce qui la rendait plus cruelle encore. J'étais responsable de ce bras détaché, de cet éloignement, de ce premier souvenir estompé.

3

TROIS MOIS après avoir rencontré Jonathan, j'ai emménagé avec lui dans sa maisonnette à Islington, dans le Grand Londres. Nous étions jeunes, c'est vrai, mais nous étions complètement, entièrement, absolument amoureux l'un de l'autre. Tout nous semblait étonnamment facile, ce qui est rare au début d'une relation. Tout me paraissait stimulant et excitant ; la vie ne m'avait pas habituée à ça. J'avais adoré vivre avec Marnie, j'avais été heureuse, mais j'avais fini par aspirer à quelque chose de plus, par désirer autre chose.

J'avais passé la plus grande partie de mon enfance dans une maison qui semblait aimante vue de l'extérieur, mais qui ne parvenait pas toujours à tenir cette promesse. Mes parents étaient mariés depuis vingt-cinq ans quand ils ont divorcé. Ils auraient dû se séparer beaucoup plus tôt : leurs discussions tendues et leurs disputes plombaient l'ambiance familiale depuis un moment déjà.

La version courte, c'est que mon père était un coureur de jupons. Il avait eu une liaison pendant vingt ans avec sa secrétaire et de nombreuses autres femmes étaient passées dans son lit. Ma sœur avait quatre ans de moins que moi et je faisais mon possible pour la protéger des éclats de voix, des scènes de ménage et de la tension permanente entre nos parents. Je l'emmenais dehors, je montais le son de la musique ou je la distrayais en lui montrant des trucs plus intéressants. Mais c'est une autre histoire. Chaque chose en son temps. Ce que je veux dire, c'est que j'étais, peut-être plus que d'autres, sensible à la vision idéale du couple. J'adorais Marnie. Mais ce nouvel amour me consumait.

Jonathan et moi, nous nous sommes rencontrés sur Oxford Street quand nous avions vingt-deux ans. Il était dix-huit heures et nous rentrions chacun chez nous, dans des directions opposées de Londres. Les entrées des stations de métro étaient bloquées, comme cela arrive souvent quand il y a trop de monde sur les quais. Le ciel était sombre, la pluie menaçait de tomber et d'épais nuages gris dérivaient rapidement au-dessus de nos têtes.

Nous étions, sans le savoir, coincés dans la même marée humaine attendant d'entrer dans le métro. On aurait dit que la foule était vivante, dotée d'une volonté propre, impatiente d'être ailleurs. Des corps envahissaient mon espace personnel, des bras frôlaient les miens, mes cuisses entraient en contact avec d'autres d'une façon beaucoup trop intime à mon goût, le torse d'un inconnu s'enfonçait contre l'arrière de ma tête. Nous étions tellement serrés que je ne voyais pas plus loin que l'homme devant moi.

Finalement, un cliquetis de métal a retenti au moment où les portes se sont ouvertes de l'intérieur. La foule s'est mise à vibrer, se préparant à foncer. L'homme devant moi – celui qui me bloquait la vue – a avancé, mais au moment où j'avançais à mon tour, il a titubé en arrière. Il m'a percutée et je suis tombée sur la personne qui me suivait. Autour de nous, la foule imperturbable continuait sa progression tandis que tous les deux, au centre, donnions naissance à une vague ondulant dans la mauvaise direction.

— Qu'est-ce que... ? ai-je balbutié en reprenant mon équilibre.

— Vous..., a-t-il commencé en se tournant vers moi.

À cet instant, j'ai su. Comme avec Marnie. J'ai compris tout de suite. Ça a l'air complètement idiot et naïf, je sais. C'est une critique que j'ai entendue des centaines de fois : quand j'ai emménagé avec lui, quand j'ai accepté de l'épouser – même la veille de notre mariage. Tout ce que je pouvais répondre à l'époque et tout ce que je peux te dire maintenant, c'est que j'espère que toi aussi tu comprendras un jour que c'est possible.

Avec Marnie, c'était différent. Nous cherchions toutes les deux quelqu'un. On s'apprêtait à passer sept longues années dans cette école et aucune de nous n'avait envie de les affronter seule. La joie que nous avons éprouvée en devenant amies s'accompagnait d'un énorme soulagement.

Alors qu'avec Jonathan... Je ne sais pas. Je n'avais jamais eu l'impression d'être le genre de femme qui pouvait tomber amoureuse comme ça. Je n'avais besoin de rien, je n'avais pas de vide à combler. Mais dès que je l'ai vu, j'ai su instinctivement qu'il fallait absolument que je fasse sa connaissance. Je pourrais utiliser tous les clichés romantiques pour te raconter ce que j'ai ressenti, mais ces stéréotypes n'ont jamais été vrais dans mon cas. Le monde ne s'est pas effondré sous mes pieds. Au contraire, je me suis sentie plus solide et vivante que jamais. Je n'ai pas eu les mains tremblantes, le cœur battant à tout rompre, les joues rouges. Aucun papillon n'a battu des ailes dans ma cage thoracique. J'ai simplement eu la soudaine impression que cet homme représentait le foyer dont j'avais toujours eu besoin, mais que je n'avais jamais vraiment connu.

— Vous..., ai-je dit à mon tour en ajustant les revers de mon manteau.

Ses yeux étaient vert olive et, tandis qu'il me dévisageait, déconcerté, j'ai eu envie de poser la paume de ma main sur sa joue, ce qui aurait été complètement déplacé.

— Vous avez...

— Mon écharpe, a-t-il clarifié en indiquant le sol d'un geste. Vous marchez dessus.

— Pas du tout !

J'ai baissé les yeux. J'écrasais les pompons de son écharpe bleu marine.

— Oh ! me suis-je exclamée en m'écartant rapidement. Désolée.

— Avancez, putain ! a ordonné la foule, d'une voix bourrue, derrière nous.

— Ah oui, c'est vrai, a-t-il répondu en se retournant. Pardon.

Il s'est remis en marche et je l'ai suivi en souriant bêtement, mon visage toujours collé contre ses omoplates. Nous sommes restés ainsi, pressés par le flot humain, dans le hall des guichets, puis en descendant l'escalator et en nous dirigeant vers les quais. À un moment donné, nous nous sommes mis à discuter. Je serais incapable de dire de quoi, mais quand le moment est venu de nous séparer, lui d'aller au nord et moi au sud, nous parlions à la fois de son écharpe et d'un pub qui, d'après lui, n'existait pas.

— Tu racontes n'importe quoi, ai-je insisté. J'y suis allée des dizaines de fois. Je pourrais t'y emmener tout de suite, d'ailleurs.

— D'accord.

Les gens avançaient au pas de charge autour de nous, formant deux courants de chaque côté en se répartissant sur les quais.

— Quoi ?

— Allons-y.

Le café existait bel et bien, comme je l'avais dit. C'était un pub traditionnel aux murs lambrissés, d'aspect presque médiéval, bas de plafond et doté d'un feu de cheminée. Il s'appelait – et s'appelle toujours, bien que je n'y aie plus mis les pieds depuis des années – le Windsor Castle. Il est à dix minutes d'Oxford Circus, caché dans une étroite rue pavée, vestige d'une version antérieure de la ville qui se dressait bien avant les grandes enseignes et les chaînes de café qui se répètent tous les cent mètres.

Nous y sommes restés pendant des heures, jusqu'à ce que la propriétaire sonne la cloche annonçant les dernières commandes, et lorsque nous sommes retournés dans le hall du métro, alors presque désert, nous nous sommes quittés en échangeant des baisers – ce qui n'était pas du tout mon genre – et la promesse de nous revoir. J'ai senti quelque chose changer en moi quand il a retiré ses mains de mes hanches. En le voyant s'éloigner, son manteau vert foncé battant sur ses cuisses, j'ai senti que je l'aimais déjà.

Cet amour est le fondement sur lequel j'ai construit – ou j'aurais pu construire plutôt – une nouvelle vie. Il existe une version de ce monde dans laquelle Jonathan et moi sommes toujours ensemble, toujours amoureux. Nous nous sommes promis un amour éternel, une vie de joie partagée et un soutien sans faille. Parfois, ça me paraît impossible que nous n'ayons pas réussi à tenir cette promesse qui semblait alors si solide.

Il m'a demandé de l'épouser un an plus tard, jour pour jour, dans ce même pub. Il a posé maladroitement un genou au sol et m'a annoncé qu'il avait préparé un discours, qu'il l'avait appris par cœur, mais qu'il ne se souvenait plus d'un seul mot. Et puis il a aussitôt ajouté qu'il m'aimerait aussi longtemps qu'il vivrait, si ça me suffisait.

C'était plus que je n'en demandais.

Nous nous sommes mariés civilement cet automne-là. Il n'y avait aucun invité et nous avons célébré notre union avec le champagne le plus cher du caviste du coin. Nous nous sommes rendus à notre pub habituel pour notre déjeuner de mariage. Cela nous paraissait naturel que le Windsor Castle soit le décor de toutes les étapes importantes de notre relation. J'ai passé notre commande au bar, en soulignant que « *mon mari* aimerait un hamburger ». La barmaid a levé les yeux au ciel, mais a souri, vaguement amusée par cette jeune mariée en robe bleu pâle et son jeune époux en cravate verte. Les assiettes sur lesquelles nos desserts ont été servis – des brownies accompagnés de glace vanille – étaient décorées du mot « Félicitations » en glaçage au chocolat.

Nous avons tiré nos valises jusqu'à la gare de Waterloo et avons pris le train en direction de la côte sud pour loger dans un *bed & breakfast* d'une ville balnéaire appelée Beer. Nous sommes arrivés tard dans la soirée et nous nous sommes présentés à la réception en annonçant, d'une façon que seuls des jeunes mariés emploient, que la chambre était réservée au nom de M. et Mme Black.

— Pour Jane ? a demandé la vieille dame préposée à l'accueil.

Il était presque vingt-deux heures et elle aurait sûrement souhaité que nous nous excusions pour la gêne occasionnée.

— Oui, ai-je répondu. Pour Jane Black.

Elle pouvait dire ce qu'elle voulait, faire ce qu'elle voulait, rien ne pouvait égratigner mon bonheur.

— À l'étage, au bout du couloir, à droite.

Elle m'a tendu une petite clé dorée attachée par une fine chaîne à une grosse plaque de bois sur laquelle était gravé le chiffre 4.

— Autre chose ?

Nous avons secoué la tête.

Jonathan a porté nos bagages jusqu'à la chambre. Le parquet était foncé et le dessus-de-lit brodé de petites fleurs pastel. Les tentures, couleur rouille, avaient été tirées et un petit abat-jour rose brillait doucement dans un coin. Une bouteille de champagne miniature était fichée dans un seau à glace sur un vieux bureau en acajou. Jonathan a fait sauter le bouchon et rempli deux verres, et nous avons porté un deuxième toast à notre mariage.

★

Nous nous sommes réveillés le lendemain matin alors que le soleil se levait et tachetait notre couvre-lit de jaune et d'orange. Je me souviens de la chaleur du torse de Jonathan contre mon dos quand il m'a serrée contre lui, de la peau douce de sa paume qui caressait mon ventre et de ses lèvres contre mon omoplate. Je me souviens de la sensation d'être enveloppée dans ses bras, de me sentir en sécurité dans son étreinte, de ses mains qui me tournaient vers lui, de ses baisers qui devenaient plus pressants quand il désirait plus.

Ce n'est que plus tard, lorsqu'on a frappé à la porte et qu'une femme nous a remis les serviettes qui auraient dû être laissées dans la salle de bains, que nous nous sommes précipités hors du lit et que nous avons commencé à planifier la journée. J'ai ouvert les rideaux et admiré la mer. Elle était plate à l'horizon et bordée de chaque côté par des falaises blanches surmontées d'épaisses herbes vertes. Nous étions en octobre et pourtant le ciel était lumineux, sans nuages, accueillant.

Nous avons enfilé nos chaussures de marche et nos gros pull-overs en laine.

C'était une plage en galets. J'ai emprunté le sentier qui menait vers la mer, en direction des vagues qui déferlaient sur le rivage.

— Par là, m'a crié Jonathan en pointant les falaises. Je crois qu'on devrait aller par là.

Nous avons grimpé en suivant la route, marchant le long de l'asphalte, passant devant des voitures garées et des fenêtres aux rideaux fermés, jusqu'à atteindre un rebord couvert de gazon avec un panneau indiquant les horaires, les jours fériés et une machine pour acheter les billets.

— Continuons à avancer, a suggéré Jonathan en se faufilant à travers les véhicules garés, coupant à travers l'herbe.

À partir de là, nous avons marché en silence, tantôt main dans la main, tantôt lui devant et moi derrière, quand nous nous laissions distraire, avant de courir pour nous rattraper.

En plein air, il était concentré, son appareil photo en main, voulant deviner ce qui se passait plus loin, ce qui nous attendait au détour du chemin. Pour moi, c'était simplement merveilleux d'être si isolée, de n'entendre que le bruit de la mer s'écrasant contre les rochers et le cri des mouettes.

Au bout d'une heure environ, nous avons approché d'un autre village balnéaire, plus petit que Beer, mais avec un parking, un bâtiment abritant des toilettes publiques et un café au toit de chaume.

— Peut-être que c'est ouvert ? a suggéré Jonathan.

Et comme il était avec moi, c'était ouvert.

Il a commandé un café pour lui et pour moi un jus d'orange. Nous nous sommes assis à l'extérieur sur les bancs de pique-nique et nous avons observé la mer en attendant l'arrivée de nos sandwiches au bacon. Les pêcheurs étaient blottis les uns contre les autres pour se protéger mutuellement du vent. Je les imaginais en train de discuter de leurs prises, du prix du cabillaud, de leurs projets pour le reste de la journée.

Après le petit déjeuner, nous nous sommes promenés sur la plage, les vagues allaient et venaient, léchant les crevasses des rochers et la semelle de nos chaussures. Jonathan a repéré un petit passage entre les buissons au pied de la falaise et a insisté pour que nous nous y aventurions. Nous nous sommes frayé un chemin parmi la végétation dense, et éloignés de la côte pour nous enfoncer dans les massifs en zigzaguant sur un étroit sentier boueux entre des fourrés épineux et des orties. Nous grimpions de plus en plus haut, mais les falaises nous surplombaient encore.

Après dix minutes, un quart d'heure peut-être, nous sommes arrivés à une bifurcation : sur la gauche, quelques marches étaient creusées dans la pente ; à droite, un chemin étroit longeait le rebord en surplomb.

— Essayons celui-là, a proposé Jonathan, en pointant vers la droite.

— Non, je préfère pas, ai-je répondu.

Il avait passé son enfance à la campagne, il avait grandi dans la boue, le foin et l'herbe jusqu'aux genoux. Moi, je n'étais pas à l'aise dans cet univers. J'étais fascinée par la vue, les sons et l'espace infini, mais j'avais l'impression d'être une intruse. Je ne me sentais pas à ma place.

— Ça a l'air plus sûr de ce côté, ai-je insisté en indiquant d'un geste les marches.

— Allez, viens, m'a-t-il souri. Il ne t'arrivera rien.

J'ai hésité. Mais j'étais tentée, encouragée par sa confiance, son assurance. J'avais du mal à lui refuser quoi que ce soit.

Honnêtement ? J'aurais fait pratiquement tout ce qu'il me demandait.

J'ai desserré les poings, étendu mes doigts et posé un pied vers lui, sur le petit rebord qui saillait des rochers. Il marchait à reculons, avec une telle aisance qu'on aurait dit un funambule en équilibre sur une corde raide.

— Voilà. Tu t'en sors très bien.

Le passage était étroit, moins de trente centimètres de large. Impossible de se tenir debout avec les deux pieds côte à côte.

— Encore un pas.

J'ai eu une vision de notre avenir à ce moment-là : Jonathan s'adressant à un enfant, l'encourageant de la même façon. Le souvenir soudain d'une chose qui ne s'était pas encore produite s'est ancré en moi et je me suis sentie plus audacieuse.

— Qu'est-ce que tu attends ? Continue. Je te tiens.

J'ai levé ma jambe de derrière et je l'ai fait lentement basculer vers l'avant, au-dessus de la mer. Finalement, mon pied a trouvé prise sur le rebord et j'ai relâché ma respiration.

— Et maintenant ? Comment on fait ? ai-je demandé.

Je me suis tournée, je me tenais face à la falaise, ma poitrine collée contre elle, l'arrière de mes talons ne reposant sur rien.

— Tu peux marcher normalement. Ou simplement traîner les pieds. Essaie de ne pas trop y penser.

J'ai tourné la tête vers lui, qui n'était qu'à un mètre de moi. Il m'a souri, de premières rides sont apparues autour de ses yeux et des fossettes ont creusé ses joues. Sa main était tendue vers moi de façon rassurante, l'alliance à son doigt scintillait au soleil. Son autre main était accrochée à une aspérité au-dessus de nous et j'apercevais un bout de sa hanche là où son T-shirt était sorti de son pantalon.

Je me suis penchée vers lui, mais mon pied a glissé. Je me souviens de la sensation de chute, de mon poids basculant instinctivement de l'autre côté. Je me souviens de l'air aspiré dans mes poumons, de mes doigts frôlant la paroi rocheuse, de la panique qui s'est emparée de moi. Puis j'ai senti sa main s'abattre dans mon dos pour me plaquer fermement contre les rochers. La surface de la falaise m'a griffé le menton.

— Tout va bien, a-t-il dit.

— Non, ai-je protesté. Ce n'est pas sûr. On ne devrait pas être ici.

Mon visage me piquait et mes genoux étaient douloureux à cause de l'impact.

— Tout va bien, je te le promets.

J'ai secoué vigoureusement la tête.

— D'accord. Ne t'énerve pas. Glisse-toi par là.

Je me suis faufilée quelques centimètres sur ma gauche et j'ai rejoint le sentier herbeux.

— Et voilà. Ça va ?

J'ai fait oui de la tête. J'ai porté la main à mon menton, j'étais persuadée qu'il saignait mais mes doigts étaient propres.

— Bon, je te retrouve en haut.

J'ai acquiescé et il s'est élancé vers le sommet.

J'ai dit que j'aurais suivi Jonathan n'importe où et c'était la vérité. Mais son intrépidité était tellement en décalage avec mon caractère craintif… Quels que soient mes efforts – et j'en faisais, je t'assure –, la peur l'emportait parfois. J'ai opté pour la route la plus sûre et nos chemins se sont croisés à nouveau quelques minutes plus tard, au sommet des falaises.

Si j'avais su alors que nous n'avions que quelques mois devant nous, j'aurais trouvé le courage de passer ces quelques minutes de plus avec lui.

Il y a une ironie tragique qui, avec le recul, s'est imprégnée dans chaque fibre de ma relation avec Jonathan. Nous nous sommes rencontrés dans un petit pub de Londres et cet endroit est devenu un élément fondamental de notre façon de vivre, d'aimer et d'exister ensemble. Jusqu'à ce que ce lieu devienne aussi l'endroit où notre relation a pris fin. Jonathan et moi sommes tombés amoureux à un coin d'Oxford Street et c'est là qu'il est mort.

Je peux t'en dire davantage sur ce jour-là que sur le jour de notre rencontre. Je me suis repassé en boucle pendant des semaines ce sombre diaporama, la séquence qui a mené à sa mort. Je le fais encore parfois.

Jonathan participait, pour la première fois, au Marathon de Londres. On attendait de la pluie et du verglas, des vents forts. Mais il était tout excité. Il s'entraînait depuis l'automne. Il n'était pas inquiet : il avait l'habitude de courir dans de mauvaises conditions météo.

Il débordait d'énergie ce matin-là, il était remonté et papotait à propos de tout et de rien. Son impatience était contagieuse. Nous étions un couple tellement ordinaire. Notre matinée a enchaîné le réveil, le café, le petit déjeuner et la douche. Nous avons failli arriver en retard car nous ne trouvions plus les clés. Bref, le rythme régulier et rassurant de la vie quotidienne.

Comme je voulais partager sa victoire, je suis allée directement à l'avenue où se courait le dernier kilomètre. Je suis restée derrière la barrière de métal, à l'attendre pendant des heures. Pourtant, j'ai à peine vu le temps passer. L'atmosphère était électrique. L'excitation, la nervosité et les encouragements de la foule autour de moi étaient communicatifs.

Les coureurs professionnels sont arrivés les premiers – en les regardant, on pouvait avoir l'impression que l'épreuve était facile –, suivis peu de temps après par quelques hommes, puis quelques femmes, enfin par un couple le visage dégoulinant de sueur et le corps engoncé dans un déguisement de dinosaure.

Jonathan était déterminé à terminer la course en moins de trois heures et je ne doutais pas qu'il y arriverait. Je l'ai vu passer en courant au bout de deux heures cinquante et une minutes et il a franchi la ligne d'arrivée à peine trois minutes plus tard.

Je n'ai jamais été destinée à connaître le succès. J'ai toujours travaillé dur, mais je n'ai jamais été la meilleure. J'ai toujours participé sans gagner. Mais Jonathan excellait, Jonathan gagnait. Il dépassait même les objectifs ambitieux qu'il se fixait.

Je n'ai pas été surprise le moins du monde quand on a annoncé qu'il était le millionième coureur depuis le premier Marathon de Londres en 1981 et qu'il s'est retrouvé interviewé pour BBC News. Il avait souvent tenu la caméra lors d'événements sportifs, filmant pour des chaînes d'information ou sportives. Ce jour-là, il était adorable en répondant modestement aux questions du journaliste. Je me souviens de m'être demandé s'il ne devrait pas envisager une carrière devant la caméra plutôt que derrière.

Après son interview, nous nous sommes rendus au Windsor Castle pour prendre un verre rapide, un seul, pour célébrer sa victoire.

Nous ne sommes jamais arrivés au pub.

Alors que nous sortions de la station de métro d'Oxford Circus pour rejoindre l'étroite rue pavée, un chauffeur de taxi en état d'ébriété a foncé sans s'arrêter sur le passage pour piétons et a fauché mon mari.

Je me souviens de lui allongé sur le dos sur le trottoir. Son genou était retourné presque à angle droit. Ses yeux étaient fermés, presque paisibles, son menton reposait contre sa poitrine. Il portait toujours son short noir et son T-shirt jaune moulant. Son sac à dos se trouvait un mètre ou deux plus loin et, dans l'ouverture entre les deux parties de la fermeture Éclair, on devinait la fine couverture d'aluminium qu'on lui avait tendue à l'arrivée. Sa bouteille d'eau a roulé vers le bord du trottoir – elle semblait se déplacer au ralenti, comme du goudron encore brûlant.

Une foule s'est rassemblée, composée de cyclistes et de piétons, mais le chauffeur du taxi, lui, est resté tétanisé sur son siège.

Jonathan était figé lui aussi, étrangement immobile, à la fois trop rigide et trop serein pour être endormi. Une flaque de sang a commencé à se former sous sa joue, à sourdre sous son corps.

Je me souviens de l'arrivée de l'ambulance. Elle s'est garée à côté de nous, sirène hurlante. Je me souviens de l'absence soudaine des bruits qui jusque-là me paraissaient assourdissants. Le clignotement a continué, rouge et bleu, rouge et bleu, rouge et bleu. Les ambulanciers ont sauté du véhicule. Ils étaient deux, en tenue verte, ils ont marché vers nous en criant par-dessus le capot de l'ambulance. La femme a enfilé des gants en latex blanc, en tirant pour qu'ils adhèrent au bout de ses doigts. Son collègue a balancé un sac par-dessus son épaule. Une policière portait un chapeau, je la vois encore faire signe à la foule de reculer :

— S'il vous plaît, circulez maintenant, il n'y a rien à voir.

Les ambulanciers se sont affairés autour de nous. Ils ont pris le pouls de Jonathan, palpé son corps, découpé son T-shirt et braqué une lumière blanche vers sa pupille.

— Si vous pouviez juste…, a dit la femme et je me suis accroupie plus loin, hors de leurs pattes.

Leurs bras s'étendaient autour de moi, les bandes réfléchissantes de leurs uniformes redirigeaient les phares éblouissants de l'ambulance dans mes yeux. J'ai abaissé les paupières et je me suis rendu compte qu'elles étaient trempées de larmes.

Ils ont glissé Jonathan sur une civière, une sorte de brancard en plastique, et l'ont hissé pour le poser à l'arrière de l'ambulance. Nous avons traversé les rues de Londres et pris la direction sud jusqu'à l'hôpital St George. La voiture de police nous a suivis et la policière, qui portait toujours son chapeau, a attrapé mon coude tandis que je descendais de l'arrière de l'ambulance. Elle s'est assise avec moi dans la salle d'attente. Elle m'a dit de continuer à respirer : inspirer par la bouche pendant six secondes, retenir mon souffle six secondes, puis expirer pendant six secondes. Après ça, elle est partie et je me suis retrouvée seule à attendre. Il faisait noir dehors quand un médecin m'a fait venir dans une pièce à l'écart pour me confirmer ce que je savais déjà : que Jonathan était mort.

Il a proposé d'appeler quelqu'un pour moi et je ne me souviens même pas de lui avoir répondu. Je suis partie, j'ai hélé un taxi et j'ai récité machinalement l'adresse de l'appartement à Vauxhall. Quand je suis arrivée, il y avait trois jeunes hommes en short et en T-shirt assis autour de la table de pique-nique d'un pub au bord de la rivière, la médaille dorée du marathon autour du cou. J'ai senti une bulle éclater dans ma poitrine et j'ai imaginé Jonathan assis avec eux, en short et T-shirt lui aussi, avec sa médaille, célébrant sa victoire. J'ai senti de la bile remonter dans ma gorge et je l'ai ravalée parce que ce n'était pas le moment. Je n'arrivais plus à me rappeler ce que je devais faire ou comment être moi-même.

Je me suis assise à l'entrée de l'immeuble et je l'ai imaginé se relever du trottoir, se frotter le coude, épousseter ses mains sur son torse. Je l'ai imaginé sous le choc, furieux, avec une simple entaille sous l'œil droit, à l'impact de la chute, mais indemne pour le reste : en train de marcher, de parler, de bouger, de vivre. J'ai fermé les paupières et j'ai vu ses cheveux trop longs, ses bras croisés, son menton légèrement pointu, les taches de rousseur parsemées sur l'arête de son nez à force de passer des après-midi entiers à courir sous le soleil.

J'ai été prise d'un haut-le-cœur parce que la scène n'existait pas : il n'y avait pas d'entaille sous l'œil, pas de cheveux trop longs, pas de taches de rousseur, plus de courses en plein soleil. Je ne le reverrais jamais. Plus personne ne le reverrait et c'était simplement trop énorme, trop impossible pour être vrai.

4

JUSQUE-LÀ, JE GAGNAIS. Je dis cela dans le sens le plus élémentaire du terme. Si la vie est une compétition, une lutte que l'on peut perdre – et je suis convaincue que c'est le cas –, alors on doit aussi pouvoir la gagner.

Marnie enchaînait les rencards avec des hommes qui ne lui convenaient pas. Des types qui buvaient trop et se défonçaient dans les aires de jeux pour enfants le week-end, des gars qui sniffaient de la coke sur les réservoirs des toilettes. Pendant ce temps, je tombais amoureuse d'un homme merveilleux. Alors que les copines de fac de Marnie passaient leurs vendredis soir dans des clubs horribles avec de la musique trop bruyante, des stroboscopes et un sol collant, je planifiais ma lune de miel. Alors qu'elles déploraient l'échec de leurs relations sans lendemain, noyant leurs chagrins d'amour dans le gin et les plats à emporter, j'étais mariée, j'avais un époux que j'aimais vraiment. Elles vivaient dans des chambres trop petites, se disputaient pour des factures à diviser, pour des poils pubiens laissés dans la baignoire, pour une douche qui débordait, de la vaisselle sale entassée au-dessus du lave-vaisselle, tandis que je vivais en couple dans une charmante maisonnette avec de hauts plafonds et de grandes fenêtres. J'avais des échantillons de peinture sur les murs et des reproductions encadrées posées sur la cheminée, attendant d'être accrochées.

Marnie avait donné sa démission. D'autres étaient licenciées pour raisons économiques ou parfois pour des fautes qu'elles avaient commises. Elles se plaignaient de leurs patrons et des tâches ingrates qui constituaient leur quotidien : aller chercher des cafés, réserver des taxis et commander des rames de papier pour l'imprimante. J'avais été promue. J'avais commencé comme employée administrative pour un détaillant en ligne (on vendait de tout : des livres, des jouets, de l'électronique) et on m'avait proposé de rejoindre la nouvelle équipe chargée de sélectionner les meubles. J'occupais un poste qui me plaisait, un emploi qui me semblait avoir de l'avenir, dans une entreprise en pleine croissance.

J'étais meilleure qu'elles toutes. J'étais plus heureuse. Ça me plaisait d'être la première à avoir trouvé l'amour. Je suis gênée de le dire maintenant, parce que ça semble stupide, tellement enfantin, mais c'est la stricte vérité et j'ai promis de ne pas te la cacher.

Quand nous étions adolescentes, Marnie a été la première de nous deux à trouver un petit ami. Nous avions treize ans et Richard en avait un de plus. Ses parents étaient divorcés et il vivait avec sa mère. Il avait les cheveux d'un roux flamboyant et les joues couvertes de taches de rousseur. Marnie et lui sont allés au cinéma et leurs doigts sont entrés en contact dans le paquet de pop-corn, puis ils se sont tenu la main pendant le reste du film. Elle est allée chez lui lors de leur deuxième rendez-vous et sa mère leur a préparé des nuggets de poulet. Mais Richard a rompu avec Marnie le lendemain. Il avait décidé qu'il préférait une autre fille de notre année – je crois qu'elle s'appelait Jessica –, dont les cheveux étaient roux comme les siens et qui était par conséquent beaucoup plus compatible avec lui.

J'étais convaincue que je devais moi aussi avoir un petit ami et, alors que Marnie endurait son premier chagrin d'amour, j'ai négocié un rendez-vous avec un garçon appelé Tim. Nous ne sommes pas allés au cinéma. On s'est promenés et il m'a offert une glace. J'étais sûre d'avoir trouvé l'âme sœur. Il faut dire qu'il était, de loin, plus attirant que n'importe quel garçon avec qui mes copines de classe étaient sorties. Il a augmenté ma popularité de façon spectaculaire et, d'un coup, je suis devenue celle vers qui tout le monde se tournait pour résoudre les problèmes amoureux. Malheureusement, comme je n'avais pas la même influence positive sur sa réputation, il a rompu avec moi après une semaine et demie.

Marnie et moi avons pleuré ensemble, bien décidées à ne plus jamais tomber amoureuses et à devenir lesbiennes. Ce qui en soi est étonnant, tu ne trouves pas ? Nous avions déjà conscience qu'une simple amitié ne suffirait pas à l'âge adulte. Dès l'adolescence, nous avions compris que l'amour charnel finirait par prendre la première place.

Je ne pourrais pas te dire avec précision quand tout a basculé. Pendant des années – plus de dix ans –, nous avons été à l'épicentre de la vie de l'une et l'autre. Nous nous racontions tout, y compris ce qui concernait les garçons puis les hommes, les premiers baisers puis les relations sexuelles, les relations amoureuses puis le grand amour. Pourtant, à un moment donné, un gouffre s'est ouvert entre nous et notre vie amoureuse a soudain existé en dehors de notre amitié. Le sujet est alors devenu anecdotique et nous n'évoquions plus que les faits importants ou les nouvelles. Nous ne les vivions plus ensemble.

Je suppose que je suis encore une fois à l'origine de la situation. Lui ai-je expliqué ce que ça m'avait fait de tomber amoureuse de Jonathan ? Lui ai-je raconté ce que j'avais ressenti la première nuit qu'on avait passée ensemble ? Je ne crois pas.

Au lieu de ça, je l'ai abandonnée. J'étais allée retrouver Jonathan après le travail, il m'avait préparé à manger et il m'avait montré tous les rangements disponibles dans son appartement, les étagères vides, les tiroirs à moitié remplis, en me proposant d'y installer mes affaires. La promesse d'habiter dans une maison pareille avec lui était trop alléchante pour résister.

— Je déménage, ai-je annoncé à Marnie en rentrant ce soir-là.

— Ah bon ? a-t-elle répondu distraitement.

Elle était assise sur notre canapé bleu et blanc, les pieds posés sur la table basse, ses doigts pianotaient sur les touches de son nouvel ordinateur portable. Elle avait enregistré sa première vidéo la veille au soir : sa recette de carbonara, ma préférée.

— C'est impossible, a-t-elle ajouté. Comment je peux… ?

Elle a pris son téléphone et s'est mise à enfoncer furieusement ses pouces dans l'écran.

— Avec Jonathan, ai-je précisé.

— Quand ça ?

— Demain.

Elle a enfin levé les yeux.

— Quoi ?! s'est-elle exclamée, le front plissé d'incompréhension. Demain ? Mais tu viens à peine de le rencontrer !

— Ça fait trois mois.

— C'est rien du tout !

J'ai haussé les épaules.

— C'est bien assez, pour moi.

— Oh, a-t-elle repris plus calmement. Tu es sûre de toi ?

Elle a posé son téléphone et refermé son ordinateur portable.

— Faut absolument que ce soit demain ?

J'ai hoché la tête.

Ce serait facile de regarder en arrière à présent et de juger que j'allais trop vite, que j'étais trop enthousiaste. En réalité, si c'était à refaire, je ne changerais rien.

Elle m'a aidée à boucler mes valises et m'a offert un ensemble de couteaux aiguisés, un plat à gratin de la taille d'un chaudron et un service de table rouge.

— Parce qu'il va falloir que tu apprennes à cuisiner, a-t-elle précisé. On ne peut pas se nourrir exclusivement de haricots blancs à la tomate et de pain grillé.

— Je reviendrai à l'heure des repas, ai-je plaisanté.

— J'espère bien. Je n'aurai personne à qui préparer à manger après ton départ.

Je me suis demandé à ce moment-là si elle faisait semblant d'y croire pour me faire plaisir, si elle imaginait que j'allais revenir au bout de quelques semaines. Avec le recul, il me semble que non. Je pense qu'elle avait compris que c'était une nouvelle étape dans ma vie, le début d'un chapitre qui ne faisait que commencer.

Je l'ai regardée emballer dans du papier journal des ramequins rouges que je n'utiliserais jamais. Elle les a posés et a soupiré.

— Tu es sûre de ce que tu fais ? Je le trouve génial, tu le sais bien, et je te jure que je te pose la question pour toi et pas pour moi, mais c'est rapide. Tu es sûre, *vraiment* sûre ?

— Certaine.

Je l'étais.

— Tu vas me manquer, a-t-elle conclu.

— Je sais. Toi aussi.

Un sanglot s'est élevé dans ma gorge quand j'ai pensé à tout ce qui allait me manquer : ses chaussettes bariolées qui séchaient sur le radiateur, les restes sous film plastique qui m'attendaient dans le frigo, les visages souriants qu'elle dessinait dans la buée sur le miroir de la salle de bains. J'ai ravalé ma tristesse et j'ai souri. Elle a pris mes mains dans les siennes et les a serrées très fort.

Les premières semaines ont été un peu effrénées parce que j'essayais de m'occuper de tout. Je ne voulais pas que Marnie ait l'impression que je l'aimais moins, parce que ce n'était pas le cas, et je voulais à tout prix que Jonathan sache que je lui appartenais corps et âme. Quand la grand-mère de Marnie est morte, quelques semaines plus tard, mon amie m'a appelée en larmes au milieu de la nuit. Je me suis habillée, je suis sortie dans la rue, je suis montée dans un taxi et j'ai débarqué à notre ancien appartement en moins de trente minutes. Je pense qu'après ça, elle a eu la certitude que rien n'avait changé : qu'elle n'avait qu'à demander et je serais toujours là, comme avant.

Marnie et Jonathan sont devenus bons amis. Quand elle était petite, on ne lui avait pas appris à rouler à vélo et il a décidé de lui servir de prof. Il lui a offert une de ses vieilles bicyclettes. Elle trouvait ça génial que celle-ci ait été conçue pour un homme. En retour, elle lui a montré comment préparer ses pâtes carbonara. Elle lui a raconté qu'elle avait essayé de m'expliquer, mais que c'était peine perdue, c'est pour cette raison qu'elle voulait partager ses secrets culinaires avec lui.

On fonctionnait parfaitement à trois. Jonathan avait de nombreux hobbies : le vélo, le camping et l'escalade. Je n'avais que Marnie. Quand il passait le week-end à la campagne sous une tente secouée par le vent avec des araignées dans son sac de couchage et des chaussures détrempées par la pluie, je restais dans notre ancien appartement confortable, bien au chaud avec ma meilleure amie. Ces quelques années ont été les plus belles de mon existence. C'était une telle joie de découvrir que j'étais digne – et capable – d'avoir deux grands amours dans ma vie.

Quand Jonathan est mort, j'ai cru que mon amitié avec Marnie reprendrait là où nous l'avions laissée. Ça ne s'est pas tout à fait passé de cette façon. Je ne sais pas si c'était à cause de l'absence de Jonathan, mais tout me paraissait plus vide.

J'étais passée à côté de tant de choses quand j'étais avec lui. Je n'avais pas aperçu le moindre nuage pendant plus de deux ans ; j'étais sans cesse aveuglée par un magnifique ciel bleu. Même les choses les plus stupides me remplissaient de joie : les enfants qui marchent lentement, les chiens qui aboient dans le parc et la lumière de la lune à travers les stores tard le soir. Depuis sa disparition, un simple rire me coûte un effort terrible. Mes sourires sont fugaces. La douleur me paraît éternelle. Ma capacité à discerner le bien et le mal dans ce monde et à trouver un équilibre entre les deux a complètement disparu. Tous mes repères ont été effacés.

J'espérais pouvoir renouer avec Marnie. Je pensais pouvoir retrouver mes marques avec elle. Hélas, les choses avaient évolué pendant que j'avais le dos tourné.

5

STANLEY ET MOI avons gardé le silence pendant que l'ascenseur descendait jusqu'au hall d'entrée. Nous n'avons rien dit en poussant la porte de l'immeuble de Marnie et Charles. Nous sommes restés silencieux sur le sentier caillouteux qui menait au trottoir. Nous étions côte à côte et pourtant je me sentais terriblement seule.

— C'était sympa, hein ? a fini par commenter Stanley.

Il a fermé les derniers boutons de son manteau et relevé le col sur ses oreilles.

— Tu as passé une bonne soirée ?

J'ai enroulé mon écharpe autour de mon cou une seconde fois. Nous étions en septembre et j'ai tendance à penser que c'est encore l'été ; ce n'est pourtant jamais le cas. L'air est toujours un peu plus vif, un peu plus frais, même si les soirées sont belles.

— Qu'est-ce que tu penses de Charles ? ai-je demandé au lieu de répondre.

Comme à son habitude, il avait régalé la tablée en racontant sa rencontre avec Marnie dans un bar. Il avait fait envoyer, à elle et à ses collègues, des bouteilles de champagne jusqu'à ce qu'elle accepte de se joindre à lui. Il était convaincu que ce geste reflétait la force de son amour. Elle trouvait que c'était une preuve de son charme et de sa détermination. À mon sens, c'était une manœuvre plutôt désespérée.

— Super mec, hein ? a répondu Stanley, se tournant vers moi en souriant. Vraiment un type génial.

J'ai fixé la rue devant moi, évitant son regard. J'ai toujours espéré qu'un jour, je poserais cette question et que quelqu'un se tournerait vers moi, me sourirait et répondrait : *Quel gros connard, non ?*

Parce que c'était la stricte vérité. Il était insupportable.

« Tu le penses vraiment, Jane ? insistait Charles chaque fois que j'exprimais une opinion qui contredisait un tant soit peu la sienne. Parce que moi il me semble qu'on est sur la même longueur d'onde, poursuivait-il, et que ce que tu voulais dire, c'est… »

Il se lançait alors dans un discours sur la crise du logement, le manque de personnel dans les hôpitaux ou les droits de succession, comme s'il était une autorité en la matière. Puis, quand nous allions changer de sujet, quand la conversation était déjà presque oubliée, il concluait : « Je suis vraiment content qu'on soit d'accord là-dessus, Jane. »

Alors que ma position n'avait pas changé d'un iota, qu'elle avait simplement été réduite au silence par son flot de paroles, sa posture et sa confiance démesurées.

Il donnait deux petits coups rapides sur le rebord de son verre à vin quand il voulait le remplir, mais seulement quand la bouteille était de mon côté de la table, parce que je n'étais visiblement pas digne de mots. Parfois, il me prenait la main et déroulait mes doigts en disant : « Tu devrais arrêter de te ronger les ongles, Jane. »

Plus tard, vers la fin de la soirée, quand tout le monde avait les yeux injectés de sang sous l'effet de l'alcool et que les paupières s'alourdissaient de fatigue, il faisait des allusions lourdes qui s'adressaient à celui qui m'accompagnait, mais me visaient toujours, du style : « Il est temps que tu ramènes Jane chez elle, non ? » Puis il faisait un clin d'œil en ajoutant : « Si tu vois ce que je veux dire. Tu vois ce que je veux dire, hein ? » Nous avions tous compris le sous-entendu, nous souriions ou riions. Pourtant, à chaque fois, mon estomac se nouait. Parce que je n'avais couché avec personne depuis trois ans, depuis Jonathan, et que la simple idée des mains d'un autre homme sur ma peau me hérissait et me dégoûtait.

Tu vois, la version de Charles qui parlait à tout le monde, qui charmait ses interlocuteurs, qui riait de leurs blagues ? Ce n'était qu'un déguisement, un costume qu'il portait pour dissimuler la vérité. Et il les bernait tous : les hommes, en particulier, mais la plupart des femmes aussi, qui le trouvaient beau, accessible et charismatique.

— Alors ? a demandé Stanley, en arrivant à l'arrêt de bus.

Je me suis éloignée de lui et j'ai fait semblant de lire les horaires imprimés sur le poteau en béton.

— Alors ? a-t-il répété. Qu'est-ce qu'on fait ?

J'ai consulté ostensiblement ma montre – c'était un cadeau de Marnie – et je n'ai toujours rien dit.

— On est sûrement plus près de chez toi, non ? a-t-il insisté.

— Tu crois ?

J'ai glissé mon doigt sur le panneau d'affichage, sur les chiffres imprimés en noir sur le papier blanc coincé entre deux feuilles de plastique. J'ai tenté de paraître détendue et naturelle, comme si c'était un geste ordinaire et pas un vieux réflexe rescapé d'une décennie précédente.

— Oui. Pas de beaucoup, mais on est un peu plus près de chez toi.

J'ai continué à faire semblant de lire.

J'ai entendu ses pas sur les dalles de béton, son poids qui s'approchait. Sa respiration était bruyante dans mon dos, épaisse et fumante, alourdie par l'alcool. Je savais qu'il allait me toucher.

— Jane ?

Il a fait un pas de plus pour se retrouver juste derrière moi, puis il a passé les bras autour de ma taille. Il a embrassé l'arrière de ma tête, d'un bisou mouillé et sonore. Je me suis raidie, j'ai enfoncé mes talons dans le sol, j'ai stabilisé ma respiration et je me suis retenue de tressaillir. Il m'a serrée, pas particulièrement fort, mais j'ai tout de même eu l'impression que tout mon corps était étranglé, que j'étais en train d'étouffer.

— Comment on… ?

Il s'est raclé la gorge.

— On va chez toi ?

Sa paume droite me caressait le ventre, de haut en bas, et chaque fois que sa main remontait, elle s'approchait un peu plus de mon soutien-gorge, jusqu'à ce que je sente ses doigts frôler l'armature, puis atteindre le tissu lisse au-dessus.

— Jane, toi et moi…, m'a-t-il soufflé dans l'oreille.

Ses mots étaient larmoyants.

— Stanley…

Je me suis brusquement éloignée de lui, du poteau en béton.

— Stanley, j'ai bien peur qu'il n'y ait pas de « toi et moi ».

— Oh, a-t-il répondu, légèrement attristé, mais surtout un peu perdu. Mais je…

— Ce n'est pas ta faute.

Il a acquiescé solennellement.

— C'est à cause de la mort de ton mari ?

Il était à nouveau confiant, sûr d'avoir trouvé la réponse à une question que personne n'avait posée, d'avoir mis la main sur le remède pour soulager la blessure que je venais d'infliger à son ego.

— Marnie m'a dit…

Elle devait l'avoir prévenu de se montrer délicat, d'y aller en douceur.

— Non, Stanley. Ça n'a rien à voir avec Jonathan.

Ce qui était vrai.

— Ça n'a rien à voir avec toi non plus.

Ce qui était vrai aussi, je suppose.

— C'est moi.

Un bus rouge à deux étages a fait son apparition au coin de la rue, ses phares ont illuminé le ciel nocturne. Pour une fois, il était pile à l'heure.

— Tu crois que ce que tu ressens est peut-être…

— C'était super, l'ai-je interrompu.

Je ne sais pas pourquoi je me suis donné la peine de dire ça, parce que ce n'était manifestement pas vrai, loin de là.

— N'hésite pas à rester en contact avec Charles si ça te fait plaisir. Bon, je pense qu'on va en rester là. Je veux dire pour nous deux. Désolée. Et au revoir.

J'ai levé la main gauche et le bus a ralenti, s'arrêtant devant moi. Je suis montée et, tandis que les portes se fermaient, j'ai adressé à Stanley un signe inutilement enthousiaste. Il fronçait encore les sourcils quand on a redémarré.

Je suis sortie avec beaucoup trop d'hommes depuis Jonathan. Dans un premier temps, je n'ai pas adressé la parole à un seul type pendant plus d'un an. Puis mes proches ont commencé à se tracasser, à s'inquiéter du fait que j'étais submergée par le chagrin. C'était important de les rassurer en leur montrant que je participais toujours activement à ma propre vie, parce que, comme tout le monde le sait, une femme célibataire qui ne cherche pas l'amour est forcément malheureuse.

C'est une blague.

Tu pourrais sourire.

La vérité, c'est que je ne cherchais pas du tout. Je n'avais pas le moindre espoir de retrouver un nouvel amour aussi fort dans ma vie redevenue si banale. J'avais eu Jonathan et je ne pouvais pas imaginer qu'une autre relation puisse ne serait-ce qu'approcher du bonheur que j'avais vécu. Mais il y avait Marnie. Et ça la rendait heureuse de penser que je cherchais, que je restais optimiste, que je croyais encore en l'avenir.

Mais je ne sortais jamais avec quelqu'un pendant trop longtemps, en partie parce que je trouvais tous les hommes insupportables et suffisants au point d'en être suffocants. Et aussi parce qu'une toute petite partie de moi craignait qu'ils finissent par m'aimer. D'où mon départ précipité ce soir-là.

Est-ce que cela paraît présomptueux ? Ce n'est pas le cas, pourtant. Avant Jonathan, je ne pensais même pas qu'un homme pourrait jamais éprouver de tels sentiments pour moi. Je n'arrivais pas à croire qu'un homme puisse aimer une personne aussi triste et aussi peu sûre d'elle. Mais Jonathan avait trouvé chez moi des choses à aimer, à adorer même. Il admirait ma nature compétitive. Il était impressionné que je n'aie jamais perdu un quiz dans un pub. Il trouvait formidable que j'arrive toujours en avance aux rendez-vous. Il était stupéfait que je sois capable de lire un roman en une journée. Il aimait que je sois méticuleuse, perfectionniste, que je veuille accrocher nos cadres moi-même. Et, grâce à lui, j'avais fini par apprécier aussi ces traits de ma personnalité.

Après Jonathan, je ne voulais surtout pas que d'autres hommes tombent amoureux de moi parce que je savais que je ne pourrais jamais tomber amoureuse d'eux. Le rejet est comme une ampoule sous la peau, une blessure bénigne mais qui peut dégénérer et s'aggraver.

Est-ce une exagération ? Je ne pense pas. Mais ce n'est pas le moment d'en discuter.

J'aimerais pouvoir te faire croire que mon histoire sera facile à écouter, mais je ne pense pas qu'elle le sera. La mort sera très présente ce soir. J'aurais aimé qu'il en soit autrement, mais je t'ai promis toute la vérité et c'est enfin une promesse que je peux tenir.

Je ne sais toujours pas exactement quand cette histoire a vraiment commencé – et je n'ai aucune idée d'où elle finira. Comment me lancer ?

Il y a quelques années, Marnie et Charles vivaient ensemble dans leur appartement et, après Jonathan, j'acceptais de temps en temps des rendez-vous avec des hommes. Mes relations familiales étaient compliquées, mais gérables. C'est dans ce contexte que cette histoire a vraiment commencé. C'est l'histoire de sa mort que je vais te raconter.

6

Arrivées à la fin de la vingtaine ou au début de la trentaine, la plupart des femmes aiment la variété, la spontanéité, elles cherchent l'occasion de rencontrer de nouvelles personnes et de faire de nouvelles expériences. Je n'ai jamais été comme ça. Je suis toujours restée cette fille de onze ans qui se recroquevillait dans le couloir d'une école et qui anticipait le rejet. Je n'ai jamais cherché activement de nouvelles amitiés et je me suis par conséquent retrouvée avec très peu d'amis.

Parce que, tu vois, j'avais déjà une amie. Personne d'autre ne lui arrivait à la cheville : ni les jolies blondes en short ras des fesses, ni les mecs en jean tombant et sweat à capuche qui se partageaient un joint, ni les sportifs en survêt et baskets, ni les intellos coincées à lunettes, ni les garçons chics en pantalon de toile et blazer. Je n'avais pas besoin d'eux et je n'essayais pas de m'en rapprocher.

Je savais ce que j'aimais : la routine et la répétition. Ça n'a pas changé.

Le lendemain du jour où j'ai rayé Stanley de ma vie, le matin, je suis allée rendre visite à ma mère. Elle vivait dans une maison de retraite en banlieue et il me fallait toujours au moins une heure pour m'y rendre. Et, comme j'aimais arriver au plus tard à neuf heures, dès le début des heures de visite, je réglais le réveil avant de m'endormir et je partais tôt pour prendre un des premiers trains de la journée.

C'était toujours très calme le samedi matin. Il n'y avait pas grand monde. Parfois un homme en costume, cuvant la soirée du vendredi qui s'était inopinément transformée en nuit blanche. Parfois une femme avec un landau, une jeune mère qui tentait de combler les heures d'éveil de son nouveau-né, ces heures qui n'existaient pas encore quelques mois plus tôt. Il y avait aussi des gardiens de sécurité, des agents de nettoyage, des infirmières rentrant chez eux après leur travail de nuit. Et il y avait moi.

Je voyais Marnie tous les vendredis soir et je rendais visite à ma mère tous les samedis matin.

★

Le salon de la maison de retraite occupait l'avant du rez-de-chaussée et je passais devant en me rendant à la chambre de ma mère. J'essayais de ne pas regarder à l'intérieur, de ne me concentrer que sur la porte au bout du couloir, mais cette pièce attirait mon regard. Elle avait un côté étrangement magnétique, comme si elle appartenait à un autre monde. Elle était remplie de personnes âgées, certaines en fauteuil roulant, la plupart les jambes dissimulées sous une couverture. Le tapis était multicolore, avec des motifs complexes. Il me rappelait la moquette des hôtels de luxe, où les gérants redoutent les taches de nourriture, de boue et de maquillage.

Ici, les motifs étaient tout aussi efficaces. Ils masquaient la saleté, les vomissures et aussi les taches de nourriture, mais pas de repas trois services entrecoupés de rires et de commérages, arrosés de vins ; non, plutôt de purée de pommes de terre collante et épaisse jetée délibérément sur le sol.

Hormis le tapis bariolé, la pièce elle-même était assez terne : murs beiges nus, sans photos, sans images, sans peintures et sans affiches, fauteuils sombres en similicuir, faciles à nettoyer. Pourtant, le décor n'avait que peu d'importance. Cette pièce était fascinante à cause de ses occupants. On aurait dit un tableau dépeignant à la fois la vie et la mort, et surtout la zone trouble qui existe entre les deux. Ces personnes avaient un pied dedans et un autre dehors. Leurs cœurs battaient et le sang coulait dans leurs veines, mais leurs âmes s'éclipsaient doucement, leurs esprits se décomposaient, leurs corps se froissaient et se déglinguaient. C'était un lieu irréel, étrange, une pièce emplie d'êtres qui n'étaient plus tout à fait humains, d'une vie qui n'en était presque plus une, d'une mort qui n'était pas encore complètement là. Ma mère ne voulait jamais mettre les pieds dans ce salon et les infirmières n'insistaient plus depuis longtemps.

Elle était dans sa chambre, assise toute droite dans son lit, quand je suis arrivée.

Je suis restée dans l'embrasure de la porte et je l'ai regardée jouer avec les pompons cousus sur la couverture de laine bleue qui recouvrait sa couette. Elle a tiré les draps vers son menton et a noué ses mains, qui ont formé une boule sous les couvertures. La fenêtre était grande ouverte et une brise fraîche soulevait les voilages, qui voltigeaient et projetaient des ombres sur le mur.

À soixante-deux ans, ma mère souffrait de démence précoce. Les médecins de son établissement – je les croisais rarement, car ils se contentaient d'une visite hebdomadaire – avaient fait remarquer qu'elle était âgée pour cette maladie précoce, comme si cela devait nous réconforter. Ce qu'ils voulaient dire, bien sûr, c'est que c'était pire pour d'autres. Je comprenais. Mais savoir que d'autres souffrent plus n'atténue pas la douleur qu'on ressent.

J'ai frappé, puis je suis entrée. Elle a levé les yeux et j'ai souri, espérant qu'elle se souvienne de moi. Son visage était statique, des rides étaient profondément creusées dans son front et ses lèvres restaient pincées en permanence. Je voyais ses mains s'agiter sous la couette et je savais qu'elle tripotait de l'index la peau sèche et déchiquetée autour de ses ongles.

Parfois, il lui fallait quelques minutes pour me reconnaître. Elle me regardait fixement, fouillant les vieux cartons entassés dans les alcôves de son esprit, tentant de m'identifier, de replacer mon visage, ma tenue, cherchant à tout prix à résoudre cette énigme.

Rétrospectivement, j'ai du mal à croire qu'elle vivait déjà là depuis dix-huit mois. J'avais toujours cru que ce serait provisoire, comme les limbes, en quelque sorte. Son séjour était effectivement temporaire, mais pas comme je l'entendais. Je n'avais pas réalisé que ces établissements n'étaient qu'une étape avant la mort.

La démence précoce de ma mère a été diagnostiquée à soixante ans. À cette époque, elle vivait seule depuis un an, son divorce avait été prononcé et mon père avait quitté la maison. Je savais depuis plusieurs mois que quelque chose ne tournait pas rond ; je me disais qu'elle était peut-être déprimée. Elle s'emportait plus facilement qu'avant, sous le moindre prétexte : trop de lait dans son thé, de la boue sur les semelles de mes chaussures.

Elle s'est mise à jurer. Au cours des vingt-cinq premières années de ma vie, elle n'avait jamais prononcé – pas devant moi, en tout cas – le moindre « merde » ou « putain ». Elle préférait « mince » et « purée », murmurés dans sa barbe.

Tout à coup, les pires jurons se sont immiscés dans son langage quotidien : « Putain, je voulais juste une larme de lait ! », « Bordel, tu mets de la boue partout ! »

Malgré ma routine bien établie, elle oubliait parfois quand je devais lui rendre visite. Je sonnais à la porte tôt le samedi matin. J'entendais ses pantoufles frotter contre le tapis tandis qu'elle s'approchait de la porte d'entrée, puis le tintement familier quand elle détachait la chaîne. Elle entrouvrait la porte, de quelques centimètres à peine, et passait le nez dans l'espace étroit. Elle m'examinait de la tête aux pieds, puis disait :

— Oh, c'est aujourd'hui ?

Je la soupçonnais de boire trop. Je l'ai emmenée voir un médecin. Il a hoché la tête pendant que je lui expliquais la situation. J'étais sûre qu'il comprenait, qu'il connaissait exactement la cause de ce changement de personnalité, qu'il détenait les réponses que je n'avais pas trouvées en ligne, les médicaments, la thérapie ou les conseils qui mettraient fin à tout ça.

Quand j'ai eu fini de décrire les symptômes de ma mère, il a déclaré en acquiesçant solennellement :

— Ménopause. C'est certain.

Le lendemain matin, ma mère est tombée dans l'escalier. J'ai reçu un coup de fil de son voisin. Il avait entendu un bruit effrayant et, heureusement, était entré avec sa clé. Mon père la lui avait donnée des années auparavant, pour qu'il puisse arroser les plantes et nourrir les poissons pendant que nous étions dans les Cornouailles.

Quand je suis arrivée, ma mère était assise sur le canapé, sa robe de chambre bien serrée autour de la taille, une tasse de thé froide à la main. Elle se disputait avec son voisin, qui tenait vraiment à ce qu'elle aille à l'hôpital, juste pour un petit bilan, histoire d'être sûr.

— Oh non, pas toi aussi, a-t-elle protesté en me voyant. J'ai raté une marche. Je n'étais pas concentrée. Je me serais relevée en une minute ou deux, mais ce mêle-tout est incapable de ne pas fourrer son nez dans les affaires des autres. Comme s'il vivait chez nous. Quel culot !

C'était un brave homme – beaucoup trop gentil et beaucoup plus patient que je ne l'aurais été en présence d'une voisine aussi impolie et ingrate – et il a promis qu'il garderait un œil sur elle. Il travaillait de chez lui, m'a-t-il expliqué, il était rarement absent. Les murs étaient minces et il baisserait le volume de sa musique, juste au cas où elle aurait encore besoin d'aide.

Je me suis demandé combien de disputes il avait entendues au fil des années.

Elle est retombée quinze jours plus tard. Il a entendu l'incident de chez lui et a aussitôt appelé une ambulance. Ma mère avait une blessure au front, là où elle avait heurté la rampe. Elle prétendait que ce n'était rien, que ce n'était pas profond, juste une égratignure, mais il a à nouveau insisté pour qu'elle aille à l'hôpital. Elle saignait encore quand je l'ai rejointe près de deux heures plus tard.

Nous avons été reçues par une médecin, une femme à peine plus âgée que moi, qui a froncé les sourcils quand j'ai hoché la tête d'un air entendu et expliqué avec assurance :

— C'est la ménopause.

— Vous pensez que c'est la ménopause, madame Baxter ? a demandé la médecin à ma mère.

Cette dernière l'a fusillée du regard.

— Je ne dis pas que ce n'est pas la ménopause, a-t-elle poursuivi, mais est-ce que c'est votre avis ?

Pour toute réponse, ma mère a haussé son sourcil intact, puis elle a soupiré et fait non de la tête.

— Dans ce cas, j'aimerais procéder à quelques tests supplémentaires. Vous êtes d'accord ?

Ma mère a hoché la tête.

On lui a diagnostiqué une démence présumée, cet après-midi-là. Elle a encore vécu seule à la maison quelque temps, son état s'aggravant progressivement. Mais lorsque son diagnostic a été confirmé six mois plus tard, elle a emménagé dans la maison de retraite, avec le soutien, les traitements et les soins que je n'aurais pas été en mesure de lui fournir, même en vivant avec elle.

★

Je me suis assise dans le fauteuil, mon manteau sur les genoux. J'ai ouvert la bouche pour parler, mais ma mère a secoué la tête. Elle voulait remettre la main sur le bon dossier ; elle ne voulait pas de mon aide.

— Tu es en retard, a-t-elle fini par déclarer.

Je me suis retournée pour jeter un coup d'œil à l'horloge suspendue au-dessus de ma tête.

— Quelques minutes à peine.

— Le train ?

J'ai acquiescé.

Elle était là. Ses yeux étaient attentifs et chaleureux. Parfois, j'avais peur qu'elle ait baissé les bras, qu'elle ait accepté que la démence s'installe dans son cerveau comme un champignon, s'infiltrant et détruisant ses derniers lambeaux d'humanité. Mais, les jours comme celui-ci, j'avais la certitude qu'elle luttait encore, qu'elle repoussait ses propres limites, refusant d'être aspirée avant l'heure par le vide.

— Tu as rompu avec le garçon que tu fréquentais ? m'a-t-elle demandé.

Stanley et moi avions déjà eu deux rendez-vous, dont l'un ne s'était pas trop mal passé, et j'avais parlé à ma mère du pique-nique dans le parc et des verres au pub lors de ma visite la semaine précédente. Mais je lui avais aussi précisé qu'il était avocat, qu'il était ennuyeux même quand il faisait un effort pour ne pas l'être, et que la seule chose qui le sauvait, c'étaient ses cheveux soyeux.

Je voyais bien qu'elle était fière de se souvenir de notre dernière conversation. Souvent, elle se rappelait le ton de notre discussion – si elle était en colère contre moi, si elle était contente ou si elle avait simplement apprécié ma compagnie –, mais parfois d'infimes détails lui revenaient à l'esprit. Je me suis demandé si elle les notait après mon départ, préparant des aide-mémoire pour la semaine suivante, si elle avait trouvé des astuces pour rester connectée alors que son esprit cherchait par tous les moyens à lui échapper.

— Stanley ?

Elle a haussé les épaules.

— Peut-être. Je n'ai pas assez de place ici, a-t-elle commenté en se tapotant le front, pour retenir tous les noms.

— Oui, Stanley. J'ai rompu avec lui hier soir.

— C'est bien. Il n'avait pas l'air d'un Jonathan.

La démence de ma mère avait, un peu commodément, effacé presque toute trace de ma relation avec Jonathan. Elle se souvenait simplement que j'étais tombée amoureuse de lui et qu'il était mort ensuite. Ce résumé n'était pas très fidèle à l'histoire que nous avions vécue.

Mes parents n'avaient rien contre Jonathan. En fait, je crois qu'ils l'appréciaient : il avait du charme, de l'humour, il était toujours très poli. Mais je pense qu'ils l'aimaient comme tous les parents aiment un premier petit ami : il était bien, il pouvait faire l'affaire, mais il n'était pas à la hauteur de leurs attentes pour mon futur mari.

Quand je leur ai annoncé nos fiançailles, ils se sont fâchés. Alors qu'ils n'avaient pas réussi à s'entendre sur quoi que ce soit au cours des dix dernières années, ils étaient soudain catégoriques sur le fait que je commettais une erreur fatale. Ils ont affirmé que nous étions trop différents. Il aimait l'espace et le grand air ; j'appréciais surtout le confort de ma maison. Il adorait les gens et le bruit ; je préférais ce qui m'était familier et le silence. Je crois qu'ils se disaient qu'il n'était pas assez intelligent, qu'il ne gagnait pas assez comme cameraman. Mais je m'en fichais.

Dans les semaines qui ont suivi nos fiançailles, ma mère m'a appelée régulièrement, plusieurs fois par jour même, pour m'avertir que je gâchais ma vie. Elle dissertait non-stop, m'expliquait que l'amour n'était pas facile, que c'était un sentiment beaucoup trop complexe, qu'il y avait trop de facettes pour que je puisse le comprendre à mon âge et que le mariage était démodé, d'une autre décennie. Elle soutenait que nous étions trop jeunes, trop naïfs, que nous nous accrochions à un concept qui nous dépassait. J'entendais les lourds soupirs entre les phrases, l'air siffler dans le micro du téléphone pendant qu'elle arpentait le couloir de la maison, je devinais quand elle faisait demi-tour dans le corridor. Elle ne l'a pas tout à fait dit, pas en ces termes, mais je pense qu'elle essayait de me protéger de son erreur, d'un mariage qui l'avait réduite à quelques mots : « femme », « mère », « cœur brisé ».

Elle a conclu que je devais faire un choix ; j'ai choisi Jonathan.

Ça aurait dû être une décision difficile à prendre. Ce n'était pas le cas.

Quand Jonathan et moi nous retrouvions seuls, nous étions tous deux parfaitement sincères. C'était ma plus grande joie d'avoir trouvé quelqu'un avec qui je pouvais être moi-même et qui, à son tour, était lui-même avec moi. En présence d'autres, mes parents en particulier, nous étions un peu meilleurs encore : un peu plus drôles, un peu plus gentils, un peu plus amoureux. Nous faisions des efforts pour être le genre de couple qui met les autres à l'aise. Jonathan faisait des blagues à mes dépens, des plaisanteries légères qui faisaient rire les autres hommes, mon père notamment. J'étais plus serviable, lui apportant à boire et lui demandant s'il souhaitait autre chose et l'encourageant à m'appeler s'il avait besoin de quoi que ce soit de la cuisine. Et nous nous touchions d'une manière qui semblait parfois artificielle : son bras autour de ma taille, ma tête contre son épaule. Une fois seuls, nos corps ne formaient plus qu'un, les membres enchevêtrés, peau contre peau.

Le choix s'imposait de lui-même.

Je pensais sans doute que ma mère finirait par capituler, qu'elle se résoudrait à accepter mon mariage. C'était cruel de sa part de choisir ce moment précis pour ressusciter son amour maternel.

J'avais presque quatre ans quand ma sœur Emma est venue au monde, sept semaines plus tôt que prévu, entraînant le chaos dans son sillage. Elle a été transportée d'urgence aux soins intensifs et placée en couveuse, alors que ma mère était emmenée au bloc opératoire pour stopper une grave hémorragie. Elles sont rentrées à la maison quelques semaines plus tard mais, en moins d'un mois, tout a changé. Ma mère s'est montrée de plus en plus obsessionnelle, elle s'inquiétait sans cesse pour sa fille cadette : est-ce qu'elle n'avait pas froid ou faim, est-ce qu'elle respirait encore ? Je me suis rapprochée de mon père – qui ne pouvait pas faire grand-chose au cours des premiers mois de vie de ma sœur –, car ma mère n'était plus là pour moi que physiquement. Elle ne s'intéressait ni aux histoires du soir, ni aux photos de l'école, ni aux détails de ma journée d'enfant. Elle ne s'est d'ailleurs plus vraiment intéressée à moi depuis lors et je n'en revenais pas qu'elle me juge tout à coup digne d'autant d'attention à l'âge adulte.

Peu après mon mariage, mon père a demandé le divorce et a déménagé. Judy, sa secrétaire et maîtresse de longue date, était devenue veuve un an plus tôt. Elle avait menacé de quitter mon père s'il ne s'engageait pas pour de bon. Les menaces de ma mère n'avaient jamais été convaincantes, mais celles de Judy l'étaient, visiblement. Ça n'a été une surprise pour personne que mon père la choisisse.

Je m'attendais à ce que ma mère ait besoin de moi suite à la séparation. J'aurais dû savoir que je me trompais.

Pendant toute une année, nous ne nous sommes carrément pas adressé la parole. Je me souviens que j'espérais son coup de fil le jour de mon anniversaire – parce que les mères et les filles sont à tout le moins liées par la naissance –, mais il n'est jamais arrivé. Je n'ai pas eu de ses nouvelles quand Jonathan est mort. Je me suis demandé si elle assisterait aux funérailles. Elle n'est pas venue. Je ne lui avais pas fait parvenir les informations précises, mais je croyais – j'espérais peut-être même – qu'elle les demanderait à quelqu'un.

Un mois plus tard, pourtant, sans crier gare, elle s'est mise à m'adresser des mails, un ou deux par semaine, rien d'important, juste des nouvelles de sa vie, des choses qui lui avaient fait penser à moi : un nouveau magasin de meubles dans la rue, un article dans un magazine, une bande-annonce pour un film qui pourrait me plaire.

J'ai fini par répondre – j'avais vu le film et je l'avais trouvé ennuyeux – et nous nous sommes lancées dans une sorte de dialogue inconfortable. J'étais remontée contre elle à l'époque, vraiment en colère, parce qu'il y avait trop de non-dits. J'en suis venue à insérer des petites vérités, des piques dans nos conversations, dissimulées dans des apartés un peu désagréables et des fins de message brusques ou, parfois, en laissant de longs délais entre les réponses. C'était beaucoup plus facile de s'attaquer à ces cicatrices qu'à l'immense chagrin qui m'habitait.

Je la détestais. Vraiment. Et puis, un jour, c'est passé. Elle aussi avait perdu l'homme qu'elle aimait. Et elle s'est mise à perdre encore plus : sa tête et ses souvenirs. Nous étions à des étapes très différentes de nos existences et pourtant nous étions toutes les deux anéanties. Nos blessures présentaient des similitudes. Après plus de vingt ans d'incompréhension, nous avions enfin quelque chose en commun.

J'ai découvert que moi aussi je pouvais effacer mes souvenirs ; ces actes n'avaient pas été commis par ma mère, mais par une autre personne, désormais perdue dans les replis du temps et de l'histoire.

— Non, ai-je fini par répondre. Stanley n'était pas du tout comme Jonathan.

— Bon débarras, alors, tu ne crois pas ?

— Si.

J'ai allumé la télévision et on a regardé les infos ensemble. Un adolescent avait été poignardé ; son agresseur était impossible à reconnaître sur la photo pixélisée, tirée d'une caméra de sécurité. Un homme politique au cœur d'un scandale s'adressait à la presse, s'expliquait sans s'excuser, justifiait ses actes. Une jeune mère pleurait : ses aides sociales avaient été coupées et elle n'avait plus les moyens de faire garder ses enfants pour aller travailler ou de travailler pour financer une nounou ou une crèche. Nous étions choquées, sans être surprises, puis attristées. Nous affichions les mêmes moues au même moment.

À la fin du JT, j'ai pris mon manteau et mon sac à main et je me suis glissée dans le couloir, laissant ma mère endormie, tandis que la télévision murmurait le générique d'ouverture d'une nouvelle émission.

★

Je te parle de ma mère parce que c'est important que tu comprennes son rôle dans cette histoire. Je l'ai détestée, mais je lui ai pardonné par la suite. Ne l'oublie pas.

7

Je n'avais personne pour m'accompagner chez Marnie et Charles le vendredi suivant, mais je m'y rendais souvent seule et j'étais impatiente d'y aller. Jusqu'à ce que Marnie m'appelle à midi pour me prévenir que je ne pourrais pas venir dîner ce soir-là, car Charles leur avait organisé un week-end surprise dans les Cotswolds. Elle téléphonait de la voiture et j'entendais les véhicules filer sur l'autoroute. Je me suis demandé depuis combien de temps elle savait qu'elle partait. Il avait dû le lui annoncer au moins quelques heures plus tôt, parce qu'elle avait déjà fait ses bagages et était en train de quitter la ville, ses rues étroites, encombrées, bordées de voitures en stationnement et ses innombrables feux rouges. Elle aurait pu appeler avant.

— Vous allez où ?

Je ne sais pas pourquoi j'ai posé la question : la réponse ne m'intéressait pas particulièrement.

— À l'hôtel.

J'ai entendu le crépitement de son portable contre sa joue et je l'ai imaginée se tourner vers Charles, au volant comme toujours, pour décider du chemin à prendre.

— Il s'appelle comment ? lui a-t-elle demandé.

Je l'ai entendu parler, sans distinguer les mots, c'était un murmure, le timbre de sa voix résonnant contre les entrailles métalliques de la voiture.

— Il ne sait plus, m'a informée Marnie. Mais c'est…

Nouveaux crépitements.

— D'après Google, on sera là-bas dans deux heures.

Je les imaginais dans l'habitacle : les chaussures de Marnie abandonnées sur le plancher, les pieds posés sur le siège contre ses cuisses ; Charles en chemise élégante et pull chaud, bien conscient qu'en automne, il peut faire froid. Le genre d'homme qui aime conduire la vitre baissée et le coude sur le rebord.

— Jane, a-t-il crié.

Puis plus doucement, tendrement même :

— Est-ce qu'elle m'entend ?

— Je l'entends.

— Vas-y, l'a encouragé Marnie. Elle dit qu'elle t'entend.

— Jane, a-t-il crié une deuxième fois, je peux te demander une faveur ? J'aimerais avoir cette belle femme pour moi tout seul ce week-end. T'en penses quoi ?

J'ai appuyé mon pouce sur l'oreillette de mon téléphone pour étouffer le son.

— Tu peux faire ça ? Juste quarante-huit heures. Ça va aller ?

Marnie riait, comme une petite fille, alors j'ai ri aussi et j'ai crié à mon tour :

— Bien sûr. Elle est toute à toi.

Qu'est-ce que je pouvais faire d'autre ? Qu'est-ce que j'aurais pu dire d'autre ? Je savais ce que ça signifiait.

— On se voit la semaine prochaine, a précisé Marnie. Même heure que d'habitude ?

— Oui. Même heure que d'habitude.

— Préviens-moi si Stanley est des nôtres, a-t-elle dit.

— Il ne sera pas là.

— Oh, c'est vrai ? C'est dommage.

Elle était surprise comme le sont si souvent les optimistes quand la réalité contredit leurs rêves. Marnie espère toujours que le prochain sera le bon, ce qui est insensé parce que tous les indicateurs vont dans la direction opposée. Elle n'a jamais rencontré aucun de mes « prétendants », comme elle les appelle, plus de deux fois.

— Bon, ben préviens-moi si tu veux amener quelqu'un d'autre, a-t-elle ajouté.

Elle a raccroché et je suis restée quelques secondes à écouter le silence qui avait remplacé sa voix. Je savais ce qui allait se produire et je le redoutais. J'avais la poitrine serrée. J'ai respiré profondément, en inspirant bruyamment, et mes côtes ont un peu frissonné parce que l'air continuait à s'accumuler dans ma gorge.

Tu sais déjà qu'il y avait une bague de fiançailles. J'avais cru qu'elle était toujours dans la table de chevet de Charles ; je n'avais aucune raison de penser le contraire. Mais, à présent, j'étais convaincue qu'elle était sur la route, dans sa veste, dans la poche avant d'une valise ou dans la boîte à gants de cette voiture blanche étincelante.

En me couchant ce soir-là, je me suis imaginé la bague dans leur chambre d'hôtel, nichée dans le tiroir d'une autre table de chevet, à l'affût du moment idéal. Je me représentais l'anneau en or avec trois diamants blancs brillants logé dans sa boîte de velours rouge.

Je détestais cette idée. Je détestais l'idée que Marnie puisse épouser Charles.

Pendant son enfance, Marnie avait eu une relation tendue avec ses parents : elle les traitait plus comme des collègues que comme de véritables parents. Sa mère et son père étaient des médecins renommés dans leurs domaines respectifs. Ils voyageaient beaucoup ; Marnie et son frère aîné, Éric, restaient seuls à la maison pendant des semaines, depuis qu'ils étaient assez grands pour aller à l'école et préparer eux-mêmes leurs repas. Les parents faisaient une apparition aux moments stratégiques, aux réunions parents-profs, pour les pièces de théâtre de l'école, mais ils n'étaient pas très présents. Marnie n'avait personne au quotidien, personne pour partager les journées ordinaires qui composent la vie.

Jusqu'à ce qu'elle me rencontre. C'était mon rôle. Je l'aimais inconditionnellement, sans poser de questions.

Charles pensait pouvoir occuper le même espace. Mais il se trompait. Parce qu'une bouteille de champagne offerte à une table depuis le bar n'est pas un acte désintéressé, c'est un geste prétentieux. Un appartement luxueux n'est pas une preuve de générosité, c'est un acte désespéré et excessif. Et une bague extravagante n'est pas un symbole d'engagement, mais d'aveuglement, que seul un homme arrogant comme Charles peut trouver acceptable.

★

J'avais découvert la bague quelques mois auparavant.

Marnie et Charles s'apprêtaient à partir en vacances pour une semaine aux Seychelles, je crois – peut-être était-ce l'île Maurice ? –, et on annonçait une vague de chaleur à Londres. Marnie s'inquiétait pour les plantes sur son balcon, elle craignait qu'elles ne tiennent pas sept jours de fort ensoleillement sans pluie. Charles la trouvait ridicule : ce n'étaient que des plantes et elle pourrait toujours en acheter d'autres.

J'ai passé le dîner à écouter leurs chamailleries en me taisant délibérément. Je mentirais si je prétendais n'avoir tiré aucune satisfaction de cette querelle – j'adorais quand

Charles ne comprenait pas Marnie –, mais je n'avais rien à gagner en intervenant. Je mourais pourtant d'envie de rétorquer à Charles d'arrêter de se comporter comme un trou du cul, que si les plantes comptaient pour Marnie, elles auraient dû compter pour lui aussi. Mais je n'en ai rien fait.

Le lendemain matin, Charles m'a appelée pour savoir si je pouvais me charger de l'arrosage pendant leur absence.

Je n'avais pas de voiture, je ne savais même pas conduire. Il fallait environ une demi-heure pour aller de mon appartement au leur en métro, ce qui n'était pas particulièrement pratique.

N'avaient-ils pas d'autres amis qui vivaient plus près de chez eux ? Des collègues de Charles peut-être, qui avaient de quoi s'offrir des appartements de luxe dans de vieilles demeures rénovées ? C'était le cas, j'en étais sûre. Pourtant, c'est à moi que Charles s'adressait pour ce service.

Peut-être que je suis leur meilleure amie, me suis-je dit.

Je savais, évidemment, que c'était faux.

Ils me le demandaient simplement parce qu'ils étaient convaincus que j'accepterais. Marnie, comme Charles, avait beaucoup d'autres amis, mais moi j'étais efficace et fiable.

Charles m'a expliqué qu'il laisserait un double de la clé au concierge et que si je pouvais passer après le travail tous les jours de la semaine – et même une fois le samedi, si je pouvais –, ce serait génial.

Le lundi, j'ai quitté le boulot à dix-huit heures trente, épuisée par une journée devant l'écran, à tenter d'expliquer à des acheteurs énervés pourquoi leurs colis n'étaient pas arrivés au moment voulu. J'avais pris un congé de près de dix semaines après la mort de Jonathan et, à mon retour, j'avais découvert que nous ne commercialisions plus de meubles et que j'avais été transférée au service clientèle pour répondre aux appels. On m'avait assuré que je pourrais contribuer à l'entreprise de manière significative, mais j'avais surtout l'impression d'avoir été rétrogradée.

Comme la ligne d'assistance téléphonique était fermée le week-end, le début de la semaine était toujours catastrophique. Le lundi, les clients dont les colis n'étaient pas arrivés le samedi étaient tellement furieux et frustrés – pas de meubles de jardin pour leur barbecue, pas de cadeaux pour l'anniversaire de leur fils, pas de tenues pour la soirée déguisée – qu'ils étaient incapables de contenir leur colère. Ils passaient près d'une heure à pester, jurer, postillonner et hurler dans le téléphone. Et je consacrais une heure entière à les apaiser, les rassurer et promettre de corriger l'erreur, puis de verser une petite somme sur leur compte pour compenser le désagrément.

Je suis arrivée chez Marnie et Charles juste après dix-neuf heures.

— Je peux voir une pièce d'identité ? a exigé le concierge quand j'ai demandé la clé.

— Je n'en ai pas. Mais, Jeremy, ai-je répondu en lisant le nom sur son badge, vous me voyez ici une fois par semaine depuis des années. Vous savez qui je suis. Et l'enveloppe avec la clé est là, sur votre bureau. Jane Black. Vous savez que c'est mon nom.

— Pas de pièce d'identité ? a-t-il répété.

— J'ai bien peur que non.

Je lui ai offert mon plus beau sourire et j'ai été franchement stupéfaite lorsqu'il a glissé la clé vers moi en décrétant :

— Ce n'est pas moi qui vous l'ai donnée.

J'ai pris l'ascenseur jusqu'à leur étage et, lorsque les portes se sont ouvertes et que je suis sortie, les lumières du couloir se sont allumées automatiquement. Pendant un an, Marnie et moi avions posé le pied sur un tapis bleu à la sortie des ascenseurs et l'immeuble dans lequel je vivais à présent offrait à peu près la même expérience (le tapis était taupe, mais tout aussi sale et usé). Cet immeuble, en revanche, était sensiblement différent et ne manquait jamais de renforcer mon sentiment d'infériorité. Les murs étaient décorés d'œuvres d'art encadrées, une signature dans le coin inférieur droit de chacune, et l'éclairage provenait de jolies suspensions. Le parquet était couvert d'un vernis épais qui brillait sous les lampes et la seule trace du passage de chaussures dans ces couloirs était une très légère décoloration et quelques éraflures superficielles devant les portes des deux ascenseurs.

Je me suis introduite dans leur appartement et j'ai été bêtement surprise de le trouver très sombre. Les vendredis soir, je sonnais et Marnie se précipitait pour répondre. Elle m'ouvrait, me souriait, puis retournait dans la cuisine pour remuer, assaisonner ou mélanger. D'habitude, la caméra était installée sur le plan de travail pour la filmer en train de finaliser la préparation. Sa brève absence – signalant mon arrivée – apparaissait régulièrement dans ses articles et dans ses vidéos.

Je voulais toujours qu'on sorte pour manger. Je voulais qu'on ne soit que nous deux. Mais elle avait besoin d'être dans sa cuisine, se justifiait-elle, c'est ainsi qu'elle remboursait sa part de l'hypothèque. Charles mourait d'envie d'avoir une petite femme, une épouse parfaite, quelqu'un qu'il pouvait posséder. Mais je savais que ce n'était pas le désir profond de Marnie et je ne voulais pas de ça pour elle non plus.

Du couloir, je l'entendais annoncer à haute voix : « C'est exactement le moment où j'espérais que Jane arrive. » Je refermais le battant derrière moi, discrètement, et je m'arrêtais pour écouter. « Parce que là je peux m'éclipser une seconde sans que rien déborde ou brûle et sans qu'à mon retour je trouve des casseroles roussies et une sauce desséchée. »

Je l'entendais s'activer aux fourneaux, une cuillère tournant dans une casserole, le crépitement de l'huile au fond d'une poêle, un concert de tiroirs et de placards s'ouvrant et se fermant, puis, finalement, elle lançait la réplique que j'attendais. C'était toujours à peu près : « Mais vous vous souvenez de ce que je dis toujours ? Jane fait partie de ma famille. Je sais qu'elle est en train d'accrocher son manteau ou de retirer ses chaussures et qu'elle peut aller se servir un verre ou ouvrir une bouteille : *mi casa es su casa*. Si vos invités sont plus exigeants, je vous suggère de planifier leur arrivée à la fin de la prochaine étape, à un moment où vous pourrez marquer une pause et jouer les hôtesses avec vos convives. »

J'étais seule dans le couloir à ce moment du tournage, mais ça n'avait rien à voir avec cet instant. Les lumières étaient allumées partout, des ampoules suspendues au plafond et des lampes d'appoint brillaient dans tous les coins. Des bougies parfumées brûlaient sur les cache-radiateurs, la cheminée et la table basse. Les flammes scintillaient sur toutes les surfaces. J'entendais encore Marnie parler seule, à ses *followers*, à son public toujours plus nombreux. Le four bourdonnait et les portes-fenêtres donnant sur le balcon étaient ouvertes. Je reconnaissais le sifflement du vent et le ronronnement des voitures, les coups de klaxon aussi, dans la rue en contrebas.

Mais ce soir-là, il n'y avait ni lumière ni odeur. Rien que le silence.

J'aimais sentir que l'appartement ne soit pas encombré par une autre présence, qu'il ne m'appartienne pas et qu'il soit, en quelque sorte, vide.

J'ai mis du temps pour dénicher l'arrosoir (sous le lavabo de la salle de bains) et la clé du balcon (dans le tiroir à côté des cuillères à café). Il faisait presque nuit quand je suis sortie et pourtant je distinguais des toiles d'araignée entre les feuilles des plantes, tendues depuis les tiges jusqu'aux grilles métalliques, scintillant dans la lumière du soir. Une araignée était visible, petite et brune, au centre d'une des toiles. J'ai soulevé le bec verseur au-dessus d'elle et j'ai vu le rideau d'eau emporter l'arachnide et sa toile vers le patio.

Quand je suis rentrée à la maison, il était presque vingt et une heures.

Le lendemain matin, je me suis préparé une petite valise avec assez de vêtements et de produits de toilette pour tenir jusqu'à la fin de la semaine. J'ai même emporté mes draps. Ils avaient demandé un simple visiteur, un invité qui se montrerait par intermittences, une demi-heure par jour, pour arroser leurs plantes. Au lieu de ça, je me suis transformée en une sorte de locataire.

Je ne pensais pas que ça les dérangerait, mais je ne comptais pas le leur dire.

Ce soir-là, je me suis glissée dans leur appartement et je me suis à nouveau retrouvée dans le couloir sombre. C'était chez moi maintenant, pour une semaine seulement, mais chez moi quand même. J'ai allumé toutes les lumières – comme Marnie aimait – et j'ai refait leur lit avec mes draps et mes taies d'oreiller. J'ai déballé ma nourriture et je l'ai rangée dans leur réfrigérateur, dans leurs armoires. J'ai allumé leur radio, j'ai examiné leur bibliothèque. C'était facile de deviner quels titres appartenaient à qui : la plupart de ceux de Charles avaient des dos foncés, des titres en or gras, alors que ceux de Marnie étaient principalement dans des tons pastel, roses et jaunes, avec des caractères manuscrits alambiqués.

Je rentrais du travail chaque soir et je m'enfonçais dans leurs coussins, je laissais une fine couche de saleté ramper sur les parois de leur douche et des taches de baume à lèvres ternir leurs verres.

Être seule chez quelqu'un est une expérience étrange, mais assez confortable. J'avais conscience de leur présence, même s'ils étaient à des heures d'avion, sur un autre continent, à l'autre bout du monde. J'avais l'impression de les voir – la vraie version de leur couple – pour la première fois. Je me suis retrouvée à fouiller leurs armoires, curieuse de découvrir leurs épices préférées et celles dont le film protecteur en aluminium était encore en place. J'ai examiné le contenu de leurs tiroirs et j'ai été stupéfaite de découvrir que Marnie était devenue le genre de femme qui assortit ses sous-vêtements. J'ai fouiné dans leur armoire à pharmacie : un fatras d'analgésiques, de pastilles contre la toux, de pansements beiges, où traînait aussi un thermomètre encore dans son emballage. J'ai eu la sensation de les connaître un peu mieux qu'avant.

La table de nuit de Marnie contenait une série impressionnante de babioles, mais rien d'important : des paquets de mouchoirs, des échantillons de produits de beauté, des stylos sans encre, d'anciennes cartes d'anniversaire, des plaquettes de pilules vides, une paire de vieilles lunettes de soleil, un bracelet en ficelle provenant d'un voyage en Grèce quand nous étions à la fac. Du côté de Charles, j'ai découvert trois magazines, deux signets, quatre clés USB, des Polaroid du mariage d'un ami – dont un avec Marnie dans une robe en soie bleue que je l'avais aidée à choisir – et, au fond du tiroir, enveloppée dans un sac en papier brun, une boîte en velours rouge.

Je savais donc ce qui allait arriver ; j'avais eu le temps de m'y préparer.

★

Nous étions dimanche après-midi et j'étais encore au lit quand j'ai reçu un deuxième appel de Marnie. J'ai tenu mon portable au-dessus de mon visage et j'ai regardé son prénom s'afficher en majuscules sur mon écran avec la photo prise quand j'étais passée au smartphone deux ans plus tôt : Marnie dans sa cuisine, son tablier noué autour de la taille, ses cheveux auburn encadrant son visage.

J'ai pris une profonde inspiration et j'ai répondu.

— Jane ? a-t-elle crié. Jane, tu m'entends ?

Elle était surexcitée, folle de joie.

— Bien sûr. Qu'est-ce qu'il y a ? Qu'est-ce qui se passe ?

Je savais ce qu'il y avait et qu'il ne se passait rien, pourtant nous nous sommes prêtées à cette mascarade.

— Charles m'a demandée en mariage ! s'est-elle exclamée. Il m'a demandé de l'épouser.

Elle était incapable de contrôler le volume ou la vitesse de ses paroles.

— Je t'envoie une photo de la bague.

J'ai entendu ses doigts pianoter sur son portable, puis elle l'a ramené contre sa joue.

— Tu l'as reçue ?

Mon smartphone a vibré contre mon oreille. Je savais déjà, bien sûr, ce que cette image me montrerait. Pour autant, je ne me sentais pas prête à voir cette bague au doigt de Marnie, blottie contre sa peau claire, la liant à un avenir tout tracé.

— Pas encore. Elle va sûrement arriver bientôt.

Je la regarderais, mais plus tard. J'avais l'intention de mettre une bouteille de vin dans le réfrigérateur, de ranger l'appartement et d'aller me promener, puis, après quelques heures, quand il ferait calme et sombre à l'extérieur, d'ouvrir le message et d'examiner la fameuse bague.

— Tu seras là, hein ? m'a-t-elle demandé. Au mariage ? Oui, évidemment. On pourrait le faire à l'étranger, peut-être. On verra, on n'est pas sûrs. Et tu m'aideras à choisir ma tenue ?

— Bien sûr.

Je n'étais pas convaincue d'avoir l'air assez enthousiaste.

— Bien sûr, ai-je enchaîné, en espérant que la répétition automatique donne l'illusion que j'étais aussi excitée qu'elle, alors que je me sentais plutôt nauséeuse.

— Et tu seras ma témoin. Tu es d'accord, hein ?

— Oui, évidemment.

— Super ! Bon, je dois y aller, on rentre à la maison maintenant et je dois encore passer quelques coups de fil et, oh, Jane, t'imagines comme c'est génial ? Je n'arrive vraiment pas à y croire, vraiment pas. Tu me préviendras quand tu recevras la photo ? Ou je peux te la renvoyer. La bague est vraiment magnifique. Très spéciale. Elle va te plaire, je crois. Sinon, fais semblant. Mais je suis sûre que tu la trouveras belle. Bon, je divague et Charles lève les yeux au ciel – oui, oui, oui, j'arrive –, on en reparle plus tard et on se voit vendredi, si pas avant, et – oui, OK – je t'aime !

Elle a raccroché.

8

Je me suis couchée tôt ce soir-là. J'étais allongée, appuyée sur mes oreillers, transpirant dans mon pyjama en flanelle, et j'examinais la photo sur l'écran de mon téléphone. On voyait la main de Marnie et l'anneau en or ceignant son quatrième doigt. C'était un très beau bijou, mais je ne pouvais m'empêcher de l'imaginer comme un nœud coulant capable d'étrangler. Je le voyais comme un signal annonçant une fin plutôt que marquant un début. La main – même si c'était évident que c'était celle de Marnie, avec ses doigts fins et élégants, ses ongles limés et vernis – me semblait différente, comme si elle était un être à part entière, séparé de sa propriétaire.

Je me suis réveillée en sursaut, à deux heures dix du matin, trempée de sueur et frissonnante, avec la certitude d'avoir oublié de faire quelque chose de très important. J'ai alors réalisé que Marnie m'avait appelée de la voiture non seulement lors du premier coup de fil, mais aussi pour le deuxième. J'avais reconnu le bruit de circulation et la vibration des roues quand on roule très vite. Et elle avait dit qu'ils étaient en route, qu'ils rentraient à la maison.

J'étais persuadée que Charles n'aurait jamais fait sa demande en mariage dans une voiture. Ce n'était pas du tout son style. Il lui fallait des fleurs, du champagne, des violonistes et probablement aussi un clair de lune. J'avais été un peu surprise qu'elle ne m'ait pas appelée plus tôt.

★

À l'âge de seize ans, Marnie était tombée amoureuse d'un garçon qui s'appelait Thomas. Il avait dix-sept ans, mesurait un mètre quatre-vingt-dix et jouait au rugby pour le comté. Elle aimait sa mâchoire ciselée et ses abdominaux bien dessinés, ses épaules larges et ses bras musclés. Moi, je trouvais son front étrangement large. Mais il était charmant, je l'avoue, alors que je ne me laisse pas facilement attendrir par les bonnes manières, le charisme et un sourire un peu asymétrique.

Je ne le détestais pas, mais j'aurais dû. Je ne l'ai pas tué, mais j'aurais aimé le faire.

Arrête. Ne me regarde pas comme ça.

Ne sois pas aussi critique et écoute mon histoire jusqu'au bout.

J'aimais bien la façon dont leur relation fonctionnait. Il espérait décrocher une bourse d'études sportives dans une université de haut niveau et il passait la majeure partie de son temps à s'entraîner ou à participer à des compétitions. Presque tous les soirs, en fait, et il avait un match chaque week-end. Ils se voyaient peu et leur amour se nourrissait plutôt de mots qu'ils se passaient dans les couloirs, de textos et de clins d'œil à la cantine.

L'été est arrivé avec ses matins impatients et ses après-midi interminables et humides. Je n'avais pas remarqué que

Marnie portait encore des sweat-shirts jusqu'à ce qu'elle retrousse distraitement ses manches un jour à midi et que j'aperçoive quatre ecchymoses de même taille juste au-dessus de son coude. Elle m'a vue fixer les bleus et a balbutié une excuse : elle s'était cognée au cadre de son lit.

Je ne sais pas comment ce détail avait pu m'échapper : elle était devenue secrète avec son téléphone, alors qu'avant elle me lisait les messages de son petit ami à haute voix et que nous écrivions les réponses ensemble. Elle se mettait facilement en colère, s'emportait pour un rien, se montrait nerveuse. Je n'en avais pas pris conscience jusqu'alors.

Je comprenais soudain ce qui se passait. Et je savais comment mettre fin à cette situation.

Un plant de glycine poussait sur un treillis dans le jardin derrière chez Marnie et grimpait jusqu'à la fenêtre de sa chambre. Je l'ai escaladé. J'ai ouvert la garde-robe. Je me suis glissée à l'intérieur et je me suis assise jambes croisées sur un monticule de vêtements.

J'ai attendu.

Je savais que Thomas jouait au rugby cet après-midi-là. Marnie assistait au match et je savais qu'ils reviendraient dans sa chambre ensuite parce que ses parents étaient au récital de musique de son frère et, à cette étape de notre vie, une maison vide était trop tentante pour laisser passer l'occasion.

J'ai entendu la clé dans la serrure, leurs voix sur le seuil, le robinet couler dans la cuisine, un placard s'ouvrir, un verre qu'on cogne contre le plan de travail en marbre. Puis leurs pas dans l'escalier, la porte de la chambre frottant le tapis, les ressorts du lit.

J'ai sorti mon téléphone de ma poche et j'ai activé le micro. Je l'ai collé contre l'espace entre les deux portes par lequel la lumière s'infiltrait. J'ai toujours l'enregistrement, encore aujourd'hui.

— On pourrait peut-être..., dit Marnie. Peut-être pas aujourd'hui ?

— Oh, allez, répond Thomas.

— Non, je suis sérieuse. Tu peux...

— T'avais dit « aujourd'hui ». Quoi ? T'as changé d'avis ?

— La prochaine fois. Je te le promets. Mes parents... Ils vont rentrer d'une minute à l'autre.

— Tu le fais avec quelqu'un d'autre, c'est ça ?

— Non, pas du tout. Je te promets que non.

— T'es une salope, voilà ce que t'es.

— Non ! Je te jure que non. Il n'y a personne d'autre. Je t'assure.

— Tu sais que si je voulais, je pourrais, hein ? Tu le sais ?

— S'il te plaît, Tom. Ne...

— Je peux faire ce que je veux. Tu le sais bien.

— Arrête. Ne me menace pas.

— Putain, tu crois que c'est une menace ? C'est une promesse !

Elle fond en larmes.

— Mes parents s'en vont le week-end prochain, lui annonce Tom.

Il se lève – le matelas grince – et il ouvre la porte – le battant frotte sur la moquette –, puis s'en va.

J'ai arrêté d'enregistrer, mais je suis restée accroupie dans l'armoire.

Marnie est allée aux toilettes quelques minutes plus tard. Je me suis faufilée dehors par la fenêtre et je suis descendue en me cramponnant aux branchages. J'ai envoyé l'enregistrement à l'entraîneur de rugby de Thomas avec un mail d'accompagnement en provenance d'une adresse anonyme.

Tom a été discrètement renvoyé de l'équipe. Il a expédié des messages menaçants à Marnie, mais nous les avons lus ensemble et elle ne l'a plus jamais revu. Elle m'a proposé de prendre des cours d'autodéfense avec elle, une sorte de pot-pourri d'arts martiaux, et c'était – c'est toujours – gratifiant de savoir que mon intervention nous a rendues plus fortes, moins vulnérables.

À mon avis, elle savait que c'était moi qui avais enregistré leur conversation et envoyé le mail anonyme, mais elle n'en a jamais rien dit. Si elle avait trouvé que j'avais dépassé les bornes, elle m'en aurait parlé. Dans les mois qui ont suivi, elle se tournait parfois vers moi, comme si elle allait parler, puis elle changeait d'avis et refermait la bouche.

J'espère qu'elle savait. J'espère qu'à ce moment-là, elle s'est rendu compte que nos racines étaient déjà étroitement entrecroisées, que l'écorce la plus épaisse était tellement élimée aux jointures, chair contre chair, que nous étions inséparables. J'espère qu'elle savait que nous serions toutes les deux ensemble quoi qu'il arrive, pour toujours et à jamais.

★

La cérémonie devait avoir lieu neuf mois après la demande en mariage de Charles, le premier samedi d'août. Je me demandais si leurs fiançailles allaient changer les choses, mais heureusement, le rythme régulier du quotidien ne semblait pas en être affecté. Les mois se sont écoulés sans problème. Marnie et moi, nous nous parlions encore régulièrement, parfois plusieurs fois par semaine. Nous dînions ensemble tous les vendredis soir et, même si nos conversations évoquaient souvent des arrangements floraux, je m'attendais à bien pire. J'étais soulagée de constater que nous étions toujours les mêmes.

Au début de son dernier week-end de célibat, un vendredi soir, Marnie et moi, assises ensemble sur le sol de son appartement, attachions des cartons argentés avec des prénoms dessus à de petites boîtes de dragées aux amandes. Les nombreuses listes de choses à faire s'étaient réduites au fil des semaines précédentes et il ne restait plus que de menus détails à régler, les ultimes tâches préparatoires.

— Quand est-ce que la mère de Charles arrive ? ai-je demandé. Elle dort ici ?

C'était difficile de faire passer un fil argenté si fin à travers le minuscule trou dans le carton et ce genre de travail méticuleux et minutieux n'a jamais été mon fort.

— Eileen ? Oh, je ne sais pas. Je ne crois pas, non. D'un autre côté… je ne vois pas où elle logerait sinon. Attends.

Elle s'est rendue dans la cuisine et en est revenue avec son ordinateur portable. Elle s'est assise sur le canapé et a soulevé l'écran.

— Je ne sais pas, a-t-elle répété. J'espère qu'elle ne séjournera pas ici. Il faudrait que je fasse le lit et tout.

— Je peux t'aider, ai-je proposé.

Puis nous sommes passées aux menus, qui devaient être perforés en haut pour que nous puissions glisser un ruban dans le trou et former un nœud.

Charles est rentré une heure ou deux plus tard. Il devait être presque vingt et une heures. Nous avons deviné qu'il était de mauvaise humeur à cause du claquement de la porte derrière lui, du bruit de sa serviette lancée sur le parquet, du grognement qu'il a émis en posant sa veste sur la rampe.

— Je vais aller le voir, a chuchoté Marnie.

J'ai entendu sa voix dans le couloir, un murmure doux et enthousiaste, mélodieux, presque une chanson. Et les réponses de Charles, brèves, tranchantes et cinglantes. Au début, c'était juste le déballage de la journée, une litanie de frustrations, mais Marnie s'est mise à hausser le ton et, au lieu que ce soit elle qui l'apaise, j'ai senti que c'était elle qui l'énervait.

— Je viens à peine de franchir la porte, a-t-il protesté.

Sa voix portait loin, à la manière qu'ont parfois les hommes qui se croient tout permis.

— Et tu me bombardes de questions sur le mariage. Je n'en ai aucune idée, Marnie. Je serais incapable de te dire quoi que ce soit en rapport avec le mariage.

— J'ai posé des questions sur ta mère. C'est ta mère.

— C'est réglé.

— Elle figure sur le plan de table.

— Pourquoi est-ce qu'elle est sur le plan de table ?

— Parce que c'est ta mère, a insisté Marnie.

Puis plus calme, plus aimable :

— Elle ne vient pas ? On ne l'a pas vue depuis des lustres et…

— Je vais prendre une douche, l'a-t-il coupée.

Il a monté l'escalier. Marnie a poussé un gémissement avant d'aller dans la cuisine.

J'ai entendu le robinet couler et le cliquetis de la cuisinière, puis elle s'est adressée à la caméra, d'un ton à nouveau mélodique. J'ai continué à percer, enfiler, nouer les rubans et empiler les menus terminés dans des boîtes.

Charles est entré dans le salon une dizaine de minutes plus tard, en jean, les cheveux humides, et il s'est affalé sur le canapé à côté de moi. Il prenait tellement de place. Il mesurait plus d'un mètre quatre-vingts et avait les épaules larges, il avait le type de physique que les hommes développent parce qu'ils veulent paraître puissants.

— Tu ne l'as pas invitée, l'ai-je accusé en mesurant des longueurs de ruban entre mes doigts.

— Quoi ?

— Tu mens. Tu ne l'as pas invitée.

Je ne pense pas qu'il avait l'intention de se confier à moi – il ne l'aurait pas fait sans y être forcé –, mais un instant d'hésitation m'a confirmé mes suspicions.

— Je ne veux pas qu'elle soit là, d'accord ? a-t-il déclaré.

— J'ai compris, lui ai-je assuré – et c'était vrai. Je n'ai pas invité mes parents à mon mariage.

— Exactement.

Et je pense qu'il a mal interprété, qu'il croyait que nos parents étaient semblables, que nous étions pareils, alors que pas du tout.

— Parce qu'elle est malade, a-t-il poursuivi. Et je ne sais pas si je pourrais gérer ça le jour de mon mariage, tu vois. Quand elle est là, tout doit tourner autour d'elle. Tu n'imagines pas comment les gens se comportent en présence de la maladie. Quand je me promène avec elle, tout le monde veut parler de sa fichue perruque, de ses nausées et des régimes anticancer. C'est absurde. Elle adore toute cette attention. Ça lui donne un but, ça donne un sens à sa maladie. Bref, c'est beaucoup plus facile de ne pas l'inviter.

— Mais c'est ta mère, ai-je répété.

Il avait sorti son téléphone de sa poche et avait déjà la tête ailleurs.

— Tu ne peux pas ne pas l'inviter juste parce qu'elle est malade. Elle est au courant que vous vous mariez ?

— Peut-être, a-t-il concédé.

Il n'était pas le moins du monde gêné.

— Ma sœur a dû le lui dire.

— Elle n'est pas complètement effondrée à l'idée de ne pas venir ?

— Je ne sais pas. Je ne lui ai pas posé la question. On n'est pas proches.

— C'est cruel de ta part.

Il a posé son téléphone sur la table d'appoint et a passé les doigts dans ses cheveux mouillés.

— Tu n'as pas le droit de dire ça, a-t-il tranché en s'essuyant la main sur un coussin, alors que tu n'as pas invité tes parents non plus. C'est mon mariage, c'est ma décision. Et je n'aime pas les gens malades.

— Tu n'aimes pas quoi ? a demandé Marnie qui n'avait entendu qu'une bribe de sa phrase en entrant dans la pièce les bras chargés d'assiettes en céramique bleu et blanc et de couverts en argent.

Elle a posé le tout sur la table.

— Je n'ai pas invité ma mère, a avoué Charles.

— Parce qu'elle est malade, ai-je complété.

— Quoi ? s'est exclamée Marnie en rangeant d'abord les couteaux, puis les fourchettes. Parce qu'elle est malade ? C'est plutôt une raison pour l'inviter, non ?

— Exactement, ai-je renchéri.

— Non, a-t-il décrété.

Il n'était pas en colère, pas comme avant, pas comme dans le couloir, mais il était ferme et déterminé.

— C'est mon choix, a-t-il ajouté. Et je ne veux pas qu'elle soit là. Je n'aime pas les gens malades, a-t-il répété.

— Et si moi je tombais malade ? a voulu savoir Marnie, qui disposait les assiettes.

— Ce serait différent.

Elle m'a regardée et elle a levé un sourcil. Une conversation silencieuse est passée entre nous, où nous admettions que ce n'était pas différent du tout. Pourtant, même si cette idée m'horrifiait, je crois que Marnie était surtout frustrée. Elle allait devoir remanier le plan de table.

— Si c'est la vérité, je vais faire comme si cette conversation n'avait jamais eu lieu, a-t-elle conclu avec nonchalance. C'est la meilleure chose à faire.

Elle est retournée dans la cuisine, Charles a allumé la télévision et j'ai fini d'assembler les menus. Nous nous sommes ensuite installés pour le dîner, comme s'il ne s'était réellement rien passé.

Mais cet étrange échange ne m'a jamais quittée. Parce qu'il confirmait que Charles n'était pas assez bien pour Marnie, qu'il ne le serait jamais, qu'il ne pourrait jamais l'être. En cet instant précis, il m'avait prouvé qu'il n'était pas fait pour la femme qu'il allait épouser, ce que je soupçonnais depuis toujours.

J'étais fière d'avoir raison.

Est-ce que c'est mal ?

Parce que c'était la confirmation qu'il était vraiment détestable, que ma haine n'était ni infondée ni injustifiée, mais légitime. Et plus encore, parce que cet incident démontrait quelque chose que je n'avais pas eu l'assurance de formuler avant : que j'étais vraiment meilleure que lui. Je prenais soin de ceux qui avaient besoin de moi : à mes yeux, cela faisait partie du contrat d'amour, du devoir, de la famille.

Et je voyais bien qu'il n'était pas impliqué à cent pour cent.

9

LE GRAND JOUR est finalement arrivé, le premier samedi du mois d'août, et, malgré des prévisions météo peu encourageantes, le temps était étonnamment chaud, le ciel incroyablement lumineux. Il y avait des centaines de convives, de tous les horizons de leur vie – du lycée, de l'université, du travail –, y compris certains qu'ils n'avaient jamais rencontrés : les conjoints de cousins, des amis de leurs parents et des nouveau-nés qui criaient et riaient sans raison apparente. Des invités du monde entier étaient réunis à Windsor : la sœur de Charles et son mari avaient débarqué de New York tôt le matin même, sa tante et son oncle avaient interrompu leur année sabbatique en Afrique du Sud et le frère de Marnie, Éric, avait quitté son travail de cadre en Nouvelle-Zélande pour assister à la cérémonie.

Tu vas croire que je mens, mais je t'ai promis toute la vérité et la voici : ça a vraiment été l'un des plus beaux jours de ma vie. Marnie et moi avons passé la matinée ensemble chez ses parents et nous avons savouré notre petit déjeuner – du pain grillé avec de la confiture – en pyjama. Elle a pris un bain et je me suis assise par terre à côté d'elle. Ensuite, nous nous sommes allongées sur le carrelage et nous avons évoqué notre rencontre dans cette file d'attente et tout ce qui nous avait menées à ce moment précis.

Je l'ai regardée épouser un homme que je détestais, mais qu'elle aimait, et c'était moins horrible que je le redoutais. Je n'avais d'yeux que pour elle ce jour-là. J'étais absorbée par ses cheveux auburn enroulés en chignon à l'arrière de sa tête, par son collier de diamants, sa robe blanche, son long voile en dentelle. Sa joie me faisait plaisir. J'étais fière de prendre part à un moment aussi important de sa vie. J'ai trop mangé et trop bu, j'ai dansé jusqu'à ce que mes pieds soient douloureux et couverts d'ampoules. Pourtant je me sentais merveilleusement bien.

Le discours du marié était charmant, vraiment. Je m'attendais à le trouver nauséabond, je croyais que Charles parlerait d'amour éternel, d'union indestructible renforcée par les liens du mariage, mais non. Il a expliqué qu'il n'avait jamais rencontré quelqu'un d'aussi déterminé, d'aussi créatif, d'aussi intrépide que Marnie. Il a déclaré qu'il avait su, dès qu'il l'avait vue, qu'elle était différente, spéciale, qu'elle ne ressemblait à personne. Les choses qu'il a dites sur elle étaient si vraies que je me suis surprise à hocher la tête malgré moi.

Je ne me suis assise qu'après minuit, lorsque la plupart des invités étaient déjà partis, que le groupe remballait ses instruments et que deux demoiselles d'honneur poussaient des convives trop saouls dans leur taxi. Le traiteur rangeait les bouteilles de vin et de bière restantes dans les cartons et le gérant de la salle empilait les chaises. Les portes de la véranda étaient ouvertes et l'air était encore tiède et chargé de pollen. Les guirlandes lumineuses scintillaient au-dessus de ma tête et je savais que j'avais un peu trop bu parce que les halos étaient flous, comme si la lumière s'échappait des petits globes de verre, que le jaune se mêlait à l'obscurité.

Charles s'est laissé tomber à côté de moi et m'a remerciée pour ma « contribution » – c'est le mot qu'il a utilisé. J'ai presque eu l'impression qu'il était sincère. Son gilet déboutonné tombait de ses épaules et il avait abandonné son nœud papillon bleu marine. Nous avons regardé Marnie flotter sur la piste de danse. Sa robe était presque noire au niveau de l'ourlet, la saleté et la poussière de la journée avaient souillé la soie blanche. Ses joues étaient roses et quelques boucles tombées de leurs pinces pendaient autour de son visage, humides de sueur.

— Elle est incroyable, hein ? a commenté Charles.

J'ai acquiescé.

Je ne suis plus sûre maintenant – le temps a un peu estompé les contours de ma mémoire – si ce qui s'est passé ensuite a vraiment eu lieu. C'était peut-être simplement le fruit de ma haine, une illusion, rien de plus, le résultat de l'excès de champagne et d'une colère trop longtemps contenue. Mais je ne le pense pas.

Charles s'est adossé à la paroi de verre de la véranda, il a levé les mains derrière la tête, puis il a soupiré.

— Vraiment incroyable, a-t-il répété.

Il a baissé les bras et l'un d'eux est retombé derrière moi et a glissé le long de ma nuque. Il m'a attirée vers lui et il m'a embrassée sur le front. Ses lèvres étaient mouillées, couvertes de salive, et quand il s'est écarté, j'ai senti du froid sur ma peau à l'endroit où elles s'étaient posées.

— On a vraiment de la chance d'être ensemble, a-t-il déclaré.

Sa voix était pâteuse et il avait un peu de mal à articuler. J'avais trop bu, c'est sûr, mais Charles était bien saoul lui aussi. Je ne l'avais jamais vu se laisser aller comme ça. Sa main gauche a survolé mon épaule, est descendue vers ma clavicule, a frôlé mon aisselle. J'ai retenu mon souffle. J'ai bloqué mes côtes. Je ne voulais pas inspirer, m'étendre, risquer de pousser ma poitrine vers sa paume. Sa main se balançait là, à quelques centimètres de mon sein, me clouant au banc. Je ne pouvais pas bouger sans entrer en contact avec lui, le forcer à me toucher, à me tripoter.

Il a ri, d'un rire grossier et affreux.

— Oh, Jane, a-t-il lâché.

Puis le bout de ses doigts a effleuré mon mamelon à travers la soie jaune de ma robe de témoin. Je n'ai pas pu me retenir de baisser le menton pour regarder ma poitrine, même si ça m'empêchait de respirer. Il a pressé sa paume contre mon sein puis, juste avant de la retirer, il a rapidement pincé mon mamelon entre son pouce et son index.

J'aimerais pouvoir te dire que j'ai fait ou dit quelque chose. J'aurais bien aimé l'avoir confronté à son geste. Peut-être qu'il aurait été choqué – sincèrement étonné – et j'aurais compris que ce n'était pas du tout ce que je croyais.

Mais comme je n'ai pas réagi sur le moment, il n'y a aucun moyen de le savoir désormais.

— J'arrive pas à croire que la cérémonie soit presque terminée, a déclaré Marnie en s'asseyant à côté de nous et en posant la tête sur l'épaule de son mari. Quelle journée. C'était vraiment parfait, hein ?

Charles a lentement retiré son bras. Je l'ai senti glisser dans ma nuque, le long de mes épaules, reculer prudemment jusqu'à ce que nous ne nous touchions plus du tout. J'ai senti l'espace entre nous, cette bouffée d'air frais bienvenue, comme une ligne de démarcation séparant des États ennemis. Mon mamelon me faisait mal, une légère douleur résiduelle.

— Tout va bien ? a-t-elle demandé en souriant. Qu'est-ce qui se passe ici ?

Charles m'a fixée ; et si tu peux croire que j'étais assez sobre pour déchiffrer son regard, je pense que c'était un regard qui intimait le silence.

— Il ne se passe rien, lui ai-je assuré en m'écartant de quelques centimètres sur le banc, m'éloignant d'eux et de leur amour. Rien du tout.

C'est le deuxième mensonge que j'ai dit à Marnie.

Tu le vois, non, que je n'avais pas le choix ? Qu'est-ce que j'aurais pu dire ? Si j'avais été honnête, elle se serait peut-être sentie obligée de choisir. De toute façon, j'étais avec elle, quel qu'en soit le prix. À l'époque, je pensais que cela impliquait de déformer la vérité pour rendre Marnie heureuse, pour la maintenir épanouie, pour protéger nos racines.

★

Je vais te confier une vérité absolue. Cette journée n'a pas modifié mes sentiments envers Charles. Je le détestais depuis des années et cet incident n'a rien changé du tout.

Est-ce que c'est cruel de dire que leur amour était l'amour le plus offensant, le plus implacable, le plus répugnant que j'aie jamais connu ? Oui, c'est cruel, je l'admets. Mais leur amour me dégoûtait. Je détestais le visage de Charles, son sourire suffisant toujours prêt à se former sur ses lèvres, l'expansion exagérée de son torse quand il inspirait, sa manie de tambouriner des doigts sur la table comme pour dire : *Tu m'ennuies*. J'avais détesté sentir sa main sur ma peau à travers le fin tissu de ma robe, mais pas plus que je ne détestais tous les autres aspects de son existence.

J'aurais voulu l'effacer de ma vie. Je dois faire attention en disant ça désormais, je sais, parce qu'on pourrait penser à de la *préméditation*. Ce que je veux dire, c'est que j'aimerais que nos histoires n'aient aucun chapitre en commun, que l'encre de sa vie ne figure nulle part sur les pages de la mienne, que nos vies existent simultanément, d'accord, mais sans jamais se superposer.

Mais est-ce que je regrette sa mort ? Non. Pas le moins du monde.

TROISIÈME MENSONGE

10

JE LUI AI DIT QUE CE N'ÉTAIT RIEN DU TOUT, qu'il ne s'était rien passé.

Aujourd'hui, plus que jamais, ça me semble pertinent d'en parler. C'est une partie importante de l'histoire, de *ton* histoire. Je ne prétends pas que c'était un mobile – ne me fais pas dire ce que je n'ai pas dit –, mais quand un drame se passe, une chose terrible, inattendue, chaque étape qui a mené à cet événement prend un sens différent.

Avant toi, je n'ai parlé de cette histoire qu'à une seule personne, dès le lendemain du mariage. C'était bien avant que je finisse par avoir peur d'évoquer le moindre accrochage entre Charles et moi.

★

Le matin d'après, j'étais allongée dans mon lit, occupée à essayer d'ignorer mon mal de crâne, mon horrible soif, mon besoin pressant d'aller aux toilettes, bref, à faire semblant que tout allait bien, quand on a sonné à ma porte.

Mes stores étaient tirés, mais le soleil s'infiltrait sous les dernières lames, projetant de fins traits de lumière dans lesquels apparaissaient des grains de poussière. *Je devrais passer l'aspirateur, peut-être donner un coup de serpillière*, me suis-je dit, même si je savais que je ne ferais ni l'un ni l'autre. Ma chambre était en désordre, jonchée de livres et de magazines, mais ma gueule de bois était plus forte que tout le reste, j'étais trop fatiguée pour me soucier de quoi que ce soit. Les portes de ma garde-robe étaient ouvertes. Des vêtements s'en échappaient et traînaient sur le sol : un amoncellement de jeans, de shorts et de pulls. Près de la fenêtre, une chaise en bois branlante croulait sous les vêtements et les draps propres empilés. Tout en haut trônait mon soutien-gorge couleur chair à armature enlevé à la hâte la veille au soir. Ma robe de témoin était suspendue derrière la porte, des taches sombres au niveau des aisselles, quelques éclats plus clairs – du champagne peut-être – maculant la jupe.

L'air était lourd et renfermé, il empestait le sommeil et la sueur. Ça aurait dû être dégoûtant, écœurant, et pourtant ces détails créaient un espace familier, un désordre rassurant, une atmosphère intime.

Je suis restée immobile, comme si je redoutais que le bruit de drap froissé se glisse sous la porte de ma chambre, sorte de mon appartement et s'entende dans le couloir.

On a sonné à nouveau.

On a frappé – trois fois – et la porte a tressauté, tremblant sur ses gonds.

— Jane ?

J'ai reconnu la voix immédiatement. C'était celle d'Emma, ma sœur cadette, mon contraire – encore plus que Marnie. Si je suis les ténèbres et Marnie la lumière, Emma est les deux à la fois. Elle avait non seulement une peau très claire et des cheveux très foncés, elle était aussi sujette à des changements d'humeur terribles, des hauts et des bas impressionnants. Elle était à la fois vulnérable et invincible, effrayée et téméraire, brisée et pourtant inébranlable.

Elle a sonné une troisième fois, maintenant son doigt sur la sonnette pendant plusieurs secondes, et le bruit strident a résonné dans tout l'appartement.

— Je sais que tu es là, a-t-elle crié.

Je suis restée cachée sous l'édredon, refusant de bouger.

— J'ai apporté le petit déjeuner, a-t-elle lancé.

Sa voix s'est élevée dans les aigus à la fin de la phrase pour chantonner les mots « petit déjeuner ». Elle savait qu'elle abattait sa meilleure carte, son atout, et que j'en étais bien consciente.

En semaine, mon petit déjeuner habituel était un bol de céréales. J'avais tendance à opter pour des flocons d'avoine qui avaient l'apparence et le goût de carton recyclé, flottant dans du lait épais et gras, d'une consistance proche de la crème. Curieusement, cette version était moins sucrée que l'alternative demi-écrémée. J'avais essayé cette recette pour la première fois quelques années plus tôt, juste après la mort de mon mari, alors que je suivais un régime sans sucre, pour tenter de maigrir, de prendre le moins de place possible physiquement. Ce qui était une erreur. Parce qu'aucune bonne décision ne peut être prise à la suite d'un deuil pareil. C'est pour cette raison que j'ai rapidement relégué aux oubliettes les autres résolutions prises au même moment : arrêter le jus de fruits, passer au riz complet et aux brownies à base de betteraves.

Le week-end, en revanche, j'ai toujours des envies de sucré.

— Tu sens les croissants ? a demandé Emma derrière la porte. Achetés à la boulangerie, il y a moins de dix minutes. Miam miam.

Elle s'est tue pour tendre l'oreille, à l'affût de mes pas. Je l'imaginais debout sur le tapis taupe usé, sous les lumières jaunes blafardes, déplaçant son poids d'un pied à l'autre, impatiente comme toujours, frustrée que je l'ignore.

— Allez, Jane. Je n'ai pas toute la journée.

Je me suis assise, j'ai jeté mes pieds par-dessus le bord du matelas et je les ai glissés dans mes pantoufles. J'aimais ma sœur – je l'aimais vraiment –, mais elle a toujours été du genre sans-gêne. Elle ne trouvait pas anormal de débarquer chez moi le matin sans prévenir et de me harceler en tambourinant à la porte et en hurlant. Parce que nos vies avaient toujours été entremêlées : nos défis, nos disputes, tous les détails qui tissent la toile du quotidien entre deux sœurs.

Non, ce n'est pas tout à fait exact. Ce serait plus juste de dire que sa vie débordait constamment sur la mienne. J'étais le réceptacle de son anxiété. J'étais l'oreille à laquelle elle confessait ses erreurs, l'épaule sur laquelle elle s'appuyait, la main qu'elle saisissait quand elle en avait besoin. Elle déversait ses fardeaux sur moi jusqu'à se sentir un peu mieux. C'était mon rôle de porter et de nourrir ses angoisses à sa place.

Ça avait toujours été le cas. J'étais trop peu aimée et elle beaucoup trop. Ça t'étonnera peut-être d'apprendre que les deux situations sont tout aussi insupportables l'une que l'autre. Elle avait souvent besoin de s'enfuir, étouffée par le fait d'être toujours la chouchoute. J'étais devenue son alliée, l'endroit où elle se sentait en sécurité.

Elle avait besoin de moi. Je ne savais pas à ce moment-là que moi aussi j'avais besoin d'elle.

— Dépêche-toi, tu veux ? Ce n'est pas comme si j'allais les manger moi.

Je l'ai entendue rire. Elle avait un humour très noir, qui parvenait encore à me choquer, même si je connaissais par cœur ses pensées, son esprit aiguisé, ses traumatismes.

J'ai enfilé ma robe de chambre et attaché la ceinture autour de ma taille. Elle était violet foncé et usée, les fibres étaient resserrées le long des manches là où un liquide s'était renversé il y a longtemps. Elle avait appartenu à Jonathan et était beaucoup trop grande pour moi. Les coutures des épaules tombaient quelques centimètres trop bas, sur le haut de mes bras, et l'ourlet arrivait sous mes chevilles, presque sur mes pieds. Il mettait ce peignoir chaque fois qu'il se levait tôt le week-end pour préparer un petit déjeuner à l'anglaise.

J'ai ouvert la porte d'entrée. Emma portait un épais pull marine et un jean ample trois quarts. Ses chaussettes blanches ressemblaient à celles que nous avions à l'école primaire, épaisses avec un élastique en haut et des pompons qui frôlaient ses baskets blanches. Elle venait de se couper les cheveux, sa coiffure était courte, son carré lui arrivait à la mâchoire et glissait vers son menton pointu.

— Eh ben, il était temps, a commenté Emma. T'as une sale gueule.

Je me suis tournée pour m'examiner dans le petit miroir rond suspendu à un clou au mur du couloir. Je ne m'étais pas démaquillée la veille. Mes yeux étaient cerclés de taches noires et mon rouge à lèvres avait bavé à la commissure des lèvres.

J'ai haussé les épaules.

— C'était une bonne soirée.

— Une bonne soirée ? C'était le mariage de ta meilleure amie et tout ce que tu trouves à dire, c'est que c'était une bonne soirée ? C'est tout ?

Elle m'a tendu un sac en papier brun rempli de viennoiseries. J'ai jeté un coup d'œil à l'intérieur : un croissant au beurre et un pain au chocolat.

— Pour toi, a-t-elle précisé.

Elle s'est dirigée vers le canapé et s'est enfoncée dans les coussins, les pieds repliés sous elle, parfaitement à l'aise. J'ai ouvert le frigo et je me suis servi un verre de jus d'orange.

— C'était génial, ai-je corrigé. Une fête très réussie. C'est mieux comme ça ?

— Rhooo, c'est encore pire, a-t-elle gémi. T'es nulle pour ce genre de truc. Raconte-moi quelque chose d'intéressant. Y a eu des disputes ? Des bagarres ? Qui a couché avec la témoin ?

— Personne n'a eu cet honneur. Et pas de bagarres, que je sache.

— Charles s'est bien comporté, alors ? Pas trop chiant ?

— Non, ça va. Enfin, il s'est tout de même passé quelque chose à la fin de la soirée.

Mon appartement est entouré d'autres appartements de tous les côtés sauf un et il y fait toujours un peu trop chaud. Chaque fois que quelqu'un vient – ce qui, franchement, n'arrive pas souvent –, je regarde la personne se déshabiller progressivement au fil de la visite. Au début, c'est juste le manteau et le gros pull, puis les chaussures et le T-shirt à manches longues. Au final, mon invité se retrouve sans chaussettes et en débardeur.

C'était pareil pour Emma. Mais ce que j'ai vu ce jour-là m'a terrifiée.

Elle a passé son chandail par-dessus sa tête. Les os de ses épaules étaient trop apparents. Ses clavicules saillaient, elles pressaient contre sa peau et l'étiraient. Elle avait l'air terriblement maigre, presque translucide. Ses bras étaient aussi chétifs que les ailes d'un oiseau, elle n'avait littéralement que la peau sur les os, sans une once de graisse.

J'ai étouffé un cri et Emma a levé ses yeux, grands et méfiants.

— Ne commence pas, a-t-elle dit en lisant l'inquiétude sur mon front plissé. Ça ne m'intéresse pas.

— Em…

Elle m'a fixée, menaçante et inébranlable, et j'ai compris que c'était inutile de continuer.

Emma avait douze ans quand elle a réussi pour la première fois à échapper à notre attention. Je ne me souviens pas des premiers jours de sa maladie. J'étais tellement occupée à réviser, tellement concentrée sur des choses qui n'auraient jamais la moindre importance – les équations quadratiques, la formule de la respiration, les paysages fluviaux – que je n'ai pas remarqué les premiers signes de sa détérioration, alors qu'elle comptait énormément pour moi.

Je revois une scène. Emma et moi avions toutes les deux fini l'école, c'était l'été, en juillet je crois. Marnie était dans le sud de la France – et nos parents étaient occupés, comme toujours, à détruire leur mariage à coups d'insultes et de soupirs agacés. Il faisait chaud, trop chaud pour l'Angleterre : la température dépassait les trente degrés. Nous sommes allées à la piscine en plein air et j'ai posé nos serviettes à côté de centaines d'autres. Des familles avec cinq enfants plongeaient, sautaient et couraient dans l'herbe, les femmes exhibaient leurs courbes, des couples plus âgés lisaient le journal sur des chaises pliantes. J'étais en maillot et je transpirais, l'humidité ruisselait entre mes seins, des gouttelettes mijotaient sur ma lèvre. Emma portait un bermuda et un pull en laine. Elle frissonnait. J'insistais pour qu'elle vienne dans la piscine avec moi, mais elle refusait : elle prétextait ne pas vouloir abandonner nos objets de valeur, mais nous n'avions rien emporté, juste les serviettes, nos vêtements et un livre chacune. Je l'ai harcelée, bien sûr, parce que je suis la sœur aînée et que c'est mon droit. Elle a fini par céder. Je me souviens qu'elle a passé son pull par-dessus sa tête et que ses épaules et ses clavicules étaient pires encore à cette époque, plus saillantes que jamais sous sa peau fine et transparente. Elle a ôté son bermuda : ses jambes étaient des lignes droites osseuses presque sans chair, sans épaisseur. Elle m'a fixée, me mettant au défi de réagir à la vue de son corps fragile et terrifiant. Je n'ai rien dit.

Au cours des mois qui ont suivi, j'ai placé de force de la nourriture dans son assiette. Parfois elle l'avalait, parfois pas. Puis elle est allée un peu mieux, brièvement, avant que son état ne s'aggrave. Les deux années suivantes ont été semblables – jamais en très bonne santé, jamais en très mauvaise –, puis je suis partie à la fac alors qu'elle n'avait que quatorze ans. À partir de là, les hauts se sont faits de plus en plus rares et les bas de plus en plus fréquents. Jusqu'à ce que même mes parents ne puissent plus nier la réalité assise en face d'eux à table et qu'Emma soit hospitalisée, puis qu'on l'autorise à rentrer, avant de l'hospitaliser à nouveau.

Je sais que cela fait d'elle un personnage assez particulier dans une histoire qui l'est tout autant. Mais si tu avais rencontré Emma – ça m'aurait fait plaisir, je crois que tu l'aurais appréciée –, tu aurais compris qu'elle n'était pas du tout la personne que son corps laissait entrevoir. Emma n'a jamais été une victime. Elle était malade, oui, et elle l'a été pendant très longtemps, mais ce n'était qu'une infime partie de son tout.

Sa maladie existait quelque part en elle, comme un étrange fléau incontrôlable, tapi dans son esprit, dans ses os et dans sa chair. Elle prenait de la place dans sa vie, c'est vrai, mais il faut plutôt le voir comme un chemin qu'elle n'a jamais choisi, qu'elle ne voulait pas emprunter – même si elle a appris à y avancer du mieux qu'elle pouvait. Elle a fini par refuser les soins et j'ai essayé de respecter sa décision.

— Arrête de me regarder comme ça, m'a-t-elle ordonné en se blottissant sur mon canapé, en se cachant derrière son pull. Comme si tu avais vu un fantôme…

J'ai haussé un sourcil, je n'ai pas pu m'en empêcher.

Pendant des années – presque tout le temps que j'ai passé à l'université –, j'ai fait des cauchemars dans lesquels je voyais Emma morte. Au beau milieu d'un rêve ordinaire, où j'étais par exemple en vacances, dans un amphithéâtre à la fac ou avec Marnie, je découvrais le corps sans vie d'Emma, les membres raides et bleuis, les yeux grands ouverts. Je me réveillais en haletant pour reprendre mon souffle, suant et grelottant dans des draps froids détrempés.

— Merde, a-t-elle fini par pester en enfilant à nouveau son pull, ça va, je vais bien.

J'étais obligée de laisser tomber. Je n'avais rien à gagner à une dispute. Tout à perdre, au contraire.

— Charles, a-t-elle repris en tapotant l'espace à côté d'elle sur le canapé. Tu disais ?

Je me suis assise et j'ai raconté les événements de la veille. Je lui ai expliqué que la diction de Charles était devenue traînante, que les bouchons de champagne sautaient les uns après les autres, que les coupes étaient sans cesse resservies. J'ai parlé de son bras sur mon épaule, du tissu épais de sa chemise blanche amidonnée contre ma nuque. J'ai fermé les paupières ; j'ai senti que je rougissais en décrivant sa paume sur ma poitrine, ses doigts sur mon mamelon. J'ai décrit nos corps qui s'écartaient, le blanc éclatant de la robe de Marnie qui s'approchait, elle à côté de nous et ce sentiment que quelque chose de malsain venait de retourner dans sa boîte.

Emma avait les yeux écarquillés, la bouche ouverte.

— Et qu'est-ce qu'elle a dit ? a-t-elle chuchoté à la fin de mon récit.

— Rien. Elle n'a rien dit. Elle n'a rien vu.

— Elle n'a rien vu du tout ?

Emma a baissé les yeux vers le coussin qu'elle serrait contre sa poitrine.

— Tu es sûre ? Certaine ? Ça s'est passé exactement comme ça ? Il n'était pas juste saoul et un peu trop désinhibé ? Il n'a pas juste eu les mains baladeuses sans le vouloir ?

J'ai haussé les épaules.

— Peut-être.

— En même temps, c'est pas le genre de Charles de perdre ses moyens, non ? Ça ne lui ressemble pas.

J'ai souri. Emma ne l'avait jamais rencontré. La seule version qu'elle connaissait était la mienne.

C'est un élément auquel j'ai pensé souvent au cours des derniers mois. Emma ne connaissait pas Charles. Elle n'avait aucune raison de mettre mon récit en doute, aucune raison de ne pas croire qu'il était en réalité un pervers prêt à tripoter la témoin de sa femme à son propre mariage et quasiment devant sa magnifique épouse. Et pourtant, la réaction instinctive de ma sœur n'était pas de remettre en question le caractère de Charles, mais ma version des événements. Qu'est-ce que ça raconte de moi ? De ma capacité à travestir la vérité ? De ma capacité à analyser correctement une situation ?

Est-ce que ça signifie, en fait, que Charles n'avait pas eu de geste déplacé ce soir-là ? Que j'avais commis une erreur de jugement ? Je ne pense pas, mais ça vaut la peine que tu y réfléchisses. C'est ma vérité, après tout. Ce n'est pas exactement la même chose que *la* vérité.

— Tu vas le dire à Marnie ? a voulu savoir ma sœur. Lui expliquer que son nouveau mari t'a pelotée ? Parce que je pense vraiment que ce serait une mauvaise idée.

J'ai secoué la tête.

Mais elle a poursuivi :

— C'est glauque quand même. Et bizarre.

Elle tournait le coussin devant sa poitrine, le pinçant aux coins, le faisant pivoter comme une roue.

— T'as eu peur ? m'a-t-elle demandé.

— De Charles ?

— Oui. Ça t'a fait peur ?

— Non, ai-je répondu instinctivement. Non. Pas vraiment.

Dès que j'ai prononcé ces mots, j'ai réalisé que ce n'était pas vrai. J'avais eu peur. Je n'avais pas été terrifiée, ce n'était pas le mot juste, mais nerveuse, mal à l'aise et tout à coup très consciente de n'être qu'une chose minuscule confrontée à un phénomène qui me dépassait. Ce n'était pas la légère crainte que je ressentais dans des situations imprévisibles. C'était plus angoissant que quand je rentrais à pied de la station de métro tard le soir et que j'entendais les pas d'un homme derrière moi, plus que quand quelqu'un se tenait trop près d'un passage pour piétons ou que je voyais un groupe de personnes blotti à l'entrée d'un tunnel sous la voie ferrée que je devais traverser. Parce que c'était un geste calculé. Charles avait un but, un objectif. Et si son intention était de me flanquer la trouille, il avait réussi.

— Comment va maman ? ai-je demandé à ma sœur.

Elle a baissé les yeux vers le sol et s'est mise à jouer avec un fil tiré de son pull.

— Je n'y suis pas allée, a-t-elle répondu. Je… j'ai pas pu…

J'ai expiré lentement, en faisant un effort pour ne pas soupirer. J'avais expliqué plusieurs fois à ma mère – je l'avais même écrit sur son calendrier – que je ne viendrais pas ce samedi-là, à cause du mariage, mais qu'Emma prendrait le relais.

— Ne m'engueule pas, m'a implorée Emma. S'il te plaît. J'ai appelé. J'ai prévenu la réceptionniste. Je ne m'en sentais pas capable, d'accord ? J'ai pas pu.

Quand nous étions plus jeunes, encore enfants, ma mère et ma sœur étaient incroyablement proches. Je trouvais ça malsain d'être à ce point fusionnelles. Et pourtant, même si Emma souffrait parfois de se sentir étouffée – et qu'elle s'échappait brièvement pour passer du temps avec moi ailleurs dans la maison –, elle avait besoin de ma mère pour mille raisons différentes : pour gérer ses émotions, pour résoudre des problèmes pratiques, pour se faire réconforter. Emma était inquiète de nature, comme ma mère, même à l'époque, et elle était mal à l'aise avec les gens qu'elle rencontrait pour la première fois. Elle se blottissait derrière les jambes de ma mère lorsque nous allions dans des endroits inconnus et jetait des coups d'œil entre ses cuisses. À la maison, elle la suivait d'une pièce à l'autre, elle voulait l'aider pour la cuisine, le ménage, et toutes les autres tâches dont ma mère s'occupait. Le soir, Emma aimait qu'on la câline, qu'on lui fasse la lecture et qu'on lui donne le bain. Elle avait besoin de ma mère et celle-ci adorait se sentir indispensable.

Mais quand sa présence aurait été vraiment nécessaire, quand Emma avait visiblement besoin de soutien, d'amour et de force, ma mère ne lui a rien donné. Le point d'ancrage s'est détaché, gêné par la nature de l'appel à l'aide. Quand j'analyse la situation aujourd'hui, avec le recul, je comprends que ma mère avait peur, tout simplement. Elle n'a jamais été idéaliste. Elle devait réaliser ce qui était en train de se passer et à quel point il serait difficile, probablement impossible, de sortir Emma de là. Elle a choisi d'ignorer le problème, de faire semblant que sa fille allait bien. Elle raclait la nourriture de son assiette pour la jeter dans la poubelle sans poser de questions à la fin des repas et lavait des couverts qui n'avaient pas vraiment été utilisés.

Plus Emma cherchait à attirer son attention, plus ma mère l'ignorait, jusqu'à ce que ma sœur se retrouve tellement en colère et isolée et que ma mère ait tellement peur pour son avenir qu'il n'y ait plus la moindre chance de guérison. Emma ne lui a jamais vraiment pardonné. Elle a quitté la maison dès que son état s'est suffisamment amélioré.

À mon avis, elle tenait notre mère pour responsable de sa maladie : non pas de l'avoir déclenchée, mais de lui avoir permis de se déployer. Je pensais que leur relation s'était rompue à jamais et que leur lien n'était plus qu'un lien de sang, je pensais qu'il n'existait plus qu'un fin filament qui s'étirait difficilement entre elles, indestructible malgré tout. J'avais tort. Il y avait d'autres fils, plus épais, qui unissaient ma mère et ma sœur, des liens que je ne voyais pas encore.

— Jane, s'il te plaît, a insisté Emma. J'ai vraiment essayé.

Je n'ai pas répondu. J'aurais voulu lui demander de réfléchir à l'impact que ses actes avaient sur les autres : lui expliquer qu'à cause d'elle, je m'en voulais de ne pas y être allée moi-même, que notre mère s'était probablement sentie incroyablement seule. Mais Emma était tellement submergée par ses propres émotions qu'elle avait beaucoup de mal à envisager le monde d'un autre point de vue que du sien.

Au lieu de lui adresser des reproches, je lui ai posé des questions sur ses projets de bénévolat, sur son appartement et sur un livre que je lui avais recommandé et qu'elle n'avait toujours pas lu, à propos d'une famille dysfonctionnelle. J'ai pris une douche, enfilé un pyjama propre et nous avons passé la journée sur le canapé à regarder des DVD qui avaient appartenu à notre père – des films d'action avec des héros virils et des femmes ridiculement incompétentes –, que j'avais récupérés après son départ. Nous les avions regardés ensemble, lui et moi. Il me laissait venir sur ses genoux, me blottir contre lui et m'endormir la tête contre son torse, pendant que ma mère était occupée ailleurs.

Emma en a emporté quelques-uns en rentrant chez elle ce soir-là. Elle a prétendu qu'ils avaient toujours été à elle. Je savais que ce n'était pas vrai, mais cela ne me dérangeait pas vraiment. Il y avait tant de sujets que nous ne pouvions pas aborder, tellement de tabous que ce mensonge semblait relativement insignifiant. Je l'ai regardée partir avec les DVD dans son sac à dos et j'ai tenté de me concentrer uniquement sur ses cheveux qui s'arrêtaient juste au-dessus du sac plutôt que sur ses jambes en bâtons d'allumettes.

11

Marnie et Charles partaient le lundi après leur mariage pour deux semaines et demie de lune de miel en Italie. Charles avait tout planifié : il avait choisi leur itinéraire à travers le pays, acheté les billets d'avion, réservé les plus belles chambres dans des hôtels hors de prix. Il voulait que ce soit une surprise et, au cours des mois précédents, il m'avait bassiné les oreilles avec les moindres détails, sur un ton enthousiaste. Il avait loué une voiture de la couleur favorite de Marnie, une décapotable de collection. Il avait opté pour des hôtels agrémentés de velours épais et de lustres chargés, plutôt que pour le style épuré et monochrome qu'il préférait. Il avait sélectionné un trajet qui leur permettrait de déguster les spécialités culinaires qu'elle adorait, de visiter les endroits qu'elle aimerait.

« Qu'est-ce qu'elle penserait d'un cours de cuisine ? » m'avait-il demandé, plus tôt dans l'année. « Tu le trouves comment ? Tu crois que Marnie aimerait ce genre de nourriture ? Et la vue ? » m'avait-il interrogée un autre jour en me montrant le site Internet d'un nouveau restaurant chic.

« Et Rome ? m'avait-il chuchoté un soir, alors qu'elle était encore dans la cuisine. Elle y est déjà allée ? » Elle n'y était jamais allée et je l'avais dit à Charles.

Grâce à ces échanges incessants, je connaissais leur itinéraire sur le bout des doigts. Ce matin-là, je les imaginais arriver à l'aéroport, dans la salle d'embarquement, assis côte à côte dans l'avion, puis attendant leurs sacs sur le carrousel. Je les voyais rire ensemble tandis qu'ils casaient leurs bagages dans le minuscule coffre de la voiture, la main de Charles posée sur la cuisse de sa femme pendant tout le trajet. Je me représentais sans difficulté le hall de leur premier hôtel, le canapé violet dans leur suite, la piscine à débordement entourée de hamacs et donnant sur les vignes. Je connaissais chacune de leurs étapes et j'avais l'estomac noué – j'étais jalouse. J'aimais Marnie et je voulais qu'elle profite de cette merveilleuse lune de miel, mais j'aurais aimé pouvoir être aussi de la partie.

Marnie et moi avions voyagé ensemble une ou deux fois. Nous avions séjourné dans des stations balnéaires bon marché où nous nous étions offert des cocktails aux couleurs criardes qui laissaient des sédiments de sucre après chaque gorgée. J'avais bronzé au soleil et elle avait paru plus pâle en comparaison. Nous avions partagé un lit sans que cela nous dérange, nous nous étions pris la main pendant des vols secoués par les turbulences et avions franchi ensemble le contrôle des passeports. Mais c'était plus que ça. Nous avions ri, papoté et nous nous étions avoué nos secrets. Nous ne formions plus qu'une personne pendant ces vacances, nous partagions des blagues que nous étions les seules à comprendre, des valises communes et des bracelets élimés qui n'avaient rien coûté, mais signifiaient énormément pour nous.

Malheureusement, nous n'avions plus voyagé ensemble depuis qu'elle avait rencontré Charles.

Désormais, c'est avec lui qu'elle partagerait son lit, sa valise, ses secrets.

J'y ai pensé pendant cette quinzaine de jours, de façon intermittente, alors qu'une angoisse tenace me tiraillait la poitrine. Je sentais que nos racines s'éloignaient peu à peu et cela me paraissait inacceptable, simplement parce que j'avais toujours cru que c'était impossible.

★

Marnie m'a appelée tard le soir, juste après son retour de lune de miel, alors que j'étais déjà presque endormie. Elle voulait savoir ce que j'avais pensé de son mariage, ce qui m'avait le plus marquée, ce dont je me souvenais. Je lui ai parlé d'Ella, sa nièce de six ans, qui n'était plus qu'en culotte et chaussettes à la fin de la première danse, qui sautillait et tournoyait, le front perlé de sueur. Je lui ai parlé de son frère éméché, qui avait fait une sieste sous une table pendant les discours. Je lui ai raconté que l'officier d'état civil avait été pris dans les embouteillages et qu'il avait envoyé des messages paniqués avant la cérémonie parce qu'il craignait d'arriver en retard.

Elle a ri quand je lui ai raconté que la tour de fromages s'était effondrée quelques instants après avoir été tranchée. Elle a soupiré – et j'ai deviné qu'elle souriait – quand je lui ai expliqué que ses parents dansaient encore, la tête de sa mère posée contre l'épaule de son père, longtemps après que le groupe avait arrêté de jouer, alors que le personnel rangeait la salle.

— C'est tellement agréable d'entendre tout ça, a-t-elle conclu. J'ai l'impression d'avoir raté tellement de choses ce jour-là. J'ai tout planifié à la perfection, mais je ne pouvais être qu'à un seul endroit à la fois. J'attends le reste des photos. On en a déjà quelques-unes. Seulement une douzaine, parmi nos préférées, et il y en a de jolies de toi. Tu viens vendredi ? Je te les montrerai.

— Tu me les enverras ?

Nous avions posé autour d'une arche florale, d'abord les mariés, puis en petits groupes : parents, frères et sœurs, amis. On nous avait mis en place, ordonné de sourire, puis on nous avait poussés rapidement hors du cadre. Je ne savais pas s'il y avait une photo de nous deux seules, mais je l'espérais.

— Bien sûr. Je te transférerai le mail. Il y en a une de mes parents qui te fera rire.

— Je les ai trouvés bien, au mariage.

— Oui, j'ai pensé la même chose. Même si – et c'est tout à fait typique d'eux – j'ai appris qu'ils étaient à Florence en même temps que nous. Maman avait une conférence sur les allergies et papa y participait aussi. Tu crois qu'ils me l'auraient dit ? Non. Tu penses qu'ils voulaient qu'on se retrouve ? Pour déjeuner ou dîner avec nous ? Non plus.

Elle voyait toujours le pire en eux, cherchait les preuves de leur indifférence.

— Je ne sais pas si c'est si grave. Peut-être qu'ils ne voulaient pas être dans vos pattes ?

— C'est une belle façon d'envisager la question, a-t-elle admis, mais je ne crois pas que ce soit la vraie raison.

J'ai bâillé, espérant mettre fin à la conversation, mais Marnie a poursuivi quand même :

— Tu sais quoi ? Je me sens différente maintenant. Je peux dire « plus sage » sans passer pour une connasse ? Ou peut-être pas ? Je n'en suis pas sûre.

— Non. Je ne suis pas sûre que tu puisses.

— Je me sens plus adulte, a-t-elle précisé.

Puis elle a marqué une pause pour réfléchir et a rectifié :

— Ce n'est pas tout à fait exact. J'ai l'impression d'avoir participé à une démonstration publique de mon passage à l'âge adulte. Comme si je faisais semblant avant. Est-ce que ça a du sens ?

— Pas vraiment.

— Enfin bref, c'est un peu pour ça que j'appelais. Nous avons décidé de vendre l'appartement. Tu sais… maintenant qu'on est adultes et tout ça.

Elle s'est tue, mais je n'ai rien dit.

— On en a parlé pendant le voyage et on pense que c'est une bonne idée.

Elle s'est à nouveau arrêtée.

Elle testait chaque étape, en plaçant un pied à la fois sur le bois fragile pour s'assurer qu'il ne cédait pas. Je savais qu'elle se demandait – une sorte de question silencieuse – si cela me dérangerait, si le changement de routine me poserait problème. Charles et Marnie annonçaient depuis longtemps qu'un jour ils franchiraient les limites de la ville pour s'installer dans une maison avec un jardin, une allée pour la voiture et des chambres donnant sur les champs. J'ignorais si, par son silence, elle voulait me faire comprendre cela aussi.

Elle a pris soin de ne pas parler d'argent. La carrière de Charles allait au mieux – je veux dire par là qu'il était très riche. Il travaillait dans une société de capital-investissement, il achetait des entreprises et les revendait en morceaux en générant de jolis profits. Et Marnie travaillait plus dur que jamais, elle écrivait et parlait de cuisine constamment. Elle avait récemment signé avec un nouveau sponsor, une société qui vendait des couteaux à la pièce pour un prix frisant l'indécence. Ils avaient apparemment vu une augmentation significative de leurs ventes depuis qu'elle avait commencé à les présenter dans ses vidéos et elle avait réussi à négocier une meilleure commission.

En revanche, moi, je ne m'étais jamais sentie aussi peu impliquée dans mon travail. Mon objectif premier était de traiter les plaintes des clients et de verser le moins de compensations possible pour nos erreurs. J'arrivais à peine à payer mon loyer. Marnie était sensible à ça, elle ne voulait jamais que je me sente inférieure.

Oh.

Oui.

Non. Tu as raison.

J'ai dit que j'essaierais d'être honnête. Et pourtant, sans surprise, cela ne me vient pas très naturellement. J'ai légèrement déformé ma situation.

J'avais de l'argent – j'en ai encore –, mais je le gardais de côté.

Jonathan, en tant que cameraman indépendant, ne bénéficiait d'aucun avantage offert par la société pour laquelle il travaillait, mais parce qu'il était d'une efficacité à toute épreuve, il avait souscrit une police d'assurance vie. J'étais son plus proche parent et j'avais par conséquent touché la prime.

Mais j'étais incapable – je le suis toujours – de dépenser cette somme. Il voulait que je l'aie, mais je ne supporte pas l'idée qu'on ait attribué une valeur financière à sa vie. Parce qu'aucun montant ne peut compenser une telle perte. Comment pourrait-on quantifier la lumière allumée dans le couloir quand on rentre à la maison après la tombée de la nuit ? Comment évaluer le prix d'un sourire reconnaissable entre tous qui t'attend à l'arrêt de bus pour te raccompagner à la maison ? Combien cela coûte-t-il de remplacer quelqu'un dont la main se love si bien dans la tienne, dont la chaleur est si rassurante, dont le rire est une source de bonheur, quelqu'un qui a volontairement joint sa vie à la tienne ?

Si tu devais utiliser leur algorithme pour évaluer un être cher, tu découvrirais que, selon leurs calculs, un homme comme Charles vaut bien plus qu'un homme comme Jonathan. Ce qui démontre la justesse de mon point de vue.

Emma me trouvait ridicule. Elle me poussait à investir. Elle m'avait transmis des dizaines de liens vers des propriétés : des appartements modernes dans le centre, des maisons mitoyennes en périphérie, même un appartement avec vue sur la Manche au sud du pays. Elle m'avait arrangé un rendez-vous avec un de ses amis, un homme avec qui elle était bénévole à la banque alimentaire et qui avait hérité d'une petite fortune de son épouse, pour que nous puissions discuter de retour sur investissements, de marché immobilier et de tout un monde qui ne m'intéressait en rien. J'avais insisté pour décliner le rendez-vous, et quand elle avait dit que c'était un rendez-vous bancaire, je lui avais fait remarquer que ce concept n'existait pas et j'avais refusé. Puis elle avait employé les mots « le bon côté des choses » et nous n'avions plus jamais parlé de cet argent ni même reconnu son existence.

Il dort toujours sur le même compte en banque.

— Je pense que c'est parce que maintenant nous sommes mari et femme : on a l'impression qu'un appartement ne nous convient plus, tu vois ? a poursuivi Marnie. On trouve qu'une maison serait plus appropriée. J'adore cet appartement, mais ça se défend, non, que c'est le moment de se mettre à penser aux prochaines étapes de la vie ? Avoir de la place pour grandir et tout ça. Peut-être en septembre. Je pense que c'est le bon moment pour vendre.

— Tu dois faire comme tu as envie. Ce qui te semble juste.

— Tu parles comme Charles. Vous êtes tellement raisonnables tous les deux. Il n'arrête pas de dire qu'on vient à peine de se marier, qu'on a tout le temps devant nous pour concrétiser tout ça, qu'il n'y a pas d'urgence. Mais je crois qu'il en a envie aussi, tu sais, c'est juste qu'il ne veut pas me mettre la pression. Je crois qu'il aime beaucoup l'idée d'avoir plus d'espace. Je pourrais lui trouver un chien, tu sais celui qu'il rêve d'avoir… C'est quoi, déjà ? Un husky ? Mais, comme il dit, on a toute la vie devant nous et les chiens, c'est beaucoup de boulot, non ?

Je n'ai rien répondu.

— Jane ?

J'ai éteint ma lampe de chevet et fermé les yeux.

— Merde, a-t-elle lâché. Je suis vraiment désolée. C'était indélicat, n'est-ce pas ? On n'a pas toute la vie devant soi, je le sais bien. C'est pour ça que je pense comme ça, à cause de Jonathan. Je sais que parfois la vie change de façon inattendue, que les choix qui s'offraient à nous disparaissent. Merde. Jane, je suis désolée. J'étais juste… Jane ?

— C'est rien, je t'assure.

J'avais envie de m'endormir. Je ne voulais pas poursuivre cette conversation.

Je me rendais compte que la vie de Marnie s'élargissait alors que la mienne rétrécissait. J'avais eu moi aussi les conversations qu'elle avait maintenant – je m'étais posé exactement les mêmes questions – et je pensais avoir toute une vie pour trouver les réponses.

Jonathan avait toujours eu envie de s'éloigner de la ville, de vivre à la campagne : il voulait élever des poules, avoir plus de chambres que d'enfants et construire une cabane dans un arbre au fond du jardin. « Tu vois le smog dehors ? Eh ben, il n'y en aurait pas là-bas », disait-il pour me convaincre. Quand on entendait une bouteille se casser ou des pneus grincer en pleine nuit dans la rue, il murmurait : « T'as entendu ? On n'a pas ça à la campagne. » Il revenait du supermarché et quand il déballait les légumes, emballés cliniquement dans du plastique, il décrétait : « J'aurais pu les faire pousser moi-même. »

Je savais que je finirais un jour par dire : *Oui, d'accord. Allons-y.*

Mais ce moment n'est jamais venu.

12

QUAND LES CHOSES commencent à nous échapper, c'est pratiquement impossible de ne pas penser à comment c'était avant, lorsque tout allait pour le mieux. J'ai tenté de me rendormir, mais je n'y suis pas arrivée. Je ne pouvais pas m'empêcher de retracer l'histoire de notre amitié depuis ses débuts, afin d'identifier d'autres moments où elle m'avait semblé aussi fragile que maintenant.

Nous avions eu une dispute à l'école, une seule. C'était pour une bêtise, comme presque toutes les disputes. Marnie appuyait tous les matins au moins une demi-douzaine de fois sur le rappel de son réveil avant de se lever en panique et de courir jusqu'à l'école. Nous étions toujours ensemble pour les travaux en binôme et, le jeudi, la journée commençait par un cours de théâtre. Presque toutes les activités nécessitaient de travailler à deux ; impossible d'être seule. Elle s'excusait rarement d'être en retard et, un jour, j'ai fini par me fâcher. C'était égoïste de sa part de ne jamais penser à moi, d'oublier que son comportement m'impactait aussi. Je lui ai annoncé que je n'étais plus certaine de vouloir être sa partenaire. Elle m'a répondu qu'il n'y avait pas de problème, si c'était ce que je ressentais, et elle est partie furieuse, son écharpe traînant derrière elle, son devoir encore serré dans son poing.

Le froid entre nous a duré toute la journée. Nous ne nous sommes pas assises ensemble en cours et nous avons marché séparément d'une classe à l'autre. Cette hostilité était sans précédent. Nous étions d'ordinaire l'exception harmonieuse parmi les conflits incessants entre ados. Notre prof était tellement choquée par la situation qu'elle nous a fait asseoir après le dernier cours et a dénoué le problème, à l'aide de grands mots comme « responsabilité » et « compassion », en insistant pour que nous cessions de nous montrer immatures et que nous apprenions à aborder nos problèmes de façon adulte.

Et c'est tout. Notre seule dispute. Nous nous sommes pardonné, mais nous ne l'avons pas oubliée. Nous l'avons brandie comme un trophée, parce qu'une seule dispute au cours d'une si longue amitié est un sujet de fierté.

Il n'y avait pas eu d'autre incident depuis. Nous nous étions chacune installées dans des villes différentes pour étudier à dix-huit ans, mais nous avions à peine l'impression d'être séparées, parce qu'il y avait toujours une raison de nous appeler, une anecdote à partager, un truc que seule Marnie pouvait comprendre. Trois ans plus tard, nous avons emménagé ensemble. Et nous étions plus fortes que jamais, une équipe soudée pour affronter un monde qui nous paraissait confus.

C'est au cours de cette première année dans l'appartement de Vauxhall – peut-être seulement un mois ou deux avant que je rencontre Jonathan – que Marnie a essayé de quitter son emploi. Elle a écrit une lettre de démission, mais son patron, Steven, a refusé de l'accepter. Elle est rentrée à l'appartement en fin de journée perplexe et abattue, mais déterminée à trouver une solution. Elle détestait son boulot, ses collègues et son patron en particulier, qui se croyait irrésistible aux yeux des jeunes femmes, ce qui n'était pas du tout le cas. Je l'avais déjà rencontré quelques fois lors de divers événements professionnels et il était clair qu'il se trouvait aussi beau qu'il avait dû l'être trente ans plus tôt.

Marnie a fait une deuxième tentative la semaine suivante. Elle a coincé son patron et lui a remis sa lettre en présence de la directrice générale.

— Comme nous en avons discuté, voici ma démission, a-t-elle annoncé avec fermeté.

— Oh, je suis vraiment désolée d'entendre ça, a répondu Abi. Tu dois être déçu, Steven.

— Très, a-t-il admis en acceptant l'enveloppe à contrecœur.

— J'espère que vous partez pour de nouveaux défis passionnants, a conclu Abi en souriant.

Elle avait été nommée quelques mois plus tôt. Elle mesurait un mètre quatre-vingts et était très ambitieuse. Les jeunes femmes de l'entreprise étaient impressionnées par sa stature ; les hommes plus âgés, moins.

Steven n'avait pas l'intention de faciliter les choses à Marnie ; il était décidé à lui faire payer le simple crime d'avoir laissé entendre qu'elle n'était peut-être pas entièrement satisfaite de travailler avec lui. Plus tard dans la journée, il a pris Marnie à l'écart et l'a informée que son préavis était de six mois et qu'elle allait devoir purger toute sa peine. Marnie a soutenu que c'était ridicule, qu'elle ne savait pas à quoi elle s'engageait quand elle avait signé et que c'était un délai disproportionné pour une assistante, mais il a insisté.

Ce soir-là, elle s'est jetée sur le canapé et a enfoui la tête sous les coussins. Elle était en rage : c'était injuste, elle n'y arriverait jamais, elle ne voulait, elle ne *pouvait* pas travailler pour un homme aussi odieux six mois de plus.

— Aide-moi, m'a-t-elle suppliée en me regardant entre les coussins. Je mourrai si je passe encore un mois avec ce type. Je sens son haleine sur mes vêtements et j'entends tout le temps son rire nasillard résonner, même quand on n'est pas ensemble, même le week-end. Aide-moi, Jane.

Nous avons élaboré un plan. J'avais déjà fait ce genre de chose, bien sûr ; sans elle, pour me venger de son premier petit ami, charmant en apparence, mais qui s'emportait facilement. Cette fois, c'était différent, c'était exaltant de partager l'attente avec elle. La fête d'été annuelle de leur boîte avait lieu à la fin de la semaine suivante. C'était un événement important, visant à appâter les fournisseurs et les investisseurs, à remercier les employés et à divertir les partenaires. La fête se déroulait au bord de la rivière dans le jardin du plus grand pub de la société et l'attention portée au moindre détail était incroyable. Cette année-là, le thème choisi était le cirque.

Nous sommes arrivées tôt. Un portail géant peint en doré avait été érigé sur le parking. Deux clowns nous ont accueillies et dirigées vers le chapiteau. Il y avait une grande tente en toile cirée bleue et un homme perché sur des échasses rouge vif est passé devant nous en regardant droit devant lui, comme s'il ignorait totalement que le monde continuait de tourner à ses pieds, que des vies se déroulaient au niveau du sol.

Marnie m'a prise par la main et nous avons fendu la foule. Elle portait un justaucorps noir et des collants noirs transparents, elle était élégante, sûre d'elle, comme si son corps était exactement celui qu'elle désirait. Je portais une longue jupe fleurie et une petite boule de cristal rebondissait sur ma poitrine au bout d'une chaînette. J'aurais voulu venir en jean.

Marnie s'est arrêtée devant le bar et m'a indiqué une grande femme vêtue d'une veste en cuir rouge avec des poignets rayés d'or et des revers en cuir noir. Un petit chapeau haut de forme rouge était perché sur sa tête et elle tenait un fouet serré dans son poing.

— Voilà. C'est elle, c'est Abi.

J'ai hoché la tête.

— Et toi, tu seras où ?

Marnie a pointé une caravane en bois juste derrière le stand de pop-corn. Elle était peinte en vert citron avec des rayures jaune vif sur les flancs.

— Là derrière. Dans un quart d'heure.

Je me suis approchée d'Abi. J'ai interrompu sa conversation. Je me suis présentée comme Pippa Davies.

Elle a immédiatement reconnu le nom. Pippa Davies était la fille d'un de leurs principaux fournisseurs. Pippa avait appelé Marnie la semaine précédente pour lui expliquer que, finalement, elle ne pourrait pas venir. Mon amie avait décidé de ne pas modifier la liste des invités.

Abi était ravie de me voir. Elle m'a guidée à travers le cirque. Elle voulait me montrer leur site, leur pub phare, l'étendue de leurs opérations et elle m'a vendu leur succès et leur ambition à l'aide d'un discours bien rodé. Je la suivais en prenant mon temps, me concentrant pour la diriger discrètement vers le stand de pop-corn et la caravane verte.

— C'est très élégant, ai-je commenté en commençant à faire le tour de la structure.

— Tout à fait, a renchéri Abi, un peu surprise par ce détour inattendu. J'imagine que votre père vous a aussi parlé des fêtes que nous organisons pour nos clients : la Saint-Patrick, Halloween, le Nouvel An…

Je me suis arrêtée et j'ai regardé la scène qui se déroulait derrière la caravane. Notre plan fonctionnait à merveille.

Marnie et son chef se disputaient. Je me suis éclairci la gorge. Marnie a levé les yeux, sa posture s'est légèrement assouplie, son poids s'est déplacé d'un côté, elle a fait ressortir sa hanche, puis elle s'est avancée vers lui et a posé la main sur son épaule. Ils avaient l'air de faire quelque chose d'interdit, de flirter. Je me sentais à la fois dégoûtée et ravie.

— Pour nous, chaque détail compte, a repris Abi, et c'est l'une des nombreuses qualités qui nous distinguent de nos concurrents…

Elle a levé les yeux à son tour et a laissé échapper un petit cri étouffé, et ses mains se sont envolées pour couvrir ses lèvres, tandis que son fouet tombait sur le sol à côté d'elle.

— Steven ! s'est-elle exclamée. Qu'est-ce que… qu'est-ce que c'est que ça ?

Il a froncé les sourcils – c'était presque touchant – et il nous a regardées toutes les trois, déconcerté, incapable de comprendre ce qui se passait et pourquoi sa patronne avait l'air si choquée, si horrifiée. Puis il a compris. Il a tourné la tête vers Marnie en haussant les sourcils. On aurait dit qu'il allait lui crier dessus, puis il s'est rendu compte qu'il y avait plus urgent, qu'avant tout il devait une explication à sa directrice.

— Abi, a-t-il balbutié en s'éloignant de Marnie. Ce n'est pas ce que vous croyez. C'est absolument…

— Non, a protesté Marnie en levant la main. S'il te plaît. Soyons honnêtes. On ne peut pas garder ça secret, plus maintenant.

Elle n'était pas une grande actrice. Son ton sonnait faux, ses gestes n'étaient pas naturels. Mais Steven, lui, était parfait dans son rôle. Ses yeux écarquillés balayaient le jardin autour de nous, probablement à la recherche de sa femme. Sa bouche s'ouvrait et se fermait. Il ne savait pas quoi dire, encore moins par où commencer.

— Je suis désolée. Nous aurions dû vous le dire, a poursuivi Marnie. Pour des raisons évidentes, nous avons essayé de garder notre histoire secrète. Mais à présent il faut que vous le sachiez, Stevie et moi… on a une relation.

— Une relation ? a répété Abi.

— Une quoi ? s'est étouffé Steven.

— Et j'ai lu le règlement, je sais qu'un de nous doit démissionner, a repris Marnie. Je comprends et, comme vous le savez, j'ai déjà réfléchi à ce que je veux faire et…

— Une démission avec effet immédiat ? l'a interrompue Abi, clairement désireuse de trouver la solution la moins déstabilisante possible et d'écourter cette scène gênante.

— Bien sûr, a confirmé Marnie. Je viendrai chercher mes affaires lundi.

— Bien, a conclu Abi.

Elle s'est tournée vers moi et s'est confondue en excuses pour le comportement de son personnel. Elle a promis de remédier immédiatement à cette situation et m'a priée de l'excuser car elle devait parler avec son employé. Puis elle s'est approchée de Steven et l'a entraîné vers le pub.

Marnie s'est précipitée vers moi, elle a poussé un petit cri victorieux et a jeté les bras autour de mon cou. Nous avons ri parce que l'épisode qui venait de se terminer était ridicule et que nous n'arrivions pas à croire que notre combine ait marché. Mais nous avions réussi et nous nous sentions puissantes, galvanisées par notre succès, ravies d'être actrices de notre propre destin. Nous étions unies. Cette histoire nous rapprochait d'une manière que nous trouvions excitante : c'était un secret partagé, un triomphe collectif, la démonstration que, ensemble, rien ne pouvait nous arrêter.

En rentrant, nous sommes allées dans un bar et avons réquisitionné deux fauteuils de velours dans un coin. Il était encore tôt dans la soirée et il n'y avait pas beaucoup d'autres clients, mais un groupe répétait dans le fond pendant que le personnel allumait des bougies et nettoyait les verres. J'ai commandé une bouteille de champagne, parce que même si mon salaire était maigre et le sien inexistant, nous avions une victoire à fêter.

Nous sommes rentrées à pied plus tard dans la soirée, bras dessus bras dessous, et nous avons passé en revue notre journée de folie. Marnie a frappé dans ses mains avec enthousiasme quand je lui ai rappelé qu'elle n'avait plus de boulot, qu'elle était libérée du train-train de la vie de bureau. Elle a soufflé de l'air chaud sur la paroi en miroir de l'ascenseur et a dessiné un visage souriant du bout du doigt. Elle s'est mise à sautiller pieds nus sur notre canapé et a insisté pour que j'en fasse autant. C'était idiot. C'était amusant. Elle m'a tenu les mains pendant que nous rebondissions. Je me souviens que nous riions et que c'était tout à fait normal de rire aux éclats ensemble. Et maintenant ? J'ai du mal à me rappeler comment c'était vraiment d'être ainsi avec elle, de me perdre en elle, de ne plus former qu'une seule et même personne.

13

J'ai rendu visite à Marnie et Charles le premier vendredi après leur retour de lune de miel. Nous étions assis tous les trois sur le canapé. Le lustre était éteint et les appliques projetaient une ombre dorée sur les murs. Il y avait des bougies allumées dans tous les coins, les flammes dansaient. Le balcon était caché par d'épaisses tentures rouges, dont les plis formaient des vagues.

Cet été-là était le plus pluvieux jamais enregistré et, tout le monde était d'accord – le facteur, le météorologue, mes collègues –, le plus triste de mémoire d'homme. Tous les jours de la semaine étaient assombris par la pluie. Les gouttes épaisses rebondissaient sur les trottoirs et le capot des voitures.

— La pluie ! s'est exclamée Marnie. On n'en a pas vu la moindre goutte pendant des semaines. On nous avait prévenus que l'été en Italie, c'était de la folie, qu'on allait cuire, et ils avaient raison. On n'était pas équipés du tout pour la pluie à notre retour. Le temps de sortir les sacs du taxi et de rejoindre le hall de notre immeuble, on dégoulinait. Pas vrai, Charles ?

Il hochait la tête au rythme des paroles de son épouse.

— Oh, absolument. Trempés jusqu'aux os.

Ils m'ont raconté qu'ils ne s'étaient aventurés dans la rue qu'une seule fois ces deux derniers jours, qu'ils avaient couru jusqu'au supermarché pour réapprovisionner les placards, qu'ils avaient tiré les rideaux, fermé les fenêtres pour s'isoler le plus possible de la pluie. Rebecca et James – j'avais déjà entendu leurs noms – étaient venus déjeuner la veille.

— Ils ont pris un congé parental en même temps, m'a expliqué Charles. Ils ont tous les deux arrêté de travailler. C'est vraiment bizarre comme arrangement.

— Je t'ai dit qu'ils avaient eu un bébé ? m'a demandé Marnie. La petite a quatre mois maintenant. Je n'ai jamais vu un petit bout aussi mignon. Elle est adorable. De grands yeux brillants, d'un bleu perçant…

Charles a pointé mon verre de vin vide.

— Je te ressers ?

J'ai acquiescé.

— Charles était formidable avec cette petite, m'a chuchoté Marnie quand il est parti dans la cuisine. Honnêtement, il n'y a rien de plus sexy qu'un beau mec qui s'occupe d'un bébé. Il a l'air sûr de lui et il adore rouler des mécaniques, mais je sais qu'en réalité il craque complètement. Il voulait tout le temps l'avoir dans les bras. Il m'a à peine laissée la prendre.

J'ai souri et hoché la tête, même si je n'arrivais pas à imaginer la scène.

— Tu m'as resservie aussi ? a voulu savoir Marnie quand Charles est revenu avec la bouteille.

— Bien sûr, ton verre est par là.

— Merci, lui a-t-elle dit en se levant pour l'embrasser. Je ferais mieux d'aller jeter un coup d'œil au dîner.

Charles a rempli mon verre, puis il a raccordé son téléphone à la nouvelle télé dernier cri qu'il avait achetée, m'a-t-il appris, avec des chèques-cadeaux du mariage.

— Je vais te montrer les photos, a-t-il annoncé.

Il s'est d'abord lancé dans une explication technique sur les spécificités de ce modèle – il m'a parlé de l'affichage, quelque chose à propos de pixels, de la puissance du processeur et a énuméré plusieurs acronymes qui ne signifiaient rien pour moi. J'ai acquiescé, souri et essayé d'avoir l'air impressionné. J'étais surtout frappée par la taille de l'écran : il occupait toute la largeur de la cheminée.

J'ai attrapé la télécommande, qui était rangée dans un petit panier en osier sur la table d'appoint. Charles se tenait devant l'écran, face à la télé, il me bloquait la vue, mais il a dû entendre mon mouvement parce qu'il m'a ordonné, sans se retourner :

— Repose-la.

— Tu n'as pas besoin… ?

— De la télécommande ? Non. Si j'en avais besoin, je l'aurais prise. Si tu veux bien, Jane…

Il m'a regardée par-dessus son épaule en se tordant, fixant la télécommande encore serrée dans mon poing. Je l'ai posée sur le coussin du canapé.

Il a souri.

— Crois-moi, tu serais étonnée de ce que cet appareil peut faire.

Il a appuyé sur quelques boutons et s'est mis à faire défiler les photos de leur lune de miel. Je me suis surprise à m'intéresser aux différents sites qu'ils avaient visités, à la beauté de ces paysages inconnus. Je n'étais pas emballée, en revanche, par ses commentaires permanents – « Et c'est là qu'on… » et « Quand on est allés sur cette plage… » et « C'était la salle de bains du deuxième hôtel » –, mais les photos elles-mêmes étaient magnifiques. Je réagissais à ses questions, à ses descriptions, à son bavardage sans fin – « Oh, ils sont splendides ces champs » et « C'était où ça déjà ? » –, mais en réalité, je ne l'écoutais pas vraiment.

Je préférais m'imaginer dans leur voyage : posant au côté de Marnie sur les marches italiennes, souriant sur un vélo au sommet d'une colline, entourée d'une douzaine de verres à vin dans un vignoble. C'était étonnamment facile d'effacer Charles des images, de brouiller sa silhouette pour qu'il disparaisse. J'arrivais à ne plus voir ses épaules larges, ses T-shirts moulants, ses dents blanches dans son sourire parfait. Je ne voyais plus ses cheveux, lisses et épaissis par le gel, ses mollets musclés et son bronzage doré.

J'entendais Marnie dans la cuisine et j'amplifiais ses bruits pour couvrir le blabla de Charles. Elle se filmait en train de préparer le dîner, décrivant chaque étape, chaque ingrédient qu'elle ajoutait, chaque tranche, chaque découpe, chaque mélange. « Je me lave toujours les mains après avoir cassé les œufs, surtout quand je sépare les jaunes. J'ai l'habitude, mais j'en mets quand même encore partout. Est-ce qu'il faut lancer des spaghettis sur le mur pour voir s'ils collent ? C'est à vous de voir, mais je suis convaincue que c'est le moyen le plus précis pour vérifier si vos pâtes sont cuites et… oh (un glapissement) on dirait qu'elles sont prêtes ! Est-ce qu'on doit mettre des tomates dans une salade verte ? Surtout pas. »

— Deux minutes, nous a-t-elle crié.

Puis, elle a enchaîné, un peu plus calmement : « Quand quelqu'un cuisine pour moi, j'apprécie qu'on me prévienne un peu avant de passer à table parce que – et c'est peut-être juste moi, dites-moi dans les commentaires si vous êtes comme ça aussi – je dois toujours aller aux toilettes avant le repas. Je ne sais pas pourquoi, mais c'est comme ça ! »

Charles a regardé dans la direction de la cuisine, puis a levé les yeux au ciel – doucement, avec amour – et je lui ai répondu en souriant.

— Bon, a-t-il repris. Passons rapidement les dernières avant le dîner. Tu n'en as pas marre ?

J'ai secoué la tête et il a fait défiler les photos à toute vitesse : de beaux couchers de soleil, orange, jaune, rose et violet. Des collines ondoyantes dans toutes les nuances de vert. Des champs de pavots. Une toile rouge parsemée de petites graines noires. Des bols de pâtes, des plateaux de charcuterie et de fromages, des pizzas de la taille d'un couvercle de poubelle. Charles dans un train, les yeux fermés, des mots croisés à peine entamés sur la tablette devant lui.

Ça t'intéressera peut-être de savoir que les mots croisés étaient la seule activité que Charles et moi pouvions faire ensemble, dont nous pouvions discuter sans que l'atmosphère s'alourdisse.

Il a continué à pianoter sur son téléphone, mais l'image de la télé restait figée sur l'écran. C'était une photo de Marnie, assise sur un transat, les jambes de chaque côté du cadre en bois, souriant tandis qu'elle étalait de la crème solaire sur ses bras. Son chapeau de paille était posé de travers sur son front et son bikini était légèrement relevé, laissant apparaître sa peau encore plus claire au-dessous de sa poitrine. Elle souriait, riait, je crois, et je l'imaginais en train de gronder Charles, comme une mère pourrait gronder son fils en lui intimant de ne pas prendre de photo, pas à ce moment-là, seulement quand elle serait prête.

Mais j'aurais pris le même cliché. Parce qu'elle ne faisait pas attention à l'appareil, justement, elle se ressemblait beaucoup plus. Elle paraissait moins tendue, moins boudeuse, elle prenait moins la pose. C'était la femme que nous reconnaissions et peut-être aimions tous les deux.

— C'était le dernier hôtel, a annoncé Charles en éteignant la télé, dont l'écran est redevenu noir. Le resto était incroyable. Il avait une étoile *Michelin*. On a pris le menu dégustation, qui était assez cher, mais ça valait le coup. Juste délicieux, vraiment.

Je me suis demandé si je pourrais un jour partir en second voyage de noces. Ça me paraissait peu probable à l'époque et encore moins aujourd'hui.

Marnie nous a appelés à table.

— J'ai fait des carbonara.

Elle m'a regardée en tirant sa chaise vers elle.

— Mais pas la recette habituelle, pas celle qu'on faisait à l'appartement.

Elle s'est tournée vers Charles.

— C'est un hommage à notre lune de miel, avec la recette du restaurant sur la colline. Tu te souviens ? Tu as montré à Jane les photos du sommet ? La nourriture était…

Elle a posé ses doigts sur ses lèvres et les a embrassés avec un « Mouah ! » fort et humide.

— J'ai dû supplier pour avoir leur recette – une recette familiale, apparemment – mais elle est particulièrement bonne. Meilleure que les carbonara qu'on faisait ensemble. Bon, j'arrête de blablater. Je vous laisse goûter.

Elle a posé une grosse portion dans mon bol et une portion ridicule dans l'assiette de Charles. Il n'aimait pas manger dans des bols. Il n'aimait pas que les différents composants d'un repas se mélangent. Il refusait que les spaghettis et la salade se retrouvent dans la même bouchée.

J'ai tourné ma fourchette dans mon bol et j'ai tout de suite noté que la texture était différente. Les œufs avaient formé une couche soyeuse autour de chaque spaghetti. Nos carbonara – attention, je les adorais, et je pense toujours que ce sont mes préférés – étaient agglutinés par les morceaux d'œufs brouillés.

— Succulent, a décrété Charles. Honnêtement, ça a exactement le même goût.

Marnie a frappé dans ses mains.

— C'est ce que j'espérais que tu dises. Jane ? Ça te plaît ?

— Je ne vais pas dire que je préfère ça à *nos* carbonara, parce que ce serait déloyal, mais c'est très bon.

Marnie a souri.

— Je savais que ça te plairait.

Elle a rempli mon verre de vin.

— Nous avons rapporté cette bouteille d'Italie. Je trouvais ça un peu fou – je me disais qu'il n'aurait jamais aussi bon goût –, mais en fait, il a beaucoup mieux voyagé que je ne l'aurais cru. Vous ne trouvez pas ?

Charles a hoché la tête.

— Tout à fait. Des pâtes délicieuses, un vin excellent. Sans la pluie, je pourrais presque croire qu'on est encore là-bas.

Ça peut paraître étrange – et peut-être que tu ne me croiras pas – mais, jusque-là, je ne m'étais jamais sentie comme une indésirable dans leur couple. J'avais parfaitement conscience que les deux relations étaient concurrentes. Pourtant j'étais persuadée qu'elles pouvaient coexister, en quelque sorte. À présent, je me rendais compte peu à peu que mon amitié avec Marnie était un simple paragraphe de leur histoire, qu'il n'y avait plus de place pour autre chose que leur amour.

Les premiers mois après la mort de Jonathan restent troubles ; je ne me souviens plus très bien de ce que j'ai fait, ni d'où je suis allée, ni des gens avec qui j'ai parlé. Mais je suis finalement retournée au travail et Marnie m'a invitée à dîner à la fin de cette première semaine laborieuse. Charles travaillait tard – souvent jusqu'à onze heures du soir, parfois jusqu'aux petites heures du matin –, mais jamais le vendredi soir. Il disait que ses week-ends étaient sacrés. Tout était une question d'équilibre, affirmait-il. Il était épuisé quand il rentrait chez lui à vingt heures, voire vingt et une heures, en fin de semaine. Il ne voulait jamais sortir ou voir des amis, encore moins faire quoi que ce soit. Il voulait juste être à la maison. C'est ainsi que mes visites hebdomadaires sont devenues une habitude, un rituel qui s'est maintenu et n'a que rarement été interrompu.

Je craignais que leur mariage signifie naturellement la fin de cette routine. Je dînais chez eux le vendredi soir depuis des années, mais je savais, mieux que quiconque, que tout a une fin.

À vingt-deux heures trente, Marnie s'est levée et a dit :

— Bon.

Je suis restée assise. Elle a débarrassé nos trois bols à dessert, les a empilés dans le creux de son bras, en équilibre contre l'intérieur de son coude. Elle a pris le plat de salade de fruits vide, le pot de crème et a disparu dans la cuisine. Nous l'avons entendue allumer la radio, le son d'instruments à cordes s'est élevé, accompagné par le cliquetis de la vaisselle en céramique qui s'entrechoquait. Nous avons écouté ses pas, ses chaussettes qui frottaient sur le sol alors qu'elle allait d'un côté de la cuisine à l'autre, ouvrant et fermant le frigo, le lave-vaisselle, les placards.

J'aurais dû la suivre, mais je ne l'ai pas fait.

— Le mariage, ai-je commencé.

Je ne sais pas pourquoi, je sentais pourtant que c'était une mauvaise idée, mais, une fois lancée, j'ai été incapable de m'arrêter.

— Une journée magnifique, a commenté Charles en bâillant, les mains tendues au-dessus de sa tête, comme il l'avait fait ce soir-là, exactement le même mouvement, sa chemise se tendant à nouveau contre sa ceinture. La meilleure, point final, a-t-il conclu.

Mais j'ai ajouté :

— La fin, par contre…

— La fin ? a-t-il répété. Quoi, la fin ?

Il avait l'air sincèrement intrigué.

Maintenant, très rapidement, juste une précision avant de poursuivre. Ça aurait peut-être dû t'être expliqué plus tôt. J'oublie que tu n'as raconté que très peu de mensonges dans ta vie. Alors que moi, je suis une spécialiste. Mon expérience peut t'en apprendre beaucoup.

La première chose à prendre en compte, c'est qu'un mensonge n'est jamais qu'une histoire. Une invention, une fiction. La deuxième chose, c'est que même la fiction la plus étrange, les mensonges les plus absurdes peuvent paraître parfaitement véridiques, plausibles. Nous avons envie de croire à l'histoire qu'on nous raconte. La troisième, c'est que, par conséquent, raconter des mensonges crédibles n'est pas un exploit. Mais le plus important de tout, ce qu'il ne faut jamais perdre de vue, c'est que nous ne sommes pas à l'abri de nos propres mensonges. Nous passons en revue les événements, en changeant l'accent que nous mettons sur un mot, un geste, en augmentant la tension, en exagérant le côté dramatique. Et au bout du compte, à force de raconter l'histoire modifiée à plusieurs reprises, en l'améliorant à chaque fois, nous commençons à y croire également. Parce que nous modifions non seulement nos histoires, mais aussi nos souvenirs. Les instants de fiction, ces moments que nous avons inventés, que nous avons imaginés, commencent alors à sembler réels. On voit les événements se dérouler, la version modifiée apparaît telle qu'elle aurait pu se produire, et on finit par se demander où s'achève la vérité et où commence le mensonge.

— À la fin, ai-je encore dit.

Il a haussé les épaules et froncé les sourcils.

— À la fin de la soirée. La fin, toi et moi.

— Toi et moi ? Enfin, Jane, qu'est-ce que tu racontes ?

C'était trop tard, tu vois. Il avait eu le temps de modifier sa mémoire, de délibérément mal se souvenir de ce moment. Il n'y avait plus de vérité solide. S'était-il repassé cette histoire en boucle ? Avait-il rectifié ses gestes à chaque fois ? Avait-il fini par être convaincu par son récit revu et corrigé, de sorte que son incrédulité, sa confusion semblaient maintenant sincères ?

Je me suis sentie idiote, comme si je racontais n'importe quoi, puis j'ai vu un détail, une ombre qui passait sur son visage. Son front s'est plissé, il était tendu. Son sourcil gauche a tremblé, très brièvement. Ses joues se sont colorées de rose, peut-être d'embarras, peut-être de colère. Il s'est humecté les lèvres, puis les a serrées entre ses dents jusqu'à ce que les bords blanchissent. Il a émis un léger bruit involontaire, avant de se mordre la lèvre.

Je n'étais plus sûre de rien.

— Tu sais très bien de quoi je parle, ai-je déclaré.

— Je ne crois pas, non.

Il a placé les deux paumes à plat sur la table, en écartant les doigts.

— Si.

Je ne savais pas s'il savait, mais ça me semblait possible.

Son expression était à présent imperturbable.

— Je suis désolé, Jane. Je n'ai pas la moindre idée de ce que tu veux dire.

— Ah non ? ai-je insisté, espérant toujours qu'il commette une erreur et se trahisse.

— Qu'est-ce que tu sous-entends ? a-t-il demandé en inclinant légèrement la tête vers la gauche, comme s'il était vraiment curieux, comme s'il était vraiment déconcerté par ma question.

— Je pense que…

Mais je ne savais pas ce que je pensais.

— Tu m'as touchée. Tu t'en souviens ? Tu étais saoul, mais… tu m'as touchée.

Une expression de choc a déformé son visage. Ça m'a semblé faux. Ses sourcils étaient trop hauts sur son front, ses yeux trop écarquillés, sa bouche formait un petit « o » pas naturel du tout.

— Jane, qu'est-ce que tu veux dire par « touchée » ? Tu n'insinues pas… ?

— Tu t'en souviens. J'en suis sûre.

Il a adouci son visage, adoptant un air inquiet.

— Jane, je suis désolé, et je ne veux vraiment pas être impoli, mais je ne sais pas du tout de quoi tu parles. Je voudrais t'aider… et je détesterais que tu penses que… Pourquoi tu ne commences pas par le début ? Raconte-moi ce que tu penses qu'il s'est passé.

— À la fin. Quand on était assis.

L'atmosphère avait changé, quelque chose clochait.

— Continue, m'a-t-il encouragée.

— Tu as passé ton bras autour de mon épaule.

Je devinais qu'il faisait sombre dehors parce que les rideaux rouges paraissaient noirs contre les murs pâles. Les bougies arrivaient en fin de vie, elles vacillaient sur leur support métallique.

— Pour être tout à fait franc avec toi, je ne m'en souviens pas. Mais je suppose que oui, ça ne me surprend pas. J'ai dû serrer presque tout le monde dans mes bras à un moment donné de la journée. C'était une fête, une célébration. Et je… C'est tout, Jane ? Mon bras autour de ton épaule ? C'est ça qui t'a gênée ? Parce que je n'aurais pas imaginé que… Mais si c'était le cas… je ne voulais vraiment pas te mettre mal à l'aise.

— Non. Non, ce n'est pas ça, pas du tout. Pas ton bras autour de mon épaule. Ce n'est pas de ça que je parle. Ta main. Tu m'as touchée.

Puis j'ai remarqué qu'il ne me regardait plus vraiment. Il regardait plutôt au-dessus de ma tête, au-delà de l'endroit où j'étais assise, vers quelque chose – quelqu'un – derrière moi. Et je me suis rendu compte que la radio était coupée et que je n'entendais plus les pieds de Marnie sur le sol de la cuisine ou le cliquetis de la vaisselle ou le bruit de succion de la porte du réfrigérateur qui s'ouvrait et se fermait. Tout ce que j'entendais, c'était le bourdonnement du lave-vaisselle.

Je n'avais aucun moyen de savoir depuis combien de temps Marnie était là à écouter notre conversation ; je ne savais pas quelle partie elle avait entendue. Mais j'étais absolument certaine que Charles avait manipulé notre interaction à son intention, en interprétant une version de conversation qu'il voulait qu'elle voie et entende, plutôt que la vérité qui aurait pu émerger si nous avions été en tête à tête.

Il a haussé les épaules. Il n'avait pas besoin de mots pour faire passer le message : *Je n'ai aucune idée de ce qu'elle raconte*. J'ai observé Marnie.

Elle portait encore son tablier. Il était gris avec des détails blancs et un cordon crème autour de sa taille et de son cou. Elle avait un torchon à la main, humide, prêt à essuyer les sets de table. Sa tête était inclinée et ses yeux s'étaient plissés pour m'examiner.

— Qu'est-ce qui se passe ? a-t-elle demandé en me regardant droit dans les yeux.

Mais, avant que je puisse répondre, elle s'est tournée vers Charles.

— Ça va ?

Il a à nouveau haussé les épaules.

— Jane ? Qu'est-ce que c'est que cette histoire ?

C'était trop tard.

— Il t'a touchée. C'est ce que tu as dit, non ? Quand est-ce qu'il t'a touchée exactement ?

Je savais qu'elle était en colère, mais j'étais trop bête pour comprendre que ce n'était pas parce qu'elle se rangeait de mon côté. Mon cœur battait à tout rompre dans ma poitrine. Si j'avais baissé les yeux, j'aurais pu le voir palpiter sous mes vêtements et sous ma peau. Mes paumes étaient moites.

J'avais envie de répondre : *Oh, ce n'est rien*, mais Charles avait tiré mes fils comme un marionnettiste et m'avait coincée. Il était trop tard pour prétendre avoir dit autre chose. Il était intelligent. Et c'était un menteur hors pair. Peut-être était-il si bon qu'il croyait lui-même à ses inventions, peut-être était-il juste incroyablement convaincant. Quoi qu'il en soit, il était assez malin pour me piéger avec ma vérité.

Il m'avait poussée dans ses filets et je ne pouvais pas m'en sortir avec une excuse bidon.

— De quoi est-ce que tu accuses mon mari, exactement ?

J'avais espéré que la vérité serait accueillie avec un semblant de compassion, que Marnie choisirait de me faire confiance, de se mettre à ma place. Mais j'ai compris dans quelle direction son cœur balançait et ce n'était pas vers moi. Et, franchement, j'avais été ridicule d'espérer le contraire. Quand j'avais raconté l'incident à Emma, elle avait douté de moi. C'était évident que Marnie doutait aussi. Peut-être que toi aussi tu doutes de ma sincérité.

Ses doigts tremblaient quand elle a posé le torchon sur la table. Son visage pâle était rubicond. Des taches rouges fleurissaient sur son cou et s'étendaient vers sa poitrine.

— Eh bien ? a-t-elle insisté.

— Il m'a agressée. À votre mariage. Je suis vraiment désolée, Marnie, mais…

— Agressée ?

Sa voix était posée, plus grave que d'habitude.

Ses yeux passaient de lui à moi.

J'ai regardé Charles. Il était parfait dans son rôle, tellement plus rusé et tellement mieux préparé que moi. Son expression était un mélange remarquable d'inquiétude – ses yeux disaient : *Elle a besoin d'aide* –, de frustration – sa mâchoire crispée insistait : *Tu ne peux quand même pas croire ces absurdités ?* – et d'incompréhension – sa posture hurlait : *Putain, je n'ai aucune idée de ce qui est en train de se passer.*

— Oui, agressée, ai-je affirmé en fixant mes mains sur mes genoux.

— Un bras autour de l'épaule ? C'est de ça qu'il s'agit ? Une épaule ?

Elle criait maintenant, sa voix était légèrement chevrotante, comme si elle était au bord des larmes.

— Sérieusement, Jane, c'est de ça que tu parles ? C'est tout ? Parce qu'alors, tu dois…

— Non, l'ai-je interrompue. Il n'y a pas que ça. Pas du tout. Il m'a tripotée. Il a mis sa main sur le haut de ma robe. Et je n'ai rien dit ce soir-là, ça ne semblait pas correct, pas le jour de ton mariage. Mais je devais en parler. Tu comprends, hein, que je devais en parler ?

Elle s'est tournée vers Charles et a haussé les sourcils, l'interrogeant en silence. Comme je n'arrivais pas à interpréter sa question muette, j'ai poursuivi :

— Je pense qu'il serait allé plus loin si tu n'étais pas arrivée. Je crois qu'il était…

Je me suis adressée à Charles :

— Qu'est-ce que tu avais en tête ? Si je t'avais encouragé, est-ce que tu aurais… ? Ou c'était juste pour m'humilier ? C'est toujours comme ça, hein ? Tu aimes te sentir plus fort et meilleur que tout le monde.

— Jane… Je ne suis pas sûr… Je ne sais pas ce qui se passe ici, mais je ne cherchais rien du tout, s'est-il défendu.

Il s'est levé et s'est posté à côté de Marnie. Il a glissé son bras autour de sa taille, a passé la main dans la ceinture de son tablier et a frotté le tissu entre ses doigts. J'avais l'impression d'être une enfant, en pleine dispute avec ses parents. Ils me toisaient de leur hauteur, dictaient les faits et je me ratatinais à mesure que l'affrontement se poursuivait.

Puis le ton de Charles a changé, il s'est mis en colère :

— Putain, Jane ! a-t-il crié.

Marnie a tressailli.

— C'était le jour de mon mariage ! Et tu es la meilleure amie de ma femme. Je ne sais pas ce que tu crois qu'il s'est passé, mais… putain de merde, non !

Marnie hochait lentement la tête. Cela n'avait plus d'importance qu'il croie ou non à sa propre histoire parce qu'elle, elle y croyait. Son visage était furieux, ses yeux étaient étincelants comme des bougies sur un gâteau d'anniversaire, la rage les faisait scintiller.

Il pensait m'avoir piégée, mais il y a toujours un autre mensonge, un meilleur mensonge.

Un jour, à un moment donné de ta vie, quelqu'un te dira que le mensonge entraîne le mensonge et cette personne aura raison. Mais elle en parlera comme si c'était un problème, alors qu'en fait c'est la solution.

— Il a dit qu'il avait envie de moi, qu'il avait toujours aimé me parler ; il m'a demandé si je ressentais la même chose. Sa main me touchait à travers la robe et il jouait avec le bord du tissu, le palpait, longeait les coutures. Tant qu'il n'avait que sa main sur moi, qu'il se contentait de me toucher, je ne pouvais pas en être sûre, tu comprends. Il avait peut-être trop bu, il faisait ça sans réfléchir, sans faire attention. Mais quand il s'est mis à parler, je n'ai plus eu le moindre doute. J'ai su que c'était intentionnel.

Marnie n'avait plus l'air si sûre d'elle.

Est-ce que c'était un mensonge ? Vraiment ? Parce que je suis convaincue que deux minutes plus tard, c'est exactement ce qui se serait passé, il aurait dit quelque chose de ce genre – je le sais parce que c'était ce que Charles faisait. Il savait comment utiliser les mots pour manipuler, pour fabriquer une histoire. Et les mots donnaient foi à un acte qui, à lui seul, aurait été jugé insignifiant, sans importance, dont on n'aurait jamais plus parlé.

Mais, d'accord, c'était un mensonge. Voilà donc le troisième mensonge que j'ai raconté à Marnie.

C'est le dernier que je lui ai dit du vivant de Charles.

14

MARNIE M'A DEMANDÉ DE PARTIR. Après que tout le linge sale a été déballé, elle a déclaré :

— Tu ferais mieux de partir maintenant.

J'étais assise, encore sous le choc, et je n'ai pas bougé.

— Tu ferais mieux de partir, a-t-elle répété. Maintenant. S'il te plaît.

Charles et moi, nous nous sommes regardés et j'ai vu que nous pensions la même chose, qu'aucun de nous ne pouvait déchiffrer avec certitude l'expression de Marnie. Nous voyions qu'elle n'était pas contente, pas du tout, mais la colère s'était dissipée, remplacée par une émotion moins claire. Je ne reconnaissais pas l'acuité de ses yeux, ses lèvres pincées, roses comme toujours, mais serrées l'une contre l'autre. Sa peau était cireuse, crispée.

Charles a resserré son étreinte autour de la taille de sa femme, une légère pression. Elle n'a pas réagi. Elle était immobile, les mains sur les hanches.

Je me suis levée.

— D'accord, je m'en vais. Mais seulement si tu es sûre que c'est ce que tu veux.

Est-ce que j'espérais qu'elle puisse changer d'avis ? Oui, probablement. Mais elle ne l'a pas fait.

— J'en suis certaine.

Dans le couloir, j'ai saisi mon imperméable suspendu à la rangée de crochets. Mon parapluie appuyé contre le radiateur avait laissé une flaque d'eau sur le parquet. J'ai posé la main sur la poignée de la porte et je me suis retournée pour les regarder. Ils se tenaient exactement comme avant, le bras de Charles toujours autour de la taille de Marnie, mais ils me fixaient maintenant par-dessus leurs épaules, comme pour s'assurer qu'après une telle scène, je m'en allais pour de bon.

Je suis sortie et je suis rentrée à pied. Ça m'a pris des heures, sous une pluie battante. C'est exactement ce dont j'avais besoin à ce moment-là. J'avais envie de sentir l'eau transpercer mes chaussures et mes chaussettes, mes pieds se plisser à l'intérieur. Je voulais sentir le vent tirer sur mon parapluie, être obligée d'affronter les éléments. J'avais besoin de marcher, de taper des pieds, de sentir l'eau éclabousser mes chevilles et mes coudes frôler mes hanches.

Quand je suis arrivée devant mon appartement, j'ai fouillé mon sac pour trouver ma clé et, au moment où je l'ai trouvée, une telle quantité d'eau avait déjà ruisselé sur le tapis qu'une partie du tissu taupe était imbibée, formant une tache d'un brun trouble. J'ai pris une douche chaude, j'ai augmenté le chauffage et je me suis glissée dans mon lit. Je n'arrivais pas à dormir. J'avais besoin d'être ailleurs. Londres était trop grand et trop grouillant de monde, les gens trop stressés et tendus, l'atmosphère trop dense et agitée.

J'ai réglé mon réveil et j'étais encore éveillée quand il a résonné dans ma chambre quelques heures plus tard. Le soleil brillait enfin et je suis allée voir ma mère. Pas longtemps, elle ne m'a pas reconnue et je n'avais pas la patience de répondre à ses questions à répétition ou de supporter ses incohérences. Ensuite, j'ai pris un autre train, pas pour retourner en ville, mais pour m'en éloigner, sur les traces d'une version plus jeune de moi-même.

Je suis arrivée à Beer en début d'après-midi. Je n'avais qu'un petit sac à dos. Je suis allée directement à notre hôtel, me rendant à peine compte que mes jambes me poussaient dans cette direction. Notre chambre était disponible, juste pour une nuit, au premier étage, au fond du couloir, avec sa fenêtre donnant sur la plage.

J'ai laissé mon sac sur le lit et j'ai marché dehors, vers la côte.

Je suis restée sur la plage à observer les vagues déferler ; malgré le soleil, la mer était en colère, elle frappait les galets avec force.

« Par là, ai-je entendu Jonathan me suggérer. Allons par là. »

Je me suis tournée vers les falaises et j'ai retracé le chemin que j'avais parcouru quatre ans auparavant. Le front de mer était très fréquenté, c'est une attraction pour les jeunes familles en vacances d'été et les couples amoureux, qu'ils aient vingt, quatre-vingts ans ou n'importe quel âge entre les deux. Il n'y avait pas beaucoup de jeunes femmes seules, même si je ne devais pas être la première à venir sur la plage à cause d'une peine de cœur. J'ai vu des parasols, des châteaux de sable et des enfants frissonnant dans des serviettes rayées, des raquettes de badminton, des pare-vent et des pelles en plastique rouge, jaune et bleu.

Je me suis éloignée de l'agitation. J'ai marché sur la route goudronnée. Les mouettes ne me quittaient pas, criant et battant des ailes au-dessus de ma tête, et je me suis demandé si elles se souvenaient de moi comme je me souvenais d'elles.

Cela faisait des mois que je ne m'étais pas sentie aussi proche de Jonathan. Je n'avais pas approché notre petite maison depuis le jour du marathon. Je n'y suis jamais retournée. Nos affaires ont été emballées et tout a été vendu sans que je m'en occupe. Je ne fréquente plus les endroits qu'on aimait. Je ne suis pas retournée au Windsor Castle depuis ce soir-là et je passe très rarement par Oxford Circus. Pourtant, ici, dans ce lieu familier, la douleur semblait s'atténuer.

Je suis finalement arrivée au café du village voisin et je me suis assise sur le même banc de pique-nique. J'ai regardé la mer depuis le même poste d'observation. Ma vie avait tellement changé et elle ne me plaisait pas du tout. J'aurais voulu être l'autre moi, celle qui était assise là avec son mari à l'aube de leur vie commune. Elle était optimiste – même si ce n'était pas dans sa nature – et tant de belles choses s'annonçaient : des anniversaires de mariage, des nouvelles maisons et des enfants, une vie d'éclats de rire et d'amour. Je n'acceptais pas d'être devenue celle que j'étais, amère, froide, celle qui avait l'impression de n'avoir aucun point d'attache dans cette vie qu'elle était contrainte de mener.

J'aimerais pouvoir te dire que j'ai trouvé un moyen de dépasser cette version décevante de moi-même. Ce serait merveilleux, n'est-ce pas, d'annoncer que j'ai maintenant réussi à me débarrasser de la tristesse et de la colère, que j'ai trouvé une force stable et sûre qui m'ancre à la vie. Mais non, je n'ai pas réussi.

Il n'y avait aucun pêcheur en vue ; ils devaient être sortis plus tôt dans la journée, quand j'attendais dans mon lit que le réveil sonne, à près de deux cents kilomètres de là, dans un univers de klaxons et de smog. Je me suis à nouveau promenée le long du rivage, sous les falaises, les galets encore humides à cause de la marée crissant sous mes semelles.

J'ai repéré le raccourci à travers la végétation au pied des falaises. Les buissons d'épines étaient denses et l'espace à peine visible, mais je le cherchais probablement, à l'affût de tout ce qui pouvait me rapprocher de Jonathan. Je me souvenais de lui marchant devant moi, zigzaguant sur le sentier, piétinant les orties, concentré sur l'ascension.

J'ai pris mon temps.

Il avait plu et la piste était glissante. De la boue s'était déposée sur les rochers et dans les profonds sillons du chemin. Le sentier était dissimulé sous de hautes branches, longé de chaque côté par des fourrés épais, et je me demandais combien de temps il fallait au soleil pour assécher le sol à cet endroit. Je ne voyais pas la mer, mais je l'entendais. Je ne regardais pas les mouettes, mais je les entendais toujours. J'étais seule, mais je savais que le monde était bien présent, à quelques mètres à peine.

J'ai atteint les marches creusées dans la roche et je me suis dirigée sur la gauche en direction du sommet. C'était la voie que j'avais choisie la première fois. Elle m'éloignerait de Jonathan, ne fût-ce que pour une minute ou deux. Mais je n'étais pas prête à sacrifier quoi que ce soit en ce moment, surtout pas une minute ou deux ensemble.

Finalement j'ai décidé de prendre l'embranchement à droite. Il n'y avait pas de marches, juste le chemin boueux, plus sec maintenant que j'étais en hauteur, mais toujours aussi visqueux et instable. J'essayais d'imaginer où Jonathan avait posé les pieds et je plaçais mes bottes dans ses traces. Je me suis collée contre le bord de la falaise et je me suis demandé si son corps avait été là, agrippé aux mêmes rochers. Je me suis souvenue de la sensation de sa main dans mon dos. Son cœur devait battre calmement, avec régularité, alors que le mien vacillait dans ma poitrine.

Il y avait des orties devant moi, mais j'étais confiante, persuadée que tout allait bien se passer. Le ciel était d'un bleu éclatant, il n'y avait pas un nuage en vue, et bien que je n'aie jamais été versée dans le surnaturel – loin de là –, j'avais la certitude que Jonathan était avec moi. Je me suis tournée pour m'adosser à la paroi rocheuse et j'ai admiré la mer, les vagues qui s'écrasaient en bas. J'étais étourdie, presque saoule, enivrée par l'adrénaline.

Je croyais en être capable. Pouvoir me montrer aussi intrépide que mon mari.

Je me trompais.

J'ai poursuivi l'ascension, les paumes de mes mains serrant les falaises à ma gauche et mes pieds, l'un devant l'autre, aussi près des rochers que possible. J'ai enjambé prudemment les orties et je n'ai pas baissé les yeux, regardant droit devant moi.

— Je te retrouverai tout en haut, ai-je chuchoté, surtout pour moi-même, mais aussi pour l'espace au-dessus de la mer. Un jour, je te reverrai et je te retrouverai tout en haut.

J'ai senti que mes mains tressaillaient légèrement et je me suis rendu compte avec étonnement que je pleurais. *Respire*, ai-je pensé, mais je n'y arrivais pas. L'air restait coincé dans ma gorge. J'inspirais, je haletais, encore et encore. Mes respirations débordaient de mes poumons et se figeaient dans ma bouche, si vite et si fort que j'en tremblais, comme si mes os étaient en train de se briser.

J'ai essayé de garder l'équilibre, malgré mon corps chancelant au bord de la falaise. Je cherchais à maintenir mes pieds en place, mais je n'y parvenais pas. Je me suis recroquevillée, je me suis assise, tentant de me faire la plus petite possible pour ne pas tomber, et je suis restée effondrée, immobile en dehors des respirations qui secouaient ma poitrine comme un hoquet interminable.

Enfin, je me suis redressée et j'ai rebroussé chemin, je suis revenue vers la bifurcation dans le sentier, en collant ma main contre la roche, sans penser, sans sentir, en tentant très fort de ne pas souffrir. J'ai pris l'autre route, les marches vers la gauche, le chemin que j'avais emprunté la première fois, et j'ai grimpé jusqu'au sommet.

J'avais échoué. Une fois de plus.

J'ai encore fait quelques pas pour atteindre le rebord herbeux. Je me suis assise, les jambes étendues devant moi et tournées vers la mer.

Puis j'ai pleuré.

Je n'ai eu que quelques amours dans ma vie, mais je pense que c'est juste de dire que le plus grand de tous aura été forgé dans la mort. J'étais follement amoureuse de Jonathan quand il a disparu. Nous n'avions pas encore été meurtris par les vagues déferlantes et les vicissitudes d'une longue existence passée ensemble. Nous n'étions pas usés par une vie entière d'amour ordinaire. Nous étions encore obsédés l'un par l'autre et les choses que j'aimais le plus – son côté pédant, son efficacité, sa façon unique de plier ses chaussettes, ses cheveux ébouriffés le matin – ne me semblaient pas encore banales ou irritantes.

Pour être tout à fait honnête, je ne crois pas vraiment qu'elles le seraient devenues un jour. Jonathan a toujours été exceptionnel. Quand il servait deux verres de jus d'orange le matin, et qu'il me donnait le premier et gardait le second pour lui – parce qu'il savait que je n'aimais pas le jus plus épais et amer du fond du carton. Quand il me prêtait ses gants parce que j'avais les mains froides alors que les siennes devaient l'être aussi. Quand il conduisait sur de longues distances, parce que je refusais d'apprendre à conduire – je détestais l'idée de rester assise sans bouger pendant aussi longtemps. Quand en rentrant du travail, je sentais l'odeur de l'eau de Javel et de l'encaustique et que je savais qu'il avait tout nettoyé pour que je n'aie pas à le faire, pendant que j'étais avec Marnie, à m'amuser, à être heureuse. Quand il éteignait les lumières le soir derrière moi pour que je n'aie pas à monter jusqu'à notre chambre dans le noir. Il m'aimait de mille façons. Il croyait en un amour qui se prouvait, encore et encore, un amour présent et généreux, jamais pris à la légère. Cet amour est figé à tout jamais dans le même état que lorsque Jonathan a disparu.

Marnie est mon deuxième plus grand amour. Et pourtant, j'avais l'impression de l'avoir perdue elle aussi. C'était un deuil très différent. Jonathan était parti d'un seul coup. Alors que Marnie s'éloignait morceau par morceau. J'étais le sable : solide, statique, immobile. Et elle était la mer : arrachée à moi, entraînée par une force qui nous dépassait toutes les deux.

À une certaine époque, elle aurait pu me choisir. Elle aurait pu demander à Charles de partir au lieu de moi. Elle aurait pu dégager son bras de sa taille. Mais elle ne l'avait pas fait. Parce qu'elle croyait ce qu'il racontait, qu'il était innocent, que c'était moi qui mentais. Certaines catastrophes naturelles sont tellement dévastatrices qu'il est pratiquement impossible de récupérer ce qui a été perdu.

Je me suis relevée et j'ai marché au sommet de la falaise pour regagner l'hôtel. J'envisageais de régler la facture et de retourner directement à Londres. Mais comme j'allais devoir payer la chambre de toute façon, j'ai déballé mon petit sac à dos et j'ai fait couler un bain si chaud que la vapeur a embué les robinets métalliques et le miroir, puis empli la chambre. Je me suis déshabillée et je me suis glissée dans l'eau. Je l'ai sentie tirer sur mes cheveux quand mon visage est revenu à la surface. Le soleil était bas dans le ciel et projetait des ombres sur les carrelages. Des voix me sont parvenues de la rue sous ma fenêtre : une fille qui poussait un petit cri de joie et le rire tonitruant d'un homme beaucoup plus âgé.

Je me suis redressée dans la baignoire, l'eau clapotant sur mes mollets, et j'ai regardé par la vitre couverte de buée en collant mon corps contre le mur pour ne pas être vue. C'était une petite fille, elle avait peut-être sept ou huit ans, et elle portait juste un maillot. Son père était en short de bain, encore humide, et l'eau s'infiltrait dans l'ourlet de son T-shirt. Ça m'a rappelé quand mon père se promenait comme ça, en vacances dans les Cornouailles après une journée passée sur la plage. Une femme – la mère – marchait derrière eux, deux serviettes sur son épaule et un grand panier tressé se balançant à hauteur de ses chevilles. La petite fille a éclaté de rire, littéralement pliée en deux, incapable de continuer à marcher tellement elle rigolait. Son père riait aussi : d'elle, de sa joie, de son rire intrépide et bruyant. J'aurais tellement voulu faire partie de cette famille.

J'ai enfilé mon peignoir, j'ai sorti le sèche-cheveux de sous le lavabo et je suis retournée dans la chambre. Je l'ai branché. J'allais me sécher les cheveux, m'habiller et appartenir à cette famille.

C'est une image. Je ne ferais pas *vraiment* partie de cette famille, mais j'étais déterminée à faire partie de quelque chose qui me dépasse.

Je suis retournée dans le couloir et j'ai traversé la réception. J'ai franchi les portes et j'ai emprunté une petite route étroite, bordée de chaque côté par un petit ruisseau. Il y avait des lumières partout : dans les pubs, dans les restaurants, dans les autres hôtels. J'ai marché vers la mer, le long d'un sentier en pente qui descendait vers la plage de galets.

Il y avait des enfants, nus en dehors des serviettes enroulées autour de leurs épaules, qui sautillaient, couraient jusqu'en haut puis repartaient à la rencontre de leurs parents qui, eux, grimpaient plus lentement, fatigués par une journée entière de sable, de mer et de jeux. Il y avait deux hommes, lunettes de soleil sur le sommet de la tête, portant des parasols. Et deux femmes aux cheveux tirés en queue-de-cheval serrée, des triangles de bikini humides imprimés sur leur chemise en lin. J'ai essayé de m'imaginer à la place de l'une d'elles, un sac dans le dos, mes enfants tournoyant autour de moi, du sable incrusté dans les plis de mes coudes, et je n'ai pas pu m'empêcher d'imaginer Jonathan à mes côtés, un parasol de couleur vive suspendu à l'épaule.

Même à ce moment-là, je n'étais pas capable d'envisager une version de mon avenir sans lui. C'était ridicule, car il était mort depuis plus de temps que nous n'en avions passé ensemble.

Et pourtant, j'avais l'impression que cela venait d'arriver.

Avant sa mort, je n'avais jamais pensé au veuvage. Je suppose que si quelqu'un m'avait demandé ce que j'en pensais, j'aurais offert une réponse confiante et réfléchie. J'avais perdu mes grands-parents et je connaissais le poids du deuil. Ces décès avaient été importants, ils étaient le point culminant de vies longues et bien vécues, mais en même temps, ces disparitions m'avaient semblé relativement insignifiantes. Ces morts n'étaient pas des tragédies. Mes grands-parents ne sont pas devenus des fantômes.

Alors que Jonathan, si. Il est avec moi dans chaque conversation. Je l'emmène à toutes les tables. Je suis la jeune femme dont le mari est mort. Son fantôme est assis à côté de moi aux mariages – *Vous êtes au courant qu'elle était mariée ? Oui, son mari est mort* – et aux funérailles – *Elle a enterré son mari il y a quelques années, vous le saviez ? Oui, son mari est mort.*

Il est là dans chaque avenir qui se profile, dans chaque espoir, dans chaque rêve.

Il me hante, toujours.

15

J'AI RENDU VISITE À EMMA en rentrant chez moi. Elle vivait dans un studio au sud de la Tamise. C'était à vingt minutes de la station de métro la plus proche, le premier arrêt d'autobus était à presque dix minutes à pied et il fallait traverser un parking pas éclairé. Malgré ma maigre contribution – je n'avais pas beaucoup d'argent à lui donner – et ce que notre mère lui versait de temps en temps, Emma ne pouvait pas se permettre mieux que ça.

Nous nous étions encore rapprochées depuis qu'elle avait quitté la maison de nos parents. Loin de notre mère – qui voulait toujours participer à tout ce que nous faisions ensemble –, nous avions découvert à quel point nous nous aimions. Elle était d'une honnêteté rafraîchissante, comme seule une sœur peut l'être. Et je pense – j'espère que ça ne paraît pas mesquin – que le fait qu'elle ait besoin de moi me faisait du bien.

Elle n'avait plus d'emploi fixe. Elle avait été éditrice indépendante et, dans un premier temps, s'était retrouvée débordée. Les manuscrits s'empilaient sur son lino, elle travaillait la nuit pour tenir les délais, on lui confiait toujours plus de projets. Elle était très professionnelle et concentrée, elle n'avait jamais peur d'aller au fond des choses, de poser les questions difficiles. Mais sa concentration avait fini par se relâcher et elle s'était mise à faire preuve d'indécision, à avoir peur de casser le rythme de l'écriture. Elle prenait tant de temps que les maisons d'édition avaient arrêté de lui confier de nouveaux projets. Depuis, elle consacrait beaucoup d'énergie à collaborer avec des organismes de bienfaisance locaux, mais ce n'était que du bénévolat.

Je me tenais sur le palier extérieur devant son appartement et j'ai frappé à la porte rouge vif. La sonnette clouée à l'encadrement n'avait jamais fonctionné.

— J'arrive, a-t-elle crié alors que je frappais une deuxième fois. Apprenez un peu les bonnes manières, putain. Oh, s'est-elle exclamée en ouvrant. Ce n'est pas toi que j'attendais.

— J'avais deviné. C'est comme ça que tu accueilles les gens ?

La porte d'entrée donnait directement sur une pièce unique qui faisait office de salon, cuisine, salle à manger et chambre à coucher, le tout confiné dans un espace réduit. Le coin cuisine était au fond ; les placards blancs paraissaient relativement neufs, mais le carrelage de sol était orange moucheté. Les stores en plastique étaient maintenus par une fine ficelle blanche. Il y avait une table basse, un canapé, une petite télévision, une armoire et quelques étagères. À côté de la porte qui menait à la petite salle de bains, au-dessus du radiateur, un grand croquis encadré d'une femme très mince était suspendu au mur. C'était sommaire comme décoration, mais Emma n'avait jamais eu besoin de grand-chose.

— Personne ne vient jamais me voir, s'est-elle justifiée. Ou alors ce sont des gens qui veulent me vendre des trucs.

Elle a reculé pour me laisser entrer.

— Qu'est-ce que tu viens faire là ?

— Charmant.

— Ce n'est pas ce que je voulais dire.

— Je suis allée à Beer.

— À Beer ? Dans le Devon ?

— Où Jonathan et moi étions allés. Tu t'en souviens ?

— Pourquoi t'es allée là-bas ?

— Marnie et moi, on s'est disputées.

— Tu lui as dit…

J'ai hoché la tête.

Elle m'a indiqué le canapé d'un geste.

— Je t'avais conseillé de ne rien dire, a-t-elle protesté.

— J'étais obligée.

— Non, absolument pas !

Elle a sorti trois biscuits au chocolat noir d'un paquet et les a posés sur une serviette de table pour moi.

— Attention aux miettes.

J'ai acquiescé et je me suis assise à une extrémité du canapé gris, celui qu'elle transformait en lit chaque soir.

— Tu aurais pu faire semblant de rien. Comme je te l'avais recommandé. Tu ne serais pas dans cette situation.

— Il fallait qu'elle sache la vérité à propos de son mari. Tu n'aurais pas voulu savoir à sa place ?

Il me semblait évident qu'on ne pouvait pas taire une chose pareille.

Emma s'est installée à côté de moi. Sa jambe de pantalon s'est légèrement relevée et j'ai aperçu sa cheville squelettique. Elle serrait une tasse de thé chaud entre ses mains. J'ai mordu dans un biscuit. Il était plus mou que ce à quoi je m'attendais, presque humide à l'intérieur.

Ma sœur restait silencieuse, elle réfléchissait.

— Non, a-t-elle fini par déclarer. Je ne pense pas que je voudrais le savoir.

— Si ton mari était un pervers, tu ne voudrais pas qu'on te le dise ? Imagine que je sache que c'est un pervers. Mets-toi à la place de Marnie. Tu ne voudrais pas que je t'en parle ?

— Je ne te croirais pas.

Je me suis redressée, des miettes ont glissé de la serviette et sont tombées sur le canapé d'Emma. Elle s'est penchée pour les balayer d'un geste.

J'ai demandé :

— Comment ça ? Pourquoi est-ce que tu ne me croirais pas ?

— Parce que…

Elle s'est arrêtée.

— Oh, ne sois pas si naïve, a-t-elle repris au bout d'un moment. Si je t'avais raconté que Jonathan m'avait draguée, tu ne m'aurais pas crue, pas une seconde.

— Je t'aurais écoutée jusqu'au bout et puis…

— Et puis tu aurais pris son parti. Tu sais ce qu'on dit : ne jamais faire passer un homme avant ses amis. Mais tout le monde le fait quand même. Les amitiés sont une chose, mais le véritable amour, un amour physique, ça l'emporte sur tout. Depuis toujours. Et ce sera toujours comme ça. Tu as peut-être envie de croire le contraire, mais tu m'aurais détestée si je t'avais raconté un truc comme ça.

— C'est différent. Jonathan était… Il n'aurait jamais…

— Ah ! m'a-t-elle interrompue. C'est ce que tout le monde imagine, n'est-ce pas ? C'est pour ça que tu ne peux pas en vouloir à Marnie d'avoir pris la défense de son mari.

Elle a soupiré.

— Les gens ne s'en rendent même pas compte, mais c'est un réflexe. Chaque fois qu'un malheur arrive à quelqu'un, il y a une petite voix en nous qui murmure : *Ça ne m'arriverait pas à moi*.

J'ai ri et d'autres miettes sont tombées de mon T-shirt.

— Si seulement, ai-je observé.

Emma a souri. Nous savions pertinemment que le malheur n'arrive pas qu'aux autres. Notre enfance avait été insouciante, mais quelque chose avait changé au cours de notre adolescence. La relation de notre père avec sa maîtresse avait éclaté au grand jour et nous étions devenues ce genre de famille, ce genre de filles, les enfants de ce genre d'homme. Emma avait été touchée en premier ; elle était devenue ce genre de fille, la fille maigre, la fille qui ne mange pas. Puis mon mari était mort ; j'étais devenue ce genre de femme, celle qu'on plaint mais qu'on évite. Notre père était parti, la maladie de notre mère avait été diagnostiquée. Peut-être qu'une fois que la machine est lancée, une fois qu'on est devenu *ce genre de personne*, on ne cesse jamais d'en être une.

Emma et moi connaissions bien les regards en coin, les secrets et les murmures. C'est peut-être pour cette raison que nous avions choisi toutes les deux de vivre dans une si grande ville, où l'anonymat régnait et où nous pouvions être englouties dans la masse.

— Tu crois qu'elle me pardonnera ? lui ai-je demandé.

— Je ne sais pas.

— Je crois que oui. Je dois pouvoir la convaincre d'une manière ou d'une autre.

Emma a souri.

— Tu vas enregistrer la confession de son mari et lui envoyer le fichier ?

Elle adorait cette histoire.

— Tu m'avais promis de ne plus en parler.

Elle me taquinait souvent, pour essayer d'apaiser la tension qui m'habitait sans cesse.

— Et la réponse est non, ai-je ajouté.

— Tu le ferais si tu pouvais, avoue, a-t-elle insisté. Je te connais. C'est ton style. Te faufiler dans un endroit quand il n'y a personne, te cacher dans une garde-robe. *Mme Black, espionne, enchantée*. Avec tous tes cours d'arts martiaux... Tu as une combinaison en lycra noire ?

— Charles est trop intelligent, ai-je objecté. Il ne lâcherait rien qui puisse l'incriminer.

— Ben merde ! s'est-elle exclamée en riant. Tu y as vraiment pensé !

— Seulement maintenant, parce que tu en parles.

C'était typique de ma sœur. C'était son idée, mais elle rejetait la faute sur moi.

— Détends-toi un peu. Tu mets des miettes partout.

— Mais tu penses que ça va s'arranger, non ?

— Probablement. Elle finira par revenir à la raison.

— Qu'est-ce que tu veux dire ?

— Ben, ça ne va pas durer, si ? Son mariage ?

— Qu'est-ce qui te fait dire ça ?

Emma a ri.

— Toi ! Tout ce que tu m'as raconté. Tout ce qu'il a fait. Son arrogance, sa façon de croire que tout lui est dû, ses manières prétentieuses, ses phrases irritantes qui vexent les gens sans qu'il s'en rende compte. Mon anecdote préférée, c'est celle du bar, quand il voulait passer devant une nana et qu'il n'a pas demandé pardon comme une personne normale, mais qu'il a posé les mains sur ses hanches pour l'écarter – tu te souviens de me l'avoir racontée ? Elle s'est retournée en disant : « C'était quoi ça ? Ce que tu viens de faire, mec ? » Il s'est vexé et l'a traitée d'idiote, du coup elle lui a dit d'aller se faire foutre. Peut-être que tu devrais lui dire d'aller se faire foutre plus souvent.

— T'as raison, Marnie me pardonnera à coup sûr comme ça.

— Pas faux. En tout cas, si d'autres personnes continuaient à l'envoyer se faire foutre, tôt ou tard, Marnie comprendrait le message. Laisse couler, c'est tout. Ça s'arrangera tout seul.

★

Et toi, qu'est-ce que tu en penses ? Quel camp est-ce que tu aurais choisi ? Celui de Charles ou le mien ?

Je vais partir du principe que tu aurais été de mon côté et, franchement, tu serais bête de prétendre le contraire vu qu'il est mort maintenant.

Je crois que si tu l'avais connu, si tu avais eu la possibilité de te forger ta propre opinion, tu m'aurais écoutée, tu aurais été d'accord avec moi, tu m'aurais fait confiance. À mon avis, tu l'aurais trouvé autoritaire et vindicatif. On aurait pu dresser la liste de ses nombreux méfaits et on s'en serait moqué ensemble. J'aurais été ton alliée.

Mais cela n'arrivera pas. Parce que tu ne le connaîtras jamais. C'est pour ça que c'est essentiel que tu écoutes cette histoire. Je ne te la raconterai qu'une fois.

Voici comment il est mort.

Prête bien attention à ce qui va suivre.

QUATRIÈME MENSONGE

16

Le jour de la mort de Charles, j'ai terminé le travail tôt. Je me souviens parfaitement de la sonnerie de mon réveil le matin, de m'être rendu compte qu'il n'y avait plus de lait pour mes céréales – de tout jusqu'à mon retour à la maison dans la nuit, après que c'est arrivé. Je peux me repasser les images comme un film et j'aimerais prétendre qu'elles m'affectent, me font regretter mes actes, qu'elles me font horreur ou honte, mais ce serait faux. C'était une journée tout ce qu'il y a de plus ordinaire.

Est-ce que c'est la vérité ? Je fais tellement d'efforts pour être la plus honnête possible, mais parfois c'est difficile de savoir ce qu'on pense vraiment. Par exemple, je me demande si je te dis que c'était une journée sans intérêt simplement parce que je n'ai pas envie de t'en parler du tout. Enfin, peu importe, j'ai promis de te dire toute la vérité et les faits sont indiscutables.

Au travail, tout était calme depuis quelques semaines, ce qui n'était pas étonnant. Les mois d'été avaient été pluvieux et couverts, mais le mois de septembre s'annonçait ensoleillé et chaud. Nous recevions dix pour cent d'appels en moins qu'à la même période l'année précédente. Les gens avaient mieux à faire que de rester chez eux à attendre des colis. Ils devaient se promener dans les parcs ou prendre un café en terrasse.

C'était un vendredi et j'avais donc décidé de partir tôt, une demi-heure avant la fermeture officielle des lignes pour le week-end. J'ai simplement pris mon sac à main et, sans autre formalité, je suis sortie du bureau. Je me suis demandé si quelqu'un allait le remarquer, mais je crois que ça n'a pas été le cas. De toute façon, ça m'aurait été égal de me faire pincer.

Les trottoirs étaient dégagés. L'exode du soir n'avait pas encore commencé. J'ai envisagé de me rendre directement à la station de métro habituelle pour emprunter la ligne vers chez moi, mais j'ai préféré ne pas le faire. On était vendredi, après tout. Et je ne rentrais pas chez moi le vendredi : je dînais chez Marnie et Charles.

Je me suis dirigée vers une autre station : je devais marcher un peu plus, mais cela me permettait d'éviter les correspondances. Je n'ai attendu que quelques minutes et j'ai choisi un siège au milieu de la voiture, où je risquais moins d'être dérangée par les retraités et leur canne ou les femmes enceintes et leur ventre rebondi. Un jeune couple était assis en face de moi, en tenue décontractée : lui en survêtement et sweat assorti, elle en legging et sweat à capuche bleu marine. Ils devaient avoir dans les seize ans – je me suis demandé s'ils n'auraient pas dû être au lycée à cette heure. Ils étaient adorables. Ils paraissaient vraiment amoureux, fusionnels. Le garçon avait la main sur la cuisse de sa copine, plus haut que ne l'exigeait la décence, mais la scène était plus charmante que vulgaire. La fille appuyait la tête contre le torse de son petit ami ; j'imagine qu'elle entendait les battements de son cœur. Il a baissé le menton et collé ses lèvres sur le front de la fille à plusieurs reprises, sans vraiment l'embrasser, juste pour frôler sa peau. Ils semblaient n'avoir aucune conscience des autres passagers qui les regardaient, envieux de leur amour, de leur naïveté, de leur insouciance.

J'étais tellement distraite par ce jeune couple que ce n'est que lorsqu'ils se sont levés et sont descendus que j'ai commencé à me demander comment j'allais être accueillie chez Marnie et Charles. Est-ce qu'ils allaient me laisser entrer dans l'appartement ? Est-ce qu'au moins ils répondraient à la porte ? C'était mon genre de m'inquiéter pour des détails comme ceux-là. Tout ça me paraît insignifiant aujourd'hui : l'état de mes ongles, les ragots du bureau, les paroles que ma mère avait et n'avait pas prononcées. Jonathan m'apprenait à démêler mes angoisses en les remettant dans leur contexte : mes ongles n'avaient d'importance que pour moi, même les pires rumeurs ne pouvaient pas me faire perdre mon emploi, je n'avais aucun contrôle sur les propos de ma mère. J'ai essayé d'appliquer cette logique à cette nouvelle préoccupation, mais cela n'a pas atténué ma panique. Au contraire, ça n'a fait que l'amplifier. Parce que dans un contexte plus large, il ne s'agissait pas de savoir si la porte me serait ouverte et s'ils seraient cruels avec moi ; il s'agissait de l'avenir d'une des relations les plus importantes pour moi. Je ne pouvais pas simplement prendre du recul, comme je l'avais fait avec ma mère en acceptant que ce qu'elle vivait était atroce. Je ne pouvais pas prétendre que cela n'affecterait qu'une infime partie de ma vie. Parce que, sans Marnie, mon existence commençait à ressembler à un désert.

Nous ne nous étions pas parlé depuis une semaine entière. Ça ne paraît peut-être pas énorme, mais pour nous, c'était exceptionnel. Au collège et au lycée, nous étions inséparables : nous riions trop fort dans le bus, nous mangions ensemble à la cantine, nous étions toujours côte à côte en cours. Et à l'université, nous nous parlions tous les jours parce qu'il se passait tant de choses que nous avions besoin de partager ; nous nous disions sans cesse : *Elle trouverait ça drôle, intéressant ou pertinent*. Même adultes, nous communiquions au moins une fois par jour, pas toujours un coup de fil, parfois un texto, un mail ou une photo, mais, comme des enfants avec des pots de yaourt reliés par une ficelle entre les fenêtres de leurs chambres, nous étions en permanence reliées par un canal.

Je ne savais pas comment relancer la conversation. Chaque fois que j'y pensais, je sentais monter la panique. Je refusais d'admettre que Marnie avait été forcée de choisir et qu'elle ne s'était pas rangée dans mon camp. Je ne voulais pas reconnaître qu'elle avait, pour la première fois, exigé que je quitte son appartement. Je n'arrivais pas à croire que ce geste soit irréversible. J'avais envie de lui envoyer une photo de mon dîner de haricots blancs à la tomate sur du pain grillé, ou du soleil qui se couchait sur la mer, ou de l'étrange boucle que je venais de découvrir dans mes cheveux.

J'ai envisagé de descendre du métro et de rentrer chez moi. J'aurais été bien à la maison, je crois. Je me serais commandé à manger et j'aurais regardé un film. Mais je ne l'ai pas fait. Je voulais voir Marnie. J'avais *besoin* de la voir.

J'alternais entre des moments où je faisais semblant d'être parfaitement à l'aise – la station de métro m'était familière, comme le trajet à pied jusque chez eux et leur immeuble – et d'autres où j'étais tétanisée par la peur. J'étais certaine à l'époque qu'elle ne sacrifierait jamais notre amitié, pas complètement. Et pourtant, je me demande à présent si c'était vraiment le cas : si j'avais été sûre à cent pour cent, est-ce que j'aurais fait ce que j'ai fait ?

— Bonjour, mademoiselle, m'a lancé le portier quand j'ai pénétré dans le hall.

— Bonjour, Jeremy, ai-je répondu en souriant.

Il ne s'est pas levé pour m'annoncer que je n'étais plus autorisée à entrer dans le bâtiment, pour m'ordonner de quitter les lieux immédiatement. J'ai senti les premiers signes de soulagement pendant que j'attendais l'ascenseur.

J'espérais que Charles serait encore au travail et que j'aurais l'occasion de discuter seule avec Marnie, de lui expliquer la situation de mon point de vue. Je savais que je pouvais lui faire entendre raison.

La cabine était vide et j'ai examiné mon visage dans les parois en miroir pendant la montée. Je crois que j'ai toujours su que Marnie était destinée à ce genre de vie, aux parquets, aux lustres, aux portiers et aux ascenseurs tapissés de miroirs impeccables, sans la moindre tache ou trace de doigt.

Je me suis approchée de leur porte et j'ai sonné, mais personne n'a répondu. L'ampoule avait grillé et j'étais dans la pénombre, debout dans une flaque grisâtre, flanquée de chaque côté par les halos dorés provenant des lumières sous les portes voisines. C'était très beau, l'obscurité au milieu de la lumière, et un peu troublant aussi. Je suis restée là et j'ai attendu un temps avant de sonner à nouveau, en gardant le doigt sur la sonnette plus longtemps cette fois.

Toujours pas de réponse.

J'ai collé mon oreille contre le battant. Je guettais la voix de Marnie, la radio ou le bruit des voitures passant sous leur balcon. Je n'entendais que le frottement de ma peau contre le bois épais de leur porte. Je me suis écartée et j'ai inspecté les deux côtés du couloir. Il n'y avait personne, ni résidents ni visiteurs.

J'ai fouillé mon sac : je savais qu'elle était toujours là. Je ne l'avais pas utilisée depuis très longtemps – je n'en avais pas eu besoin –, mais je l'avais gardée, au cas où. J'ai trouvé la clé au fond de la petite poche dans la doublure, le compartiment caché où je gardais des analgésiques, des tampons et du baume à lèvres.

J'ai à nouveau prêté l'oreille, guettant le moindre bruit, puis j'ai inséré la clé dans la serrure. J'ai regardé autour de moi, vérifiant encore l'éventuelle présence de voisins. Mais j'étais toujours seule.

Je veux que tu saches que je n'avais rien prémédité. Je ne savais pas ce qui allait se passer ; il n'y avait aucun moyen de le savoir. Je n'avais pas réfléchi aussi loin, même quand je me suis souvenue que j'avais un double de leur clé, même quand je l'ai trouvé.

J'aimerais prétendre que je voulais leur déposer des fleurs, peut-être laisser une jolie carte. J'aimerais pouvoir dire que j'avais l'intention de leur préparer un repas, quelque chose de spécial pour me faire pardonner.

Mais ce seraient des mensonges de plus, de ceux qui sont tellement attrayants que tu as envie d'y croire toi-même. Tu te souviens, je t'en ai déjà parlé ?

Je n'avais aucune raison de penser que Charles serait mort moins de dix minutes plus tard.

Je me suis introduite dans l'appartement. J'imagine que je voulais jeter un coup d'œil en bas puis en haut et ensuite regagner le couloir en attendant qu'un des deux arrive. C'est important que tu le saches maintenant, que tu comprennes ce que j'avais en tête. Je n'avais pas l'intention de toucher à quoi que ce soit, d'emporter un objet ou de m'attarder.

Je n'avais absolument pas l'intention de le tuer.

J'avais prévu d'inspecter rapidement la cuisine. Je voulais regarder dans le frigo. Cela m'aurait permis de savoir si j'étais la bienvenue. Si elle avait des fraises dans le bac à légumes, c'est qu'elle m'attendait. Et si elle avait un pot de glace non ouvert dans le congélateur, ça signifiait qu'elle me soutenait. Il n'y a que pour moi qu'elle aurait acheté de la glace. J'aurais alors su que ce n'était pas fini, que notre amitié ne s'était pas complètement désintégrée, qu'elle ne voulait pas me perdre.

Il y avait des photos de nous deux sur la cheminée du salon et une nouvelle, du mariage, dans un cadre en argent sur un rebord près de l'escalier. Si ces clichés n'avaient plus été là, j'aurais alors su que je devais m'inquiéter. Marnie possédait quelques objets que je lui avais achetés au fil des années : un parapluie violet qui était toujours appuyé contre les placards sous l'escalier, une lampe avec un abat-jour à pompons rose à côté de son bureau et une pendule à coucou dans les toilettes du rez-de-chaussée.

J'espérais sans doute trouver des preuves d'un changement dans leur relation au cours de la semaine écoulée. J'aurais adoré, par exemple, trouver la garde-robe de Charles vide, ses vêtements, ses chaussures et ses costumes disparus, sa table de chevet sans magazines, marque-pages ni clés USB.

Je serais ressortie. J'imaginais Marnie rentrer et me trouver devant chez elle, occupée à l'attendre. J'aurais prétendu ne rien savoir ; je n'avais en effet aucune raison de croire qu'elle m'aurait choisie plutôt que lui. Elle aurait alors éclaté en sanglots, m'aurait fait des confidences, m'aurait avoué qu'elle ne s'était jamais sentie bien avec lui, qu'il avait toujours été un peu trop dominateur et distant. Elle m'aurait remerciée d'avoir trouvé la force d'être honnête avec elle.

Mais je ne suis pas montée et je n'ai pas inspecté la garde-robe de Charles. Je ne suis pas allée dans la cuisine et je n'ai pas vérifié le contenu du congélateur. Je n'ai pas inspecté le manteau de la cheminée non plus. Je ne suis pas arrivée aussi loin.

17

PLUS TARD, des articles de journaux prétendraient le contraire. Ils insinueraient que j'avais manipulé la situation avec soin, suggérant que j'avais commis un meurtre parfait. Mais ce n'est pas ainsi que les choses se sont déroulées.

J'ai ouvert la porte, très légèrement, en voulant faire le moins de bruit possible. Je me suis faufilée dans l'appartement en me retournant pour examiner le couloir une dernière fois. Je ne voulais pas que des voisins me voient et fassent allusion, au cours des semaines suivantes, à une jeune femme qui était entrée chez eux. Heureusement, les lieux étaient toujours déserts. J'ai refermé le battant et j'ai mis la chaîne en place. Ce geste était peut-être un peu calculé. S'ils étaient revenus, je me serais précipitée pour prendre l'arrosoir sous l'évier de la salle de bains et j'aurais fait semblant de m'occuper des plantes. Ou j'aurais peut-être couru dans la cuisine pour faire chauffer la bouilloire ou je me serais mise à plier le linge – un geste utile et presque acceptable –

pour qu'ils ne me découvrent pas en train de fouiller dans leurs tiroirs.

Les lumières de l'appartement étaient éteintes. Il m'a fallu quelques secondes pour m'habituer à l'obscurité. Je n'ai pas repéré Charles tout de suite. Je n'ai pas remarqué qu'il était étendu au pied de l'escalier.

J'ai sursauté et mon dos a heurté la porte, le bas de mes côtes a cogné la poignée. J'ai eu le réflexe de me pencher en avant et mon sac a glissé de mon épaule, le fermoir métallique est tombé avec un *clang* sonore. J'ai regardé mes affaires heurter le parquet et rouler : un tube de rouge à lèvres, mon portefeuille, mes clés.

Je me suis demandé s'il était mort. J'ai ressenti une sorte de joie étrange, comme si ça n'aurait pas été la pire chose au monde.

Quand j'ai à nouveau relevé la tête, j'ai vu qu'il avait les yeux ouverts. Il était allongé sur le dos, mais sa cheville gauche était tordue et son épaule formait un angle bizarre. Il y avait du sang séché sur sa tempe et une petite tache bordeaux sur le parquet. Il portait un bas de pyjama en flanelle à rayures bleues et un sweat avec le logo d'une université. Je ne l'avais jamais vu dans une tenue aussi décontractée.

Il a gémi.

J'ai été momentanément déçue qu'il ne soit pas mort. Puis cette déception a fait place à la colère.

N'était-ce pas typique de Charles d'être encore en vie ? Une chute pareille aurait tué n'importe qui, mais non, pas lui. Il était trop résistant, toujours là, toujours présent.

Il a toussé.

— Jane, a-t-il croassé.

Il s'est éclairci la gorge et a grimacé. Le mouvement de sa poitrine envoyait des vibrations dans son épaule.

— Oh, Jane. Dieu merci.

J'ai allumé et il a cligné des yeux rapidement plusieurs fois de suite.

— Je suis tombé. Je ne sais pas quand… J'étais… Quelle heure est-il ? Mon épaule. Elle est disloquée. Et… je n'ai pas réussi à me relever. Ma cheville. Je crois que mon dos… Oh, tu es là. Je suis tellement content que tu sois là. Mon téléphone. Une ambulance.

Il a plissé le front. Il était perplexe. Peut-être parce que je ne bougeais pas, le dos toujours appuyé contre la porte et le contenu de mon sac à main répandu à mes pieds. Je ne faisais rien de ce qu'une personne normale aurait pu faire dans une situation pareille.

Je me souviens d'avoir vu Jonathan projeté en l'air. Le taxi le déséquilibrant et la force du choc le propulsant vers l'avant, quelques mètres plus loin, sur le trottoir. Je me suis accroupie à côté de lui. J'ai d'abord essayé d'arrêter l'hémorragie, de repérer les fractures, comme si j'étais capable de le sauver. J'aurais voulu rentrer dans son corps pour le soigner de l'intérieur. Je lui criais toutes sortes de bêtises, les choses qu'on voit dans les films : je lui ordonnais de rester avec moi, de garder les yeux ouverts, de ne pas s'inquiéter, que tout irait bien, qu'il devait juste rester avec moi, rester avec moi.

Mais je ne me suis pas précipitée vers Charles. Je ne lui ai pas posé de questions sur ce qui s'était passé, je ne lui ai pas demandé où il avait mal et ce que je pouvais faire. Je n'ai pas ramassé mon téléphone et je ne me suis pas dirigée vers le sien, qui se trouvait à quelques mètres à peine de sa main.

Je n'ai rien fait du tout.

— Jane.

Son front était toujours plissé, ses yeux écarquillés et effrayés, et il saignait de nouveau là où il avait légèrement soulevé la tête, rouvrant la croûte qui s'était formée.

— Charles, ai-je répondu.

— Jane, j'ai besoin d'aide. Tu peux appeler quelqu'un ? Appeler une ambulance. Ou... passe-moi mon téléphone, tu veux ? Il est juste là. Si tu peux juste...

J'aurais dû appeler une ambulance. Je le sais maintenant et je le savais à ce moment-là. Il y avait un homme allongé sur le sol, les os brisés, le corps tordu, du sang sous la tête. C'était évident qu'il avait besoin au plus vite de soins médicaux. Pourtant, je n'ai pas bougé. C'était instinctif. Exactement le même genre de réaction involontaire que j'avais vécue avec Jonathan, mais à l'opposé. Avec mon mari, j'avais tout tenté. Là, c'était le contraire.

— Jane. S'il te plaît. Il faut vraiment que tu...

Je l'ai interrompu :

— Qu'est-ce qui s'est passé après mon départ ? La semaine dernière. Quand je suis partie. Qu'est-ce qui s'est passé ?

Cela semble étrange, je sais, pourtant c'est logique. C'est pour ça que j'étais venue, après tout. C'est pour ça que je m'étais permis d'entrer dans leur appartement. Je voulais une réponse. Je voulais comprendre ce qui s'était passé. J'avais besoin de savoir que tout irait pour le mieux, que Marnie et moi étions toujours amies et que tout continuerait comme avant.

— Allez, Jane. J'ai besoin d'aide.

Il a grimacé.

— Tu peux... ? Si tu me passes juste mon téléphone. S'il te plaît, Jane...

J'ai marché vers son portable et j'ai donné un coup de pied dedans pour l'éloigner de Charles. Je ne savais pas que j'allais le faire avant de sentir le coup de pied partir. Je n'avais pas de plan précis en tête. J'avais l'impression d'être un personnage dans un film, qui rencontre son ennemi juré en plein moment de faiblesse, et ça paraissait la chose la plus naturelle à faire. C'est pour ça que je l'ai fait.

— Je t'ai posé une question, ai-je insisté. Tu peux répondre, s'il te plaît ?

— Rien. Il ne s'est rien passé. Jane. Allez… C'est de la folie. Je crois que j'ai une commotion cérébrale. Quelle heure est-il ? Jane. Je ne sais pas depuis combien de temps je suis là.

Il a toussé, son corps s'est contracté et il a serré les dents.

— Je n'arrête pas de me réveiller et puis… Oh, bordel de merde, Jane. Bon, très bien. Marnie était furieuse, d'accord ? Elle ne savait pas qui croire et elle ne le sait toujours pas. Je lui ai expliqué ma version de l'histoire encore et encore, mais elle n'arrête pas de revenir à la charge avec tes conneries.

J'ai souri. J'avais l'impression d'avoir eu raison d'exagérer ce qui s'était passé entre nous.

— Continue.

— C'est tout ! a-t-il crié avant de grimacer à nouveau. Il n'y a rien d'autre à dire. Elle a soufflé le chaud et le froid avec moi toute la semaine et je dois dire qu'on ne t'attendait pas ce soir, même si je suis content que tu sois là… mais je ne sais pas. Elle était vachement remontée, oui. Contre nous deux. Mais elle ne pense pas qu'il s'est passé quoi que ce soit, parce qu'il ne s'est rien passé, Jane, rien, et elle n'arrête pas d'en reparler, oui, mais je pense que ça va s'arranger, pour toi comme pour moi. Si tu pouvais juste… On en reparlera une autre fois. Je te le promets. On peut en parler. Mais s'il te plaît…

Il s'est mis à frissonner. Est-ce qu'il était en état de choc ? Je ne savais pas exactement ce que cela voulait dire, mais c'est ce terme que les ambulanciers, les médecins et les infirmières avaient employé pour parler de mon état quand j'attendais à l'hôpital que Jonathan soit déclaré mort.

Je me suis accroupie. Le parquet était froid sous mes paumes. L'appartement était différent sans Marnie. J'avais aimé cette impression la dernière fois : l'absence de lumière, le silence. J'avais aimé que l'espace me paraisse creux et vide.

Mais la présence de Charles gâchait tout. Avec lui, l'obscurité devenait étouffante. Il n'y avait qu'une lumière qui brillait au-dessus de nous, une lampe qui émettait un éclat dur, d'un jaune sale. Il n'y avait pas de bougies parfumées, pas de teintes chaudes pour illuminer la pièce. L'appartement n'était pas vide, mais Charles ne suffisait pas à le remplir.

— On n'a jamais passé beaucoup de temps seuls tous les deux, ai-je fait remarquer. Pas sans Marnie.

— On pourrait peut-être le faire une autre fois.

— Peut-être.

Je voyais qu'il avait de plus en plus mal. Il tentait de ne pas bouger, mais parfois il se déplaçait involontairement, quand il parlait ou quand il s'emportait, et son visage se tordait pendant une seconde ou deux.

— Comment ça se fait que tu sois si tôt à la maison ? lui ai-je demandé.

— J'ai vraiment besoin de ton aide. S'il te plaît, Jane.

— Tu n'es pas allé travailler ?

— J'avais une migraine. Je crois que c'est pour ça que je suis tombé. C'est tout, Jane.

— Tu en as souvent, des migraines ?

— Parfois, a-t-il dit. Tous les deux ou trois mois. Maintenant…

— Je crois que je n'en ai jamais eu.

On n'entendait pas les voitures dans la rue.

— Tu n'as pas ouvert les portes du balcon, ai-je souligné.

— J'étais au lit.

— Tu n'avais pas mis la radio ?

— Je dormais, Jane. Marnie est allée à la bibliothèque pour rédiger une interview et je suis resté au lit. Jane, je ne me sens vraiment pas bien du tout. Je ne sais pas pourquoi tu…

— Elle rentre quand ?

— Bientôt, je crois. Quelle heure est-il ? Je pense qu'elle ne va pas tarder.

— Je ne suis pas sûre de l'heure. Je suis en avance par rapport à d'habitude.

— Pourquoi tu ne l'appelles pas ? a-t-il lâché. Pose-lui la question. Dis-lui que je suis là et demande-lui quand elle rentre. Elle est sûrement en route. Tu veux la voir, non ? Utilise mon téléphone. Dans mes favoris. Appelle-la. Maintenant. Mets-la sur haut-parleur, que je l'entende aussi. Vas-y, Jane. Ou prends ton téléphone. Il est juste derrière toi…

J'ai posé un doigt sur mes lèvres et il s'est tu.

J'avais besoin de réfléchir.

La panique a commencé à naître dans mon estomac, une sorte de frémissement, juste le début de l'émotion que j'aurais dû ressentir. Je me souviens d'avoir respiré plusieurs fois profondément – comme la policière me l'avait recommandé à l'hôpital. J'ai inspiré par le nez pendant six secondes, puis retenu mon souffle pendant six secondes, avant d'expirer par la bouche pendant six secondes.

Cela a dû apaiser mon angoisse assez rapidement. Parce que je ne l'ai plus sentie par la suite. Je me suis mise à quatre pattes et j'ai avancé jusqu'à lui, assez près pour le toucher. J'ai vu sa pomme d'Adam monter et descendre dans son cou pendant qu'il marmonnait et me suppliait.

Il s'est mis à gémir et j'ai cru qu'il allait pleurer.

Mais il s'est mis en colère.

18

— JANE, C'EST DE LA FOLIE ! Tu vas m'aider, oui ou non ?

J'ai haussé les épaules. Je n'étais pas encore décidée. Je n'avais pas l'intention de lui refuser mon aide, mais pas non plus l'intention de le tirer de là.

— Tu vas me laisser allongé là, à crever de mal ? Ou, putain, encore pire, tu vas rester là à me regarder mourir ? Tout ça parce que tu crois que je t'ai tripotée ? Bon, ben, parlons-en alors, d'accord ?

Je ne pense pas avoir acquiescé. Je ne crois pas avoir consenti au mépris qui a suivi.

— Est-ce que je l'ai fait ? Est-ce que je t'ai pelotée ?

Je voyais bien que sa véhémence, sa rage, son excitation aggravaient sa douleur, mais il n'a pas ralenti, pas du tout, pas une seconde.

— Eh bien, laisse-moi te dire un truc. Je ne te toucherais pas si tu étais la dernière femme au monde. Je ne peux rien imaginer de pire. Rien que d'y penser, j'en ai la nausée.

Il s'est tu pour reprendre son souffle.

— Ou alors je dis ça à cause de ma putain de blessure à la tête, mais c'est pas près de changer si tu ne m'aides pas, hein ?

Il a grimacé. Il a fermé les paupières et a inspiré à fond. J'ai cru qu'il avait terminé son discours, mais non.

— Est-ce que j'ai dit que j'avais envie de toi ? Même pas en rêve, putain. Mais c'est adorable, que tu imagines que quelqu'un puisse te le dire. C'est bien. C'est bien d'être aussi sûre de toi, non ?

Il a poussé un rugissement de douleur, puis a expulsé tout l'air de ses poumons avant de continuer :

— Eh bien, laisse-moi te dire autre chose. Tu vas en avoir besoin. Parce que tu veux savoir ce qui va se passer ? Je vais aller à l'hôpital et ma femme sera à mes côtés. Et quand je lui raconterai ce qui s'est passé ici, ça ne va pas lui plaire. Tes heures sont comptées, Jane.

Un gémissement aigu lui a échappé, mais ce n'était pas assez douloureux pour le faire taire.

— Très bien, a-t-il poursuivi. On va attendre. Parce qu'on sait tous les deux qui en sortira gagnant et ce n'est pas toi.

— Ce n'est pas vrai.

Je me sentais en colère, mais surtout stressée. Je voulais qu'il arrête de parler.

— Eh bien, attendons de voir. Parce que je sais ce qui va se passer, Jane. Ça ne te concerne même pas. C'est moi que ça concerne. C'est mon moment, pas le tien.

J'ai tendu le bras pour poser les doigts contre son cou. Il s'est éloigné de ma main en émettant une sorte de grognement d'agonie, terrassé par la douleur. Sa joue était très enflée, la peau était tendue et brillante comme un ballon, le contour de son œil virait au noir et l'intérieur était injecté de sang.

J'ai fait une deuxième tentative et, cette fois, il n'a pas bougé, il est resté parfaitement immobile.

— Jane, qu'est-ce que tu fais ? Allez. Ça suffit maintenant. S'il te plaît.

Il parlait entre ses dents, il empêchait son visage de bouger pour tenter de réduire la douleur. Je sentais tout son être vibrer sous mes doigts.

— Qu'est-ce que tu fiches, Jane ? J'ai besoin d'aide. Tu peux…

Il a tressailli à nouveau.

— Tu peux enlever ta main ? Enlève-la. Tout de suite. Allez.

La situation était plutôt agréable.

Quand je repense à ce moment, je ne reconnais pas la femme assise sur le sol, les doigts contre le cou d'un homme blessé. Je ne reconnais pas son sourire. Je ne reconnais pas ses yeux. J'ai l'impression que c'est une personne complètement différente.

Je lui ai caressé la peau de l'index, puis avec toute ma paume. Il ne disait plus rien et ne bougeait plus. Je sentais des poils affleurer sur son menton, je voyais l'ombre de sa barbe projetée sur son visage, le résultat d'un jour ou deux sans se raser. Il a fermé les paupières. Je voyais sa poitrine se soulever et redescendre, j'entendais son souffle rauque quand il inspirait et expirait. J'ai fait courir ma paume jusqu'à sa joue.

Je me suis demandé si la main de Marnie s'était aventurée là aussi, le matin au lit ou pendant leur premier baiser. J'ai placé mon autre main de l'autre côté de son visage et j'ai maintenu sa tête immobile. J'ai enfoncé mes doigts dans ses cheveux, sentant un film de graisse à la racine.

— S'il te plaît, Jane, a-t-il chuchoté. Ça suffit. Je suis désolé. Je ne pensais pas ce que j'ai dit. Repartons de zéro… On peut oublier tout ça… Je te le promets.

— Je ne peux pas t'aider, ai-je répondu. Je suis désolée, je ne peux pas.

— Alors va-t'en, a-t-il insisté. Sors d'ici. J'en ai assez. Vas-y.

J'ai senti une soudaine montée de colère. Est-ce qu'il était vraiment – sérieusement – en train de me mettre à nouveau à la porte de cet appartement, une semaine à peine après ma première éviction ? Non. Il n'en était pas question. Parce que c'est moi qui contrôlais la situation et c'est moi qui étais en mesure de prendre les décisions. Personne ne me dirait où aller, quoi faire ou si j'avais encore le droit de me trouver là. Et certainement pas Charles. Il avait avoué ce qu'il avait à dire et maintenant c'était mon tour. *Mon* heure était venue.

J'ai respiré à fond.

— Je ne m'en vais pas, Charles, ai-je annoncé très calmement.

Je ne voulais pas qu'il sache que j'étais en colère. Je ne voulais pas qu'il se dégage de ma prise.

— Je veux rester. Je vais rester.

J'imagine qu'à ce moment-là, je savais déjà ce que j'allais faire. Je ne voulais pas apaiser sa peur par de la compassion ou de l'empathie. Mais je voulais le rassurer pour que la dernière horreur qu'il était sur le point d'endurer soit d'autant plus intense.

— Très bien, a-t-il conclu. Reste, alors. Ce n'est pas comme si je pouvais faire quoi que ce soit pour t'en empêcher.

— Non. Tu ne peux rien faire.

Il a fermé les yeux.

Je ne suis pas vraiment fière de ce que j'ai fait. Je n'ai pas besoin de te le dire, tu dois t'en douter. Et il n'y a pas grand-chose que je puisse dire pour ma défense. Ça me faisait simplement plaisir de le voir souffrir. J'aimais que son épaule soit disloquée, son bras droit inutilisable et atrocement douloureux. J'aimais voir son front couvert de sang et l'idée qu'il soit resté allongé là, inconscient pendant des heures, souffrant d'une commotion cérébrale, me ravissait. J'adorais sa cheville cassée, sa joue enflée et son œil injecté de sang. Je l'appréciais beaucoup mieux ainsi qu'avant.

J'ai tenu sa tête fermement entre mes mains, mes paumes à plat contre sa peau. Des larmes roulaient du coin de ses yeux.

Tu n'as jamais détesté personne comme je détestais Charles, donc je sais que tu ne peux pas comprendre à quel point ce moment était jubilatoire pour moi. J'étais étourdie de plaisir, ivre de bonheur. Je ne m'attendais pas à ressentir ça un jour avec lui.

J'ai bougé un peu mes mains et il a grogné.

— Désolée, ai-je chuchoté.

— Jane, a-t-il croassé.

Je me suis déplacée sur mes genoux pour que mon poids soit au-dessus de lui, puis j'ai repositionné mes mains. Il savait, je crois. C'est à ce moment-là qu'il a compris.

J'ai pris le temps de respirer. Six secondes d'inspiration, six de blocage, six d'expiration. J'ai détourné le regard vers l'escalier, le tapis qui recouvrait le milieu des marches, crème bordé de bleu, et la rampe en bois verni d'un brun acajou. Puis, d'un geste rapide, j'ai fait pivoter mes mains autour de son cou et j'ai entendu un craquement sourd.

Quand j'ai baissé les yeux, ses paupières étaient fermées et il avait l'air paisible, sa mâchoire était détendue, son front n'était plus plissé ; toute douleur avait disparu.

Ça avait marché. Avant de passer à l'acte, je n'étais pas sûre d'être assez forte pour y arriver.

19

J'AI FROTTÉ AVEC MON HAUT le cou de Charles pour effacer toutes traces possibles. Je me suis retournée, j'ai ramassé mes affaires – mon téléphone, mes clés – et j'ai tout fourré dans mon sac. J'ai pris la petite clé dorée, celle qui m'avait permis d'entrer dans l'appartement, et je l'ai placée discrètement dans le bol rempli d'une douzaine d'autres clés. Sans savoir pour quelle raison, j'essayais de ne pas faire de bruit. Ça me semblait plus approprié.

J'ai éteint la lumière. J'ai essuyé l'interrupteur. Mes empreintes digitales étaient probablement déjà partout, mais autant être prudente. J'ai retiré la chaîne de la porte et j'ai nettoyé le métal avec précaution, en glissant le tissu de mon cardigan entre les anneaux. J'ai ouvert le battant, frotté la poignée intérieure, puis je suis sortie.

Je me suis retrouvée dans le couloir, dans cette flaque d'obscurité, et j'ai refermé la porte derrière moi, en tendant l'oreille pour entendre le clic discret de la serrure. Et, enfin, j'ai soufflé.

Je me suis déplacée d'un mètre ou deux dans le couloir, vers la porte de l'appartement des voisins, et je me suis assise sur le sol, dos au mur, les genoux pliés devant moi.

J'ai pris un livre dans mon sac et je l'ai posé sur mes cuisses. Je ne lisais pas – mon marque-page était placé plusieurs chapitres plus loin –, mais c'était rassurant de faire semblant d'être occupée. J'ai entendu le léger tic-tac des aiguilles de ma montre tandis que les secondes s'écoulaient lentement. Marnie ne m'attendait pas, peut-être qu'elle prenait son temps, qu'elle était allée prendre un verre avec un ami ou qu'elle allait s'arrêter sur le chemin du retour pour rapporter le dîner. Elle avait peut-être décidé de revenir à pied, pour profiter au maximum du soleil. Comme je n'avais aucun moyen de savoir, je suis simplement restée assise et j'ai attendu.

Malgré tout, j'avais conscience que le corps de Charles se trouvait à quelques mètres de là, mort derrière leur porte. Je pouvais me le représenter très exactement – étendu, la cheville pliée, le cou tordu. J'avais du mal à comprendre les sentiments qui me traversaient. Je ne me sentais pas triste, pas du tout. Je ne ressentais pas de satisfaction non plus. Je ne ressentais pas grand-chose à vrai dire.

Je me suis concentrée très fort pour faire comme si je ne savais pas qu'il était là. Je me répétais que je n'étais pas entrée chez eux. Je n'avais pas de clé, je n'aurais donc pas pu entrer même si je l'avais voulu. Pour autant que je sache, Charles était toujours aussi omniprésent et pénible qu'avant. Je me suis convaincue de choses que je savais fausses. Je n'avais entendu aucun bruit en provenance de l'appartement : j'avais sonné deux fois, mais personne n'avait ouvert et je pensais que Marnie et Charles étaient toujours à l'extérieur, lui au travail et elle au supermarché, chez le fleuriste, ou peut-être même à la bibliothèque. Je n'avais rien vu : j'étais simplement assise là, à lire, ignorant tout du drame.

Non. Ne souris pas. Arrête ça tout de suite.

Ce n'est pas comme si je ne savais pas pourquoi tu souris. Mais si tu veux que je continue à te raconter cette histoire, tu dois essayer de considérer les choses de mon point de vue. C'était une décision irréfléchie, peut-être même pas tout à fait une décision. Je n'ai pas choisi d'agir comme ça. Je l'ai fait, c'est tout. Alors ne t'attarde pas sur des détails comme le mobile ou l'intention, parce qu'il n'y avait ni l'un ni l'autre. C'était instinctif, je te l'ai dit.

La question que tu devrais te poser – et si tu faisais bien attention à ce que je raconte, tu te la poserais –, c'est de savoir si, à ce moment-là, j'avais des regrets.

Je ne vais pas te répondre tout de suite.

Si tu me l'avais demandé, je t'aurais peut-être dit la vérité. Mais au lieu de ça, tu préfères me juger, n'est-ce pas ?

Bref. Où en étions-nous ?

Je me déchargeais, inconsciemment, de toute responsabilité, je répétais mon mensonge dans ma tête et je faisais comme si l'incident n'avait jamais eu lieu.

Je parcourais la page ouverte de mon livre, balayant du regard les lignes d'encre noire, sans retenir aucun mot, sautant d'un paragraphe à l'autre. Je tournais les pages et j'examinais la forme des lettres : leurs courbes, leur ossature, les espaces qui les séparaient. Je serais incapable de te dire combien de temps je suis restée ainsi, à combler le temps avec des phrases creuses, à caresser les lignes du texte.

Marnie est finalement apparue au bout du couloir. Elle portait un imperméable boutonné jusqu'au menton, le capuchon était rabattu sur ses cheveux et elle avait des sacs à provisions dans chaque main. Elle a fouillé dans ses poches

– elle a sorti un mouchoir en papier et ensuite un billet de train orange –, puis elle a relevé la tête et m'a vue.

— Oh, c'est toi.

Elle s'est arrêtée à quelques mètres de sa porte.

Je me suis levée, mais je suis restée immobile sous la lumière.

— Il pleut ?

— Ça vient juste de commencer.

Elle a enfoui le mouchoir et le billet dans sa poche.

— Je ne savais pas que tu venais. Tu attends depuis longtemps ?

J'ai secoué la tête, puis je me suis souvenue que j'avais salué le portier bien plus tôt dans la soirée.

— Une heure à peu près. J'ai fini de travailler plus tôt et j'avais mon livre.

— Tu… tu comptais dîner avec nous ?

Elle s'est approchée de la porte et a fouillé son sac à main pour trouver la clé de l'appartement.

J'avais réussi à me calmer, à maîtriser ma respiration, mon pouls était lent et stable. Mais d'un coup, mon cœur s'est mis à palpiter et un film de sueur est apparu au-dessus de ma lèvre.

C'est important de préciser que je n'avais pas du tout peur de me faire prendre, du moins pas à ce stade-là. J'étais consciente que la possibilité existait, mais j'étais arrogante, convaincue d'avoir tout fait pour que ce soit impossible. J'étais nerveuse parce que j'avais peur de la réaction de Marnie. Terrifiée, pour être honnête, de ce qui pouvait arriver ensuite.

— Je n'ai pas besoin de dîner. Je… je voulais juste te parler.

Je tenais encore mon livre, qui se balançait maladroitement au bout de ma main et rebondissait sur ma cuisse.

Marnie a soupiré.

— J'adore ce roman. Tu es arrivée à la partie où… ?

— Hé, pas de spoil ! ai-je crié.

C'était un soulagement de faire du bruit, d'expulser un peu du chaos qui brûlait en moi.

Marnie a tressailli, un peu choquée par ma véhémence.

— Waouh, du calme.

J'ai respiré à fond. Inspirer, retenir, expirer. Ce n'était pas le moment de perdre pied. J'ai ri et mon rire a eu l'air étrange, légèrement hypocrite.

— Je ne suis pas sûre d'être prête à parler, a avoué Marnie. Mais entre, on peut essayer. Charles est malade, il est au lit, il a dormi toute la journée et je ne veux absolument pas le déranger. C'est une de ses migraines et les bruits violents lui sont insupportables, donc si tu… si je te demande de partir, tu pars, d'accord ?

J'ai hoché la tête.

Marnie s'est retournée vers la porte et a introduit sa clé dans la serrure. Je l'ai entendue frotter, s'introduire dans les rainures, coulisser dans les encoches.

— Ça me fait plaisir de te voir, a-t-elle ajouté. Je suis contente que tu sois venue. J'ai juste…

— C'est bon. Je comprends. C'est compliqué.

— Oui, a-t-elle admis en me regardant avec un sourire. C'est exactement ça. C'est compliqué.

Elle a poussé le battant, de quelques centimètres seulement.

— Et tu es la bienvenue pour dîner, évidemment. Je veux que tout redevienne normal. Tu es ma meilleure amie.

Elle m'a adressé un sourire plus large.

— Bon, je vais nous servir du vin, préparer des pâtes et on pourra discuter, OK ?

— Parfait.

J'ai souri aussi, ignorant la brûlure acide au fond de ma gorge.

— Merci, ai-je ajouté. Je suis vraiment contente d'être là. Moi aussi j'ai envie que tout redevienne comme avant.

Elle a encore poussé la porte et j'ai fermé les yeux.

C'est lâche, non ? J'ai serré les paupières dès qu'elle a eu le dos tourné, tout à fait involontairement, parce que j'étais une dégonflée. J'étais pétrifiée à l'idée de sa réaction. Je savais exactement ce qu'elle était sur le point de traverser – je sais ce que c'est de voir son mari étendu sur le sol – et j'étais bien consciente de l'effet que ce genre de scène peut faire. Le choc grandit en toi, sans relâche, jusqu'à ce que tu n'aies plus d'autre choix que de croire à ce que tu es en train de voir. Je savais comment cette vision se transforme en chagrin infini. Je savais qu'elle aurait le cœur brisé.

— Charles ? a-t-elle dit, avant de hurler : Charles !

Ses pas ont résonné sur le parquet quand elle s'est mise à courir. Ses sacs de courses sont tombés, ses genoux ont heurté le sol.

J'ai enfin ouvert les yeux. Je l'ai suivie à l'intérieur ; je me suis arrêtée quelques instants dans l'embrasure de la porte.

Il était bel et bien mort. Sa peau avait changé d'aspect. Elle n'était plus rose et soyeuse, mais plutôt jaunâtre, presque grise. Marnie s'est penchée sur lui, les mains sur ses épaules, elle l'a secoué. S'il avait été vivant, il aurait souffert le martyre qu'elle l'empoigne comme ça, par l'épaule disloquée. Mais comme il était mort, ça n'avait plus vraiment d'importance.

— Qu'est-ce que… ? ai-je crié.

J'ai aperçu une épingle à cheveux sous le radiateur – je l'ai reconnue, c'était une des miennes – et j'ai vidé mon sac sur le sol. Mes affaires ont roulé partout, mon livre a atterri avec un bruit sourd, mon portable à côté de lui. J'ai ramassé mon téléphone, j'ai composé le numéro des urgences et j'ai crié : « Ambulance » dès que j'ai entendu une voix à l'autre bout, avant qu'ils n'aient eu l'occasion de dire quoi que ce soit.

— Une ambulance, d'urgence.

— Pour où, s'il vous plaît ?

J'ai récité l'adresse.

— Vite, ai-je ajouté à la fin. Vous devez venir vite.

Marnie sanglotait, la tête enfouie contre la poitrine de Charles.

— Il est mort, a-t-elle hurlé. Jane ! Il est mort !

— On croit qu'il est mort, ai-je crié à la personne à l'autre bout de la ligne, parce que je n'avais aucune idée de ce qu'il fallait dire ou faire et que je devenais sincèrement plus hystérique à chacun des cris de Marnie.

— Qu'est-ce qui vous fait penser ça ? Donnez-moi le plus d'informations possible. Les ambulanciers sont en route.

— Marnie, comment tu… ? Il a une drôle de couleur. Jaune. Et son corps est tordu. Il est tombé dans les escaliers.

Marnie a crié de nouveau et m'a regardée droit dans les yeux, le regard fou et perdu, puis elle a crié :

— Dis-leur qu'on peut le ranimer.

Et elle s'est levée pour se positionner au-dessus de lui, a placé ses mains au centre de la poitrine de Charles et s'est mise à pomper.

— On lui fait un massage cardiaque, ai-je précisé. Il y a un portier, Jeremy, il peut… Il y a un ascenseur… Ils devront prendre l'ascenseur.

— Ils sont en route. Ils seront là très vite.

— Continue, Marn, l'ai-je encouragée. Tu es… ? Si tu es fatiguée, je peux… je peux le faire aussi.

J'étais haletante et boostée par l'adrénaline qui inondait mon corps.

— Il respire ? a demandé l'opératrice. Pouvez-vous me dire s'il respire ?

— Est-ce qu'il respire ? Non, ai-je répondu. Non, je ne crois pas.

— Ils sont en route.

— Il faut qu'ils aillent plus vite.

J'y croyais vraiment. Je voulais vraiment qu'ils se dépêchent, qu'ils roulent pied au plancher, qu'ils soient là, même si je savais qu'ils ne pourraient plus rien faire, même si je savais qu'il était déjà trop tard.

— Ils seront bientôt là, a insisté la voix au bout du fil. Continuez ce que vous faites. Vous vous en sortez très bien.

Nous avons entendu les sirènes hurler. Marnie pleurait, elle transpirait sous son imperméable et moi j'étais debout, le téléphone toujours collé à l'oreille, écoutant les platitudes de l'opératrice et faisant frénétiquement les cent pas.

— Ils arrivent, ai-je dit à Marnie. C'est eux, c'est eux. Ils seront là dans une minute.

Marnie a cessé de presser ses mains contre la poitrine de Charles et s'est effondrée sur lui, sanglotant de tout son corps. Je pense qu'elle savait qu'il était parti. Elle le savait depuis qu'elle avait ouvert la porte et l'avait vu allongé là, sa cheville tordue, son épaule disloquée et son cou brisé.

Je me suis accroupie et j'ai massé le dos de mon amie – de petits mouvements circulaires qui, je l'espérais, lui signifiaient que j'étais là pour elle, toujours là pour elle, et que c'était tout ce dont elle avait besoin – jusqu'à ce que nous entendions enfin l'ascenseur s'arrêter et les portes s'ouvrir.

Je me suis relevée d'un bond et je me suis penchée dans l'embrasure.

— C'est ici ! ai-je lancé. Par ici.

Trois ambulanciers se sont précipités vers moi. Un homme assez âgé, en surpoids, sans cou. Un homme plus jeune, plus rapide, en pleine forme, qui s'est tout de suite retrouvé devant moi. Et une jeune femme, nerveuse, nouvelle peut-être, qui n'a pas dit un mot et n'a pas mis les pieds dans l'appartement.

— Pouvez-vous nous dire son nom ? a demandé le jeune homme.

— C'est mon mari, a déclaré Marnie en s'écartant du cadavre de Charles pour que les ambulanciers puissent y accéder plus facilement. Charles. Il s'appelle Charles. Il a trente-trois ans. Il a une migraine.

Nous en avons plaisanté quelques semaines plus tard. « Je n'en reviens toujours pas d'avoir dit ça, riait-elle. Qu'il avait une migraine ! Purée. Une migraine. »

En vieillissant, en côtoyant petit à petit la mort sous toutes ses formes, quand elle devient une partie de ton univers, tu apprends que toutes les morts s'adoucissent dans les mois et les années qui suivent. Ses contours s'émoussent ; ils ne tranchent plus aussi profondément et ne te font plus saigner de la même manière. Parfois, tu ris de ce qui t'a fait fondre en larmes quelque temps auparavant. Mais des contours émoussés sont toujours redoutables, et ils peuvent redevenir coupants sans crier gare, à cause d'un commentaire indélicat ou d'un anniversaire, ou même quand tu te souviens d'un moment heureux. Le chagrin n'a pas de logique. Il n'y a pas de chemin tout tracé que chacun doit suivre ; il y a simplement des moments où la peine est supportable et d'autres où elle ne l'est pas.

En l'entendant prononcer ces deux mots, « une migraine », j'ai aussitôt perçu l'ironie. Je savais que ce dont Charles souffrait était bien pire qu'une simple migraine et pourtant ce sont ces deux mots qui m'ont terrassée. J'avais vu Marnie découvrir le corps de Charles, je l'avais regardée tenter en vain de le ranimer, je l'avais entendue crier et n'avais ressenti qu'une étrange excitation, presque grisante. J'étais coincée entre la panique et l'hystérie, à deux doigts d'éclater de rire, comme la petite fille sur la plage.

Mais ces deux mots ont tout changé.

D'un coup, il n'était plus du tout question de Charles. De son corps raide allongé sur le sol, de son comportement déplacé, de ma haine ou de la tension qu'il y avait entre nous. Il n'était même plus question de savoir s'il était mort ou mourant.

Il n'était plus question que de Marnie.

Je lui avais fait subir ce que le monde m'avait infligé.

Plus tôt, tu aurais dû me demander si je regrettais mes actes. Eh bien, c'est à ce moment-là que j'ai ressenti pour la première fois du regret.

Les fruits d'un sac de provisions avaient roulé dans le couloir, vers la cuisine, le poulet, toujours enveloppé dans du plastique, gisait sur le parquet et mon épingle à cheveux scintillait sous le radiateur. Mais rien de tout ça n'avait d'importance. Je ne pensais qu'à Marnie. Du coin de l'œil, je voyais les ambulanciers s'affairer inutilement. Nous savions tous qu'ils allaient bientôt se redresser, reculer et se racler la gorge avec gêne.

Marnie était recroquevillée sur la première marche de l'escalier. Son imperméable était tombé de ses épaules, il pendait autour de sa taille, encore attaché à ses bras. Elle ne pleurait plus, mais elle tremblait, presque violemment, comme si quelque chose en elle cherchait à s'échapper. Elle restait bouche bée, ses yeux rouges étaient gonflés et elle n'arrêtait pas de lâcher de petits bruits horribles, des sortes de haut-le-cœur, comme un bébé qui s'étouffe. Elle avait l'air minuscule, les genoux repliés devant elle et enveloppés dans ses bras.

Je l'avais brisée. Je venais soudain de réaliser que je l'avais anéantie.

Et ne me sors pas des banalités qui ne veulent rien dire. Les gens qui prétendent qu'ils comprennent alors qu'ils ne comprennent rien à rien sont les pires de tous. Tu n'en fais pas partie.

J'ai compris que tout était de ma faute. Je l'avais amenée là où elle se trouvait. C'était le résultat de mes paroles, de mes mensonges. Et, à toi, je ne peux pas cacher que c'est bien moi qui ai tordu le cou de Charles, qui lui ai brisé la nuque.

Je ne m'attendais pas à ressentir des remords. Peut-être qu'ils auraient été assez vifs pour me faire regretter mes actes s'ils n'avaient été tempérés par une lueur d'espoir. Marnie et moi avions été séparées par sa vie amoureuse. Ces fissures dans notre relation pouvaient désormais être rebouchées et réparées, jusqu'à donner l'impression de n'avoir jamais existé. Je venais de nous offrir cette chance. J'étais triste que Marnie souffre, dévastée à l'idée de ce qu'elle allait traverser. Mais je ne me sentais pas coupable. J'avais des regrets, oui, mais je me sentais surtout soulagée.

Les choses ont beaucoup changé depuis ce jour-là ; tu le sais mieux que quiconque. Ça doit faire presque un an maintenant, je suppose. Tu me donnes l'impression que c'était il y a beaucoup plus longtemps.

★

Plus tard, dans la nuit, après le passage de la police, du médecin et des pompes funèbres, nous sommes allées à mon appartement.

Dans l'ascenseur et dans le couloir, j'avais pleinement conscience que mon immeuble n'avait rien de luxueux. On n'y trouvait aucun signe extérieur de richesse : pas de sols de marbre ou de murs en miroir. Mais j'avais rencontré Marnie quand elle avait onze ans, elle n'était pas impressionnée par la fortune ou le succès à l'époque et je savais qu'elle était toujours la même personne. Le tape-à-l'œil était plutôt du goût de son défunt mari ; il aimait l'argent, se faire plaisir, les extravagances. Mais nous savions toutes les deux – nous l'avions toujours su – que ce n'était qu'une façade, du vernis qui ne changeait rien à la substance des choses.

Marnie n'était jamais restée longtemps dans mon appartement et c'était agréable qu'elle y soit avec moi. Je lui ai proposé un pyjama, mon préféré. Elle a pris un long bain et je lui ai préparé une tasse de thé avec du lait et du sucre.

Je me suis couchée dans mon lit, je l'ai attendue et j'ai entendu la bonde qu'on retire, puis le gargouillis de l'eau évacuée par les tuyaux. La porte de la salle de bains s'est ouverte et elle est allée dans le couloir récupérer le pyjama sur le radiateur. La lumière était éteinte, mais je l'ai entendue entrer dans ma chambre et se glisser dans le lit à côté de moi. Le soleil commençait à se lever, il apparaissait tout juste à l'horizon et les premières lueurs de l'aube éclairaient doucement mes stores.

J'étais incapable de fermer l'œil en sachant qu'elle était là. Elle était allongée sur le côté, elle me tournait le dos, la tête vers la fenêtre, et sa respiration était calme et régulière. Je me demandais si elle était tellement épuisée qu'elle s'était endormie aussitôt.

Je suis restée sur le dos, les mains serrées sur le ventre. J'avais l'impression que la situation était sous mon contrôle. Ce n'était pas ainsi que j'avais prévu les choses – ne l'oublie pas –, mais je n'étais pas mécontente du résultat.

— Jane ?

Sa voix s'est brisée dans sa gorge.

Je n'ai pas répondu.

— Tu as entendu quelque chose ? a-t-elle chuchoté dans son oreiller. Quoi que ce soit ?

Je n'ai toujours pas répondu.

— Jane ? a-t-elle répété, un peu plus fort cette fois.

— Quoi ? ai-je demandé d'une voix traînante, comme si j'étais déjà à moitié endormie.

— Tu l'as entendu ? Tu as entendu quand il est tombé ? Ou quoi que ce soit après sa chute ? Tu étais là, non ? Peut-être qu'il y avait…

— Il n'y avait rien, ai-je affirmé en me redressant sur mes coudes et en scrutant la pénombre en direction de son corps allongé.

— Rien du tout ? Pendant tout ce temps, rien du tout ?

— Non. Je ne savais pas… Je n'ai rien entendu. Je suppose qu'il…

Elle m'a interrompue :

— Qu'il n'était plus là. Oui, probablement qu'il était déjà parti.

C'est le quatrième mensonge que j'ai dit à Marnie.

Je n'avais pas le choix, n'est-ce pas ? Comment aurais-je pu répondre honnêtement à ses questions ? C'était impossible. Et pourtant, curieusement, c'est mon déni et l'innocence que je proclamais qui nous ont ramenées sur le même chemin.

La vérité aurait été bien plus dommageable pour elle.

Si je ne lui avais pas menti, elle n'aurait eu personne à ses côtés pour endurer ce qui allait suivre.

20

UNE VIE NE S'ACHÈVE PAS avec un décès. Ce serait trop simple. Si, à ta mort, tous les souvenirs dans lesquels tu figurais s'évanouissaient de l'esprit de ton entourage, disparaissaient purement et simplement. Si tu étais effacé, à ce moment précis, pour tous et partout.

Je ne me souviendrais pas de Jonathan. Je ne me souviendrais pas de l'avoir aimé et épousé. Je ne me souviendrais pas de ses taches de rousseur, de ses cuisses musclées ou des veines qui couraient sur ses mains. Je serais effondrée de perdre ces souvenirs, certainement. Mais comme je n'aurais pas conscience de les avoir perdus, je ne saurais pas qu'ils me manquent. Je n'aurais pas de chagrin du tout.

Je ne me souviendrais pas de Charles. Je ne me souviendrais pas de l'avoir détesté ou tué. Je ne me souviendrais pas de sa mâchoire dure, de l'arête étroite de son nez ou de sa manie de se pincer le menton quand il réfléchissait. Je ne me souviendrais pas qu'il m'a suppliée de l'aider.

Marnie ne l'aurait jamais rencontré. Elle n'aurait pas emménagé dans cet appartement, elle ne l'aurait pas aimé, elle ne l'aurait pas épousé. Il aurait complètement disparu.

Mais ce n'est pas ainsi que le monde fonctionne. Il n'y a pas de compteur remis à zéro, de nouveau départ, de coupure nette. Il n'y a jamais que les répercussions dramatiques de chaque décision que tu prends. Parce que – et c'est une de mes plus grandes frustrations – la vie ne va que dans une seule direction. Chaque décision que tu prends sera gravée dans le marbre, à tout jamais, personne ne pourra l'annuler. Elle est irrévocable, comme toutes les autres. Même si tu trouves un moyen de revenir sur une décision spécifique, si tu parviens à dénouer les fils, elle aura toujours été prise.

Une fois que tu as choisi ton premier boulot, tu n'auras plus jamais d'autre premier emploi. Si tu choisis un appartement dans un quartier, tu auras toujours vécu un certain temps dans cette partie de la ville, quoi qu'il arrive ensuite, quoi que tu décides. Et ainsi de suite à l'infini. Les décisions sont toujours contraignantes. Tu choisis un partenaire. Peut-être que tu l'épouseras, peut-être qu'il deviendra le père de tes enfants. Il sera toujours ce père, quelle que soit la décision que tu prends à partir de ce moment-là ; quoi que tu fasses ensuite, ce choix sera toujours posé.

Je trouve cette contrainte écrasante. L'irréversibilité de mes décisions m'étouffe.

J'aimerais que la vie soit comme une toile d'araignée, avec un dédale d'options qui partent d'un seul point central. Nous aurions une multitude de choix et aucun ne serait définitif parce qu'il y aurait toujours un autre chemin pour revenir au début.

Malheureusement, dans la réalité, nous n'avons qu'une seule ligne droite, un élan irrévocable qui nous amène dans une seule direction.

Jonathan a disparu. Charles aussi. Pourtant, ils ne nous ont pas vraiment quittés.

Chaque fois que je fais des mots croisés, je repense à Charles. Je me demande ce qu'il dirait, s'il parviendrait à élucider la dernière définition, s'il connaîtrait la réponse qui m'échappe. Chaque fois que je vois un homme avec des ongles de pied un peu trop longs, je pense à lui. Je revois ses pieds affreux dans les sandales qu'il portait tout l'été dans leur appartement. Chaque fois que j'aperçois une cravate trop serrée, je pense à lui. Quand un homme demande la carte des vins et qu'il la parcourt longuement, choisissant inévitablement le plus cher, je pense à lui. De multiples facettes de sa personnalité sont encore ancrées dans ma mémoire et il n'est jamais aussi loin que je le souhaiterais.

En revanche, Jonathan n'est jamais aussi proche que je le voudrais. Je ne peux plus regarder le Marathon de Londres. Je ne supporte plus de voir les joggeurs dans leurs tenues en lycra criardes, leurs dossards épinglés, leurs écouteurs, leurs bandeaux et leurs baskets à lacets serrés. Je ne supporte plus de voir les gens courir déguisés pour une bonne cause, les tenues extravagantes, les sourires sur leurs visages et les rires qu'ils provoquent. Parce que tout cela me fait penser à Jonathan et pas à celui que j'ai connu et aimé, mais à celui qui est mort sous mes yeux.

Il y a des choses qui me le rappellent d'une manière plus positive, bien sûr. Quand je vois par exemple des groupes d'hommes passer à vélo le week-end, quittant la ville en direction de la banlieue, pour gravir des collines et redescendre à toute allure, pour parcourir des kilomètres et s'arrêter dans un pub savourer une bière et un sandwich au bord d'une route de campagne. Jonathan adorait ça. Je pense aussi à lui chaque fois que je suis à la station de métro Angel, parce que c'est là que nous nous séparions chaque matin, après avoir mangé des bagels grillés et des bananes, après avoir fouillé en panique la pile de chaussures dans le placard sous l'escalier et nous être rués vers le quai, car nous avions toujours quelques minutes de retard. Je pense à lui chaque fois que je me verse le fond épais d'un carton de jus d'orange.

Avoir été en vie, c'est ça. C'est aussi avoir des fantômes.

Marnie et moi sommes coincées sur une même ligne, nous vivons avec la mort, incapables de revenir à nos versions précédentes.

Tu as pitié de moi ?

Est-ce que tu vois une femme rongée par la culpabilité ?

Si c'est le cas, tu ne devrais pas.

Je ne regrette pas ce que j'ai fait, je te l'ai dit, je ne regrette aucune de mes décisions. J'aimerais juste qu'elles soient plus malléables, j'aimerais voir ma vie avec et sans elles en même temps. Je voudrais, par exemple, voir à quoi pourrait ressembler une vie avec Jonathan et sans Charles. À quoi ressemblerait ma relation avec Marnie ? Existe-t-il un monde où les femmes ont une meilleure amie et un mari ? Ou est-ce toujours l'un au détriment de l'autre ? J'aimerais pouvoir manipuler ma ligne du temps pour trouver la meilleure version possible de ma vie, plutôt que d'exister dans ce que j'imagine être la pire.

J'aurais aimé que ma vie se termine quand Jonathan est mort. Mais ça ne s'est pas passé comme ça. Parce que ce n'est pas ainsi que le chagrin fonctionne. Tu es coincé avec ton existence aussi longtemps que tu vis, à moins d'être prêt à y mettre fin. Même si je n'en avais pas envie, j'étais condamnée à vivre sans Jonathan.

Et Marnie était désormais condamnée à vivre sans Charles.

Tout ça pour dire que l'histoire ne s'arrête pas là. J'espère que tu ne m'en voudras pas de te raconter la suite ; nous avons le temps, après tout.

Ce qu'il est important de reconnaître, c'est que dans les jours qui ont suivi la mort de Charles, j'ai compris que j'avais pris une décision irréversible. Et j'étais prête à assumer les conséquences. Je me sentais souvent triste, c'est vrai, quand je voyais les paupières gonflées de Marnie, ses lèvres gercées, le chagrin d'amour qui se lisait sur son visage. Mais je ne me sentais pas coupable. En fait, je me sentais plutôt optimiste. Je pensais avoir trouvé le moyen de créer une toile d'araignée. Et je me sentais un peu plus en sécurité, un peu plus stable aussi.

Mais je me laisse emporter. Ce qu'il faut que tu comprennes, c'est ça : je voulais simplement récupérer ma meilleure amie. Et ça a marché.

Pendant un temps seulement.

CINQUIÈME MENSONGE

Mensonge 5

21

Les funérailles de Charles ont attiré beaucoup de monde. Ses collègues – surtout des hommes en costumes sombres et chics – étaient accompagnés de leurs épouses, jolies et blondes, vêtues de robes noires moulantes, perchées sur des talons aiguilles vernis. Debbie, la secrétaire de Charles, était présente aussi, c'était la seule femme de ce groupe à peser plus de cinquante-cinq kilos et mesurer moins d'un mètre cinquante. Elle avait la soixantaine, elle était petite et ronde, avec des cheveux gris courts. Les boutons de sa veste élégante étaient légèrement tendus. Je l'avais déjà rencontrée une fois quelques années auparavant, elle était venue à l'appartement un vendredi soir pour déposer des documents.

Les amis d'école et de fac de Charles sont arrivés en même temps, arborant des lunettes de soleil sur la tête et de fines cravates noires. Ils ont traîné aux portes de l'église, tirant les dernières bouffées de leurs cigarettes, les éteignant contre la balustrade et écrasant les mégots sur les dalles. Certains étaient accompagnés d'enfants, de garçons en pantalons noirs et chemises blanches. Trois d'entre eux jouaient ensemble et riaient trop fort pour les circonstances. Je me suis demandé si Charles, dans son cercueil, portait aussi une cravate, autour de son cou brisé.

La sœur de Charles, Louise, était revenue de New York. Son mari était resté sur place et s'occupait seul pour la première fois de leurs jumeaux et de leur fille aînée. Louise hésitait entre paniquer pour sa progéniture – est-ce qu'ils étaient nourris, lavés, changés ? – et nous prouver que c'était elle la plus affectée par la mort de Charles. Ce n'était probablement pas le cas. Elle surjouait le rôle de la sœur dévastée par le chagrin. Sa réserve de mouchoirs en papier semblait inépuisable. Elle retouchait régulièrement son mascara et sanglotait bruyamment. La mère de Charles avait prévu d'être là. Elle allait un peu mieux, d'après Louise, jusqu'à ce que, soudain, elle se sente trop fragile, trop faible pour se déplacer aussi loin. Les parents de Marnie étaient présents. Nous nous attendions à ce que son frère vienne aussi, mais c'était la folie au travail et il n'avait pas pu s'absenter en dernière minute comme ça. En outre, les vols depuis la Nouvelle-Zélande étaient hors de prix. Il viendrait bientôt, avait-il promis, dès que les choses seraient plus calmes au boulot.

Ça n'avait pas l'air de déranger Marnie. Elle n'avait pratiquement rien dit pendant la période qui avait précédé l'enterrement, elle glissait de ma chambre à la cuisine, du séjour à la salle de bains et, de temps en temps, s'asseyait raide comme une statue sur le canapé devant des séries que nous avions regardées lors de leur première diffusion, des années plus tôt. Elle pleurait très peu, mais se réveillait parfois au milieu de la nuit. Elle se redressait en hurlant, puis réalisait ce qui s'était passé, s'excusait et se recouchait aussitôt. Elle était encore dans l'œil du cyclone, la réalité de la situation tourbillonnait autour d'elle. Elle était piégée au centre, attendant d'être emportée et recrachée.

Au cours des premières semaines, Marnie s'est coupée d'Internet, bloquant toutes les notifications et ignorant les messages qui s'infiltraient malgré les barrières. Au début, elle avait tenté de répondre à tout le monde, à ceux qui avaient le cœur brisé pour elle, aux inquiets comme aux méfiants, et elle avait été submergée. Il y avait trop de voix et pas assez de temps. Elle a fait le choix de se déconnecter non seulement de son travail et de son téléphone, mais aussi du monde extérieur. Elle restait assise, le regard perdu dans le vide, comme si elle attendait des instructions. Elle n'a pas quitté mon appartement pendant une quinzaine de jours. Les funérailles ont été sa première sortie.

Je reconnaissais la plupart des personnes présentes parce qu'elles avaient été invitées au mariage, mais quelques-unes ne m'étaient pas familières. J'ai eu le regard attiré par une femme qui devait avoir mon âge, en pantalon foncé, pull bleu marine élégant et bottines à talons. Elle était grande et mince, avec des allures de mannequin, et se tenait si immobile qu'elle en était presque invisible. Elle avait les cheveux très courts, d'un noir bleuté, et des yeux verts perçants. Ses doigts étaient chargés de bagues en argent et elle arborait un petit symbole, semblable à une note de musique, tatoué au sommet de la nuque. Elle paraissait être venue seule. Elle est restée en arrière au cours de la cérémonie, pendant toute la durée de l'inhumation et, à nouveau, pendant la réception. Un sac en cuir noir était suspendu par une sangle à son épaule et je l'ai vue sortir un petit carnet rouge et griffonner dedans à deux reprises au moins.

— Tu sais qui c'est ? ai-je demandé à Marnie en montrant l'inconnue du doigt, alors qu'elle disparaissait dans le hall d'entrée.

La réception se déroulait dans une petite salle avec de grandes baies vitrées donnant sur le fleuve, dans ce qui ressemblait davantage à un centre de conférences qu'à un club privé. Marnie a secoué la tête.

Elle n'était présente que physiquement. Elle vacillait légèrement sur ses talons trop hauts, le regard brouillé par les larmes. Son esprit était ailleurs : dans les instants passés penchée sur le cadavre de son mari, dans les minutes interminables au cours desquelles elle avait fait semblant d'y croire encore. On aurait dit une petite fille prise de panique, tremblante, les lèvres pincées et les joues humides.

Je me souviens des funérailles de mon mari comme si je les observais à travers une lentille déformante. Les images dans mon esprit sont courbes comme la surface d'un globe. Je vois des personnes tristes approcher – une tête inclinée, un sourire timide, des yeux vitreux – beaucoup trop près de mon visage, leur souffle chaud me frôle, on serre mes mains et mes épaules. Je me demande ce que ces gens voyaient quand ils me regardaient. Avais-je l'air aussi fragile, hébétée et absente que Marnie ?

L'après-midi a filé et Marnie et moi sommes restées assises ensemble. Nous avons regardé les camarades de lycée de Charles ouvrir les portes de la terrasse pour fumer à l'extérieur et ses amis de la fac commander des shots en son honneur, puis Louise pleurer à chaudes larmes, la tête enfouie contre l'épaule d'un parent éloigné. J'avais essayé de me montrer sociable, de raviver les conversations avec ceux que j'avais croisés plus tôt dans l'année, de présenter mes condoléances et de partager mes souvenirs, mais je sentais bien que tout le monde préférait parler à d'autres qu'à moi. Je me sentais – j'ai toujours eu cette impression – dans la peau de celle à qui on dit : *Ça m'a fait plaisir de vous parler, mais mon ami m'attend*, *C'était super de rattraper le temps perdu, mais je vais aller prendre un verre au bar* ou *Oh, je viens d'apercevoir Rebecca. Vous permettez ?* C'est pour cette raison que j'ai été soulagée quand Marnie m'a attrapée par le bras, s'est levée et m'a poussée vers la sortie en me suppliant de la ramener à la maison.

Nous n'avons pas échangé un mot dans le taxi. Le soleil se couchait plus tôt maintenant que l'automne approchait, et les nuances orange qui se reflétaient dans les rétroviseurs extérieurs donnaient de la profondeur au trajet. On aurait dit une scène d'adieu dans un film. Ça me rassurait. J'avais l'impression que l'univers me remerciait d'être intervenue.

Nous sommes arrivées à mon appartement et Marnie a troqué sa robe contre mon pyjama favori. Elle s'est installée sur un tabouret à la table-bar de la cuisine.

— Je ne savais pas, a-t-elle commencé, je ne savais pas à quel point c'était pénible. Je n'avais aucune idée de ce que tu traversais, quand tu étais accablée par le chagrin, à quel point c'est dur, en réalité.

— Tu as fait tout ce que tu pouvais, l'ai-je rassurée en versant de l'eau bouillante dans deux grandes tasses. Et de toute façon...

— Non, ce n'est pas vrai. C'est gentil de le dire, mais on sait toutes les deux que je n'ai pas été à la hauteur.

J'ai posé une tasse de thé au lait devant elle.

— Bois ça, ça va te faire du bien.

Elle a hoché la tête et a serré les mains autour de la tasse chaude en céramique.

Avant la mort de Jonathan, je me demandais si une personne qui perd un proche à qui elle tient énormément devenait automatiquement plus empathique. Maintenant que j'ai vécu une tragédie, je suis convaincue – si c'est possible – que la réponse est à la fois oui, bien sûr, et non, pas du tout. J'ai une plus grande capacité de compassion, mais je suis moins empathique. Je comprenais presque intimement le poids du deuil de Marnie, mais je n'avais aucune patience envers Louise, sa moue triste, ses sanglots hystériques et sa comédie.

Et l'empathie que je ressentais pour Marnie s'est vite affaiblie quand elle a comparé nos deuils respectifs. Je savais qu'elle ressentait une douleur atroce, une angoisse dévastatrice. Mais ce n'est pas pareil de perdre un mari pétri de bonté, de gentillesse et d'amour que de perdre un type détestable, qui n'avait jamais mérité une femme comme elle.

22

Je voudrais te parler des semaines qui ont suivi la mort de mon mari. Elles ont été sans l'ombre d'un doute les pires de ma vie et il n'y a pas de mots assez forts pour les décrire. Le langage est incapable de transcrire les tremblements qui te secouent à la suite d'une perte aussi terrible. La mort est omniprésente, dans chaque pensée et à chaque instant où tu voudrais être avec la personne défunte. Mais ce n'est qu'un des piliers du deuil. Globalement, tu perds plus qu'une personne : tu perds une vie.

Pendant les premiers mois, c'étaient tous ces instants que nous n'avions pas vécus et que nous ne vivrions jamais qui m'ont fait le plus souffrir. Si je portais sur une épaule notre passé commun – notre rencontre, notre mariage, notre lune de miel –, sur l'autre pesaient les souvenirs de ce qui aurait pu être, les choses que nous nous attendions à accomplir ensemble : les enfants que nous allions avoir, les maisons où nous aimerions vivre et les endroits où nous avions l'intention de voyager. J'étais coincée entre un passé où les émotions étaient à fleur de peau et un avenir qui me semblait horriblement désincarné.

J'étais submergée par l'énormité de ce qui venait de se produire, incapable d'établir des repères dans ma propre vie, luttant avec moi-même pour trouver l'apaisement. Je ne parvenais pas à me poser pour le pleurer vraiment. Je n'arrivais à me concentrer sur rien parce que trop d'obstacles me semblaient insurmontables. J'étais instable, imprévisible, et j'ai du mal à parler de cette période avec précision parce que j'ai en quelque sorte l'impression de ne pas y avoir pris part.

Mais ces quelques semaines sont cruciales. D'une certaine façon, c'est à ce moment-là que tout a commencé.

★

Un soir, peu après la mort de Jonathan, je me suis rendue à l'appartement de Vauxhall. J'ai découvert des objets qui n'étaient pas à moi dans mon ancienne chambre : des vêtements pliés sur la chaise dans le coin, des jeans qui appartenaient clairement à un homme et trois chemises rangées sur des cintres. Je me suis installée dans le lit de Marnie.

Je sentais le sel sur mes lèvres craquelées. Ma gorge était sèche, j'avais mal au crâne, mal aux yeux. Mon visage était gonflé, ma peau tirée. J'ai fixé le plafond, les motifs que formait la lumière des réverbères filtrée par les stores. J'essayais de me vider la tête, d'apaiser mon esprit, d'immobiliser mon corps. Je tentais de m'imaginer ailleurs, mais je n'avais nulle part où aller. Aucun endroit où Jonathan ne serait pas.

Je me suis réveillée en entendant des voix dans le couloir, puis une clé dans la serrure, des rires et des bruits de pas sur le lino imitation bois. J'ai tout de suite reconnu le rire de Marnie, mais l'autre voix était masculine, plus grave, résonnant et vibrant dans une cage thoracique plus large.

Ils sont entrés dans la cuisine. Je percevais le bourdonnement régulier de leur conversation. Puis la porte d'entrée s'est ouverte et refermée, la radio s'est allumée et je suis allée dans la cuisine moi aussi. Marnie était penchée sur un carton et emballait des flûtes à champagne dans du papier bulle.

— Tu as été rapide, a-t-elle lancé en se redressant et en se retournant. Oh ! Qu'est-ce que tu fais là, Jane ? Qu'est-ce qui ne va pas ? Qu'est-ce qu'il y a ? Qu'est-ce qui s'est passé ?

Charles est revenu à l'appartement une demi-heure plus tard.

— J'ai trouvé des cartons, a-t-il crié depuis le couloir. Six en plus ! Tu crois que ça suffira ? J'aurais pu en prendre davantage, mais je n'étais pas sûr et je me demandais aussi si…

Il s'est figé dans l'embrasure de la porte et a simplement lâché :

— Oh !

Marnie et moi étions blotties l'une contre l'autre sur le canapé. C'était impossible de discerner où commençait l'une et où s'achevait l'autre. J'avais la tête contre sa poitrine, son bras passait dans mon dos et nos jambes étaient emmêlées comme des tentacules.

C'est la première fois que je l'ai vu. Il était grand, beau et élégant. Il avait les épaules larges et portait une chemise impeccablement repassée, à fines rayures roses et blanches, rentrée dans son jean. Le premier bouton était défait et j'apercevais les poils de son torse qui remontaient jusqu'à la base de son cou. Sa mâchoire était forte et son nez étroit, ses sourcils semblaient presque noirs, sa chevelure d'un brun très foncé était parsemée de mèches grises aux tempes.

— Une minute, a murmuré Marnie dans mes cheveux et elle m'a laissée.

J'ai entendu des murmures dans le couloir, la porte d'entrée s'est ouverte et refermée, puis mon amie est revenue.

Je n'ai pas revu Charles pendant un certain temps ; je ne me souviens pas d'avoir quitté l'appartement pendant plusieurs semaines. Mais comme Marnie voulait que je sorte, que je ne passe pas mes journées entières allongée dans des draps sales, à transpirer, pleurer et me torturer l'esprit, elle a fini par m'envoyer faire de petites courses. Elle avait besoin de beurre pour un gâteau, de lait pour ses céréales, d'un bloc-notes au magasin du coin.

Environ un mois plus tard, alors que je rentrais du supermarché, je l'ai trouvé dans le hall de l'appartement, sur le point de partir. Il portait un costume avec une cravate en soie violette.

— Salut, m'a-t-il lancé en me tenant la porte. Jane, c'est ça ? Bon, je dois filer. Enchanté d'avoir fait ta connaissance. Et je suis désolé pour… enfin, tu vois… pour tout.

Il m'a contournée et a disparu dans le couloir.

J'ai rattrapé la porte quelques secondes avant qu'elle ne se referme.

Il s'est mis à faire des apparitions plus régulières par la suite. Il passait les soirs en semaine, pour déposer ou récupérer quelque chose ; ses affaires étaient partout, des piles soignées de pulls, des rangées de chaussures et des montres alignées sur le rebord de la fenêtre. Parfois, il restait à la maison. Marnie m'avait dit, quelques mois plus tôt, je crois, lorsque je vivais encore à Islington, qu'elle voyait quelqu'un. Mais à l'époque, elle fréquentait des hommes en permanence. Elle avait de nombreux rendez-vous et m'envoyait des messages pour me raconter ses rencontres. Elle s'emballait tout de suite et se lassait très vite.

Mais rapidement, Charles a été bien plus présent qu'absent et, un soir, je les ai entendus se disputer à voix basse. Ils avaient leur nouvel appartement, merde, lui rappelait-il, et quand elle avait proposé qu'ils achètent ensemble, il n'avait pas envisagé d'y vivre seul. Combien de temps est-ce que ça allait durer, sérieux, c'était quoi ce plan foireux ?

C'était la première fois que je ressentais autre chose que de l'indifférence envers Charles.

Jusque-là, je notais à peine sa présence. Je savais quand il était dans l'appartement, bien sûr, mais j'ignorais tout ce qui n'était pas directement lié à mon deuil.

Cette dispute a changé les choses ; elle a *tout* changé. Un feu s'est allumé en moi. Tout à coup, j'ai senti la haine prendre le dessus sur ma tristesse. Cette colère était un sentiment nouveau et exaltant : je me suis sentie puissante et remontée d'une manière inédite. Je n'arrivais pas à croire qu'un homme, un homme adulte, puisse se montrer aussi insensible. Je n'arrivais pas à croire qu'il place ses conditions de vie avant mon deuil, avant mon mari. Je n'arrivais pas à croire que mon existence soit mêlée depuis si longtemps à celle d'un homme aussi horrible et minable, sans que je m'en sois rendu compte.

Je pensais deviner la suite des événements. Marnie allait énoncer à haute voix le fond de ma pensée, elle allait lui lancer qu'il était égoïste, égocentrique même, et qu'à moins qu'il ne change d'attitude, ils ne vivraient jamais ensemble, merci beaucoup. Sérieusement, comment est-ce qu'il pouvait lui demander de le faire passer en premier, alors que nous étions amies depuis des années – des *années* ? Il ne se rendait pas compte que ce qu'il lui demandait était impossible ?

Je nous imaginais déjà en train d'en rire toutes les deux plus tard dans la soirée. Ma colère aurait été rapidement évacuée, mais la tempête qu'elle avait déclenchée aurait ravivé quelque chose en moi. Elle m'aurait été bénéfique, à la façon d'un trou normand, elle m'aurait permis de ressentir autre chose que de l'épuisement, de la tristesse et de l'angoisse.

Sauf que la conversation ne s'est pas déroulée comme je l'avais prévu. J'ai entendu Marnie répondre sans crier – elle n'était pas du tout en colère en réalité –, à voix basse au contraire :

— Je sais. Je sais. Moi aussi j'ai envie de vivre avec toi. Tu sais que j'en ai envie. Ce n'est pas non plus ce que j'avais imaginé.

Le soir suivant, Marnie m'a préparé à dîner. Elle m'a expliqué que le soir de la mort de mon mari, elle était en train d'aider son petit ami à vider son appartement. Et, le lendemain matin, ils avaient commencé à empaqueter les affaires de Marnie également. Elle a admis qu'ils ne se connaissaient pas depuis longtemps, mais elle avait vu comment Jonathan et moi avions été heureux en allant très vite en besogne. Ils avaient fait une offre pour un duplex de l'autre côté de la ville. Cela ne faisait que quelques mois, « mais quand on est sûr, on est sûr », ce sont les mots qu'elle a employés. Ils s'étaient décidés sur un coup de tête. Ils avaient vu l'appartement de l'extérieur en passant devant le bâtiment et l'agent immobilier était justement là, il venait de faire visiter les lieux à un autre couple. Ils étaient entrés, sans penser que leur offre serait acceptée. Elle était basse, trop basse, vraiment, mais tout s'était enchaîné à partir de là. Marnie avait prévu de m'appeler pour m'annoncer la bonne nouvelle. Elle voulait nous inviter à dîner, pour que Jonathan et moi soyons leurs tout premiers invités. C'était un bel appartement. Ou du moins ça le serait quand ils auraient fini de l'aménager. Il me plairait, m'a-t-elle assuré.

L'emménagement avait été reporté à cause de tout ce qui s'était passé – c'était normal, elle n'aurait jamais accepté que ça se fasse dans des circonstances pareilles. Mais il était temps de discuter de ce que nous allions faire toutes les deux. Elle avait du mal à payer à la fois son loyer et sa part du prêt pour le nouveau logement et, de toute façon, c'était essentiel qu'elle s'y installe : il y avait tellement de travaux à faire et rien n'avançait. Peut-être que ça m'intéresserait de reprendre son bail ici ? Mais peut-être pas, et c'était bien aussi. Elle m'aiderait à trouver un nouvel endroit, si c'était ce que je voulais.

Je me doutais bien qu'elle tomberait amoureuse un jour et qu'elle voudrait quitter l'appartement. Pourtant, j'étais sous le choc. Je n'avais pas imaginé que ça se produirait si tôt. Et certainement pas de cette façon.

Je suis partie de chez Marnie et je me suis installée chez Emma. Mais son monde était décidément trop étrange pour moi : le frigo vide, ses habitudes excentriques. J'ai fini par louer mon propre appartement ; c'était la première fois que je me retrouvais à habiter seule. L'immeuble avait été construit dix ans plus tôt et chaque logement formait un carré parfait : une chambre à coucher, une salle de bains et un séjour emboîtés comme dans un jeu de Tetris. L'occupant précédent avait été autorisé à peindre les murs : bleu nuit dans la chambre, orange dans la salle de bains et un mur jaune derrière le canapé. Les lieux étaient bien situés, abordables et tout ce qu'il y a de plus convenable. Mais je détestais vivre là. Je voulais habiter avec Marnie. Je maudissais Charles. Je le rendais responsable de tout – de ma solitude, de ma tristesse, de mon chagrin –, parce que c'était facile et que, sincèrement, je pensais, et je pense encore, qu'il était vraiment coupable.

Si j'avais su alors ce que je sais aujourd'hui – que très bientôt ma vie se déroulerait à nouveau sans lui –, est-ce que je l'aurais détesté à ce point ? Est-ce que ça m'aurait rassurée de savoir que la balance finirait par s'équilibrer d'elle-même ?

J'aurais peut-être trouvé des raisons de lui être reconnaissante. Je dois admettre qu'il m'a obligée à retomber sur mes pattes. Je n'avais pas travaillé depuis près de deux mois et son égoïsme m'a poussée à trouver l'énergie que je pensais avoir perdue. Je n'avais pas passé une nuit seule depuis des années – la plus grande partie de ma vie, en fait – et il m'avait volé mon amie et forcée à partir. Je n'avais plus personne pour me soutenir, m'encourager, me conseiller. Personne pour s'occuper de moi, personne dont l'amour pour moi soit absolu et sans réserve, personne pour qui je sois le centre de tout.

J'avais perdu Jonathan. Et je venais de perdre Marnie.

23

PLUS TARD, j'ai appris que la mystérieuse femme aperçue aux funérailles s'appelait Valérie Sands. Elle était journaliste, avait trente-deux ans et était divorcée. Elle travaillait pour un journal local depuis une dizaine d'années tout en animant son propre site Web, souvent diffamatoire. Elle était bien décidée à dénicher une histoire vraie, puissante, solide, qui ait suffisamment d'écho pour booster sa carrière.

DEUX LESBIENNES AMOUREUSES TUENT LEURS MARIS

C'est le titre de l'article qu'elle a rédigé. En capitales avec une typo rouge foncé, ressortant comme des lettres de sang sur le fond blanc de son blog. Marnie et moi n'étions au courant de rien – ni que l'article allait être publié en ligne ni même qu'elle enquêtait sur nous – jusqu'à ce qu'il ne soit trop tard. Nous avons découvert le post une quinzaine de jours après les funérailles, alors que Marnie parvenait enfin à répondre : « Ça va » sans mentir quand on lui demandait comment elle allait. Les choses paraissaient plus faciles, le poids du deuil s'étendait mais s'allégeait aussi, comme s'il se diluait, et nous avions réussi à rire une ou deux fois. J'alternais entre des phases de calme absolu, parce qu'il était impossible que qui que ce soit puisse découvrir le rôle que j'avais joué dans cette histoire, et des phases de panique, quand ma certitude n'était pas aussi totale que je l'aurais voulu. Pourtant, au fil des semaines, l'apaisement grandissait et les phases de panique s'espaçaient.

On ne m'avait pas posé beaucoup de questions, quelques-unes au début, mais rien de crucial, et tout le monde avait accepté que la version la plus logique des événements soit la vérité : Charles souffrait de migraine ; étourdi et un peu dans les vapes, il était tombé dans les escaliers, s'était brisé la nuque et avait succombé presque sur le coup. Charles souffrait bien de migraine ce matin-là, Marnie l'avait confirmé en présence des ambulanciers. Et les maux de tête de Charles se caractérisaient souvent par des étourdissements, une vision floue et, parfois, des vertiges.

Les questions que tout le monde se posait, sa famille, ses amis et ses connaissances, ceux qui ne nous connaissaient pas mais étaient simplement sous le choc, relevaient plus de l'incrédulité que d'une mise en doute des faits : comment un homme aussi jeune avait-il pu tomber et trouver la mort de façon aussi violente ? Qu'avait-il ressenti en tombant ? Quelles étaient les probabilités qu'un drame pareil se produise ? N'aurait-il pas pu tomber d'une autre manière ? Si son faux pas avait été différent, aurait-il survécu à la chute ?

Je savais que les questions étaient inévitables et, heureusement, les réponses de l'autopsie corroboraient les hypothèses de l'enquête. L'examen du corps de Charles avait révélé qu'il avait très peu mangé ce jour-là ; à peine avait-il avalé un peu de café et quelques comprimés pour ses migraines récurrentes, en dose légèrement supérieure à celle prescrite. Il était manifestement grièvement blessé – il avait une cheville cassée et une épaule disloquée –, mais c'est la fracture de l'odontoïde dans la nuque qui lui avait été fatale. Il souffrait aussi de multiples contusions, sa pommette était fracturée, sans doute suite à un choc au cours de la chute. Et comme l'autopsie n'avait rien révélé de suspect, Charles avait été recousu et transporté au salon funéraire. On avait conclu à un malheureux accident, une fin bien triste en effet.

J'avais moins peur. Je ne pensais ni à la police, ni à la prison, ni à la vérité. Parce que les autorités, que ce soient les ambulanciers ou le médecin légiste, ne faisaient preuve d'aucune imagination. N'était-ce pas étrange ? Je ne devrais pas m'en plaindre. Ce n'est que plus tard, après les funérailles, après la parution de cet article, que la peur a recommencé à s'immiscer en moi. Parce que tout d'un coup quelqu'un semblait déterminé à mettre en doute cette version des faits, à poser des questions gênantes, à discerner une réalité plus sombre derrière le récit de l'accident.

Valérie Sands cherchait une histoire à même de changer le cours de sa carrière. Travailler pour le journal local avait dû lui plaire au début, mais elle y collaborait sans doute depuis trop longtemps, et on ne lui confiait que des événements sans intérêt, des expositions canines, des ventes de pâtisseries pour des œuvres de charité, parfois la traque de célébrités sur les listes de réservations des restaurants de luxe. Je suppose qu'elle visait plus haut que ça. Elle avait dû être ravie de tomber enfin sur *son* histoire, sans même quitter son canapé.

Elle vivait en colocation depuis trois ans avec une certaine Sophie. Elle avait quitté son mari après plusieurs années non pas de malheur, mais de vide, ni plus ni moins. Elle avait trouvé une chambre à louer et les deux femmes étaient rapidement devenues amies. Sophie suivait une formation de secouriste. Valérie adorait que sa coloc lui raconte des histoires de vie, de mort, de sang, qu'elle lui offre des instantanés de drames humains.

Sophie a dû lui raconter qu'elle avait passé la journée avec deux collègues, l'un d'un certain âge et en surpoids, l'autre plus jeune, qu'ils avaient été appelés pour un accident dans un immeuble chic – j'imagine que c'est ainsi qu'elle l'a décrit, c'est ce que j'aurais dit, en tout cas. Un homme avait fait une vilaine chute dans l'escalier et sa femme et sa meilleure amie avaient trouvé son corps étendu dans le hall. Ces deux femmes avaient quelque chose d'étrange, a peut-être ajouté Sophie.

Cela a suffi à éveiller la curiosité de Valérie.

Elle a tout fait pour transformer ses soupçons en article. Parce qu'elle savait que pour donner un coup d'accélérateur à sa carrière, elle devait trouver un angle intéressant, poser les bonnes questions aux bonnes personnes, déterrer les détails sordides.

Au début, cependant, elle n'a rien trouvé à se mettre sous la dent. Elle a assisté aux funérailles sans rien noter d'anormal. Elle a abordé la secrétaire de Charles et Debbie a confirmé qu'il souffrait effectivement de migraines. Valérie a traîné devant l'immeuble de Marnie, Jeremy l'a d'ailleurs aperçue sur les images des caméras de sécurité, mais Marnie n'y vivait pas à ce moment-là et il n'y avait pas grand-chose à y apprendre.

Je suppose que c'est en se penchant davantage sur Marnie qu'elle a commencé à s'intéresser à moi. Je l'ai vue une fois dans le hall d'entrée de mon boulot, en conversation avec l'agent de la réception. C'était un homme plus âgé, avec une calvitie naissante et un ventre proéminent. Elle paraissait tellement plus jeune que lui, élancée, avec ses cheveux courts et ses pommettes saillantes. Je la vois encore, penchée sur le comptoir, avec son pull au décolleté plongeant, riant trop fort. Sa bouche était étirée et on apercevait ses dents droites et blanches. Je me souviens de m'être demandé ce qu'elle espérait obtenir de lui.

À part ça, je n'ai pas remarqué qu'elle fouinait dans ma vie, mais ça ne signifie pas qu'elle ne l'ait pas fait. Elle pouvait trouver beaucoup d'informations en ligne si elle cherchait aux bons endroits. J'avais rédigé des articles pour un magazine universitaire et plusieurs papiers dans la presse avaient évoqué Jonathan : sa mort ou sa participation au marathon, par exemple. Des vidéos existaient toujours. Un ou deux articles sur le site Web de la société qui m'employait étaient signés de mon nom et traitaient de l'amélioration du service clientèle.

Elle a dû trouver dans tout ce matériau brut de quoi s'inspirer. Peut-être pensait-elle vraiment avoir résolu un mystère ? Pourtant l'article sur son site Web colportait surtout un mensonge flagrant – encore un. Elle affirmait que j'avais poussé Jonathan sous le véhicule qui l'avait renversé, que j'avais ensuite vendu son appartement, empochant un important bénéfice qui venait s'ajouter à la police d'assurance vie. J'avais ainsi fait fortune – c'étaient ses mots, pas les miens – en assassinant mon mari.

Et ce n'était pas tout. Toujours sans étayer ses propos ni par des preuves ni par des sources, elle prétendait que Marnie et moi – un couple de mégères malveillantes, amantes en secret – avions trouvé cette stratégie tellement efficace que nous l'avions mise à exécution une deuxième fois.

MARIAGE, MEURTRE, MAGOT

C'était l'intertitre au bas de la page. Elle expliquait que nous vivions maintenant dans le bonheur absolu et le luxe, profitant de la fortune que nous avions dérobée à nos maris assassinés.

24

Nous n'aurions peut-être jamais entendu parler de Valérie, nous n'aurions peut-être même jamais lu son article s'il n'avait été repris intégralement par un tabloïd national. Le site Web de la jeune femme n'avait que quelques milliers de lecteurs – principalement de jeunes Londoniens –, peut-être aurions-nous fini par le découvrir, peut-être aurions-nous été averties par une des fans de Marnie. Mais nos vies auraient tout aussi bien pu suivre paisiblement leur cours.

Par malheur, la révélation de Valérie a fait la une d'un journal distribué dans tout le pays, dans un papier qui traitait de la fascination grandissante des Britanniques pour les *true crimes*. Des milliers de blogs, des centaines de podcasts leur étaient consacrés. Et notre histoire servait à illustrer cette fascination.

Le journaliste racontait que l'article du blog était devenu viral. Il avait été partagé plus de cent mille fois sur Facebook et Twitter, ce qui n'était pas exceptionnel, mais certainement remarquable. Peut-être que la presse avait raison ; peut-être que les gens s'intéressaient vraiment à l'histoire de deux jeunes femmes ayant assassiné leurs maris. Je ne peux pas leur en vouloir, j'en aurais sûrement fait autant. Mais la cynique en moi se demandait si ce reportage n'était pas une simple ruse, une façon intelligente de publier une histoire diffamatoire et d'en exploiter le buzz, sans courir de risque réel du point de vue juridique. Le tabloïd citait plusieurs fois le site Web de Valérie, mais faisait référence à des meurtres « présumés », sans nous accuser directement de quoi que ce soit.

Le dossier était publié dans les pages intérieures, mais un petit titre accrocheur figurait en une, et Marnie et moi avons été immédiatement inondées par des messages de nos amis et de nos familles. Ils étaient horrifiés non par notre prétendu comportement, mais plutôt en notre nom. Ils ne croyaient pas un mot de ce qui était imprimé. Avait-on jamais entendu des absurdités pareilles ? Où allait le monde ? Est-ce qu'on vérifiait encore les faits de nos jours ? Ils s'empressaient de nous rassurer : personne de sensé ne pouvait accorder la moindre attention à ce genre de torchon.

Nous n'avions pas encore lu l'article à ce moment-là et nous ne connaissions pas l'existence du site Web. Je me suis précipitée au kiosque du coin pour en acheter un exemplaire, dans mon pyjama en flanelle dissimulé sous un long imperméable noir. J'ai rapporté le journal à sensation à l'appartement et je l'ai ouvert sur la table. Marnie et moi l'avons lu ensemble. Nos yeux glissaient de gauche à droite tandis que nous déchiffrions chaque ligne à l'unisson. Nous grimacions au même moment, fronçant les sourcils de la même manière pour les mêmes mensonges éhontés.

Il y avait une citation de Valérie à la fin : « Je comprends tout à fait la fascination que suscitent ces histoires, mais je pense qu'il est erroné de croire que ce sont la mort et les bains de sang qui captivent les gens. Pour moi – et pour beaucoup de mes lecteurs fidèles –, c'est bien plus une question de vérité que de drame ou de scandale. » Un lien vers son site Internet figurait à la suite de cette déclaration.

J'ai sorti mon ordinateur portable de sous le canapé et je l'ai posé sur le plan de travail. Le site a mis du temps à charger. J'imagine que nous n'étions pas les seules à chercher l'original après lecture de l'article. Le titre rouge a fini par apparaître à l'écran.

À y regarder de plus près, l'article de Valérie n'avait pas beaucoup de sens. Sa version des événements ne collait pas avec les faits. Je n'avais pas tué Jonathan. Il avait été tué par un chauffeur de taxi, un homme d'une cinquantaine d'années qui avait été condamné pour homicide involontaire alors qu'il conduisait en état d'ivresse. Et, une fois l'hypothèque remboursée, la vente de l'appartement de Jonathan ne m'avait pas laissé de plantureux bénéfices, principalement en raison de la récession et de la crise immobilière. Quant à la prime d'assurance vie, je n'en avais pas encore dépensé un centime.

Valérie soutenait que nous étions tellement « inspirées par ce succès fracassant », selon ses mots toujours, que nous avions attendu quatre ans – afin de brouiller les pistes – pour mettre à nouveau notre plan à exécution.

« Comment s'y sont-elles prises la deuxième fois ? » écrivait-elle. Je dois avouer que je suis tentée de marquer une pause dans mon récit, de m'arrêter là pour le moment. Je pourrais te faire attendre jusqu'à la semaine prochaine pour te raconter la suite. Mais je ne peux m'y résoudre, pas quand l'histoire est aussi fascinante. Je te demande tout de même de prendre un instant pour réfléchir à cette question cruciale : « Comment s'y sont-elles prises la deuxième fois ? »

J'ai fait défiler l'écran.

Les médicaments. C'est ce à quoi vous pensez, n'est-ce pas ? Si vous avez quelque chose de plus macabre en tête, je crois que vous sous-estimez ces deux femmes. Jane Black n'est pas directement responsable de la mort de son mari : elle ne conduisait pas la voiture qui l'a tué. Elle s'est contentée de manipuler les événements pour obtenir le résultat souhaité. Il en va de même pour Marnie Gregory-Smith. Elle n'a pas poussé son mari dans les escaliers – nous savons qu'elle était à la bibliothèque au moment de sa mort –, mais elle a très bien pu glisser quelques comprimés supplémentaires dans son café ce matin-là.

C'était du grand n'importe quoi.

Cependant, la vérité n'avait plus la moindre importance. Je te l'ai déjà expliqué, même la fiction la plus absurde peut sembler vraie si elle est bien racontée. Son récit était sensationnel. Et c'est tout ce qui comptait.

Je dois tout de même t'avouer que je n'ai pas réagi aussi calmement sur le moment. J'étais moins pragmatique. J'étais vraiment en rogne. J'avais mal à l'estomac, comme quand on a des reflux après avoir consommé de la nourriture avariée, mais je sentais aussi une étrange poussée d'adrénaline. J'étais en rage, comme quand j'avais détesté Charles pour la première fois. Je m'attendais à ce que Marnie ressente la même chose, mais quand je me suis tournée vers elle, j'ai vu qu'elle pleurait.

— Comment a-t-elle pu ? chuchotait-elle, si bas que sa voix ressemblait presque à un sifflement. Comment a-t-elle pu écrire quelque chose d'aussi… ? Ce n'est pas vrai. Comment est-ce qu'elle peut mentir comme ça ? Elle dit que… Mon Dieu, comment peut-elle dire des choses pareilles ? Et qui est cette femme d'abord ?

D'un index tremblant, elle a indiqué une ligne au milieu de l'écran affichée en gras, isolée du reste du texte.

Elles ont toujours été proches, confie une amie des deux jeunes femmes. Toujours très isolées. Intimes, je dirais.

— Putain, c'est qui ? s'est emportée Marnie en reposant violemment sa tasse vide sur le plan de travail. Qui a dit ça, bordel ? Quel genre de… ? Nos deux maris sont morts, merde. Et une connasse… Qui c'est, Jane, putain ? Qui c'est ?

La réaction de Marnie me faisait un peu peur parce que je ne l'avais jamais vue, pas une fois en vingt ans, perdre son sang-froid – elle faisait preuve de retenue en toutes circonstances – et soudain elle était la personne la plus en colère que j'avais vue de ma vie.

— Marnie, on doit y réfléchir calmement.

— Calmement ? Mais merde, on n'a pas le temps de se calmer ! Jane, cet article est déjà partout, j'en suis sûre. Ce tissu de mensonges est sur les paillassons de tout le pays, attendant d'être lu avec une tasse de café et une tranche de pain grillé, putain, dans les supermarchés, les kiosques à journaux et dans les aéroports ! Et après les gens vont sortir leur ordinateur portable pour lire cette merde, exactement comme on l'a fait, non ? C'est écrit noir sur blanc, disponible sur tous les écrans.

— Marnie. On devrait juste…

C'était plutôt exaltant de la voir aussi remontée.

— Tu crois que mes parents l'ont vu ? Oh, non ! Mes parents l'ont sûrement lu. Putain de merde. Et si ce n'est pas déjà le cas, combien de temps est-ce qu'il faudra – pas très longtemps, à mon avis – pour qu'un voisin frappe à la porte ou qu'un ami du club de golf leur adresse un texto du style : *Je suis vraiment désolé que votre famille se retrouve dans les tabloïds, comme ça doit être gênant pour vous*, tout en ricanant sous cape. Ils vont forcément être au courant. C'est sur Internet, bordel de merde. Ils vont être furieux. Leurs collègues vont le lire aussi. Oh, Jane, qu'est-ce qu'on fait ?

Et puis, aussi vite qu'elle était apparue, cette Marnie en furie a disparu. Elle s'est remise à pleurer, la tête dans les mains et le corps tremblant.

★

C'est à ce moment-là que ma peur a ressurgi. Elle s'est mise à monter en moi comme une fièvre. Elle a pointé son nez en même temps que la colère de Marnie. Je sentais l'énergie de sa fureur, ses vibrations. Je devinais qu'un jour, elle pourrait se retourner contre moi. Et je me rendais surtout compte que quelqu'un quelque part n'était pas convaincu par les réponses de l'enquête, par les faits qui avaient été confirmés par l'autopsie.

Derrière les mots et l'écriture de Valérie, dans la forme de ses phrases, planait une menace bien plus sinistre que ce qu'on nous reprochait. J'avais l'impression que nous n'en étions qu'au tout début. J'étais convaincue – une intuition née de mon angoisse – que le pire restait à venir.

25

QUELQUES HEURES PLUS TARD, nous avons commencé à recevoir des coups de fil d'autres médias. J'avais installé une ligne fixe lorsque j'avais emménagé, parce qu'elle me permettait d'avoir Internet moins cher, mais j'ai vite regretté cette décision. C'était un vrai déluge de messages. Certains étaient longs et détaillés, d'autres courts et percutants. Ils arrivaient plus vite que nous ne parvenions à les supprimer. Rapidement, nous avons aussi reçu des mails et des textos. L'histoire avait captivé l'imagination de leurs lecteurs, de leurs auditeurs ou de leur public. Qu'avions-nous à dire sur le sujet ? Est-ce que nous souhaitions faire des commentaires ? Ils nous promettaient tous de se montrer différents des autres journalistes, animateurs radio ou présentateurs télé. Les autres ne se souciaient que des chiffres, du battage médiatique, du côté dramatique. Mais eux ? Ils étaient différents. « Nous ne sommes pas des vautours. » Et c'était le moment – « c'est votre moment », disaient-ils tous – de rétablir la vérité.

Ne ris pas. Ce n'est pas drôle. Qu'est-ce qui te fait rire ? « Rétablir la vérité » ? Bon, d'accord, c'est un peu amusant. Je n'avais absolument pas l'intention de le faire.

Quoi qu'il en soit, Marnie et moi savions que le mensonge – cette histoire forgée de toutes pièces de deux meurtrières lesbiennes – était bien plus alléchant que la vérité. Ou, du moins, que la vérité supposée. Qui n'aurait pas envie de dévorer un article sur deux veuves machiavéliques vivant dans le péché ?

Nous avons choisi de ne rien dire. Nous avons débranché la ligne fixe, éteint nos téléphones portables et redirigé tous les mails qui ne provenaient pas d'un expéditeur connu vers les spams. Ensuite, nous avons verrouillé la porte d'entrée et nous n'avons plus quitté l'appartement pendant une quinzaine de jours. Nous commandions en ligne de quoi manger tous les deux ou trois jours et nous regardions des films en streaming. Je n'ai pas appelé mon patron, mais je suppose que quelqu'un au bureau avait vu l'article, parce que j'ai reçu un message très simple me priant de les contacter dès que je me sentirais en état de revenir.

Marnie et moi étions persuadées que ça finirait par se tasser. Une histoire plus croustillante finit toujours par balayer la précédente. Heureusement, la photo publiée dans le journal était horriblement pixélisée. Elle avait été prise lors de notre premier été après la fac et nos déguisements, indéniablement sexy, nous rendaient plutôt difficiles à identifier. Il y en avait de nombreuses autres de Marnie – sur son site Web, sur les réseaux sociaux – et je sais qu'il y en avait une de moi sur celui de l'entreprise qui m'employait, mais la photo publiée devait être la seule où nous posions ensemble. Nous devions juste faire preuve de patience.

Malgré tout, j'avais envie d'en savoir plus sur la femme qui s'était introduite de façon si troublante dans nos vies.

J'ai parcouru Internet à la recherche d'informations. J'ai découvert son mariage, son ex-mari, la nouvelle femme de ce dernier, le site Internet de leur mariage. J'ai fait défiler les pages jusqu'à trouver l'endroit où la cérémonie avait eu lieu, les recommandations qu'ils avaient données au traiteur. J'ai trouvé sur Instagram des photos de l'endroit où elle habitait : on voyait l'appartement où elle vivait en colocation, sa colocataire – que j'ai reconnue immédiatement –, le balcon où elles s'installaient l'été pour savourer un verre de vin. J'ai aperçu le nom du café en face de chez elles et ça a été un jeu d'enfant de le localiser en ligne, de déterminer où elles vivaient précisément. Au cours des dernières semaines, Valérie avait commencé à suivre des cours de claquettes et elle avait mis en ligne plusieurs vidéos d'une troupe de six personnes tournoyant, battant des talons et agitant frénétiquement les pieds comme si leurs membres étaient élastiques. Son travail de journaliste était sans doute le plus facile à inspecter, mais aucun de ses précédents posts n'était aussi excitant que celui qu'elle nous avait consacré.

Je n'ai pas pensé à ce moment-là à retracer son parcours des dix années précédentes – je n'y ai pensé que plus tard –, mais j'ai été quand même impressionnée par la quantité de données personnelles que l'on pouvait obtenir, en quelques clics à peine, sur quelqu'un. Ça m'a effrayée de me dire que j'étais tout aussi visible, que ma vie pouvait être scrutée aussi aisément. Je l'ai épiée dans les semaines qui ont suivi, alors qu'elle publiait des photos de ses sorties – avec la géolocalisation –, des statuts sur ses projets à venir et l'agenda des événements auxquels elle se rendait.

J'étais convaincue qu'elle m'épiait aussi.

Peut-être que tout se serait calmé si nous avions attendu quelques semaines de plus. Mais Marnie n'en était pas capable. Ces mots écrits grandissaient en elle : le meurtre, les médicaments, la mort de Charles, jusqu'à lui paraître de plus en plus plausibles. Elle s'endormait avec et ils se faufilaient dans ses rêves. Elle était tour à tour apathique puis agitée, ne dormant que quelques instants avant que le cauchemar ne reprenne. Elle se souvenait presque d'avoir mis les comprimés dans son café ; elle se revoyait dressée sur la pointe des pieds pour attraper la boîte dans l'armoire au-dessus de l'évier, sortir les comprimés de leur plaquette et empoisonner son mari. Puis, comme elle n'avait pas dormi depuis des jours, elle s'est mise à avoir d'étranges hallucinations et à se demander si elle ne l'avait pas poussé, après tout. Avait-elle été là tout le temps ? Était-elle derrière lui en haut de l'escalier ? Elle se représentait la scène : les cadres au mur, le tapis sous ses pieds… Et elle savait ce que ça faisait de le toucher, de glisser les doigts entre ses omoplates, de poser sa paume à plat contre sa colonne vertébrale. Elle ne mangeait pas, mais elle buvait. Elle était hystérique et fébrile. Elle devait absolument confier la vérité telle qu'elle la connaissait avant que le mensonge ne la consume. « Ce n'était pas pour moi, allait-elle affirmer après coup. Je ne l'ai pas fait pour moi. J'aurais pu vivre avec cette histoire. Mais Charles ? Il n'aurait jamais épousé la femme décrite dans la presse. Les articles le faisaient passer pour un naïf et un imbécile ; il n'était ni l'un ni l'autre. Je ne pouvais pas accepter qu'on véhicule une pareille image de lui. »

C'est ainsi que Marnie a rencontré Valérie quinze jours à peine après la parution du premier article. Elle a exhumé le journal du bac de recyclage et a cherché le nom de la journaliste, puis elle s'est rendue sur son site Web et lui a adressé un mail. Elle a reçu une proposition de petit déjeuner le lendemain matin dans un café au bas de mon immeuble.

Si j'avais été au courant, j'aurais pu l'empêcher de s'y rendre. Mais quand je me suis réveillée, sa place à côté de moi dans le lit était froide.

J'imagine que Valérie a dû être un peu déçue par son tête-à-tête avec Marnie. Elle devait espérer des détails et des révélations sordides, des déclarations qui confirmeraient sa version des événements. Marnie aurait pu avouer avoir glissé les médicaments ce matin-là dans son café, ne pas avoir vérifié la notice assez attentivement, ou ne pas l'avoir lue du tout, avoir été surmenée et épuisée, s'être trompée de dosage dans sa hâte. Mais, bien sûr, Marnie n'en a rien fait.

Je devine que son récit était ennuyeux. Marnie a sans doute évoqué en long et en large les migraines de Charles. Elle a certainement dit – au moins deux fois – qu'elle redoutait qu'il soit atteint d'une tumeur au cerveau. Mais le médecin – c'était un brave homme, un bon médecin, ils lui faisaient entièrement confiance – insistait toujours : ce n'étaient que des migraines, certes assez violentes. Marnie aurait dû rester à la maison. Elle aurait pu veiller sur lui. Elle lui aurait apporté un verre d'eau, un sandwich ou ce qu'il voulait. Elle aurait pu le sauver.

Valérie a dû regarder Marnie – menue, le teint pâle, les cheveux pas brossés, des cernes sous les yeux, tremblant presque imperceptiblement – et deviner que le post de son blog, aussi fascinant soit-il, ne tenait pas la route. Cette femme qui pleurnichait sur son café, si frêle et brisée, était incapable de tuer qui que ce soit.

Je me demande si Valérie s'est sentie frustrée. Je suis sûre qu'elle espérait autre chose. Elle aurait voulu que le deuxième volet de l'histoire s'appuie sur le premier : qu'on y trouve plus de détails, que le drame soit plus terrible encore et l'excitation à son comble. Au lieu de cela, elle a eu droit à une contradiction, et à la preuve que ses accusations ne résisteraient pas à un examen minutieux.

Elle devait être furieuse. Mais elle était intelligente. Elle a exploité ce qu'elle avait. Elle a manipulé leur conversation, remplacé les maigres confidences, les bribes qu'elle avait arrachées à une veuve en deuil, pour les transformer en révélations beaucoup plus excitantes.

Marnie est revenue à l'appartement avec des croissants frais – c'était notre gâterie du week-end dans l'appartement de Vauxhall – et j'ai cru que ce geste indiquait un changement dans son état, le début de son retour à la normalité. Je ne me suis doutée de rien avant le lendemain matin, quand j'ai reçu un appel d'Emma. Elle s'était inscrite aux mises à jour du site de Valérie et avait reçu un mail aux petites heures l'informant qu'un nouvel article venait d'être publié. Le message indiquait que Valérie avait révisé son post précédent à la suite d'une « nouvelle révélation ». Elle avait – cette fois – découvert la vérité, plus sombre encore qu'elle l'avait imaginée, et qui exposait non seulement les liens unissant ces deux femmes et leurs défunts maris, mais aussi leurs relations intimes.

J'ai consulté la page sur mon ordinateur portable.

Valérie affirmait que j'étais jalouse, que Marnie était au comble du bonheur et que je ne supportais pas de la voir si heureuse avec un autre. J'avais commis un meurtre pour elle – apparemment – et j'étais bouleversée qu'elle ait refusé de faire de même en retour. L'article était long, il partait dans tous les sens, et presque rien n'était pertinent. Ce que la journaliste voulait surtout souligner, c'était, semble-t-il, que la faute m'incombait à moi seule. Marnie n'avait pas pu tuer Charles, parce que « peut-être qu'elle l'aimait vraiment », concédait Valérie. J'avais par conséquent pris les mesures nécessaires pour m'assurer qu'elle ne puisse pas revenir sur notre accord initial. J'étais la manipulatrice qui avait fomenté ce plan ignoble. J'étais la véritable méchante de l'histoire. J'avais tué Charles.

Et si Marnie Gregory-Smith a un alibi, on ne peut en dire autant de sa meilleure amie, Jane Black. Je vous laisse tirer vos propres conclusions, mais il me semble que la lumière commence à se faire sur ce mystère.

Tu sais ce qu'on ressent quand on est accusé d'un meurtre qu'on a vraiment commis ? C'est horriblement effrayant.

Quoi ?

Pourquoi tu me regardes comme ça ?

Oh, je vois. Tu voudrais que j'admette qu'elle est bien plus près de la vérité que tous les autres : la police, le médecin légiste, nos proches, nos familles. Et tu te demandes si elle n'a pas carrément raison. Est-ce qu'elle avait découvert une petite partie de la vérité ? Tu veux savoir si j'étais jalouse de Marnie ?

Non. Je peux affirmer en toute honnêteté que je n'ai jamais été jalouse ni de sa vie ni des babioles qui décoraient son quotidien. J'enviais parfois sa confiance en elle, sa chaleur, sa gentillesse, mais l'envie et la jalousie sont des sentiments très différents. Est-ce que ça répond à ta question ?

Celle que tu aurais dû me poser, c'est de savoir si j'étais jalouse de Charles. Je crois que oui. Cela peut paraître puéril, peut-être que je ne le pense pas exactement en ces termes, mais il possédait une chose qui m'appartenait, un amour qui avait été le mien, il s'était emparé d'une personne qui m'avait choisie, moi.

Valérie ne précisait pas qu'elle avait parlé à Marnie. Mais à la lecture de cette nouvelle révélation où elle décrivait une veuve en larmes serrant son café froid contre sa poitrine et incapable de calmer suffisamment sa respiration pour avaler une gorgée, j'ai compris ce qui s'était passé.

Je suis allée dans le salon et j'ai trouvé Marnie en sanglots sur mon canapé, son ordinateur portable ouvert devant elle, le souffle court.

— J'ai aggravé les choses. Maintenant, elle s'est retournée contre toi. Tout est de ma faute. Elle a écrit que c'est toi qui l'avais tué. Tu l'as lu ? Je suis désolée, Jane. Je suis vraiment, vraiment désolée.

Elle a rabattu l'écran de son ordinateur et l'a posé sur la table basse.

— Je croyais qu'elle comprendrait que je disais la vérité. Je voulais qu'elle se rende compte qu'elle s'était trompée et – je suis tellement bête – j'ai pensé qu'elle publierait une rétractation ou quelque chose de ce genre et que toute cette histoire en resterait là.

Marnie s'est pris la tête dans les mains.

— Je pensais qu'elle allait s'excuser, a-t-elle poursuivi, la voix étouffée par ses paumes.

— Ce n'est pas ta faute, lui ai-je assuré, même si je dois admettre que j'étais un peu remontée contre elle.

J'avais expliqué à Marnie ce qu'on devait faire et elle avait délibérément ignoré mes instructions. Mais ses intentions étaient bonnes ; elle voulait détricoter la toile qui s'était tissée autour de nous.

— Tu nc pouvais pas savoir, ai-je ajouté.

J'ai tenté de rester calme. J'ai regardé son pyjama en flanelle retroussé aux chevilles, ses jambes croisées sur le canapé. Les boutons de sa chemise étaient défaits au col et à la poitrine, des plaques rouges apparaissaient sur sa peau. Elle avait besoin que je me montre forte, que je m'occupe d'elle.

En réalité, je ne m'attendais pas à ce que mon geste ait de telles conséquences. L'autopsie et les funérailles ne m'y avaient pas préparée. La police et le médecin légiste n'avaient aucune raison de douter des faits tels qu'ils les avaient constatés. Mais je savais qu'il y avait sûrement d'autres éléments encore cachés quelque part. Et cette fouineuse qui était apparue dans nos vies sans crier gare semblait déterminée à creuser et à gratter afin de les trouver.

Au début, j'avais espéré que la version de Valérie soit rapidement enterrée sous les ragots, les nouvelles et autres mensonges. Mais après ce deuxième article, je ne pouvais plus en être certaine. J'ignorais jusqu'où elle était capable d'aller pour déterrer la vérité.

J'avais envie de lui envoyer un message, de l'affronter, de lui signaler que son comportement était tout simplement inacceptable. Mais je savais que si je la provoquais, elle risquait de s'accrocher encore plus et de ne jamais lâcher l'affaire.

J'ai respiré à fond. Je savais ce qu'il fallait faire. Nous devions nous en remettre au silence et au temps, les laisser faire leur œuvre au cours des semaines suivantes, pour que ma vérité devienne à nouveau la seule possible, que de tous les scénarios envisageables ne reste plus que celui d'une chute accidentelle dans un escalier.

Et, à ce moment-là, j'étais tellement obnubilée par l'idée de dénouer la situation avec Valérie que je n'ai pas remarqué qu'un autre problème était en train de prendre de l'ampleur.

Marnie a toujours été l'une des personnes les plus brillantes, les plus intelligentes et les plus dynamiques que je connaisse et les larmes, le chagrin et le chaos n'y changeaient rien. Elle a toujours eu une merveilleuse capacité – c'est une forme de créativité, je pense – à rassembler des idées vagues pour constituer une synthèse solide, à assembler un puzzle à partir de pièces éparses. Et je me suis tout à coup rendu compte que c'était exactement ce qu'elle était en train de faire.

— Je n'aurais jamais dû la contacter, a repris Marnie d'une voix de plus en plus aiguë. J'aurais dû me douter qu'on ne pouvait pas lui faire confiance. Je ne sais pas pourquoi j'attends toujours le meilleur des autres. Pourquoi ?

— Arrête, lui ai-je conseillé en m'asseyant à côté d'elle et en prenant ses mains entre les miennes. Tu te fais du mal. C'est fait, maintenant ; ça ne sert à rien de remuer le couteau dans la plaie.

— Et ça n'a même pas de sens, a poursuivi Marnie, les joues baignées de larmes. Comment est-ce qu'elle s'imagine que tu as assassiné Charles exactement ? Au moins, son premier post était théoriquement possible. J'aurais pu le droguer. Je veux dire, je ne l'ai pas fait, mais j'aurais pu. Mais tu n'étais même pas dans l'immeuble quand il est mort. Tu n'as rien entendu. C'est n'importe quoi.

— Marnie, arrête. Laisse tomber.

— Qu'est-ce que tu as fait ? Tu l'as poussé dans les escaliers et tu es rentrée chez toi ? Et puis quoi ? Tu es revenue à l'appartement plus tard dans la soirée ? Tu ne savais même pas qu'il était malade. Tu le croyais au travail.

— Exactement, ai-je renchéri, alors que mon cœur commençait à battre un peu plus vite et que j'avais du mal à déglutir.

Au fond de ma bouche, mes amygdales étaient gonflées et sèches ; elles obstruaient ma gorge et ne laissaient passer qu'un filet d'air dans ma poitrine. Je sentais mes mains moites autour des siennes.

— Et puis pourquoi aurais-tu fait une chose pareille ? Je veux dire, je sais que vous n'étiez pas les meilleurs amis du monde, c'est peut-être un léger euphémisme, et je sais que ça n'allait pas trop entre vous – il y avait eu ce gros malentendu –, mais quand même, ce n'est tout simplement pas pensable.

Elle parlait de plus en plus fort, sa voix s'était mise à trembler, elle criait presque. Ses gestes étaient hystériques, elle agitait les mains en tous sens. Ses joues étaient en feu.

— Tu l'aurais laissé mort dans l'entrée, c'est ça qu'elle prétend ? T'as débarqué, tu l'as tué et tu es repartie ? Et après ? T'as rappliqué quelques heures plus tard juste pour me voir trouver son cadavre ? Elle a vraiment un problème, cette femme.

Marnie n'arrivait pas à s'arrêter et je ne pouvais pas l'empêcher de parler non plus. Elle énumérait les multiples raisons pour lesquelles cette théorie n'avait pas de sens, ne pouvait être vraie, était absolument impossible, et je l'écoutais lister des exemples de la façon dont j'aurais pu tuer son mari, mais aussi des arguments démontrant que je ne pouvais pas l'avoir fait. Les articles avaient éveillé ces questions en elle et je ne savais pas comment les apaiser. J'ai tenté de la diriger dans d'autres directions, mais elle n'arrêtait pas de revenir à ses interrogations. J'avais l'impression que mes côtes étaient trop petites pour contenir mes poumons – la chair pressait contre les os – et je me demandais si je serais capable de rester impassible si elle parvenait à la bonne conclusion.

— On était follement amoureuses. C'est ce qu'elle dit, non ? Toi et moi ? Et on a tué ton mari. Évidemment. C'est parfaitement logique. Et puis je suis tombée amoureuse de Charles.

Un petit sanglot a altéré sa colère.

— Et tu l'as éliminé pour me garder rien que pour toi ? C'est ça ? C'est ce qui s'est passé ?

Je m'attendais à ce qu'elle poursuive, qu'elle divague encore, qu'elle continue à essayer de dissiper sa confusion à haute voix. Et cela aurait déjà suffi à me faire flipper. Mais elle ne l'a pas fait. Elle s'est arrêtée. Elle m'a fixée sans bouger.

— C'est ça qui s'est passé ? a-t-elle répété, les yeux écarquillés, le menton en avant, les lèvres tremblantes. C'est ce qu'elle dit, n'est-ce pas ?

J'ai secoué la tête – feignant la stupéfaction, le dégoût – et, comme Marnie gardait le silence, je me suis mise à parler pour essayer désespérément de mettre fin à cette horrible conversation.

— Imagine, ai-je dit en haussant les sourcils et en essayant de rire. Imagine un peu.

Je me demandais ce qu'elle voyait : si mes joues étaient roses, mon regard effrayé, ma respiration haletante ; si la vérité se lisait sur mon visage, aussi limpide que ses larmes.

— Imagine, a-t-elle répété doucement.

— Je sais. C'est impossible. Comme si je pouvais faire une chose pareille. Je ne ferais jamais quelque chose comme ça.

C'est le cinquième mensonge que j'ai proféré à Marnie. Je lui ai dit que je ne pourrais jamais commettre ce que j'avais pourtant déjà commis. J'ai prétendu que je ne pourrais jamais lui faire de mal alors que je l'avais déjà fait. Et, assise là, à la tromper sans vergogne, j'étais convaincue qu'elle continuerait à me croire. Et c'est ce qu'elle a fait. Elle a secoué lentement la tête, a soupiré, s'est appuyée sur les coussins et a passé les doigts dans ses cheveux.

Je ne pense pas qu'elle m'interrogeait vraiment. Elle ne posait pas de question et n'attendait pas de réponse. Mais ses doutes – aussi vagues soient-ils – me troublaient. Je sentais la vérité comme un gros morceau d'os coincé dans ma gorge qui avait besoin d'être expulsé. Cette situation faisait ressortir une petite partie de moi qui voulait être reconnue, qui était tentée d'avouer : *Oui, c'est ça qui s'est passé. Oui, je l'ai fait pour toi.*

Mais je savais surtout que je mentirais encore et encore pour protéger ce que nous avions.

— Il faut qu'on décide ce qu'on va faire, ai-je fini par lancer.

Elle s'est essuyée sous les yeux et a séché ses doigts sur son pyjama.

— On ne peut rien faire, a-t-elle décrété en se levant pour aller dans la cuisine, plus calme à présent. L'article est publié. Et crois-moi, Jane, n'essaie pas de régler ça avec elle. Elle ne ferait qu'écrire plus de conneries encore et nous, on connaît la vérité, et nos amis et notre famille aussi. Au fond, est-ce que ce n'est pas ce qui compte le plus ? Je ne dis pas que c'est juste. Parce que je suis fâchée aussi, Jane. Vraiment. Et je déteste l'idée qu'elle s'en tire en disant tout ce qu'elle veut sans penser aux conséquences de ses mensonges sur les gens. Mais il faut que ça se tasse.

— D'accord. Attendons que ça se tasse.

L'adrénaline a lentement commencé à se diluer et j'ai finalement expiré complètement l'air de mes poumons. J'avais l'impression d'être à deux doigts de m'évanouir, tant Marnie avait été proche de découvrir la vérité. Beaucoup, beaucoup trop proche.

★

Tu veux que je te dise un truc ? Ce cinquième mensonge m'a terrifiée. J'ai finalement réalisé le risque que j'avais pris – involontairement, mais peu importe, je l'avais pris quand même – et l'impact que cette décision aurait sur mon avenir. Je devais absolument me montrer prudente, garder le contrôle.

J'ai lu les journaux les jours suivants. Notre affaire y figurait à nouveau en bonne place : des billets d'opinion, des fausses informations et des sources anonymes. Mais ça a fini par s'apaiser. Un scandale politique nous a volé les gros titres et a monopolisé la presse pendant des mois.

J'ai conservé les pages nous concernant dans une boîte à chaussures sous mon lit. Pour me rappeler que je n'étais pas invincible. Que je devais continuer à avoir des yeux dans le dos. Que je devais continuer à mentir.

26

Je pense que certaines femmes sont nées pour être mères et d'autres pas. C'est une opinion controversée, je sais, et je ne devrais probablement pas en parler, surtout à toi. Mais je trouve que ça mérite d'être évoqué.

J'ai toujours rêvé d'être mère. Quand j'étais petite, je berçais mes poupées en plastique, je leur donnais le bain et je les promenais dans une poussette pastel avec un siège en tissu rose fin incurvé comme un hamac. Je les alignais et je changeais leurs couches une par une, puis je les habillais avec des grenouillères à motifs, refermant les boutons-pressions entre leurs jambes. Mes poupées étaient toutes à peu près pareilles – un ventre rond et dur, des joues peintes en rose foncé, des yeux bleu vif, dont les paupières pouvaient se fermer –, mais ma préférée, c'était Abigail. Elle était chauve et ses bras et jambes étaient raides et fixes. Un de ses yeux pouvait s'ouvrir et se fermer, mais l'autre restait coincé, ses cils en plastique collés. Une fois ouvert, il refusait de se refermer, regardant droit devant lui tandis que l'autre clignait d'un air menaçant. Je l'aimais quand même.

J'ai fini par ne plus avoir l'âge des poupées et par m'intéresser aux vrais bébés. Je me penchais sur les landaus que je croisais dans la rue, j'admirais les bambins dans les salons de thé, j'émettais les roucoulements de rigueur et les commentaires de circonstance : « Comme il est mignon ! Quel âge a-t-il ? Quelle beauté ! » Je participais à ce rite de l'âge adulte avec un certain enthousiasme et j'imaginais qu'à une étape de ma vie, ce serait moi qui pousserais un landau et qu'une autre femme s'extasierait sur mon nouveau-né.

Puis, un jour – après la mort de Jonathan –, je me suis mise à remettre en question cet avenir imaginaire. Est-ce que j'avais envie d'un landau ? Est-ce que j'avais envie d'entendre des roucoulements, des commentaires, des jugements ? Qu'une part de moi-même vive à tout jamais en dehors de mon cœur ? De faire comme tous les parents : nourrir, soigner et élever un enfant ?

Non. Je n'en avais plus envie. Plus sans lui en tout cas.

Si tu voulais, je pourrais te dresser la liste de toutes les femmes que je connais et tracer une ligne pour séparer celles qui sont faites pour être mères et celles qui ne le sont pas. Emma et moi serions d'un côté. Marnie serait de l'autre.

★

La perspective d'une accalmie a eu un impact positif sur l'état de Marnie. Elle était moins en colère, moins changeante, moins effrayée pour un rien. Nous avons trouvé un moyen de cohabiter confortablement et paisiblement. Elle pleurait souvent, mais riait et cuisinait aussi et elle s'est même remise à écrire quelques courts articles pour ses éditeurs préférés. Elle a redirigé son courrier vers mon appartement, ce que j'ai trouvé réconfortant ; j'aimais voir son nom figurer sur la boîte aux lettres à côté du mien. Et lorsque son sponsor principal lui a fait parvenir un coffret cadeau empli de céramique rose, un échantillon de leur nouvelle collection d'ustensiles de cuisine, elle a même réussi à filmer quelques vidéos.

De temps en temps, elle se tournait vers moi – généralement au petit déjeuner ou quand nous étions en pyjama sur le canapé tard le soir pour éviter de dormir – et déclarait :

— La mort dure vraiment longtemps, hein ?

— Oh, oui. Super longtemps.

— Parce que ça fait un mois (ou six semaines, ou deux mois, précisait-elle à mesure que le temps passait) et je n'arrive toujours pas à concevoir que c'est *ma* vie à présent. Je n'arrive pas à croire que peu importe combien de mois, d'années ou même de décennies passeront, je serai encore vivante et Charles restera mort.

J'avais l'impression de tenir le rôle de l'experte. Pendant un moment, d'ailleurs, ma présence et mon soutien ont semblé vraiment l'aider. Ça me faisait tellement plaisir de l'avoir à nouveau près de moi. Nous étions bien ensemble, vraiment bien. Nous nous connaissions intimement, nous savions tout de la vie l'une de l'autre, nous en connaissions les plus infimes détails. Nous nous plaignions de nos parents – qui étaient partis, étaient tombés malades ou nous ignoraient. Nous nous moquions de son frère et de ma sœur – l'un totalement absent et l'autre totalement dépendante. Nous nous rappelions les aventures qui avaient jalonné notre adolescence – les premières fois, les dernières, les erreurs à ne jamais reproduire. Nous avions partagé tant de choses que nous ne formions pratiquement plus qu'une seule et même personne à nouveau.

Je la regardais se rétablir ; pas complètement, bien sûr, loin de là, mais elle faisait des progrès, petit à petit. J'adorais la voir recommencer à cuisiner. Elle remettait du vernis rouge sur ses ongles et se plaignait quand il y avait un accroc le lendemain matin. Un après-midi, elle a examiné ses cheveux dans le miroir et a soulevé quelques mèches en fronçant les sourcils. Ce soir-là, elle est revenue avec les pointes soigneusement coupées. Elle écoutait de la musique. Elle regardait les infos. Elle pleurait régulièrement – presque tout le temps –, mais les moments de tristesse accablante étaient contrebalancés par des instants plus légers.

Puis les choses ont changé. Marnie a régressé, elle est revenue au marasme des premières semaines. Elle a arrêté de dormir. Elle s'est retrouvée à bout de forces. Elle est tombée malade. Elle a cessé de s'alimenter. Quand elle arrivait à avaler quelque chose, même un tout petit repas, du pain grillé, des fruits, elle était prise de vomissements si violents que j'ai arrêté d'aller faire les courses pour nous épargner ça à toutes les deux. La faim était intense, mais la fatigue était bien pire. Et, sans nourriture ni repos, elle n'arrivait pas à se débarrasser de son étrange maladie.

C'est du moins ce qu'on pensait à ce moment-là.

Un jour, tôt dans la soirée – nous venions juste de rouvrir les stores, il y avait un feu d'artifice dehors et nous voulions le regarder –, Marnie et moi étions assises ensemble à la table haute. Nous mangions du riz nature – un sachet de riz bouilli chacune : c'était rapide et facile à faire – et notre silence était naturel. Nous avions à nouveau l'habitude de dîner ensemble, nos mondes s'enchevêtraient, nous n'étions plus des invitées occasionnelles dans la vie de l'autre, mais une sorte de couple hors norme.

— Je n'ai plus mes règles, m'a-t-elle avoué en posant sa fourchette à côté de son bol. Je croyais que c'était juste le stress, tu vois, avec tout ce qui s'est passé. Mais ça fait trois mois.

— Bien sûr que c'est le stress. Et le virus que tu as attrapé. Tu perds du poids – regarde-toi – et puis avec tous ces vomissements… Oh.

— Il faut que je fasse un test.

Je me suis raclé la gorge pour déloger la boule de riz qui s'y était figée et je me suis levée. Je suis allée dans le couloir, j'ai décroché mon sac à main de la patère. J'ai marché de la porte d'entrée à l'ascenseur et je suis sortie dans la rue. J'ai encore avancé sur le trottoir – j'avais froid sans mon manteau – jusqu'à la pharmacie.

Je suis revenue avec le test moins de dix minutes plus tard.

Marnie était exactement comme je l'avais laissée, les coudes de chaque côté de son bol, la tête appuyée entre les bras.

— Tiens. Fais-le tout de suite.

Elle a accepté sans rien dire et s'est rendue dans la salle de bains, le sachet en plastique à la main.

Je n'ai pas besoin de te dire que le test était positif.

Je me suis saoulée. J'ai bu de la tequila directement au goulot et j'ai aligné des shots de rhum d'une bouteille tellement vieille qu'il avait un goût de renfermé. Marnie – déjà mère à bien des égards – a versé du jus de pomme dans des verres à shot en plastique et a noyé sa peur et sa panique plus sobrement. À deux heures du matin, nous avons grimpé dans la baignoire, allongées toutes deux en maillot de bain dans l'eau fumante, avec une pudeur étrange et inutile. À trois heures, nous avons étalé du miel sur des toasts et nous avons englouti toute une miche de pain. Puis dans un mélange de chagrin, de choc et d'hystérie, nous avons ri et pleuré jusqu'à nous endormir, ce qui n'a pas duré longtemps. Nous avons passé la plus grande partie de la matinée du lendemain le front posé contre la porcelaine froide des toilettes.

Personne ne s'attend à ce que sa vie lui réserve de telles épreuves. J'étais veuve, j'avais un boulot sans avenir et je n'étais jamais loin de la dépression. Marnie était veuve, enceinte et venait de perdre brutalement le mode de vie confortable auquel elle était habituée.

— Il faut que je rentre chez moi, a-t-elle décrété le lendemain soir. Il faut que je mette de l'ordre dans ma vie. Je dois consulter un médecin et recommencer le travail. Il faut que je rentre chez moi.

Elle a aussitôt appelé sa femme de ménage, alors que nous étions encore à table. Elle voulait que tout soit impeccable. Et que les affaires de Charles soient mises dans des cartons et entreposées : sa brosse à dents, ses vêtements, tout ce qui était de manière un peu trop évidente à lui.

Nous nous sommes rendues à l'appartement quelques jours plus tard. Nous avons toutes les deux été choquées de découvrir que la femme de ménage avait posé un épais tapis blanc avec des motifs noirs sur le plancher du couloir. Je me demandais ce qui se trouvait dessous – une tache de sang séché, des rayures sur le parquet vitrifié ou simplement l'odeur de la mort ? –, mais j'ai résisté à l'envie de le soulever pour vérifier. Certains effets personnels de Charles avaient disparu – son manteau à l'arrière de la porte et ses chaussures bien alignées le long du mur –, mais il était encore présent partout. Dans les livres sur les étagères, dans les cadres aux murs et son grand parapluie noir était toujours à côté de celui de Marnie dans le couloir.

Je suivais Marnie qui allait d'une pièce à l'autre.

— Tu es sûre ?

Elle a froncé les sourcils et a commencé à monter l'escalier.

— De vouloir vivre ici, ai-je précisé, tu es sûre ? On pourrait te trouver…

— Non, a-t-elle tranché, debout sur la première marche en se tournant vers moi. C'est ici que je dois être. C'est bien que je sois ici. Je veux que ce petit bout (et elle a posé une main sur son ventre) connaisse au moins un peu son père. Et c'est ici qu'on vivait tous les deux. C'est logique. Il faut que ce soit ici.

Elle a regardé derrière moi.

— C'est là, sans doute juste ici, juste sous mes pieds. C'est ici qu'il a rendu son dernier souffle. C'est quelque chose que son enfant devrait savoir, tu ne crois pas ?

Qu'est-ce que tu en penses ? Est-ce que c'est le genre d'information que tu voudrais connaître, toi ? Personnellement, je serais effondrée si je recevais un appel m'annonçant la mort de mon père. Pas parce que l'homme qu'il est aujourd'hui me manquerait – celui qui a trompé ma mère et abandonné sa famille –, mais l'homme qu'il a été, oui.

Pendant les dix premières années de ma vie, il était constant, inébranlable, honnête, sincère. Il était toujours présent et m'encourageait. Malgré tous les dégâts qu'il a causés quand il a cessé d'être un bon père, il ne s'était jamais montré égoïste avant. Il était loin d'être parfait, d'accord, mais ce serait injuste de le réduire à ses pires défauts. Ensuite, quelque chose a changé. Les difficultés qui bouillonnaient sous la surface depuis des décennies – son impatience, ses incertitudes et son instabilité – ont commencé à prendre le dessus.

Mais est-ce que je voudrais voir l'endroit où il est mort ? Je ne crois pas, non. Pour moi, il est mort à la porte de notre ancienne maison, valise à la main, un sourire collé au visage tandis qu'il nous quittait pour de bon.

— Peut-être qu'un nouveau départ…, ai-je commencé.

— Je veux être de retour ici avant Noël, a tranché Marnie.

— C'est dans quelques semaines à peine…

— Je vais organiser la soirée de Noël chez moi, a-t-elle annoncé. Je vais tout décorer et cuisiner. Il va me falloir un sapin et une dinde – je ferai en sorte que tout soit parfait.

— C'est beaucoup de boulot. Marnie, c'est beaucoup pour moi à encaisser et pour toi à entreprendre.

— Ma décision est prise. Et tu viendras. Emma aussi. Je vais tout organiser.

— On sera avec…

— Ta maman. Oui, c'est logique. C'est le matin, non ? Eh bien, après ça alors.

— Je…

— Ce n'est pas facultatif, a-t-elle décrété en me regardant avec de grands yeux et une expression sévère. Je t'invite à fêter Noël avec moi. C'est à toi de décider si tu acceptes ou pas cette invitation. Mais de toute façon, je vivrai ici et je vais préparer ce repas.

Marnie et moi avons très peu de traits communs. Elle est ouverte et chaleureuse, aimante et téméraire. Je suis renfermée et froide, colérique et craintive. Elle est claire et je suis sombre. Mais nous sommes toutes les deux têtues. Je sais pertinemment que pour certaines choses, elle ne cédera pas ; on ne peut ni l'acheter, ni la soudoyer, ni la convaincre.

— Alors, c'est oui. Ça me fera super plaisir, ai-je dit finalement.

— Et tu m'aideras à me réinstaller ici ?

— Bien sûr.

— Bon. Commençons tout de suite. Je veux prendre les mesures pour un nouveau lit.

★

C'est ce que nous avons fait. Nous avons noté les dimensions du lit, parce que, si elle était capable de dormir dans l'appartement de son mari mort, elle ne pouvait pas s'imaginer dormir dans l'ancien. Elle en a commandé un nouveau l'après-midi même. Un petit lit double – « ce ne sera que pour moi », a-t-elle précisé – avec une tête de lit rose pâle – « il n'aurait jamais choisi cette couleur » – et un rangement en dessous – « pour les bavoirs, les couches et toutes les choses dont les bébés ont besoin ».

Elle est revenue deux semaines plus tard, le jour où le lit est arrivé, et j'ai tenté de me montrer pragmatique, mais j'avais l'impression qu'une fois de plus on m'arrachait quelque chose. J'ai préparé ses valises, j'ai emballé les ustensiles de cuisine qui avaient envahi mes placards et j'ai fourré dans des cartons les chaussures qu'elle abandonnait derrière la porte d'entrée. Nous avons tout empilé dans un taxi tôt le matin, des sacs à nos pieds et sur nos genoux, et c'est comme ça qu'elle m'a quittée.

Je dramatise, je sais. J'étais abattue par son départ, mais j'arrivais à relativiser mon chagrin parce que j'étais aussi contente de la voir à nouveau si galvanisée et heureuse. J'avais beaucoup aimé veiller sur elle, m'occuper d'elle et lui servir de point d'encrage, mais ce n'était pas un mode de vie durable.

Le monde regorge de gens vulnérables, qui dépendent en partie de l'aide des autres, comptent sur ce soutien, cette force supplémentaire. Emma, par exemple, est incroyablement fragile. Mais Marnie ne l'est pas. Elle avait recommencé à travailler quelques jours plus tôt. Elle avait rallumé son téléphone, posté des vidéos, donné de ses nouvelles et repris pied dans le monde qu'elle s'était construit. Elle semblait plus forte, d'une certaine façon.

— Tu peux y aller maintenant, m'a-t-elle annoncé, une fois que nous avons tout déposé dans le hall d'entrée, puis monté dans l'appartement, en chargeant plusieurs fois l'ascenseur. C'est bon, je m'occupe du reste.

— Mais le déballage, tu ne veux pas de l'aide pour ça ?

— Non, merci.

Elle se tenait dans l'embrasure de la porte – dans *son* entrée –, la main contre le chambranle, les pieds posés fermement sur le parquet de bois tandis que j'étais dans le couloir du palier.

— Ça va aller maintenant, a-t-elle ajouté. Merci.

— Mais…

— Je t'appelle demain.

Elle a fermé la porte.

Je me sentais à la fois un peu fâchée et fière d'elle.

Un peu gênée aussi. J'ai regardé à gauche et à droite, mais il n'y avait personne, aucun témoin de mon expulsion. J'ai jeté un coup d'œil à l'endroit où je m'étais assise presque trois mois plus tôt. C'était une autre personne, en quelque sorte, une autre période en tout cas, un autre monde. Puis je suis rentrée chez moi.

Il y a une chose que tu dois savoir. Marnie avait une famille – comme tout le monde, après tout – mais celle-ci n'avait jamais vraiment joué son rôle. Quand j'étais petite, je pensais qu'une famille était inébranlable, incassable et immuable. J'avais une sœur, qui serait toujours ma sœur, des parents, qui seraient toujours mes parents. Ce n'est que lorsque mon père est parti et que ma mère m'a laissée tomber que j'ai réalisé mon erreur. La famille n'avait rien d'indéboulonnable. Mais elle l'avait été pendant ma petite enfance. Je n'ai compris que bien plus tard que je devrais construire ma propre cellule familiale. Et que, pour y parvenir, je devrais devenir une personne que les autres voudraient aimer.

Marnie a appris cette leçon beaucoup plus tôt que moi. Sa famille était semblable à la mer : elle allait et venait de façon totalement imprévisible. C'est pour cette raison que mon amie souhaitait que sa propre famille, celle qu'elle fonderait, soit différente. Elle avait le pouvoir de façonner cette cellule comme elle l'entendait. Et c'est ce qu'elle avait l'intention de faire.

27

J'AI TOUJOURS AIMÉ L'AUTOMNE. J'adore l'impression que quelque chose s'achève, sans être tout à fait terminé. J'aime les feux de cheminée, les rideaux tirés, les pulls en laine épaisse et les bottes fourrées qui enveloppent les orteils et amortissent les pas. J'aime le vent mordant, les nuages qui adoucissent le ciel et la sensation agréable de quitter le froid pour rejoindre la chaleur d'un intérieur. L'été est excessif à mes yeux, trop chargé d'attentes. Il y a trop de pression pour se sentir joyeux, plein d'entrain et enthousiaste. Quant à l'hiver, il est trop sombre, même pour moi.

Mais décembre à Londres a toujours été un mois particulier, une anomalie qui ne respecte pas tout à fait le calendrier. Pendant ce mois seulement, l'atmosphère change du tout au tout. À mesure que les journées raccourcissent, une aura unique fait son apparition à la surface des choses, à l'intérieur des gens.

Certains de ces changements se produisent lentement, sur plusieurs semaines. Des guirlandes lumineuses sont suspendues entre les bâtiments, elles scintillent dans la nuit qui tombe chaque soir un peu plus tôt. Les vitrines des magasins sont décorées aux couleurs de fête avec des boules de Noël, des sapins, des traîneaux et de la neige. Il y a moins de gens dans les rues. À l'approche de la fin du mois, les employés, ceux qui passent toute l'année dans les trains, à arpenter les trottoirs et à entrer et sortir des portes tournantes des bureaux, c'est-à-dire les gens comme moi, cumulent leurs derniers congés aux jours fériés pour rester lovés sur leurs canapés. Ce sont les touristes, avec leurs bonnets rouges pointus et pompon blanc, les bras chargés de cadeaux et de souvenirs, un appareil photo ou un bébé collé sur la poitrine, qui se massent sur les trottoirs ; ils entrent et sortent des magasins de jouets, glissent sur des patinoires installées dans des lieux habituellement sous-exploités et se tiennent du mauvais côté de l'escalator. Mais même eux ne suffisent pas à compenser les absences, à contrebalancer la ville à moitié vide du fait que ses habitants préfèrent se calfeutrer au chaud.

D'autres changements sont presque instantanés : soudain, on sourit aux gens dans le métro, on discute poliment avec ses collègues dans la cuisine, on leur demande ce qu'ils vont faire pendant les fêtes, qui va cuisiner, on s'exclame : *Waouh, ça fait beaucoup d'enfants pendant deux jours complets, vous n'êtes pas dépassés par le nombre ?* Et puis, presque sans qu'on le remarque, on se met à souhaiter : *Joyeux Noël !* à tous ceux qu'on croise : le préposé à la réception qui a toujours l'air de râler, mais qui porte maintenant un sapin miniature lumineux au revers de sa veste, le directeur dans l'ascenseur qui sourit d'une façon plutôt inhabituelle, le barista au café où on achète son *latte* le matin, les éboueurs, le balayeur, la femme de ménage. Toute l'ambiance de la ville change et, d'un coup, chacun se sent meilleur qu'avant : plus gentil, plus heureux, plus optimiste.

On ne prête pas attention au collègue qui n'a plus de compagne, à l'autre dont les enfants seront loin, ou à celle dont les parents sont morts depuis longtemps. On continue à ignorer la femme sans abri assise dans la rue, son sac de couchage usé sous elle, une couverture drapée sur les épaules et le froid lui piquant les yeux. On n'a pas le cœur à admettre que la tristesse existe encore au milieu de cette légèreté festive.

À cette époque de ma vie, j'étais capable de jouer sur les deux tableaux. D'apporter la tristesse et la joie. Ma meilleure amie m'invitait à un repas de fête, j'avais une sœur que j'adorais, mais un père absent, un mari décédé et une mère atteinte de démence.

Je suppose que cette année, je n'apporterai que peu de joie et beaucoup de tristesse. Je n'arrive pas à m'en débarrasser, tu sais. C'est de pire en pire. Encore aujourd'hui.

Maintenant que j'y pense, c'était sans doute ma dernière année joyeuse. J'ai appelé Emma juste après minuit, la veille de Noël. Nous étions convenues de rendre visite à notre mère le lendemain matin à la première heure. Nous ne l'avions pas admis à haute voix, mais nous voulions toutes les deux y aller le plus tôt possible, pour que nous n'ayons plus à y penser pendant le reste de la journée. Je savais qu'Emma ne voulait pas venir, qu'elle redoutait ce moment, et je m'attendais à ce qu'elle trouve des excuses, un moyen de s'y soustraire. Je l'ai appelée et j'ai écouté le téléphone sonner en me demandant si elle allait ignorer mon appel, pour éviter de voir notre mère.

— Bon, on fait comment, alors ? ai-je demandé quand Emma a finalement décroché. On se retrouve à la gare ? Et de là on y va à pied ?

— Tu sais si elle va mieux ? Ils ont dit quelque chose ?

— Ils m'ont dit qu'elle était toujours enrhumée, mais j'imagine que si on reste une petite heure, ça ira.

— Oh, mais si elle est…

— Emma, ne commence pas.

— Je ne sais pas, Jane, a-t-elle insisté avec une inquiétude complètement exagérée. Si elle ne va pas bien… et qu'on débarque avec des microbes… Tu ne crois pas qu'on devrait reporter ? Y aller plutôt la semaine prochaine ?

— Emma, c'est notre mère. Et c'est Noël.

— Je crois que je vais passer mon tour, si tu es d'accord. On se retrouve chez Marnie ? Vers quatorze, quinze heures ? Tu m'enverras l'adresse par SMS ?

— Emma…

— Merci, Jane. Je t'aime. Joyeux Noël.

Elle a raccroché.

J'ai regardé le téléphone. J'étais contrariée, mais je n'étais pas surprise : cette conversation se déroulait ainsi, à quelques variations près, depuis des années.

Emma en voulait à notre mère – à juste titre, je pense – parce qu'elle ne l'avait pas véritablement soutenue dans les pires années de sa vie. Mais moi aussi j'étais en colère. Et j'étais autant, voire plus, en droit de l'être. Non seulement j'avais été brièvement abandonnée, mais ma mère m'avait aussi ignorée pendant presque toute mon enfance. Emma avait toujours été sa préférée. Elle n'y pensait jamais, évidemment ; elle n'essayait jamais de considérer la situation de mon point de vue. Elle était toujours anxieuse, les nerfs à vif, préoccupée par ses problèmes, obnubilée par ses émotions, ce qui la rendait égoïste. Elle pouvait se permettre de ne pas rendre visite à notre mère parce qu'elle savait que j'irais quoi qu'il arrive. C'était impensable pour moi de ne pas y aller. Parce que ça aurait été cruel.

Et si j'avais entamé notre conversation en disant que je n'en avais pas le courage cette fois-ci, que je ne me sentais pas capable de museler ma colère pendant une heure et que c'était au tour d'Emma d'y aller ? Et si j'avais fait comme elle ? Si j'avais cessé d'être forte à sa place et que je lui avais demandé de prendre le relais ?

Je ne connais pas les réponses à ces questions. Une personne qui, toute sa vie, s'est appuyée sur ses proches est-elle capable de soutenir quelqu'un d'autre ? Je n'en suis pas convaincue. Quand on assume volontairement ce rôle dans la vie d'une personne, on doit accepter qu'elle se fera toujours passer avant nous et que la structure de la relation ne pourra jamais être inversée. La personne préférera nous laisser tomber plutôt que de se sacrifier.

★

Je suis arrivée plus tôt parce que le chauffeur de taxi – qui triplait son tarif pour cause de jour férié – avait dépassé la limite de vitesse dès qu'il en avait eu l'occasion. J'ai détesté le trajet : la vitesse, les vibrations, ce sentiment d'être à la merci d'un inconnu.

Quand je suis entrée dans la chambre de ma mère, elle était assise dans son lit, vêtue d'un T-shirt orange et d'un gilet bleu vif avec un col à volant qui glissait de son épaule gauche. À un revers était épinglé un sapin décoré de boules multicolores qui scintillaient.

J'ai souri en franchissant sa porte et en passant sous le gui accroché au chambranle.

— Salut. Comment ça va ?

— Bien. Je vais bien.

J'ai tiré le fauteuil vers le lit et je me suis assise à côté d'elle. Quand elle avait emménagé dans cet établissement, j'avais engagé un homme avec une camionnette pour transporter certaines de ses affaires de la maison – j'avais trouvé sa carte de visite coincée dans une vitre du bureau de poste. Le fauteuil était l'objet le plus encombrant. Et même si cela m'avait valu quelques froncements de sourcils de la part des infirmières, j'avais insisté sur le fait que sa présence était essentielle. J'avais aussi fait apporter quatre des coussins qui décoraient son lit à la maison, quelques photos encadrées, un abat-jour à pompons, une pile de livres et sa boîte à bijoux. Par la suite, j'avais apporté quelques petites améliorations : un sous-verre antidérapant estampillé d'une photo d'enfance pour son gobelet, un vase gris moucheté pour les fleurs – j'avais justement acheté un bouquet de Noël chez le fleuriste à la gare la veille – et une tablette pour qu'elle puisse regarder des films ou de vieilles vidéos de famille, et parfois, quand elle s'en sentait capable, m'envoyer un mail. J'en recevais de moins en moins.

Quand je repense à tout le temps que j'ai consacré à m'occuper d'elle et – ce n'est peut-être pas le bon mot, mais bon – à la materner, mon dévouement me surprend. Quand j'étais petite, je me battais pour obtenir de la reconnaissance : j'étais brillante à l'école, je gagnais des prix et j'avais les félicitations des profs ; j'étais serviable, presque obséquieuse, à la maison – je mettais la table, je vidais le lave-vaisselle et je changeais les draps. Je tentais de me montrer amusante et pleine d'énergie, d'avoir une influence positive dans la maison. Ces choses – les objets de décoration, les visites hebdomadaires – n'étaient que mes plus récentes tentatives pour attirer l'attention de ma mère.

J'ai remonté le gilet sur son épaule et elle m'a jeté un regard noir, les pupilles dilatées. Je voyais bien qu'on lui avait administré quelque chose – peut-être pour son rhume, peut-être simplement pour la calmer – et l'effet de ce médicament semblait estomper l'absence d'Emma, qui est passée inaperçue. Pourtant, son esprit était affûté ce jour-là, elle m'a demandé des détails sur mon trajet et voulait savoir ce que j'allais faire l'après-midi.

— Tu seras avec Marnie et Charles ?

— Juste Marnie.

— Pas Charles ? a-t-elle insisté, les sourcils froncés.

— Non.

J'ai incliné la tête d'un côté et son visage est passé de l'incompréhension à l'inquiétude parce que ce mouvement précédait toujours de mauvaises nouvelles.

— Je te l'ai déjà dit, tu t'en souviens ? ai-je soupiré. Charles est mort.

— Il est mort ?

Elle était horrifiée. Sa voix est montée dans les aigus et son visage s'est déformé d'incrédulité, comme à chaque fois que je lui annonçais cette nouvelle.

— Quand ?

— Il y a quelques mois.

— Comment ?

— Il est tombé dans l'escalier. Tu le sais déjà. Tu ne veux pas t'en souvenir, c'est tout.

— Non, en effet, je ne dois pas avoir envie de m'en souvenir. C'est affreux.

— Je sais. J'étais là.

Je ne sais pas pourquoi j'ai dit cela parce que je n'avais jamais partagé ce détail avec elle avant. Je crois que je voulais lui faire comprendre que ce chagrin ne lui appartenait pas.

— Marnie et moi, on l'a trouvé étendu au pied de l'escalier.

— Mort ?

— Oui.

— Il est mort seul.

Elle avait l'air peinée en disant cela, comme si cette idée lui était insupportable. Je me suis rendu compte que nous n'avions jamais discuté de la mort, ni en profondeur ni en surface, d'ailleurs.

— Quelle histoire ! s'est-elle exclamée.

— J'étais peut-être dans le hall devant leur appartement quand c'est arrivé. J'attendais le retour de Marnie. Elle était à la bibliothèque. Je suis restée une heure, assise là, à lire et à l'attendre.

— Et peut-être que tu aurais pu faire quelque chose.

C'était à la fois une question et une observation.

— Peut-être. Si j'avais entendu du bruit. Si j'avais eu une clé.

Je ne sais pas pourquoi je lui racontais tout ça. Mais j'en ai l'intuition tout de même. J'avais envie qu'elle me protège, qu'elle sonde en moi et remarque que quelque chose était brisé. Je voulais qu'elle le répare. N'est-ce pas le rôle d'une mère ? Et si elle était incapable de le faire, si elle ne pouvait pas voir ou réparer mes fêlures, je voulais au moins qu'elle me considère comme une personne qui peut sauver une vie plutôt que comme quelqu'un qui donne la mort. Je voulais qu'elle pense que si j'avais pu faire quelque chose, je n'aurais pas hésité.

— Une clé, a-t-elle répété.

— J'en avais une avant. J'arrosais leurs plantes quand ils partaient en vacances. Mais je ne l'ai plus maintenant. Je l'ai rendue.

Elle a hoché la tête.

★

Je suis arrivée chez Marnie juste après quatorze heures. Trop de gens étaient réunis dans son appartement, qui dégageait un mélange improbable de joie, de chagrin et de faux-semblants. Un sapin dans le couloir croulait sous les boules argentées, un ange scintillait au sommet. Des papillotes surprises de Noël étaient éparpillées artistiquement dans l'escalier, ainsi qu'une assiette garnie de minuscules tartelettes fourrées à la viande. De joyeux chants de Noël s'échappaient des enceintes et Marnie portait une guirlande autour du cou.

J'avais envie de m'en servir pour l'étrangler.

— Jane ! s'est-elle écriée quand elle m'a vue hésiter près de la porte ouverte. Je ne t'attendais pas aussi tôt. Comment va ta mère ? Entre, entre. Qu'est-ce que tu veux boire ? Du vin ? Un sherry, peut-être ?

Je lui ai tendu un petit sac. J'avais eu du mal à trouver un cadeau à la fois sentimental et sobre, qui soit respectueux j'imagine. J'avais finalement opté pour un ensemble d'emporte-pièce qu'elle m'avait montrés quelques années plus tôt dans un magasin, près de notre premier appartement. Il me semblait alors ridiculement cher. « Cet ensemble serait parfait à la maison, tu ne trouves pas ? » m'avait-elle dit à l'époque. Ils avaient la forme de seins, de toutes les tailles, avec des emporte-pièce séparés pour toutes sortes de mamelons. Je n'avais pas bien compris l'intérêt.

— Merci.

Elle a posé le cadeau encore emballé sur le sol à côté du radiateur près de quelques autres présents et de bouteilles.

— Viens par ici. Emma est déjà là. Je crois qu'elle est dans la cuisine. Elle est un peu… Quand est-ce que tu l'as vue pour la dernière fois ? Du vin, tu as dit ?

— Qui sont tous ces gens ? ai-je demandé.

Je ne reconnaissais personne et pourtant il y avait au moins vingt invités – peut-être trente – entassés dans l'appartement.

— C'est super, hein ? Ce sont des gens fascinants. Là, c'est Derek.

Elle a montré du doigt un homme d'âge moyen qui portait une chemise à carreaux et une cravate à motifs de rennes.

— Il habite trois portes plus loin. Sa femme est morte cette année. Cancer. On a beaucoup de choses en commun. Et là c'est Mary et Ian.

Elle m'a désigné un couple qui devait avoir plus de quatre-vingt-dix ans. L'homme essayait d'avaler une tartelette, mais presque toute la croûte s'était émiettée sur sa veste. Sa compagne avait de magnifiques cheveux gris attachés avec soin, qui retombaient d'un seul côté de sa nuque.

— Ils vivent au rez-de-chaussée. Je les ai rencontrés dans le hall d'entrée hier et je les ai invités. Là-bas, c'est Jenna. C'est elle qui me fait les ongles. Et elle, c'est Isobel. Elle fait le ménage chez moi. Tu l'as sûrement déjà rencontrée. Elle s'est séparée de son mari et elle allait passer la journée seule. Je me suis dit : non, ça ne va pas. Je lui ai proposé de venir. C'est chouette, non ?

— Oui, Marnie. C'est formidable. Mais tu es sûre que… ? Comment tu te sens ? Qu'est-ce que je peux faire ?

— Tout est sous contrôle. J'ai deux dindes au four. Tu sens ? Ça sent hyper bon, non ? Et j'ai déjà sorti un tas de trucs à grignoter. Tu as ton téléphone ? Tu peux peut-être prendre des photos ? Je vais faire un post pour expliquer comment organiser un « Noël où tout le monde est le bienvenu ».

— Et le bébé ? Tu te reposes assez ?

— Mon ventre commence vraiment à se voir maintenant, tu as remarqué ?

Elle s'est tournée pour que je la regarde de profil.

— Incroyable, hein ?

— Jane !

Emma m'a attrapée par le bras et m'a serrée contre elle.

— Joyeux Noël ! Comment tu vas ?

Elle a voulu s'écarté mais je l'ai tenue encore un instant, juste pour vérifier : je pouvais mettre les deux bras autour de sa taille et toucher mon coude opposé avec la paume de ma main. Cela faisait des années que je ne l'avais pas vue dans un état pareil. J'ai reculé et j'ai jeté un coup d'œil à son visage. Ses joues étaient creuses, tellement creuses que je distinguais presque la forme de ses dents à travers sa peau. Ses poignets maigres saillaient d'un pull trop large et son jean moulant flottait sur ses cuisses.

— L'homme, là, a-t-elle continué. Tu le vois ? Avec la chemise saumon ? Il me tient la jambe depuis vingt minutes et je viens tout juste de m'échapper. Ne le prends pas mal, Marn, je suis sûre que c'est un super ami, mais…

— Celui en velours côtelé rouge ? a demandé Marnie.

Emma a acquiescé de la tête.

— Et le chapeau en papier, a-t-elle ajouté.

— Je n'ai aucune idée de qui c'est. Est-ce qu'il a parlé de… ? Je reviens dans une minute.

Et elle a traversé la cuisine pour se présenter.

J'ai tendu le plat de tartelettes à la viande à ma sœur.

— Tu en veux une ?

— J'en ai déjà mangé plusieurs, a répondu Emma en se frottant le ventre comme pour indiquer qu'elle avait l'estomac bien rempli. Et il y a encore la dinde.

Nous nous sommes regardées et nous avons eu tout un dialogue silencieux, du style :

— *Tu ne manges pas.*

— *Si.*

— *Tu mens.*

— *Pas du tout.*

— *Ne me mens pas.*

— *Comment oses-tu m'accuser de mentir ?*

Ou :

— *Tu ne manges pas.*

— *Je n'ai pas faim.*

— *Tu dois forcément avoir faim. Mange quelque chose.*

— *Arrête de me dire quoi faire.*

Ou :

— *Tu as l'air vraiment mal en point.*

— *Va te faire foutre.*

— *Je suis sérieuse. C'est quand la dernière fois que tu as mangé ?*

— *Mêle-toi de tes oignons.*

Rien de tout cela n'avait besoin d'être dit.

— Ne commence pas, a-t-elle fait à la place.

— Je peux faire quelque chose ? ai-je demandé.

— Non, a-t-elle simplement répondu. Comment va maman ?

— Elle va bien. Fatiguée, mais en meilleure forme.

— Elle était fâchée contre moi parce que je ne suis pas venue ?

J'avais envie de répondre qu'elle était furieuse, déçue, qu'elle s'était sentie abandonnée même, j'avais envie de passer pour la meilleure de nous deux. J'avais aussi envie de lui dire que notre mère n'avait même pas remarqué son absence, afin qu'Emma soit celle qu'on oublie pour une fois, reléguée dans les replis de la démence. Mais les deux réponses auraient été des mensonges stupides, parce que nous savions toutes les deux que je n'avais jamais été la chouchoute, celle dont on se souvient.

— Non, elle n'a rien dit.

Emma a hoché la tête, soulagée.

— Bon, c'est déjà ça. Je suis désolée. De ne pas être venue. J'ai juste… Je n'ai pas pu.

— Et si on parlait d'autre chose ?

Je me demandais si dans d'autres familles il y avait autant de barrières infranchissables, de mots qu'on ne pouvait pas prononcer.

— C'est un pull de maman ? ai-je demandé.

— Oui ! a souri Emma. Tu t'en souviens ? Ça me fait toujours penser à ce réveillon où papa s'est déguisé en père Noël pour se faufiler dans nos chambres, puis qu'il a buté sur le coffre à jouets et a fait un tel boucan qu'il nous a réveillées et qu'on a tous fini aux urgences.

— Je me souviens.

— On était en pyjama, maman portait ce pull et les autres personnes dans la salle d'attente avaient trop bu et riaient, même si elles étaient blessées, elles aussi. Tu te rappelles ? Et l'homme qui s'était ouvert la main sur un dérouleur de scotch ?

— Et l'infirmière qui nous a donné des sucreries à minuit ?

— Elle avait des cheveux roses.

— Oui !

— J'ai toujours voulu avoir des cheveux roses après ça.

— Fais-le, alors.

— Je le ferai peut-être, a déclaré Emma.

— C'est bon, a annoncé Marnie, en nous rejoignant. Je le connais, en fin de compte. Il travaille dans la salle du courrier du bureau de Charles. Bref, le mystère est résolu.

Je vais aller voir où en sont les dindes. Je croyais que tu allais prendre des photos ?

Il y avait quand même de la tristesse dans l'air ce jour-là. Elle émanait des deux photos encadrées posées côte à côte sur la cheminée, souvenirs de leur lune de miel. Elle était aussi dans la boule de Noël en bois suspendue au sapin sur laquelle étaient gravés les mots « Notre premier Noël mariés ». Un cadeau de mariage, probablement. Qui aurait pu deviner que ce mariage serait fini avant la fin de l'année ? De la tristesse se dégageait également des fantômes assis à côté de nous : à côté de Marnie et de moi, à côté des autres invités, ces paumés, ces oubliés, qui avaient amené leurs proches perdus avec eux.

Mais il y avait aussi de la joie. Et en abondance. J'ai suivi les instructions, j'ai esquivé tous les sujets qu'il fallait éviter et je me suis concentrée sur le repas, la conversation et les jeux auxquels nous avons joué en fin d'après-midi. Tous ces gens qui se connaissaient à peine hurlaient les réponses et faisaient des tope là à leurs coéquipiers. J'ai gagné aux mimes, si on peut appeler ça gagner. Et j'ai perdu au Scrabble. Ian a placé trois mots de huit lettres et marqué plus de cinq cents points. Emma et moi avons battu Jenna et Isobel à la canasta.

Vers dix-neuf heures, la plupart des invités étaient partis, Marnie avait abandonné son tablier et était assise sur le canapé, les bras posés sur son ventre rebondi.

— Tu veux que je…

— Juste un peu de rangement rapide ? a proposé Marnie.

Notre amitié s'était construite à base de « juste un peu de rangement rapide ». Lors de notre première année au collège – la première année de notre amitié – notre prof principale, Mme Carlisle, était obsédée par la propreté et l'ordre. Avec le recul, il est clair qu'elle souffrait d'un trouble obsessionnel compulsif assez grave. À l'époque, nous pensions qu'elle était juste maniaque de la propreté, mais, comme souvent, la vérité ne saute pas aux yeux sur le moment.

Presque tous les matins, parfois plusieurs fois par jour, elle insistait pour que toute la classe fasse « juste un peu de rangement rapide ». Ce qui signifiait en réalité accrocher les manteaux et les pulls aux patères au fond de la salle, aligner les sacs à dos sous nos chaises, mettre les manuels dans les tables, resserrer les queues-de-cheval si elles s'étaient relâchées, faire disparaître les éventuels élastiques à cheveux des poignets, les cols de travers, les lacets défaits, les manches de chemise roulées ; une liste infinie de petites exigences.

L'expression est passée dans notre vocabulaire commun, balisant notre amitié. C'est l'une des premières choses que nous avons partagées et que les autres – nos parents, nos frère et sœur, les élèves qui n'étaient pas dans notre classe – ne comprenaient pas.

Marnie et Emma ont regardé deux films de Noël d'affilée, aussi à l'aise ensemble que quand nous étions plus jeunes. Pendant ce temps, je vaquais dans l'appartement, remplissant le lave-vaisselle, nettoyant les surfaces, jusqu'à ce que l'ordre soit revenu et que je puisse moi aussi me faufiler sous la couverture. Je me souviens que l'appartement était bruyant malgré le silence. Il y avait le ronronnement du lave-vaisselle et une canalisation qui gouttait quelque part entre la plinthe et le haut de l'escalier. J'ai augmenté le volume de la télé pour couvrir les sons parasites.

Alors que le générique du troisième film illuminait les murs du salon, j'ai senti mon téléphone vibrer contre ma cuisse. Je l'ai sorti de ma poche. Je ne sais pas à quoi je m'attendais – peut-être un message inopiné de mon père –, mais c'était un mail de Valérie Sands.

L'objet du message annonçait : « À lire absolument : ne pas effacer. »

J'étais méfiante, mais intriguée aussi. Nous n'avions plus entendu parler d'elle depuis la publication de son deuxième article. Mon angoisse initiale avait diminué. J'avais supposé qu'elle en avait fini avec notre histoire. Et voilà qu'elle réapparaissait à la fin d'une des journées les plus intimes de l'année, universellement consacrée à la famille, aux amis, à la maison et au bonheur. Comment se permettait-elle d'envoyer un mail à une personne qu'elle connaissait à peine à une heure aussi tardive ?

J'avais cessé de suivre régulièrement son activité en ligne, je me contentais de retracer ses allées et venues pour me faire une sorte de bilan mental de ses journées. J'avais vu qu'elle avait assisté à un spectacle dans lequel elle ne jouait pas, organisé par le studio de danse où elle prenait maintenant des leçons au moins deux fois par semaine. Et qu'elle avait écrit quelques articles sur les fêtes de fin d'année pour le journal : à l'occasion de l'installation de la patinoire temporaire, quand les lumières dans une rue commerçante avaient été allumées par une célébrité sans grand intérêt, et un texte plutôt profond sur les sans-abri et la solitude. Mais je ne suivais pas son itinéraire à travers la ville chaque jour et je ne faisais plus de recherche sur chaque endroit qu'elle avait tagué. Elle, apparemment, elle s'intéressait toujours à nous.

J'ai ouvert le mail, cachant la lumière de l'écran sous la couverture. Elle m'écrivait qu'elle avait conscience que sa première version de l'affaire n'était pas tout à fait exacte ; que dès son rendez-vous avec Marnie, elle avait réalisé à quel point elle avait mal interprété ses soupçons. Elle m'assurait qu'elle ne referait pas la même erreur et me souhaitait un joyeux Noël. « Mais, ajoutait-elle, je ne pense pas non plus que votre histoire, votre version des faits, soit tout à fait exacte. » Elle admettait qu'il manquait des pièces à son puzzle, certes, mais qu'elle en avait découvert assez pour savoir que la version officielle ne racontait pas tout. Elle m'encourageait à lui répondre, à combler les trous, à raconter enfin ma vérité. « Parce que, concluait-elle, et elle s'y engageait, je finirai par trouver les réponses. »

J'ai fourré mon téléphone entre deux coussins du canapé. Je sentais à nouveau la panique se rallumer en moi.

Juste à ce moment-là, Marnie a tressailli. La couverture a glissé de ses épaules et sa main s'est précipitée vers son ventre.

— Je viens de sentir quelque chose. Je crois que j'ai senti quelque chose.

— Senti quoi ? a réagi Emma. Qu'est-ce que tu as senti ?

— Je ne sais pas. Le bébé ? Comme un papillon. Comme un papillon dans mon estomac.

— Tu permets ? a demandé Emma, en écartant la main de Marnie et en posant la sienne à la place. Je ne le sens pas. Je ne sens rien.

— Ça s'est arrêté maintenant.

— Oh, a fait Emma, déçue, en retirant sa main. La prochaine fois, préviens-moi plus vite pour que je puisse le sentir aussi.

Au cours des mois qui ont suivi, j'ai vu cette bosse grandir, gonfler et s'étirer sous la peau de Marnie, jusqu'à prendre la forme d'un ballon sous son pull. Je l'ai vue changer comme un flip book dont on fait défiler les pages. Elle gagnait quelques centimètres par semaine, alors que nous étions revenues à notre ancienne routine, celle des dîners du vendredi. C'était à la fois beau et vraiment bizarre de voir cette femme, que j'avais connue petite fille, se transformer en mère. Je l'avais protégée à chaque étape de son évolution. Au début, c'était de ses parents, puis de ses petits amis, et enfin de son patron. Et plus tard d'un mari méprisable.

Et, depuis toujours, y compris ce soir, de la vérité.

★

Emma et moi avons passé la nuit chez Marnie. Nous avons partagé un lit et j'avais l'impression que nous étions à nouveau des enfants enfermés dans une caravane au bord de la mer. Au petit déjeuner, Emma a posé des questions sur Valérie Sands et Marnie lui a expliqué qu'elles ne s'étaient rencontrées qu'une seule fois, qu'elle avait involontairement provoqué le deuxième article, que tout était de sa faute et que j'avais raison : il fallait simplement se montrer patientes. J'ai quitté la table sous prétexte d'aller faire le lit parce que je n'étais pas capable de gérer cette conversation avec la gueule de bois. Quand nous sommes parties, Emma a considéré le tapis au pied de l'escalier et a lâché :

— Oh, regarde. C'est ici qu'elle a laissé ton mari mourir.

Et elle a levé les yeux au ciel pour ponctuer sa plaisanterie. Son humour noir était cruel et sans aucune pudeur, mais Marnie a ri, libérée par le culot de ma sœur. J'ai essayé de sourire aussi, pour donner le change.

Mais à ce moment-là, j'ai compris que tout pouvait encore s'écrouler, que la vérité pouvait encore faire surface. Elle n'appartiendrait jamais définitivement au passé.

28

Les matinées étaient sombres, les soirées aussi et les nuits bien plus encore. Il faisait assez froid pour que la neige tombe et que le ciel prenne une couleur blanc sale. Les arbres étaient nus, seules quelques brindilles saillaient, menaçant de se briser, et l'air était vif et mordant. Ma peau était tellement sèche qu'elle me démangeait en permanence, elle s'écaillait dans mes draps, mes serviettes et mes vêtements quand je me déshabillais en fin de journée.

J'étais surchargée de boulot depuis le début du mois, c'étaient les vacances et je remplaçais les parents qui ne pouvaient pas revenir avant la mi-janvier, quand leurs enfants seraient de retour à l'école, et les employés plus âgés, qui ne seraient pas de retour avant la fin du mois, parce que le début de l'année était le moment idéal pour partir aux Caraïbes ou dans un pays d'Asie du Sud-Est.

Tous les matins, en arrivant au bureau, je relisais le mail de Valérie et j'essayais de concocter une réponse. Je préparais une version polie qui l'encouragerait à voir les choses sous un autre angle et à s'intéresser à un autre fait divers, merci beaucoup, et une version plus méchante, furieuse, qui la prendrait à partie. Parfois, aussi, dans mon for intérieur – un infime murmure –, j'avouais la vérité. Mais la journée de travail démarrait, et je me changeais volontairement les idées en me concentrant sur des problèmes plus faciles à résoudre.

Ça paraît ridicule, je sais, mais j'avais l'impression que Valérie m'observait. Je la voyais parfois, ou du moins je croyais l'apercevoir ; devant chez moi, devant mon bureau, à travers les vitres du métro, sur la plate-forme ou dans la voiture suivante. Je voyais des femmes à cheveux courts partout et je louchais pour distinguer un tatouage noir dans leur nuque.

Je me rejouais la mort de Charles dans ma tête. Je ne m'attardais pas sur les émotions – l'adrénaline, l'anticipation, le soulagement –, mais sur des aspects plus pragmatiques : sur les indices que Valérie pourrait trouver un jour. Il n'y avait pas d'empreintes digitales. Il n'y avait pas de témoins. Personne d'autre ne me soupçonnait. Il n'y avait même plus de cadavre, juste un squelette en décomposition six pieds sous terre.

J'alternais entre la certitude absolue – il n'y avait rien à découvrir, elle finirait par abandonner – et la panique totale. Mais je dois admettre que mon angoisse s'intensifiait. J'étais convaincue que Valérie trouverait le seul fil conducteur susceptible de révéler mon rôle dans cette histoire.

J'ai fini par répondre à son mail dans les derniers jours du mois. C'était un vendredi. J'aurais dû être en train de dîner chez Marnie, mais elle m'avait appelée le lundi pour m'avertir qu'elle avait été invitée au lancement d'un nouveau restaurant : « Est-ce qu'on pourrait faire une pause cette semaine seulement ? » Je suis restée tard au bureau et quand mon travail a été achevé – y compris ce qui traînait depuis des mois sur ma liste de choses à faire – j'ai écrit à la journaliste :

Je suis désolée d'avoir mis tant de temps pour répondre. Je vous remercie pour vos excuses.

Qu'est-ce que tu en penses ? Ça faisait trop lèche-bottes ? Je voulais qu'elle m'apprécie.

Je suis troublée par votre obsession nous concernant. Notre histoire ne mérite pas que vous perdiez ainsi votre temps.

Il était évident que sa fascination n'était pas seulement professionnelle.

Il n'y a rien de plus à découvrir que ce que tout le monde sait déjà. Mon mari est mort dans un tragique accident. Tout comme Charles, qui – comme vous le savez – était le mari de ma meilleure amie. C'est affreux et c'est une horrible coïncidence, mais ce n'est rien d'autre que cela. J'imagine que ce mail est inutile à présent.

Je ne le pensais pas du tout.

Je suis sûre que vos recherches vous ont amenée à une conclusion similaire. Ce n'est probablement même pas la peine que je le précise, mais je vous serais reconnaissante d'arrêter d'enquêter sur nous et d'écrire des articles sur cette histoire, parce qu'il faut absolument que nous trouvions le moyen d'aller de l'avant.

Elle m'a répondu quelques secondes après que j'ai appuyé sur « Envoyer » :

Rencontrons-nous.

Non, merci.

J'ai quelque chose qui vous intéressera.

C'est peu probable, mais expliquez-moi ce que c'est, et je vous dirai si c'est le cas.

J'ai regardé le bureau désert. Il était presque vingt et une heures et tous mes collègues étaient partis depuis longtemps. J'ai un peu secoué mon téléphone, comme si cela pouvait accélérer l'arrivée du message suivant. Mais ma boîte de réception restait vide. J'ai posé le pouce sur l'écran de mon portable pour rafraîchir ma messagerie encore et encore. J'ai laissé l'appareil allumé sur le plan de travail de la cuisine pendant que je lavais ma tasse dans l'évier. Je l'ai gardé en main quand j'ai éteint mon ordinateur. Je l'ai rallumé après avoir enfilé mon manteau, comme si j'avais pu le recevoir pendant le temps que ça m'a pris de passer ma manche. Je l'ai tenu devant moi en sortant de l'immeuble, puis en marchant vers la station.

Cette nuit-là, je me suis couchée avec mon téléphone à côté de moi sur l'oreiller, le volume à fond. Je sursautais à chaque notification : la mise à jour automatique qui est arrivée tard dans la soirée, des mails de sites qui avaient recueilli mes coordonnées sans mon consentement, des informations génériques sur les conditions de circulation du lendemain.

Mais rien de Valérie.

J'ai attendu et attendu, mais j'ai dû finir par m'endormir parce que j'ai été réveillée peu de temps après par mon alarme ; il était l'heure de me lever et d'aller rendre visite à ma mère. J'ai fait comme d'habitude : je suis passée aux toilettes, j'ai pris une douche, je me suis apprêtée. C'est à ce moment-là, évidemment, que le message m'est parvenu.

Je l'ai trouvé quand je suis retournée dans ma chambre dix minutes plus tard, une serviette nouée autour de ma poitrine et une autre enveloppant mes cheveux à la façon d'un bandage. J'ai essayé de garder la tête froide pendant que je lisais :

Il s'est passé quelque chose la semaine précédente. Je ne sais pas quoi. Mais vos voisines (elles ont l'air de filles sympas) sont sorties après minuit et elles vous ont vue rentrer. Elles m'ont raconté que vous étiez trempée et qu'on aurait dit que vous étiez en train de pleurer. Ce n'est un secret pour personne que vous alliez chez Marnie et Charles tous les vendredis. Elles m'ont précisé que vous rentriez généralement vers vingt-trois heures. Que s'est-il passé cette semaine-là ?

— Rien, ai-je répondu à voix haute.

Et puis :

— Merde.

Je savais que je devais répondre, car mon silence risquait d'être mal interprété. Mais je ne savais pas quoi écrire. Parce que je ne pouvais pas avouer la dispute, cela me donnerait un mobile. Et ce n'était pas seulement le contenu de son message qui m'effrayait, mais les moyens qu'elle avait déployés pour obtenir cette information, ses soi-disant preuves. Valérie était venue dans mon immeuble. Devant mon appartement. Elle avait parlé à mes voisines.

Je me suis assise sur mon lit. La serviette enroulée autour de ma tête s'est détachée et mes cheveux froids sont tombés dans mon dos. J'ai écrit :

En train de pleurer ? Non. Mais comme j'étais trempée, elles ont dû croire que c'étaient des larmes. Je suis rentrée à pied de chez Charles et Marnie ce soir-là. C'est pour ça qu'il était beaucoup plus tard et que j'étais plus mouillée que d'habitude. C'est tout.

J'ai appuyé sur « Envoyer ».

Ça ne se fait pas de fixer quelqu'un, tu sais ? C'est impoli. Et tu oublies que certaines personnes aiment vraiment marcher sous la pluie. Il y a des gens qui trouvent ça rafraîchissant. C'est vivifiant de se sentir ainsi connecté à la nature.

Valérie n'a pas répondu.

J'ai relu ses messages de la veille et j'ai cliqué sur le lien dans le bloc signature. Cela m'a menée directement sur son site Web. Et là – à nouveau en rouge et en majuscules – il y avait les mots suivants :

SOYEZ PATIENTS. LA SUITE ARRIVE BIENTÔT.

29

LE MOIS DE FÉVRIER s'est écoulé sans nouvelles de Valérie. Aucune mise à jour sur son site. Je travaillais du matin au soir et, même quand les journées ont commencé à rallonger, je n'apercevais pas la lumière du jour. Je n'ai d'ailleurs vu presque personne ce mois-là, à part Marnie. Elle cuisinait pour moi, comme toujours, en me parlant de sa grossesse : comment elle se sentait physiquement – la peau qui s'étirait, les douleurs et les tensions – et émotionnellement – le poids de la responsabilité, à l'idée de devoir prendre en charge une autre vie.

— C'est tellement bizarre d'être ici sans lui, soulignait-elle à chaque fois que nous nous retrouvions. Je sens sa présence dans l'immeuble. Parfois, son odeur : son après-rasage et un parfum très masculin, légèrement musqué, qui me fait toujours penser à lui. Mais c'est important, ajoutait-elle, de se concentrer sur l'avenir.

Elle envisageait avec moi les possibilités qui s'ouvraient à elle : on lui avait offert des bols pour bébés montés sur ventouses qui collaient aux tables et elle songeait à consacrer un espace sur son site à des recettes pour enfants.

— Je ne peux pas mariner dans mon chagrin, répétait-elle souvent. Je dois reconstruire ma vie, pour moi et pour le bébé.

Elle parlait souvent des années à venir, de ce qui l'attendait et de ce à quoi sa vie pourrait ressembler sans Charles. Parfois, j'avais l'impression qu'elle oubliait de me prendre en compte. C'était donc à moi de me réintégrer dans son histoire.

— Je pourrais m'installer ici quelque temps, lui ai-je proposé.

— Oh, c'est gentil. Mais je ne pense pas que ce soit nécessaire.

— Je peux passer quand tu veux. Je t'aiderai du mieux que je peux.

— Je sais. Mais je pense qu'on aura besoin de paix et de calme dans les premières semaines.

J'étais convaincue qu'elle changerait d'avis. À l'époque où je projetais encore d'avoir des enfants, je pensais que Marnie jouerait un rôle central dans ma vie. Je nous imaginais ensemble dans des salons de thé, nous promenant dans le parc avec une poussette, nous passant le bébé. J'étais persuadée qu'elle aurait besoin de moi. Parce que tout le monde sait que c'est épuisant de s'occuper d'un nourrisson, que la sagesse populaire dit qu'il faut tout un village pour élever un enfant. Parce que c'est essentiel d'être entouré de ses amis et de sa famille.

Je n'ai pas envisagé une seconde que je n'étais peut-être pas l'amie qu'il lui fallait pour cette nouvelle étape de sa vie.

★

Au travail, j'étais débordée. J'avais recruté cinq nouveaux employés, deux femmes et trois hommes. La croissance de l'entreprise était impressionnante : le nombre de commandes augmentait chaque semaine, de nouveaux fournisseurs adoptaient notre plate-forme et nos systèmes. Mais notre personnel, notre organisation n'étaient pas prêts pour affronter un développement aussi rapide et cela engendrait un stress permanent.

Mon bureau de travail au service clientèle s'appelait Zadie. Les prénoms de femmes mettaient probablement plus en confiance, plus à l'aise. Ainsi, chaque poste de travail du bâtiment, depuis les quais de chargement jusqu'aux bureaux du huitième étage, s'était vu attribuer un prénom féminin. Curieusement, il n'y avait pas de Jane. Notre PDG préférait les options plus féminines et *girly*, des prénoms qui se terminaient en « y » ou en « ie ».

Mes nouvelles recrues étaient installées aux postes de chaque côté de Zadie. Les femmes avaient la cinquantaine, elles étaient récemment divorcées, et avaient absolument besoin d'un salaire régulier. Deux des hommes étaient de jeunes diplômés qui espéraient amasser rapidement un pécule pour voyager à travers le monde, faire du surf, de la plongée et du ski, séduire des jeunes filles naïves en année sabbatique.

L'homme le plus âgé devait avoir une petite quarantaine d'années. Il s'appelait Peter. Il avait travaillé dans une banque pendant plus de dix ans pour un salaire à six chiffres et un bonus proportionnel. Mais tout avait pris fin deux ans plus tôt, un jour qu'il était dans son bureau spacieux d'un immeuble en brique rouge du centre. Son rythme cardiaque s'était mis à s'emballer, au point de donner l'impression que son cœur allait imploser dans sa poitrine. Peter avait senti ses poumons se remplir d'eau, son cœur palpiter, ruer et se cabrer contre ses côtes, ses yeux gonfler dans leurs orbites.

Il avait agrippé son torse, sa respiration était devenue de moins en moins profonde et il avait perdu connaissance.

Après une batterie de tests, d'examens et de scanners, on lui avait annoncé qu'il ne souffrait d'aucun problème médical, qu'il était en parfaite santé. Il était retourné au travail le lendemain et, l'après-midi même, son cœur avait recommencé le même cirque. Le lendemain, rebelote. Et le jour d'après. Jusqu'à ce que, finalement, Peter cesse de travailler et reste à la maison. Le diagnostic de son médecin était le stress. « Comme si c'était une maladie, avait-il précisé pendant son entretien, et un état d'esprit. » Il l'avait déclaré en incapacité de travail. Ce qui avait coupé court aux crises de panique, mais contribué à l'apparition d'une dépression profonde et tenace.

Peter était d'une honnêteté incroyable. Il m'avait expliqué qu'il lui avait fallu plus d'une année pour rassembler le courage de suivre douze séances de psychothérapie dans une pièce exiguë, au rez-de-chaussée d'une petite maison mitoyenne en banlieue. Il avait tenté de se concentrer sur le papier peint criard et les oiseaux bleus peints à la main, figés en plein vol, sur le couinement du fauteuil en cuir sous ses fesses, sur les poils gris presque invisibles au-dessus de la lèvre supérieure de sa thérapeute ou sur ses boucles d'oreilles pendantes qui effleuraient le haut de ses épaules. Mais elle avait été plus maligne que lui et était parvenue à lui faire avouer les secrets enfouis au plus profond de lui-même depuis des dizaines d'années, ce qu'il ressentait vraiment pour les choses, les gens et la vie (même quand ses pensées étaient répréhensibles).

Peter m'avait plu immédiatement, instinctivement. Il voulait repartir de tout en bas, pour gravir petit à petit les échelons de l'entreprise, sans précipitation. Il assumait ses défauts d'une manière étonnante. Et il était non seulement honnête avec lui-même, mais aussi avec moi, une parfaite inconnue qui lui faisait passer un entretien professionnel. Je n'arrivais pas à comprendre sa motivation. Pourquoi avait-il choisi de dire la vérité ?

À l'époque, je n'aurais pas pu imaginer qu'un jour j'en viendrais moi aussi à me montrer honnête, à confesser mes mensonges, comme je le fais en ce moment.

Peter était mon préféré parmi les cinq nouvelles recrues. C'était aussi le plus compétent. Il avait un talent inné pour résoudre les problèmes. Les clients semblaient l'apprécier. Et les ordinateurs l'aimaient aussi, ce qui n'était pas la partie la plus aisée du travail. Quand il était présent, j'étais plus heureuse, plus concentrée, plus efficace, plus motivée et plus confiante. J'étais ravie de l'avoir engagé.

Le dernier jour de mars – six semaines seulement après le recrutement des renforts –, je suis arrivée au bureau juste après huit heures et, quand j'ai ouvert ma boîte de réception, j'ai découvert un mail de mon patron, envoyé à sept heures et demie, me demandant de me présenter immédiatement dans son bureau pour discuter d'un sujet important.

J'ai fait demi-tour vers les ascenseurs et je me suis entassée avec une douzaine d'autres personnes, toutes en route vers les étages supérieurs, vêtues d'élégants tailleurs et de costumes à fines rayures. Mes baskets couinaient sur le carrelage. Quand ils sont sortis, aux étages 5, 6 et 7, j'ai deviné dans leurs yeux qu'ils se demandaient pourquoi je me dirigeais vers le huitième. Ils devaient imaginer comme moi que j'allais être virée.

Le bureau avait une vue imprenable sur Londres, grâce à une large baie vitrée qui occupait tout un côté de la pièce. Mon patron était assis derrière son bureau. Sa cravate était desserrée et il avait des cernes, sa peau sombre semblait cireuse, comme si sa chaleur corporelle avait été siphonnée de l'intérieur. Sa porte était ouverte, mais j'ai quand même frappé sous la plaque qui annonçait : « Duncan Brin, directeur du service clientèle ».

Il a sursauté et relevé la tête.

— Jane. Entre, entre. Assieds-toi. Tu veux boire quelque chose ? Café ?

J'ai secoué la tête.

— Tu es en avance. Ça ne m'étonne pas. J'ai entendu beaucoup de bonnes choses sur toi.

J'ai senti mes épaules se détendre, mon ventre se déployer, et je me suis enfoncée dans le fauteuil trop bas, qui n'était qu'une chaise de bureau ordinaire déguisée en siège élégant. Elle s'est mise à pivoter légèrement sur son axe sans que je m'y attende et j'ai enfoncé mes pieds dans le sol pour me maintenir en place.

— Et pas seulement. J'ai vu le résultat par moi-même. Tu vois de quoi je parle ? Je pense que oui. Le nombre d'appels est en augmentation, tu le sais, mais le nombre de clients aussi, c'est bien pour nous. Donc ce n'est pas vraiment une surprise. On ne peut pas y faire grand-chose. Mais ce qu'on peut faire – et que tu fais –, c'est de réduire le pourcentage de clients mécontents qui rappellent parce qu'ils ne sont pas satisfaits de notre réaction initiale. Et le processus que tu mets en place en fonction des données recueillies par ton équipe réduit considérablement le nombre de ces clients : nous avons reçu un tiers d'appels en moins au premier trimestre comparé au même moment l'année dernière. C'est pas mal du tout, hein ? Et c'est ton équipe. Ton travail. Tes recrues. Nous voudrions que tu aies la reconnaissance que tu mérites. N'aie pas l'air si effrayée. C'est une bonne nouvelle. Nous aimerions t'offrir une promotion.

Il a plongé la main dans son tiroir et a glissé une enveloppe vers moi. Mon nom était imprimé dessus en petites capitales noires.

— Il y a plus de détails là-dedans, mais l'essentiel, c'est que nous aimerions que tu sois notre responsable du service clientèle. Et plus particulièrement que tu t'occupes de la stratégie. Que tu analyses les chiffres. Que tu continues à faire ce que tu fais – former cette équipe – et améliorer nos résultats. Tu peux faire ça ?

J'ai hoché la tête. J'avais eu à peine le temps d'en placer une et, de toute façon, je ne savais pas ce que j'aurais pu dire si j'en avais eu l'occasion.

— Eh bien, prends ça, vérifie tout, signe et renvoie-le aux RH. Avec effet immédiat. Bravo, Jane. Des fonceurs, c'est ce que nous cherchons. Maintenant, je te laisse y retourner. Le boulot ne manque pas !

Je ne vais pas prétendre que cette rencontre ne m'a pas semblé ridicule. Duncan Brin était un homme pour le moins étrange. Il ne s'exprimait qu'avec des phrases courtes qu'il criait le plus souvent et il accompagnait chaque mot de gestes bizarres de la main. Mais cette discussion surréaliste avait du bon.

J'étais considérée comme quelqu'un d'important au travail, mes efforts y étaient reconnus. J'étais appréciée. J'ai regagné mon bureau et j'ai annoncé la nouvelle à mon équipe. Peter est sorti à l'heure du déjeuner et est revenu avec un sac en papier de la boulangerie :

— C'est un muffin pour fêter ça. Félicitations !

30

J'AIMERAIS QUE LA JOURNÉE se soit arrêtée là. Malheureusement, ça n'a pas été le cas.

Peter et moi sommes restés tard. Je développais depuis des mois un nouveau logiciel, qui allait devenir opérationnel quelques semaines plus tard. Entre dix-sept et dix-huit heures, les quatre nouveaux sont partis en s'excusant, pour rentrer chez leurs parents ou récupérer leurs enfants, retrouver des amis au pub ou assister à la dernière représentation du National Theatre. Mais personne n'attendait Peter – sa femme l'avait quitté pendant sa dépression – ni moi.

— Tu es un gros poisson, Jane, a-t-il lancé en levant la tête au-dessus de son écran.

J'ai cru avoir mal entendu.

— Pardon ?

— Tu es un gros poisson, Jane, a-t-il répété.

J'étais choquée, mais pas désagréablement. J'avais beaucoup de respect pour Peter et j'étais curieuse d'entendre ce qu'il avait à dire. Cette distraction tombait à pic.

Il a souri et a indiqué d'un geste du menton la grande horloge blanche suspendue au-dessus de la porte. L'aiguille des minutes venait tout juste de passer minuit.

— Tu comprends ?

J'ai secoué négativement la tête.

— Poisson d'avril.

Il a souri de toutes ses dents. J'étais déçue et je me suis sentie bête d'être déçue, mais un peu charmée en même temps par son humour idiot.

— Oh, excellent. Je croyais que tu faisais allusion à ma promotion.

Nous nous sommes regardés pendant un instant et c'était agréable. Malgré toute la merde qui semblait flotter à la surface de ma vie, il y avait ici quelque chose de positif. Pour la première fois depuis longtemps, j'étais reconnue pour ma contribution et, encore mieux, quelqu'un m'appréciait assez pour me taquiner. Je me suis dit que l'été allait être peut-être moins pénible cette année-là, que je serais peut-être plus joyeuse, pleine d'entrain et d'enthousiasme. Mais ça n'a pas duré. Tu dois avoir compris, maintenant, que ça ne dure jamais, non ?

Mon téléphone a soudain sonné et nous nous sommes raidis tous les deux sur nos sièges, effrayés non seulement par le bruit, mais aussi par la mélodie alarmante, son tintement aigu, trop gai et strident pour cette heure tardive.

— Je ferais mieux de répondre, ai-je dit en collant le portable contre mon oreille. Allô ?

— J'essaie de joindre Mme Jane Black.

Le ton de mon interlocutrice était sec et professionnel, son accent plutôt snob.

— J'ai… j'ai parlé à pas mal de personnes qui ne sont *pas* Mme Jane Black. Est-ce que je… ? Vous êtes… ?

— Je suis Jane.

J'ai fait pivoter mon siège pour tourner le dos à Peter.

— Je suis la bonne personne. Vous ne vous êtes pas trompée, ai-je ajouté d'une voix semblable à la sienne. Désolée que vous ayez eu du mal à me joindre.

— Je m'appelle Lillian Brown. Je suis infirmière. J'appelle de l'hôpital St Thomas. Vous êtes référencée comme proche parent de…

Elle s'est interrompue pour consulter ses notes. Je l'ai entendue tourner les pages et le temps qu'elle a mis à trouver le bon nom m'a semblé interminable.

— D'Emma Baxter. N'est-ce pas ?

Je me suis sentie soudain à bout de souffle.

— Oui, je suis sa sœur. Qu'est-ce qui s'est passé ? Elle est… ? Qu'est-ce qui est arrivé ?

— Elle a perdu connaissance. Elle va bien, étant donné les circonstances, mais son état est tout de même préoccupant. Vous pourriez peut-être nous rendre visite ? Elle vient d'être admise, nous ne pouvons pas la laisser partir tout de suite. Mais elle insiste pour ne pas rester ici.

— J'arrive. J'en ai pour une demi-heure. Vous voulez bien la prévenir ?

— Merci, madame Black. C'est très gentil.

Elle a raccroché.

— Je dois filer, ai-je informé Pierre.

J'étais censée être la dernière à sortir, à éteindre les lumières, mais je n'avais pas le temps d'attendre qu'il coupe son ordinateur, aille aux toilettes et lave sa tasse dans l'évier.

J'ai regardé le plafond.

— Tu éteindra en partant ?

— Bien sûr. J'espère que tout va bien.

J'ai hoché la tête et j'ai saisi mon manteau sur le dossier de la chaise.

— Merci.

★

L'hôpital était calme à cette heure avancée. L'atmosphère rappelait celle d'une bibliothèque, avec ces murs blancs et ce sol carrelé, l'odeur de désinfectant et les gens qui déambulaient dans les couloirs en silence. On n'entendait que les pas sur le sol et le froissement des manteaux.

Je me suis renseignée à l'accueil, presque en chuchotant, et on m'a indiqué un service au troisième étage. J'ai suivi les plaques et, pour éviter de penser à ce que je faisais là, je me suis concentrée sur les photos sous cadre. On y voyait des enfants souriants atteints de cancer, des dames âgées qui faisaient des signes de la main et des mères serrant leur nouveau-né.

J'avais rendu visite à Emma dans une multitude d'hôpitaux mais, depuis cinq ans, elle allait – relativement – bien. Quand je suis entrée dans le service, l'infirmière à l'accueil était au téléphone, annulant un transfert à l'hôpital prévu le lendemain matin parce que le patient avait été transporté d'urgence en chirurgie et ne sortirait pas de sitôt.

Je suis restée là, à attendre qu'elle raccroche, mais j'avais envie que sa conversation se poursuive pour repousser l'inévitable.

— À vous, ma belle, a-t-elle fini par déclarer. Vous êtes ici pour… ?

— Ma sœur. Emma Baxter.

— Salle 2. Juste derrière ces portes.

— Merci, ai-je répondu.

Elle était déjà tournée vers son ordinateur et la pile de documents empilés à côté.

Il y avait six lits dans la salle 2 et cinq patientes. Les bruits formaient un tapis sonore tissé de ronflements doux, de bips intermittents et du murmure discret d'une télévision. Deux femmes âgées dormaient avec la couette remontée jusqu'au menton et les draps bordés sur leur corps frêle. Une femme plus jeune, d'une trentaine ou d'une quarantaine d'années, avait une jambe levée au-dessus du lit, coincée dans un palan ; un téléviseur avec son monnayeur à pièces était placé juste devant elle. Un des lits était vide, sans draps, ni chaises, ni chariot autour. Un autre était caché, et un léger sifflement filtrait sous le mince rideau bleu de séparation. Dans la diagonale opposée à l'entrée, près de la fenêtre, se trouvait ma petite sœur.

Elle ne m'a pas remarquée tout de suite. Elle était sur son téléphone, l'écran projetait une lueur bleu-blanc sur son visage. Cet éclairage soulignait sa structure osseuse : ses yeux trop grands dans des orbites creuses, ses joues concaves, son cou aux tendons saillants. Ses doigts, agrippés à son portable, paraissaient trop longs, ses articulations bulbeuses, les os de ses poignets proéminents.

J'ai expiré lentement et mon estomac a gémi quand le nœud qui s'y était formé a tenté de se dénouer.

Emma a levé les yeux. Elle a souri.

— Tu es venue.

Elle a posé son téléphone sur la table.

— Évidemment ! me suis-je exclamée en tirant une chaise pour m'asseoir à côté de son lit. Qu'est-ce qui s'est passé ?

— Je me suis évanouie.

J'ai dû lever les yeux au ciel ou hausser les sourcils parce qu'elle s'est renfrognée et s'est mise sur la défensive.

— Je t'assure, ce n'était rien de plus. Tout le monde surréagit. Et l'infirmière, Brown, je crois – c'est elle qui t'a appelée ? –, en fait tout un plat.

— Elle fait sans doute juste bien son travail.

— Si c'était le cas, elle m'aurait déjà renvoyée chez moi.

— Quelqu'un a appelé une ambulance ?

— Oui.

— Donc ça devait être plus qu'une simple perte de connaissance. Sinon tu aurais été remise sur pied avant l'arrivée des ambulanciers.

— Oh, Jane, arrête. S'il te plaît.

— Ils s'inquiètent pour toi, sinon tu ne serais pas là.

— Ils n'ont aucune raison de s'inquiéter, a affirmé Emma.

J'ai soupiré et placé une main sur la sienne, pour la pousser à se confier, à se montrer aussi ouverte avec moi que Peter l'avait été lors de notre première discussion.

— Qu'est-ce qui les inquiète ? ai-je insisté.

— Mon cœur.

Elle a détourné le regard, gênée. J'avais envie de la prendre dans mes bras, de lui promettre que tout irait bien et lui dire qu'elle n'avait pas besoin de me cacher quoi que ce soit, parce que je comprenais que nous n'étions pas devenues exactement ce que nous aurions voulu être.

— C'est rien. On trouvera un moyen d'arranger ça.

Elle m'a dévisagée, les yeux remplis de larmes.

— Je ne crois pas. Je ne serai jamais en bonne santé.

Elle a eu une grimace de dégoût. J'ai voulu réagir :

— Mais…

— Non, m'a-t-elle coupé. Ça ne sera jamais moi. Je n'ai plus été cette personne depuis au moins dix ans.

Elle s'est laissée glisser sous ses couvertures et a tourné la tête vers la fenêtre.

— Ça va me tuer, a-t-elle dit. Tu le sais et moi aussi. Il n'y a que comme ça que ça s'arrêtera.

— Mais non, Emma. Ce n'est pas vrai. On peut survivre à ça. Tu le sais mieux que n'importe qui. Regarde-toi, c'est ce que tu fais depuis le début.

Pourtant, même si je savais que ça pouvait être vrai pour certaines personnes, j'étais persuadée que ça ne le serait jamais pour Emma. Elle avait raison : je le savais depuis des années.

Emma m'avait toujours paru indestructible et pourtant, à un moment donné, il était devenu évident qu'elle était anéantie et que même en y consacrant toute son énergie, elle n'arriverait plus à se maintenir en vie. Son existence ressemblait à celle que mènent les gens malades, si différente des autres : elle s'était mise à vivre avec un compte à rebours tapi dans un coin de son esprit, mesurant ce qui lui restait de pugnacité. Et nous savions toutes les deux qu'elle était en train de perdre son combat.

— Tu peux t'en sortir, ai-je insisté. Tu es forte.

— Oui. Mais je suis aussi malade. Les deux ne sont pas incompatibles. Je n'abandonne pas la partie et savoir que la fin est une possibilité ne me rend pas moins courageuse.

— Je sais. Je sais tout ça. J'ai juste…

— Mon état s'aggrave. Tu t'en rends compte, non ? Je le lis sur ton visage quand tu me regardes. J'ai perdu le contrôle de la situation, la maladie a pris le dessus.

— On peut trouver une solution.

En repensant à cette scène maintenant, je réalise que je la suppliais.

— Tu ne comprends pas. Ce n'est pas ta faute, c'est même mieux ainsi je suppose. J'appartiens à la maladie. Elle me possède. C'est tout ce que je suis.

— C'est faux. Tu es bien plus que ça.

Les larmes ont débordé de ses yeux. J'imaginais alors qu'elle devait être dévastée, mais peut-être qu'elle était tout simplement frustrée, épuisée par l'incompréhension générale et par une maladie qu'elle-même ne comprenait pas.

— Non. Tu *aimerais* que je sois plus que ça, mais ce n'est pas le cas. Je l'ai peut-être été autrefois. Peut-être. Mais plus maintenant. Tu te souviens comment tu étais quand tu as fait la connaissance de Jonathan ?

— Emma…

— Non. Arrête. Laisse-moi finir. Tu te souviens ? Moi en tout cas, oui. Il t'a complètement chamboulée. Tu n'avais que lui à la bouche, il était dans tous tes gestes et sans doute aussi dans toutes tes pensées. C'est comme ça pour moi. C'est comme être amoureux. La maladie me consume entièrement. Je ne peux pas l'empêcher. Je ne suis plus qu'elle.

— Non ! ai-je protesté. Ce que tu décris est horrible, affreux. L'amour, c'est merveilleux, Emma. Tu verras. Un jour, tu verras.

Elle a ri et j'ai eu envie de pleurer.

— Je ne crois pas. J'ai dépassé le stade des grands rêves, maintenant. J'approche du bout du chemin.

J'aurais voulu la secouer. La sortir de son délire, l'atteindre au plus profond d'elle-même et extirper le démon qui la rongeait. Je devinais que je ne pouvais plus la sauver, mais que j'aurais pu le faire par le passé. Il avait dû y avoir un moyen d'enrayer le mécanisme, avant que ses os ne deviennent si fragiles, que ses muscles ne s'affaiblissent et que son cœur ne soit près de s'arrêter de battre. J'avais dû la décevoir à un moment donné, pour que la fin soit à présent inéluctable.

Nous avons entendu des pas approcher et nous nous sommes tues. Une infirmière est apparue au bout du lit.

— Madame Black ? Je suis Lillian. On s'est parlé tout à l'heure. Emma, les documents sont remplis, vous pouvez rentrer chez vous quand vous êtes prête.

— Mais…, ai-je commencé.

— J'ai signé une décharge, m'a expliqué Emma. Ils ne peuvent rien faire pour moi ici.

J'ai tenté de la persuader de rester à l'hôpital. Elle a refusé. Je lui ai proposé de passer quelques semaines dans un centre de cure. Elle a refusé. J'ai voulu la convaincre de venir vivre avec moi, le temps de récupérer, de se remettre. Elle a refusé.

Je l'ai ramenée chez elle en taxi et je l'ai mise au lit.

Je redoutais que ce soit la dernière fois que je la voyais, mais j'étais à bout de forces, j'étais dans tous mes états et, surtout, je me trompais.

★

J'aurais aimé que la journée s'arrête là, mais, à nouveau, je n'ai pas eu le choix.

Mon téléphone était posé à côté de moi sur mon oreiller, au cas où ma sœur aurait besoin d'aide dans la nuit. J'étais presque endormie, l'esprit traversé de pensées qui n'étaient plus tout à fait conscientes, quand l'appareil a vibré. Ma main a plongé dessus, attirée comme un aimant.

Il ne sonnait pas – les vibrations ont cessé rapidement –, mais un cercle rouge avait fait son apparition au-dessus de l'icône de la messagerie. J'ai ouvert ma boîte de réception et j'ai vu le nom : Valérie Sands.

Vous êtes restée dans leur appartement pendant une semaine entière.

Elle n'avait écrit que cette phrase, et je me suis assise, repoussant mon oreiller contre la tête de lit, pour comprendre sa signification. La journaliste avait raison, bien sûr. Elle avait presque toujours raison.

Charles m'avait demandé d'arroser les plantes pendant leurs vacances et c'est ce que j'avais fait. Sauf que j'étais aussi restée chez eux, sans y avoir été invitée, pendant près d'une semaine.

Comment le savait-elle ?

Et surtout qu'allait-elle faire de cette information ?

Quelque chose s'est mis à émerger lentement en moi. Ma peur se manifestait chaque fois que ma relation avec Marnie me paraissait menacée. J'étais moins troublée par la possibilité que la police s'en mêle ou par la prison, parce qu'il n'y avait pas de corps, pas de mobile, pas de raison de remettre en question les rapports déjà établis. Mais je réalisais que les petits fils qui dépassaient de mes mensonges, s'ils étaient tirés, pourraient réduire à néant notre amitié. Or c'étaient ces fils qui semblaient attirer le plus Valérie. Et elle avait la ferme intention de les déchirer.

SIXIÈME MENSONGE

31

CHARLES ÉTAIT MORT depuis plus de six mois et, pour la première fois depuis plusieurs années, je dormais mal. Quand j'étais petite, je n'avais aucun problème de sommeil – je ne m'endormais pas facilement, non, souvent je lisais tard dans la nuit, une lampe torche cachée sous mes couvertures, mais ensuite je dormais à poings fermés. En revanche, pendant mon adolescence, c'est devenu plus compliqué. J'ai passé de longues nuits à retourner mon oreiller dans tous les sens, à ajuster ma position et à remplir mon verre d'eau, qui absorbait l'atmosphère chaude de ma chambre et avait un goût d'eau croupie. Mes meilleures nuits sont celles que j'ai passées avec Jonathan à mes côtés.

J'avais du mal à croire qu'un simple geste ait pu se révéler si efficace, que Charles ait succombé si facilement, que la mort ait été si accessible. J'y repensais régulièrement, je me repassais le fil des événements, j'étoffais mon rôle. Ça ne m'effrayait pas ; au contraire, je trouvais cette pensée étrangement réconfortante. C'était rassurant de savoir que j'avais en main les rênes de ma propre vie.

Et j'avais à nouveau cette impression que je devais faire quelque chose si je voulais garder le contrôle. Je n'aurais pas pu te l'expliquer à ce moment-là, mais je sentais que le fragile équilibre qui me maintenait d'aplomb était menacé. Il avait duré quelques mois, mais les choses me paraissaient une nouvelle fois instables.

★

Le travail de l'accouchement a commencé à la mi-avril, un vendredi, et j'étais à bout de forces. La veille, à onze heures du soir, j'avais été réveillée par mes voisins dont les éclats de rire, le cliquetis des bouteilles de vin et le bourdonnement des voix qui tentaient de se faire discrètes avaient fini par s'éteindre quand ils étaient sortis pour continuer la fête. Et rebelote à leur retour à trois heures du matin. J'avais rêvé tour à tour d'Emma, de Marnie et de Charles.

Je n'avais plus rêvé du cadavre d'Emma depuis la fac, presque dix ans plus tôt, mais cette vision était revenue et elle était plus effrayante, plus explicite que jamais. Son corps sans vie se glissait dans un scénario sans aucun rapport. J'étais par exemple au milieu d'un rêve de travail – où je devais répondre à des centaines d'appels simultanés, alors que le personnel manquait, le temps d'attente moyen atteignait plusieurs heures, j'étais convoquée dans le bureau vitré au huitième étage… – ou d'un de ces cauchemars typiques dans lequel je sentais mes dents se déchausser, et tout à coup, dans l'armoire à fournitures au bureau ou chez le dentiste, je découvrais le corps sans vie d'Emma, remisé dans un coin, les membres raides et les yeux vitreux. Je me réveillais en haletant, couverte de sueur, tremblant dans les draps froids et humides.

Il n'était pas rare que Charles fasse aussi inopinément irruption dans mes rêves. Il pouvait apparaître, assis à un autre poste dans mon bureau ou sur le tabouret de l'assistante du dentiste, dans son costume cravate ou dans son pantalon de pyjama rayé et son sweat de la fac. En général, il était plutôt passif et ne s'adressait pas directement à moi ; il se tenait juste là, tapi dans le décor de mon cauchemar, à regarder les événements se dérouler autour de lui. Je me demandais si mes actes me hantaient, si sa présence dans mes rêves était le premier symptôme d'une culpabilité profondément ancrée. Mais en réalité, sa compagnie ne me dérangeait pas. Il était simplement là, tout comme, dans ma vie éveillée, il n'était simplement plus là.

Marnie m'a appelée en plein milieu d'un de ces cauchemars. Coincée de l'autre côté du miroir de ma garde-robe, j'étais en train de regarder le corps d'Emma pourrir entre mes couvertures. J'entendais une tondeuse à gazon vrombir dehors. Le son ne s'est arrêté que quand je me suis forcée à ouvrir les yeux.

Mon téléphone vibrait sur la table de nuit à côté de moi. Il a gigoté jusqu'au bord, puis a rebondi sur le sol, toujours attaché à son chargeur. J'ai tâtonné et je l'ai finalement trouvé alors qu'il sonnait encore.

— Allô ?

Ma voix ressemblait à un croassement. J'ai toussé pour m'éclaircir la gorge.

— Jane ?

C'était une voix de femme, mais je ne l'ai pas reconnue. Elle était à bout de souffle, désespérée.

Mon cœur s'est mis à battre un peu plus vite.

J'ai tout de suite su que ce n'était pas Emma : je connaissais trop bien sa voix et elle aurait immédiatement comblé le silence. Mais ça pouvait être une amie à elle ou une infirmière, ou quelqu'un de l'établissement où séjournait ma mère.

— C'est moi, ai-je déclaré d'un ton inutilement officiel.

La personne à l'autre bout a inspiré brutalement.

— Juste… une seconde.

Puis un grand soupir.

— Ouf, c'est bon. Je…

— Qui est-ce ? l'ai-je interrompue.

— Oh, c'est moi, Marnie. Jane, c'est moi.

Cela n'avait aucun sens. Il faisait à peine jour dehors.

— Marnie ? Qu'est-ce que… ? Pourquoi tu m'appelles au beau milieu de la nuit ?

— Ce n'est plus le milieu de la nuit. Il est presque six heures. Je croyais que tu serais debout.

— Qu'est-ce qui se passe ? Quelque chose ne va pas ?

— Bon, il n'y a pas de quoi paniquer. J'ai juste… Je crois que ça commence. Tu sais, le bébé. Et je me demandais si tu pouvais venir. Je voulais te voir avant que tu partes au boulot, tu vois. J'ai encore le temps, j'en suis sûre. Mais les contractions sont assez violentes. Je suis debout depuis trois heures. Elles vont et viennent, tu sais, comme elles sont censées faire, mais je n'ai pas réussi à me rendormir. J'attendais de t'appeler et, je me répète, je pensais que tu serais déjà debout.

Nous avions vécu ensemble pendant des années, nous connaissions si intimement nos journées respectives qu'il n'y avait aucun secret, aucune inconnue entre nous. J'aurais pu facilement me réveiller un matin et vivre sa journée à la place de la mienne : boire son thé, aller à sa gym et utiliser son gel douche, parler avec sa voix, utiliser ses mots – être elle, tout simplement. Et elle aurait pu faire pareil pour moi.

Elle connaissait mes routines et mes habitudes. Et elle savait pertinemment que pas une seule fois de toute ma vie je n'étais partie au travail avant six heures du matin.

— Quand as-tu besoin de moi ?

Il y a eu un long silence.

— Je dois venir maintenant ? Je peux emporter deux, trois trucs avec moi, je peux me doucher chez toi.

— Oui. S'il te plaît. Si ça te va.

Elle a ajouté qu'elle m'aimait, qu'elle m'aimait vraiment, ce qui était très inhabituel et, honnêtement, pas du tout son genre. Nous n'avions pas – nous n'avons jamais eu – ce genre d'amitié. Nous ne nous faisions pas de grandes déclarations d'amour ou de serments. Peut-être que c'est cela qui nous a perdues. Quoi qu'il en soit, j'en ai déduit qu'elle avait vraiment très peur, qu'elle avait vraiment besoin de moi.

Ça m'a plu de me sentir nécessaire. Et surtout d'être utile à Marnie. J'ai eu l'impression de retrouver lentement le monde où nous étions quand il n'y avait que nous, quand nous étions amies et que rien ne compliquait cette certitude.

J'ai enfilé un jean et un pull, j'ai arraché mon chargeur de la prise et je l'ai jeté dans mon sac fourre-tout en cuir. Je l'avais acheté pour Jonathan comme cadeau de Noël l'année avant sa mort. J'ai pris quelques vêtements de la pile qui se trouvait sur une chaise dans le coin de ma chambre – des dessous, un T-shirt de rechange, une petite serviette – et je les ai aussi glissés dans le sac. J'ai pris ma trousse de toilette dans la salle de bains. J'ai mis ma brosse à dents dans la poche de devant et j'y ai trouvé toutes sortes d'autres produits : des échantillons de shampooing, un peigne en partie édenté, un assortiment de tampons dans un emballage en plastique coloré et du mascara avec de la pâte noire autour du capuchon. J'ai tiré la fermeture Éclair et j'ai tout fourré dans le sac.

J'ai descendu les escaliers, deux marches à la fois, sentant mon haleine fétide tandis que ma respiration s'accélérait, et je suis arrivée chez Marnie en moins d'une demi-heure, luisante de sueur et les joues rouges, mais ravie de voir le soulagement se répandre sur son visage tandis qu'elle ouvrait la porte.

Un homme est passé sur le palier. Il portait un costume et une cravate avec des motifs d'animaux, il avait les cheveux encore humides et un porte-documents se balançait au bout de son bras. En nous voyant – moi rouge et essoufflée comme si j'avais couru un marathon, et Marnie enceinte jusqu'aux yeux, dans une chemise de nuit couleur pêche qui lui arrivait aux mollets –, il s'est empressé de détourner la tête en lâchant un discret :

— Bonjour.

— Bonjour, a gazouillé Marnie.

Quand il a disparu, elle s'est agrippée au chambranle en chuchotant :

— Oh non, pas encore.

Elle a reculé en se tenant le ventre.

Le chaos régnait dans l'appartement. L'écran de télé projetait des lumières vives dans le salon, la radio était allumée dans la cuisine et de la musique provenait de l'étage. Le couloir était jonché de vêtements – des gilets sur la rampe, des écharpes empilées dans un coin – et les crochets au mur croulaient sous les vestes et les manteaux. Des tasses à thé et des verres sales traînaient à proximité de la cuisine, des biscuits à moitié mangés, des emballages de bonbons et des paquets de chips pas ouverts jonchaient le sol du salon, des bavoirs, des grenouillères et des chaussettes miniatures étaient dispersés sur les marches.

J'ai masqué ma stupéfaction sous un énorme sourire.

— Le bébé est en route, ai-je déclaré d'un ton guilleret.

J'ai exécuté une petite danse maladroite en sautillant sur place et en tapant dans les mains sans vraiment les écarter.

Marnie a poussé un gémissement.

— Bon, ça, c'est une contraction, ai-je observé.

— Sans déconner, a-t-elle sifflé entre ses dents en se dandinant vers le salon.

Je l'ai regardée s'éloigner, les pieds en canard, les mains posées dans le bas de son dos, et je me suis sentie complètement dépassée. J'ai tenté de me rappeler que c'était tout à fait normal, que des femmes accouchaient tous les jours, partout dans le monde et à toute heure. Mais la situation était loin d'être banale pour nous. Nous nous étions connues gamines, puis jeunes femmes, et épouses, mais que Marnie devienne mère ? Cela me paraissait impossible.

Marnie a lâché une sorte de jappement. Je me suis précipitée vers elle.

Elle essayait de se baisser pour se poser sur un gigantesque ballon bleu.

— C'est bien. Oui. Respire à fond. Comme ça. Inspire. Expire. Inspire. Et ensuite…

— Tu déconnes ? Arrête ça tout de suite. Tais-toi.

— D'accord. Oui. Je vais attendre ici.

Je me suis perchée sur le bord du canapé, tenant mon sac en cuir entre mes jambes. Marnie s'est fait rebondir avec force en soufflant à travers ses lèvres pincées. Elle s'est penchée en arrière, étirant la poitrine et le ventre, puis elle a soupiré. Elle s'est mise à rebondir doucement, soulevant et abaissant son poids considérable.

— On ne devrait pas aller à… ?

— L'hôpital ? Non, pas encore. Mais les contractions s'allongent. Comment ça va, à propos ? Désolée pour tout à l'heure. Et de t'avoir fait lever aussi tôt. C'est juste que…

Elle a agité le bras en direction du chaos ambiant.

— … tout est un peu hors de contrôle.

Marnie a horreur du désordre ; elle ne le supporte absolument pas. Curieusement, c'est l'une des rares choses sur lesquelles nous sommes totalement d'accord. Nous travaillons de façon très différente. Nous apprécions des environnements très différents. J'aime le silence ou le murmure discret des voix. Elle aime la radio, la musique, la télé, de préférence les trois à la fois. Je suis introvertie : j'ai besoin de mon espace privé, de ma propre compagnie, d'être seule. Marnie est une extravertie typique : sûre d'elle, sociable et ouverte, elle adore les conversations et les opinions des autres, elle raffole des interactions qui, moi, m'épuisent rapidement.

Je te l'ai déjà dit, non ? Elle est lumière et je suis ombre. Mais nous détestons toutes les deux le désordre.

Elle aurait probablement pu faire face à la douleur, à l'inconfort et à la peur de l'accouchement, je crois qu'elle n'avait pas vraiment besoin de moi pour affronter tout ça, mais elle était tout simplement incapable de fonctionner dans un chaos pareil.

— Je vois ça. Qu'est-ce qui s'est passé ?

— Je sais. L'appart est dans un état lamentable. J'ai essayé de prendre les choses comme elles venaient, de manger ce dont j'avais besoin et de me concentrer uniquement sur les contractions. Puis je me suis dit que je pourrais ranger un peu, pour me préparer, tu vois, et je me suis un peu emballée, et…

Elle a fait un nouveau geste de la main.

— … voilà le résultat.

— Bon, ai-je fait.

Je savais ce qu'elle attendait de moi et ce dont elle avait besoin. Je la connaissais par cœur. Et elle savait qu'elle pouvait compter sur moi, pour n'importe quoi, je le ferais sans poser de questions, sans me plaindre.

— Et si tu soufflais un peu pendant que je fais juste un peu de rangement rapide ?

Marnie a souri. J'aimais bien qu'à cet instant charnière, au début d'une nouvelle étape de notre vie, ce soit à nouveau le moment de faire « juste un peu de rangement rapide ». Ça m'a rassurée. J'ai cru – à tort, en l'occurrence – que les choses ne changeraient pas, que je n'avais aucune raison de me sentir dépassée par la transformation à venir, que tout allait bien se passer.

Pendant que Marnie rebondissait sur son ballon, j'ai remis des vêtements à leur place, vidé les poubelles et plié d'étranges couvertures minuscules qui sentaient bon la lessive. J'ai ouvert les fenêtres. C'était l'un des premiers jours lumineux de l'année – je n'avais même pas eu besoin de manteau pour venir – et l'air était rafraîchissant. Une fois l'appartement impeccable, j'ai pris une douche rapide, puis je nous ai préparé des tasses de thé – le sien avec beaucoup de lait, le mien avec un simple nuage – et je me suis assise sur le canapé pour regarder une chaîne d'info en continu en serrant la main de Marnie.

— Tu veux bien appeler ma mère ? m'a-t-elle demandé.

Je ne m'y attendais pas.

— Quoi ? ai-je répondu. Pourquoi ?

— Peut-être qu'elle voudra assister à l'accouchement. Ou peut-être au moins savoir ce qui se passe.

— D'accord. Tu es sûre ?

Elle a hoché la tête.

— Bon, d'accord.

Je suis allée dans le couloir et je suis restée là un moment. J'ai replacé les manteaux correctement sur les crochets et j'ai repoussé dans une fente sous la plinthe une plume qui traînait sur le sol, puis j'ai appelé la mère de Marnie. J'ai été soulagée qu'elle ne réponde pas. J'ai laissé un message bref, probablement pas très clair parce que je marmonnais, et j'ai rejoint Marnie quelques minutes plus tard.

★

En début d'après-midi, les contractions de Marnie n'étaient plus espacées que de trois minutes et j'ai appelé un taxi pour nous conduire à l'hôpital. Marnie s'est changée et a enfilé une robe d'été légère. Elle prétendait avoir trop chaud et être trop mal à l'aise pour porter autre chose. Nous nous sommes assises ensemble à l'arrière. Elle grognait à chaque fois que nous franchissions des bosses et elle fermait les paupières comme si seule l'obscurité rendait la douleur supportable.

Nous sommes arrivées à l'hôpital et elle a traversé la réception d'une démarche chancelante en direction de l'ascenseur. J'ai été surprise en pénétrant dans le service de maternité. On y trouvait toutes les caractéristiques d'un hôpital normal : les murs pâles, le sol carrelé et cette horrible odeur de désinfectant, mais il y avait quelque chose de différent. C'était peut-être l'éclairage, les sourires sur les visages du personnel ou les uniformes pastel, mais l'atmosphère paraissait moins pesante.

En bas, nous avions croisé bon nombre de malades dans les couloirs, notamment des femmes âgées macabres transportées sur des lits qui les faisaient paraître minuscules. Ici, les patientes étaient littéralement gonflées à bloc : en nage et débordant de vie.

Une sage-femme souriante en tunique bleu et blanc nous a conduites dans une pièce annexe.

— Tenez, mon chou. Mettez-vous à l'aise et je reviens vous voir dans cinq minutes.

Marnie s'est agrippée au cadre du lit. Elle balançait d'un côté à l'autre, les joues enflées, les yeux clos.

— Tu veux bien rester ? a-t-elle chuchoté. Jusqu'à ce que le bébé arrive ?

— Bien sûr. Bien sûr que je reste.

Où d'autre serais-je allée ?

★

Audrey Gregory-Smith est née le 24 avril à dix-neuf heures dix. Elle était petite et en colère, elle avait le visage rouge et les yeux fermés, presque aussi serrés que ses poings. Elle avait de fines touffes de cheveux blonds sur le crâne, des plis aux genoux, aux coudes et aux articulations, des lèvres en bouton de rose boudeuses.

Marnie serrait sa petite fille contre sa poitrine, dans une joie mêlée de panique, tout en affirmant qu'elle risquait de vomir et de faire tomber le bébé. Tout à coup, elle a crié :

— Qui est responsable ici ?

J'ai posé ma main sur la sienne.

— C'est toi.

Je ne voulais pas lui faire peur, mais c'était la vérité, non ?

— C'est toi qui es responsable, maintenant.

— Oh, merde, s'est-elle exclamée.

Puis elle a eu un sourire de cinglée.

— C'est flippant ça, hein ?

Et elle s'est mise à sangloter.

J'ai essayé de l'apaiser et j'ai écarté les cheveux de son visage. Elle a levé les yeux vers moi.

— Où est ma mère ? Elle est en route ?

— Je ne sais pas.

Je ne trouvais pas que sa mère méritait d'être présente pour un moment aussi important.

— Tu l'as appelée, non ?

— Oui.

— Sûre ?

— Certaine.

— Et elle a dit qu'elle viendrait ?

— Pas exactement. Elle n'a pas répondu. Je lui ai laissé un message. Elle doit l'avoir écouté maintenant. Je ne voulais pas t'inquiéter. Je pensais qu'elle viendrait à l'hôpital. Mais je suppose que… Tu crois que je dois l'appeler maintenant ? Lui annoncer la bonne nouvelle ?

— Non. Je ne crois pas.

C'est exactement la réponse que j'espérais. Parce que ce moment devait être réservé aux personnes qui compteraient le plus dans la vie de cet enfant.

32

Comme Marnie passait la nuit à l'hôpital, je suis rentrée seule. Alors que le taxi roulait dans les petites rues de la ville, j'ai noté à quel point les choses avaient changé au cours de cette journée. Et je me suis fait la réflexion que ce genre de journée où la vie bascule devait arriver à plein de gens tous les jours. Ces jours-là – les grands jours – sont les moments qui définissent une vie : quand on rencontre quelqu'un qui va compter, quand on perd un être cher. Je me sentais étourdie par les possibilités qui s'ouvraient, la forme que prenait ma vie à ce moment-là, le nouvel être qui venait de débarquer dans ce monde.

J'avais quitté la maison très tôt et je n'avais pas ouvert les stores. Comme il faisait noir quand je suis entrée dans mon appartement, j'ai immédiatement remarqué le bouton rouge qui clignotait sur mon téléphone : un message m'attendait sur le répondeur. J'ai tâtonné le long du mur pour trouver l'interrupteur.

J'avais rebranché la ligne fixe quelques semaines plus tôt et découvert l'infinité de messages que j'avais reçus. J'en avais écouté quelques-uns ; ces voix semblaient provenir d'un autre monde, surgir du passé, quand notre bébé n'était pas encore né. Puis les messages avaient commencé à poser des questions – sur Jonathan, sur Charles – et je les avais tous effacés.

J'ai appuyé sur le triangle clignotant.

« Un… nouveau message, a annoncé une voix féminine automatisée. Reçu… aujourd'hui… à vingt-deux heures… vingt-trois. »

« Bonjour », a enchaîné une nouvelle voix de femme, humaine cette fois, résonnant dans mon hall d'entrée. Je me suis dit que vous aimeriez savoir que j'ai tout passé au crible : vos déclarations et les événements. J'ai découvert des choses. Je savais qu'il y avait une histoire derrière tout ça – j'en ai la certitude à présent – et un jour je trouverai. Je trouverai, vous savez. »

Sa voix était grave et un peu rauque, traînante, elle s'attardait sur les voyelles, les mots se bousculaient, comme si elle avait beaucoup bu avant d'appeler. J'ai consulté ma montre. Il était presque vingt-trois heures.

« Je sais que vous étiez là depuis plus d'une heure. J'ai lu le rapport de police : vous avez dit que vous attendiez. Vous savez que la voisine du dessous pense avoir entendu quelqu'un crier ? Plus tôt dans la journée, d'après elle, mais des cris tout de même. C'est étrange, je trouve. Parce qu'il est mort sur le coup, non ? Ça ne laisse pas beaucoup de temps pour crier. Et ce n'est pas tout. Le temps que vous avez passé là-bas : pourquoi rester autant de temps devant chez quelqu'un ? Et la semaine d'avant : juste une promenade sous la pluie ? Je ne crois pas, non. Il y a quelque chose, pas vrai ? On sait toutes les deux qu'il y a quelque chose. Inutile de me rappeler. »

« Vous n'avez… pas de nouveaux messages », a conclu la voix robotique et monocorde.

La joie qui m'avait emplie tout au long de l'après-midi s'est figée instantanément, comme du lait qui caille.

Qu'est-ce que la voisine avait entendu ? Je suis entrée dans la cuisine et j'ai ouvert le robinet. L'eau froide a éclaboussé ma main.

Qui vivait dans l'appartement du dessous ? J'ai enlevé mon manteau et je l'ai suspendu au dossier de la chaise qui se trouvait sous la table-bar.

Est-ce que Charles avait fait du bruit dans les heures qui avaient suivi sa chute ? J'ai allumé la radio et tourné le bouton pour augmenter le volume. La pièce a été envahie par une chanson, une mélodie qui ne signifiait rien pour moi.

Ce témoignage remettait en question l'heure de sa mort.

J'ai allumé la télé. Comme j'avais perdu la télécommande quelques mois plus tôt, j'ai utilisé les boutons sur le côté de l'écran pour monter le son.

Je me suis assise sur le canapé. La panique montait en moi, et ma poitrine et mon souffle étaient agités. Valérie se rapprochait ; je la sentais presque derrière moi, dans le chatouillement de mes cheveux contre ma nuque et le frottement de mes vêtements sur mes épaules. Je me sentais nerveuse, mon corps protestait contre le passage brusque de la joie à l'angoisse. J'avais l'impression que quelque chose était noyé en moi et, pour l'expulser, j'ai rugi dans la cacophonie que faisaient l'eau, la musique, les voix.

Puis je suis restée là en silence.

Je me suis sentie un peu mieux : plus propre, plus fraîche, plus légère aussi.

Je me suis levée, j'ai fermé le robinet, j'ai éteint la radio et la télé, puis je me suis rassise.

Je devais absolument me concentrer.

Il fallait que je garde mon calme.

Quelqu'un avait entendu quelque chose.

Ce n'était pas très bon.

Mais ce n'était peut-être pas une catastrophe.

Tous ceux qui ont vécu en appartement savent que les gens sont bruyants, souvent très bruyants. Et ces quelques douzaines de logements entassés dans cette grande demeure ancienne m'ont toujours paru très mal isolés. Nous entendions les bébés pleurer, les mères tenter de les apaiser, la musique, les rires des invités à des dîners, la machine à laver qui vibrait violemment contre le sol, les portes claquer, les pieds marteler le sol et le son d'un réveil ou d'un téléphone. Nous pouvions tous entendre les insultes prendre de l'ampleur, les reproches habituels, les « Tu ne m'écoutes pas », les « Si tu n'étais pas toujours en train de me faire des remarques » et les « Pourquoi tu n'essaies pas au moins de voir les choses de mon point de vue ? ».

Il n'était pas impossible que quelqu'un ait entendu Charles crier. Mais ça n'avait pas d'importance. Il n'y avait aucune preuve tangible qu'il ne soit pas mort sur le coup. Le cri d'un homme qui tombe pouvait très bien être le cri d'un enfant qui joue ou un adolescent en colère. Les grognements furieux de Charles pouvaient parfaitement être la dispute d'un couple stressé, marié trop jeune et depuis trop longtemps.

Rien de tout cela n'était nouveau. Rien de tout cela n'était digne d'intérêt.

Aucune des découvertes de la journaliste n'avait le pouvoir de provoquer le moindre changement. Le témoignage qu'elle avait obtenu était au mieux une preuve circonstancielle et ne serait probablement même pas considéré comme pertinent. C'est comme ça que j'ai apaisé ma panique, pièce par pièce, en la démontant et en rejetant chaque morceau tour à tour.

Mais le plus grand problème, celui que je devais à tout prix régler, c'était la persévérance de cette femme. Il fallait que je me débarrasse d'elle, que je trouve un moyen de la faire taire. Je devais m'assurer qu'elle n'apprendrait rien d'autre, qu'elle ne pourrait jamais rien découvrir qui puisse menacer mon amitié avec Marnie.

J'ai fouillé les placards de la cuisine, à la recherche de quelque chose à manger. La journée avait été très longue, je me sentais tendue et j'avais un mal de tête atroce. J'ai déniché quelques tranches de pain au fond d'un sac. J'ai gratté la moisissure et je les ai fait griller. Puis je les ai enduites de beurre, épais et jaune, que j'ai regardé fondre et devenir translucide. La situation était sous contrôle et je pouvais en rester maître. J'ai fait couler du miel sur chaque tranche et j'ai incliné le toast pour bien le répartir. Sur ce pain grillé brun moucheté, le miel avait la couleur de l'or et il m'a fait penser à Marnie.

J'ai emporté mon en-cas au lit et je l'ai mangé prudemment, en faisant attention aux miettes, comme si j'étais chez Emma. J'ai envoyé un message à Peter, expliquant mon absence ce jour-là, et il m'a répondu en me félicitant presque immédiatement. Cela m'a remise de bonne humeur, m'a fait revivre un peu de la joie de l'accouchement, ça m'a fait du bien de voir que moi aussi je méritais des félicitations.

J'ai éteint la lumière et, à la lueur de mon téléphone, j'ai fait défiler de nouvelles photos de Valérie. Elle avait téléchargé une image d'elle avec sa colocataire, des cocktails colorés à la main dans un restaurant animé, une autre du coucher du soleil prise de son balcon. Il y avait une vidéo incroyable où elle dansait en rond avec cinq autres personnes. Le commentaire qui l'accompagnait révélait qu'ils préparaient une représentation pour l'été.

J'ai réglé mon réveil pour le lendemain matin et je me suis ordonné d'être heureuse, courageuse, de ne pas avoir peur. Parce que j'allais trouver un moyen de mettre un terme à toute cette histoire.

33

JE SUIS RETOURNÉE À L'HÔPITAL tôt le lendemain, impatiente de retrouver Marnie et Audrey. J'ai demandé le numéro de chambre à l'entrée de la maternité et on m'a dirigée vers une salle à l'autre bout du couloir. Je me suis approchée du lit 7, conformément aux instructions, et j'ai découvert qu'il était à l'abri derrière un mince rideau bleu. J'ai légèrement écarté les pans de tissu et j'ai fait :

— Houhou ?

— Entre.

Marnie était assise dans le lit, les couvertures emmêlées autour de ses jambes et ses cheveux roux rassemblés sur le dessus de sa tête. Elle portait une blouse d'hôpital bleu pâle et elle était magnifique, son visage plein et doux, ses yeux frais et lumineux.

Je me suis perchée au pied du lit et le matelas s'est enfoncé sous mon poids.

— Bonjour.

— Qui est-ce qui vient nous rendre visite ? a pépié Marnie d'un ton suraigu en regardant le bébé sur sa poitrine.

Elle a tourné Audrey vers moi, pour que je puisse voir ses petites joues fripées, les plis du sommeil et ses lèvres qui s'ouvraient et se fermaient.

— C'est qui ça ? a couiné Marnie.

— Bonjour, Audrey.

— Bonjour, tante Jane, a répondu mon amie de la même voix haut perchée.

— Tu as bien dormi ? ai-je demandé.

— Pas beaucoup, mais ce n'est pas grave. Tout va bien.

Elle a souri et a replacé le bébé contre son corps, avec adresse, sans jamais lâcher sa tête. Elle a réussi à la faire tourner avec grâce.

— Comment tu te sens ?

— Bof bof. J'ai des douleurs, mais c'est normal. Et je suis heureuse. Je me sens bien.

— Et ce petit bout va bien ?

J'ai tendu la main et j'ai laissé mes doigts planer à quelques centimètres du bébé.

— Elle est parfaite, a déclaré Marnie.

— Je sais.

— Oh, j'ai oublié de te dire – c'est un peu étrange, mais avant que j'oublie : j'ai eu un message de cette journaliste. Tu sais ? Celle des articles ? Elle me l'a laissé hier soir.

Je me demande à quoi mon visage ressemblait à ce moment-là. Je sais que ma main est restée figée devant moi. Je sentais la bile s'accumuler au fond de ma gorge et j'ai été prise d'un haut-le-cœur, que j'ai dû transformer en hoquet pour donner le change.

— Tu as eu de ses nouvelles ?

— Elle m'a laissé un message, a répété Marnie.

— Elle m'en a laissé un aussi.

La salle m'a paru tout à coup beaucoup trop froide. Les poils de mes bras étaient hérissés sous mon gilet. J'ai serré la mâchoire pour ne pas claquer des dents. Marnie n'a rien remarqué. Elle se focalisait sur Audrey, dont le bonnet en coton blanc avait glissé sur ses yeux.

— Qu'est-ce qu'elle voulait ? ai-je demandé.

Je me sentais nauséeuse, ma tête tournait, j'avais des douleurs dans les os et les muscles. On aurait dit des vagues de douleur qui déferlaient dans tout mon corps.

— Je ne sais pas.

Elle essayait encore de remettre le bonnet d'Audrey.

— Comment ça ?

— Je n'ai pas trop envie de penser à elle. Ce n'est pas une gentille personne et j'ai plein de belles choses dans ma vie en ce moment. Je ne veux pas lui laisser le moindre espace dans mon cerveau.

— Tu l'as rappelée ?

Elle a relevé les yeux vers moi.

— Je n'ai remarqué le message que ce matin. J'ai cru que c'était ma mère, en fait. Je ne l'aurais sûrement pas écouté, sinon.

— Et ? ai-je insisté.

Marnie a retiré le bonnet de sa fille et l'a écrasé dans son poing.

— Sa tête est trop petite, a-t-elle tranché.

— Marnie, me suis-je emportée, tu veux bien me regarder ? Qu'est-ce qu'elle a dit dans son message ? Elle a découvert quelque chose ? Elle s'intéresse toujours à nous ?

— Purée, Jane !

Elle a jeté le bonnet en coton vers moi et il s'est posé sur le couvre-lit bleu entre nous deux.

— Quoi ? Tu ne veux pas savoir si elle va encore écrire un article sur nous ? Je ne veux plus figurer sur son foutu site Internet, pas après la dernière fois. Toi si ? Tu t'en fiches complètement ?

— Il faut que tu te calmes. Ce n'est pas le lieu. Et pourquoi est-ce que ça te tracasse tellement ? Qu'est-ce que ça peut faire qu'une journaliste enquête sur nous ? Elle peut perdre son temps autant qu'elle veut. Elle ne va rien trouver, alors qu'est-ce que ça peut nous faire qu'elle y consacre tout son temps ?

Audrey s'est mise à geindre.

— Oh, non, non, non, s'est exclamée Marnie. Ne fais pas ça. Voilà.

Audrey a été soulevée dans les airs, son corps était toujours tout recroquevillé et j'ai enfin compris.

Ce qu'il y avait dans ce message n'avait aucune importance. Il n'y avait pas eu de révélation, pas de preuve, rien n'avait été déterré. Parce que si cela avait été le cas, cette conversation aurait été différente depuis le tout début. Marnie n'a jamais été capable de garder des secrets. Elle ne laisse pas la colère s'accumuler, gonfler, avant d'exploser. S'il y avait eu quelque chose à dire, elle m'en aurait parlé.

J'avais été trop obnubilée par ma propre panique. J'avais sans le vouloir créé une tempête dans un verre d'eau et j'avais accidentellement révélé mon angoisse. J'étais convaincue que Marnie devait avoir peur, elle aussi. Mais elle ne savait pas qu'il y avait une raison de redouter les articles de Valérie, ses messages et ses investigations. J'avais bêtement pensé que nous savions toujours tout l'une de l'autre, que nous ressentions la même chose, que toutes les failles qui se creusaient entre nous étaient rapidement colmatées, mais ce n'était plus vrai ; cela ne pourrait plus jamais être vrai.

Je devais absolument désamorcer la conversation, cacher ma frayeur, car elle avait raison d'en être choquée.

— Ça va, Audrey ?

Le contraste était frappant entre ce que Marnie aurait pu découvrir et la sérénité de ce petit espace délimité par un rideau.

— Je crois, oui, a déclaré Marnie en collant à nouveau sa fille contre elle.

Elle a sorti un autre petit bonnet de son sac à dos, qui était rempli de grenouillères roulées et de chaussettes à volants, et l'a enfoncé sur la tête d'Audrey jusqu'à ce qu'il soit bien ajusté au-dessus de ses sourcils.

— Excuse-moi. Tu as raison. On devrait ignorer cette journaliste. Elle finira par s'arrêter.

— Exactement.

Une sage-femme est arrivée pour examiner Audrey – ce n'était pas celle de l'accouchement. Elle devait tester son ouïe, la peser à nouveau, avant de l'autoriser officiellement à sortir de ces murs. Elle était plus âgée, chaleureuse et souriante, avec une stature de matrone. Son irruption à l'improviste m'a soulagée.

— Comment rentrez-vous à la maison ? a-t-elle demandé en nous regardant tour à tour toutes les trois.

— J'allais commander un taxi, ai-je répondu. Est-ce que je dois le faire maintenant ?

— Vous avez un siège auto ?

J'ai indiqué le siège-coque au fond de la salle.

— Alors parfait. Vous pouvez partir.

Elle a chatouillé les orteils d'Audrey.

— Quelle chance tu as, petite saucisse, d'avoir de si jolies mamans qui te ramènent chez toi !

Je ne l'ai pas corrigée.

★

— Jane, m'a interpellée Marnie, alors que nous attendions notre taxi devant l'hôpital, je peux te demander quelque chose ?

Elle frissonnait dans sa robe d'été, malgré le soleil.

— Tout ce que tu veux.

Audrey, qui était déjà attachée dans son siège, empaquetée sous des couvertures, a poussé un petit gémissement, puis a éternué.

— Tu as l'air contrariée, ça va ?

— Oui, ça va.

— C'est à cause de la journaliste ? Du message ?

Une ambulance s'est arrêtée devant l'entrée principale, sirène hurlante.

— Jane, a insisté Marnie, exaspérée.

— Quoi ? Qu'est-ce que tu as dit ?

La sirène s'est tue. Un brancard a été descendu de l'arrière du véhicule et deux ambulanciers en vert et un médecin en bleu se sont mis à courir pour le suivre dans le bâtiment.

— Tu te tracasses encore à cause de cette femme ?

— Peut-être.

Marnie a soupiré :

— Je comprends. Mais c'est pire pour moi. Elle m'a piégée. Je l'ai trouvée sympa quand on s'est rencontrées. Elle avait l'air charmante, en fait. Elle est très belle, aussi. Elle semblait gentille et compatissante. Je pensais vraiment pouvoir lui faire confiance. Mais elle jouait la comédie. J'ai appris la leçon, maintenant. Je sais que c'est horrible de devoir faire face à ses accusations – je sais ce que c'est, n'oublie pas –, mais elle n'a plus aucune importance.

J'ai acquiescé, comme si je comprenais, comme si cela avait du sens, comme si moi aussi j'étais juste dérangée par une fausse accusation.

— Ou est-ce qu'il y a autre chose ? a poursuivi Marnie. C'est quelque chose qu'elle a dit ? Dans son message ? C'est ça qui t'embête ?

J'ai secoué la tête.

— Qu'est-ce qu'elle t'a dit ? a insisté Marnie.

J'ai réfléchi pour trouver une réponse qui ne me trahirait pas.

— La même chose qu'à toi, j'imagine.

— Je n'ai écouté que le début. J'ai effacé le message dès que j'ai réalisé de qui il venait. Mais qu'est-ce que c'était ? Qu'est-ce qu'elle disait ?

J'ai senti un frisson de soulagement me parcourir. J'avais eu raison de ne pas paniquer. Marnie ne savait rien de plus qu'avant. Puis ce bref apaisement a été recouvert par une peur plus subtile. Parce qu'en réalité, Valérie n'avait pas laissé un message sans importance, comme je l'espérais. J'avais simplement eu de la chance. Si Marnie ne l'avait pas effacé, qu'aurait-elle appris exactement ?

— Jane ?

— Elle appelait pour s'excuser.

J'ai presque honte de le raconter : j'ai inventé le reste au fur et à mesure, sans vraiment y penser, embellissant ce mensonge aussi facilement que les précédents.

— Elle a dit qu'elle avait traversé une mauvaise passe, que son ex-mari s'était remarié récemment et qu'elle s'était lancée à corps perdu dans son travail. Elle a dit qu'elle était désolée du mal qu'elle avait causé et qu'elle espérait qu'on pourrait lui pardonner.

C'était le sixième mensonge.

Je l'ai prononcé pour la même raison que les autres. Mais celui-ci était différent parce qu'il n'offrait qu'un répit : il ne mettait pas fin à un problème. Valérie avait ciblé Marnie.

Elle ne s'arrêterait pas là. La pression augmentait. Je devais agir.

— Oh, c'est bizarre, a remarqué Marnie en me fixant. Elle avait l'air assez angoissée au début du message. Quels mots est-ce qu'elle a employés ?

— Je ne sais plus trop. Ce n'est pas important, si ?

— Non, tu as raison. Mais ça m'embête maintenant. Elle a dit quelque chose qui m'a hérissée, tu vois ? J'ai tout de suite su que c'était elle et que je ne voulais pas l'écouter. Parce que j'étais sûre que ce serait encore une fois négatif et bourré d'accusations ridicules. Je n'étais pas d'humeur, très franchement. Mais… Oh, je ne m'en souviens pas.

— Je crois qu'elle avait bu.

— Peut-être. Mais je suis sûre qu'il y avait autre chose.

Est-ce que Marnie savait ? Est-ce qu'elle doutait de moi ? Je n'arrivais pas à le déterminer. Cela me semblait peu probable. Parce que cette journaliste était une présence intermittente dans nos vies, qui nous harcelait et publiait des mensonges malveillants sur Internet. Alors que moi j'étais l'amie fiable : solide, stable et permanente. Si c'était la parole de l'une contre la parole de l'autre, je savais qui Marnie croirait. Je ne pouvais malgré tout m'empêcher d'avoir un léger doute, parce qu'avant, elle n'avait eu presque aucun désaccord avec moi. Les choses étaient en train de changer.

Un taxi s'est arrêté devant nous.

— Ça doit être pour nous, a-t-elle dit.

★

Nous sommes rentrées toutes les trois chez Marnie. J'ai rangé le siège auto d'Audrey et j'ai porté ses affaires, les paquets de couches, les couvertures, les vêtements, dans l'appartement. J'ai attendu devant la porte d'entrée pendant que

Marnie se débattait avec la clé qu'elle n'arrivait pas à tourner dans la serrure. Puis, le battant s'est finalement ouvert.

Le duplex était dans l'état où nous l'avions laissé : bien rangé, en dehors du ballon bleu au milieu du salon, le couloir épuré et soigné, le tapis noir et blanc calé contre la dernière marche des escaliers.

Je suis restée là, les sacs pendant à hauteur de mes mollets. Marnie s'est tournée vers moi :

— C'est bon maintenant, on gère.

C'était une formule pour me congédier.

Une nouvelle fois, j'étais mise à la porte.

34

LE PRINTEMPS A DOUCEMENT BASCULÉ vers l'été et je me suis sentie de plus en plus frustrée.

J'aurais voulu passer plus de temps avec Marnie.

Nous décidions de nous voir et elle annulait à la dernière minute. Je lui ai rendu visite plusieurs fois au cours de ces premières semaines. Je lui apportais parfois ses courses – de nouvelles couches, des médicaments, un bac à glace –, mais je ne restais jamais très longtemps. Parce qu'il se passait toujours quelque chose, quelqu'un nous interrompait, que ce soit un coup de fil de l'infirmière ou une visite de la sage-femme.

Marnie était déterminée à aborder cette nouvelle étape de sa vie de façon autonome. Elle prenait appui sur d'autres femmes, d'autres jeunes mères qui pouvaient lui prodiguer les conseils que j'aurais été bien incapable de lui donner. Je ne me sentais pas à la hauteur. Elle faisait confiance aux professionnels de la santé pour lui prescrire toutes sortes de pommades apparemment nécessaires dans les premières semaines de la vie d'un nourrisson. Je voulais être là – vraiment – et je t'assure que j'ai essayé de lui apporter mon soutien, mais j'avais souvent l'impression d'être dans ses pattes, de ne pas savoir où se trouvaient les nouveaux accessoires dont elle avait besoin, ni comment soutenir la tête d'un bébé, ni comment changer ses couches.

Je voulais à tout prix faire partie du monde de Marnie et Audrey et je ne comprenais pas qu'elles ne le veuillent pas aussi. Je voulais apprendre en même temps que la nouvelle mère, découvrir les nouveaux défis à ses côtés. J'avais une vision de ce à quoi nos vies devaient ressembler, je les voyais n'en former qu'une seule, mais à distance, cela me semblait impossible.

Nous sommes allées bruncher une fois, quand Audrey avait peut-être six semaines. J'étais super contente de les voir toutes les deux, et j'avais acheté un anneau avec des pièces en plastique à secouer pour Audrey. Mais le hochet ne l'intéressait pas. Elle a pleuré tout le temps, perturbée par les odeurs et les bruits inconnus, par la lumière vive de la terrasse au soleil. Elle était furieuse, agitée, son petit visage était aussi rouge qu'une tomate, et Marnie avait beau la bercer pour l'apaiser, elle réussissait juste à la faire transpirer.

— Merde, a-t-elle lâché. Les ventilateurs. Les putains de ventilateurs.

— Quels ventilateurs ?

La serveuse a apporté nos assiettes : des œufs brouillés pour Marnie et un sandwich au bacon pour moi.

— Je devais passer les chercher. Il fait trop chaud dans l'appartement. C'est un cauchemar, sincèrement. La petite ne dort pas et le thermomètre que j'ai installé est tout le temps rouge vif parce qu'il fait trop chaud. Je n'ai jamais vu un printemps pareil, mais je ne peux rien faire contre la météo. J'ai commandé trois ventilateurs. C'est probablement un peu exagéré, peut-être qu'un seul aurait suffi, mais j'étais paniquée. Enfin, bref, je dois les récupérer avant midi et je n'y arriverai jamais, pas avec Audrey dans cet état-là. Je vais devoir y aller demain. Ce qui veut dire une nuit de plus à l'entendre hurler.

— Je ne peux pas y aller ? C'est où ?

Elle a réfléchi une seconde.

— Tu es sûre ? Ça ne te dérange pas, vraiment ? Il faudrait que tu partes maintenant.

— Bien sûr.

Je voulais tellement l'aider.

— Laisse-moi juste…

Elle a fouillé son sac et en a sorti un reçu.

— Ce n'est qu'à dix minutes d'ici si tu marches vite…

Je lui ai pris le morceau de papier de la main.

— Pas de problème.

— Mais ton repas, tu…

— J'ai mangé des céréales tout à l'heure. T'inquiète pas.

— Bon, ben, prends ça, alors.

Elle a à nouveau plongé la main dans son sac. Elle en a sorti une petite clé dorée que j'ai reconnue tout de suite.

— Je vais régler l'addition et je te rejoins à l'appart, mais je dois d'abord m'occuper d'elle, tu seras sûrement revenue avant moi. T'es sûre, hein ? C'est déjà payé.

— Certaine.

J'ai pris la clé. J'ai senti l'arête rêche sur le pourtour circulaire : c'était bien la même que celle que j'avais eue.

— On se retrouve chez toi.

Je suis allée chercher les ventilateurs et je les ai portés jusque chez Marnie ; ils étaient lourds et encombrants. J'ai ouvert la porte et je suis entrée. L'ambiance était très différente : les lieux donnaient enfin l'impression d'être habités, pleins de vie, pleins d'objets. J'ai ouvert les trois cartons dans le couloir, j'ai monté les ventilateurs et je les ai branchés un par un à la prise à côté du radiateur pour vérifier qu'ils fonctionnaient. Là, accroupie sur le sol, j'ai eu le regard attiré une fois de plus par le tapis noir et blanc. J'ai soulevé un des coins pour jeter un coup d'œil dessous. Rien. Je l'ai levé un peu plus, mais il n'y avait même pas une tache près de la marche du bas.

Je me suis assise sur le canapé et j'ai attendu que Marnie et Audrey rentrent. Je n'ai touché à rien parce que je ne voulais pas perturber l'atmosphère des lieux. Elles sont revenues juste après treize heures. Marnie m'a annoncé qu'elle était fatiguée, qu'elle avait besoin de se reposer, elle m'a remerciée et m'a dit qu'on devait retenter un brunch bientôt, ou peut-être un déjeuner. Elle me contacterait.

On n'a pas réussi à se revoir depuis.

On devait dîner ensemble la semaine dernière, mais elle m'a appelée au bureau dans l'après-midi pour me dire qu'elle n'avait pas envie de cuisiner, elle était épuisée et me demandait de reporter. Je lui ai dit de ne pas se tracasser, elle n'avait qu'à venir chez moi, je cuisinerais, ou je pourrais cuisiner chez elle, ou on pouvait commander des plats à emporter, pourquoi pas ? Mais elle a insisté : « Pas aujourd'hui. »

Cela fait plus d'un mois.

J'ai mis à profit ce temps pour me concentrer sur Valérie.

J'aimerais prétendre que la distraction était agréable, mais ce serait faux. Et je t'ai promis la vérité. Alors la voici. Je me suis retrouvée à envisager des solutions qui pourraient – comment le formuler ? – l'empêcher à jamais de s'immiscer dans nos vies. Je savais où elle habitait. Je savais où elle travaillait. Je ne connaissais peut-être pas ses secrets aussi bien qu'elle connaissait les miens, mais j'étais convaincue de pouvoir provoquer une situation qui lui serait fatale.

Toutefois ce n'était pas si simple. Je n'arrivais pas à identifier un moyen qui ne me fiche pas la nausée. J'aimais bien l'idée de la pousser sous une voiture. L'ironie m'aurait amusée. J'imaginais de multiples façons de lui dérober ses médicaments – elle avait publié une note de blog sur les comprimés qu'elle prenait contre le rhume des foins – et de les remplacer par une substance mortelle. Mais je frémissais à chaque fois que mes idées devenaient plus pragmatiques, moins fantaisistes. Ce qui prouvait qu'elle avait tort : je n'étais pas une criminelle en fin de compte.

Il me fallait donc un autre plan.

★

Cet après-midi-là, j'ai à nouveau lu ses publications récentes – ses photos, ses articles de presse et ses tweets – et j'ai découvert une nouvelle image, postée le matin même. On y voyait une rangée de chaussures de claquettes et la légende disait : « Répétition finale ? c'est parti ! » Sur le site Web de la compagnie de danse, j'ai découvert que le spectacle avait lieu quelques heures plus tard dans une salle paroissiale du centre-ville. Ils ne vendaient pas de billets à l'avance, les premiers arrivés seraient les premiers servis, et au lieu de faire payer l'entrée, ils acceptaient des dons pour un organisme de bienfaisance dédié à la santé mentale.

J'ai décidé de m'y rendre. Je voulais la rencontrer.

Je suis arrivée à dix-neuf heures. La dame qui s'occupait de l'urne pour les dons à la porte m'a demandé si j'avais déjà vu un de leurs spectacles et, quand j'ai dit non, elle m'a demandé si je connaissais un membre de l'équipe.

Sans réfléchir, j'ai répondu :

— Valérie.

— Sands ? Valérie Sands ?

J'ai hoché la tête.

— On est ravis de l'avoir parmi nous, c'est un véritable atout pour la troupe. Elle n'avait plus dansé depuis son adolescence, mais tout lui est revenu très vite. Elle brillera ce soir, j'en suis sûre. Vous serez fière d'elle.

J'ai souri et hoché à nouveau la tête, puis j'ai pris le programme rose vif qu'elle me tendait. Valérie était dans la liste des six danseurs de la séquence d'ouverture.

Je suis entrée dans la nef de l'église et j'ai été étonnée par sa taille : le plafond était incroyablement haut et superbement décoré, les bancs en bois étaient massifs, la scène était encore cachée derrière d'épais rideaux verts. Comme les bancs étaient remplis – les enfants étaient assis sur les genoux de leurs parents et les adolescents s'entassaient serrés les uns contre les autres – je me suis installée debout à l'avant à côté de quelques autres retardataires. Une foule s'est massée derrière moi : des familles, des amis et des proches.

Puis les lumières se sont éteintes, les rideaux se sont écartés et je l'ai vue arriver sur scène, avec deux autres femmes, suivies par trois hommes, tous en pantalon noir ample et top noir moulant. Ils avaient l'air ordinaire, ennuyeux même, jusqu'à ce que la musique commence. Le haut-parleur à côté de moi s'est mis à vibrer et les danseurs sont devenus fascinants. Ils bougeaient tellement vite, ponctuant la musique, et le martèlement de leurs pieds me paraissait à la fois agressif et audacieux. Leur énergie donnait la pêche et j'étais complètement absorbée par le spectacle, quand soudain elle a regardé le public. Elle cherchait sans doute quelqu'un dans la foule et c'est sur moi qu'elle est tombée.

Elle a trébuché, brièvement, avant de se redresser. Elle s'est vite rattrapée, mais ça m'a fait plaisir d'avoir perturbé son rythme. Pour une fois, c'était moi qui la prenais au dépourvu.

Je suis sortie en douce à la fin du morceau, pour qu'elle sache ce que ça faisait d'être déstabilisée.

35

NOUS ÉTIONS UN SAMEDI MATIN et j'allais rendre visite à ma mère. J'avais eu la tentation de paresser au lit, mais elle s'attendait à ce que je vienne – si, du moins, elle s'en souvenait.

Le temps était chaud, trop lourd et humide pour faire la grasse matinée et traîner. Voilà maintenant trois semaines qu'il faisait plus de vingt-sept degrés et il n'avait pas plu depuis presque un mois. Dans toute la ville, les pelouses avaient séché et viré au jaune paille. Même tôt le matin, la moiteur était accablante. C'était un temps idéal pour déguster des glaces dans un parc, s'asseoir à l'ombre, aller à la piscine en plein air et dîner tard en terrasse dans la tiédeur du soir. Pas pour monter dans un train et accomplir son devoir familial en allant voir sa mère dans une maison de retraite sans fenêtres.

Le train était bondé. Nous étions encore en gare de Waterloo et il restait quelques minutes avant le départ. J'étais assise près des portes coulissantes dans une rangée de quatre sièges, dos à la fenêtre. Les places en face étaient occupées par une jeune famille : la mère, le père et leurs deux petites filles. Ils avaient des sacs à dos sur les genoux et je me suis demandé s'ils allaient à la mer ou à la campagne, là où la température était un peu plus fraîche et l'air moins lourd.

Derrière nous, un autre train était sur le point de partir. Le contrôleur s'est penché, a examiné le quai et a donné un coup de sifflet. L'autre train a grincé et s'est mis en mouvement. Mon estomac s'est légèrement soulevé, comme si nous aussi nous bougions. Je me suis adossée à mon siège et j'ai fermé les paupières.

Je serais de retour en ville dans l'après-midi et mon rôle de fille dévouée prendrait fin jusqu'à la semaine suivante.

Quand j'ai ouvert les yeux, on était à Vauxhall.

— Ça suffit maintenant ! a déclaré une femme.

Elle se tenait à l'entrée du train, tournée vers l'extérieur, et elle se cramponnait à l'encadrement de la porte, bloquant le passage. Je ne voyais pas son visage, mais je devinais à sa voix tremblante qu'elle était au bord des larmes.

— Ne montez pas dans ce train !

— M'enfin, madame ! a protesté un homme sur le quai. Qu'est-ce qui vous prend ?

Elle a inspiré et sa poitrine s'est soulevée. On voyait bien qu'elle avait peur, mais qu'elle essayait de ne pas le montrer.

— Excusez-moi, a-t-elle crié au contrôleur sur le quai.

Il lui tournait le dos et parlait dans un talkie-walkie.

— Excusez-moi, a-t-elle répété. Cet homme me suit.

Le contrôleur ne s'est pas retourné.

— Putain, je peux monter dans le train que je veux, a protesté l'homme.

— Pas celui-ci. Vous m'avez suivie et vous m'avez lancé des obscénités. Maintenant, ça suffit.

Elle a passé la sangle de son sac à main au-dessus de sa tête pour qu'il repose sur sa poitrine. Son T-shirt était rose vif, il lui donnait l'air plus jeune et plus vulnérable, et son short en jean montrait des cuisses bronzées et fermes.

J'ai attiré l'attention de la femme assise en face. Son mari a enroulé ses bras autour des épaules de leurs deux petites filles pendant que nous discutions discrètement de la nécessité d'intervenir.

— Oh, allez vous faire foutre, a crié l'homme.

— Ah, ça suffit maintenant, a décrété le père d'une voix mesurée et calme. Fichez-lui la paix, mon vieux. Il y a un train juste derrière celui-ci. Ne faites pas d'histoires, d'accord ?

L'homme se tenait immobile sur le quai, comme s'il réfléchissait à la suggestion.

— Allez tous vous faire foutre, a-t-il fini par rétorquer avant de s'éloigner d'un pas furieux.

J'ai lâché un soupir de soulagement. Se dégonfler devant une petite nana en short en jean et top rose ? Cela aurait été humiliant, un signe de faiblesse. Alors que céder face à un autre homme – un peu plus âgé, à la carrure un peu plus large –, c'était du bon sens.

Charles était intimidé par les femmes fortes. Quand nous dînions ensemble, il évoquait avec mépris ses collègues féminines, disant qu'elles étaient trop émotives ou, dans la même phrase, trop gentilles. Il se sentait menacé par le succès des partenaires féminines de son entreprise, qui avaient des enfants heureux, de bons mariages et des carrières impressionnantes. Ce n'était peut-être que mon impression. J'ajoutais ce défaut à une liste déjà longue et je comptais les innombrables raisons pour lesquelles il ne méritait pas quelqu'un comme Marnie.

La femme en rose a appuyé sur le bouton et les portes se sont fermées devant elle. Elle s'est tournée vers le père de famille.

— Merci. Merci d'être intervenu.

Puis elle s'est dirigée vers le siège libre à côté de moi.

Je l'ai immédiatement reconnue.

J'aurais reconnu ce visage n'importe où.

36

Elle m'était tellement familière. J'ai reconnu ses cheveux foncés, lissés en arrière, et les tatouages sur son poignet gauche et son pouce correspondaient à ceux de ses photos. Elle paraissait différente de près : beaucoup plus nette, plus remarquable. Je l'avais déjà vue se tenir comme ça, le poids de son corps d'un côté, la hanche projetée vers la gauche, et elle avait le même sac en cuir noir qu'aux funérailles. Mais c'était plus que cela, plus que son apparence et sa façon de se tenir ou les accessoires qu'elle possédait : j'avais l'impression de savoir comment son esprit fonctionnait, comment elle construisait sa pensée.

— Je vous connais, ai-je déclaré.

— Effectivement. Mais vous n'étiez pas censée me voir. Je ne pouvais pas prévoir que ce type bizarre me suivrait. Je suis un peu secouée. Il était horrible, hein ? C'est la deuxième fois qu'il fait ça. Et c'est désagréable d'être suivie par quelqu'un qu'on ne connaît pas.

Elle a ponctué cette remarque d'un haussement de sourcils, suivi d'un éclat de rire.

J'étais stupéfaite de son assurance ; elle avait une incroyable confiance en elle. Elle semblait si intrépide. J'aurais pu prendre peur. Je le sais. Cela aurait dû me perturber qu'elle confirme qu'elle me suivait – probablement depuis des mois – avec les pires intentions du monde. Pourtant, à ce moment-là, je me suis sentie rassurée. Mes doutes étaient fondés. J'étais bien suivie. Je ne m'étais pas trompée.

— Vous n'étiez pas aussi discrète que vous ne le pensez. Je vous ai déjà vue. Plus d'une fois.

— C'est vrai ? Zut. Je suis déçue.

Je ne l'avais pas remarqué avant, mais elle avait de jolis traits, un beau visage.

— Qu'est-ce que vous voulez ?

— Je veux savoir où vous allez tous les samedis. Ça vous dérange pas si je m'assieds ?

J'ai secoué la tête parce que je ne voulais pas qu'elle se mette à côté de moi, qu'elle fasse comme si nous étions amies, comme si la situation n'était pas complètement dingue.

— Si, ça me dérange.

— Ne le prenez pas comme ça.

— Vous venez d'insinuer que vous me suivez et vous voulez vous asseoir à côté de moi pour… quoi ? Discuter ? Non. Ça ne m'intéresse pas.

— Oh là là, vous dramatisez. Je ne m'attendais pas à ça. Je croyais que vous seriez très mesurée, un peu indifférente, mais vous êtes incapable de contrôler vos émotions, pas vrai ? C'est bizarre parce que ma présence n'est pas une révélation, si vous saviez que je vous suivais.

Sa remarque m'a irritée plus encore. Je détestais qu'elle me considère comme une hystérique alors que j'aurais à tout prix voulu être le contraire : calme, posée, sûre de moi.

Elle s'est assise quand même. Son bras a repoussé le mien. Je suis restée immobile et le tissu ondulé de son top s'est blotti doucement contre ma peau nue. J'ai senti la fureur monter en moi, mais je savais que je devais l'ignorer et me montrer prudente, surtout ne pas me laisser emporter.

Elle a passé les doigts dans ses cheveux en soupirant.

J'avais envie de la gifler, même si je sais que la violence n'est jamais la solution, mais tout chez elle m'exaspérait : son sourire suffisant, son T-shirt rose, son audace. Elle m'avait accusée de meurtre, non pas une fois, mais deux. Elle m'avait accusée d'avoir tué mon propre mari. Et quand Marnie commençait enfin à surmonter son chagrin, c'est cette femme qui l'avait empêchée d'aller de l'avant.

— Vous devriez descendre à l'arrêt suivant, lui ai-je conseillé.

— Si je fais ça, je ne saurai pas où vous allez, a-t-elle objecté en posant un pied sur le siège pour refaire ses lacets.

— Vous pourriez simplement me poser la question. C'est sans intérêt. Et franchement, si votre enquête vous a menée ici, il est temps d'arrêter. Je vais rendre visite à ma mère. J'y vais tous les week-ends et je prends toujours ce train.

— Où est-ce qu'elle habite ?

— Au terminus.

— Est-ce que je pourrais avoir son adresse ?

Elle m'a lancé un sourire complice comme si nous étions toutes les deux dans le coup. Elle a reposé son pied sur le plancher, puis s'est mise à balancer le talon. Sa jambe oscillait de haut en bas, faisant trembler sa cuisse bronzée.

— Elle est dans une maison de retraite. Elle est atteinte de démence.

Je voulais paraître honnête, comme si je n'avais rien à cacher. En lui donnant volontairement l'information qu'elle cherchait, j'espérais prouver mon innocence.

— Je suis désolée. C'est vraiment dommage.

— Pourquoi ? Parce qu'elle ne pourra rien vous dire ? ai-je rétorqué sans ménagement.

Elle a eu l'air choquée.

— Non, m'a-t-elle assuré avec insistance. C'est horrible de dire ça. Ce n'est pas ça du tout.

— Mais oui, bien sûr, ai-je ironisé.

Je ne savais pas si elle disait la vérité. Ça n'avait pas vraiment d'importance.

Elle a regardé par-dessus son épaule, par les fenêtres, les haies qui défilaient, formant une bande verte floue.

— Vous me prenez pour un monstre. Je ne suis pas comme ça du tout. Je sais juste qu'il y a quelque chose à découvrir. Je dois poursuivre mon enquête. Ça ne va pas s'arranger pour vous, j'en ai bien peur.

Mon visage a dû se décomposer – peut-être qu'elle a entrevu la peur enfouie en moi – parce que son expression a changé rapidement, devenant presque empathique.

— Désolée. Ça sonnait un peu comme une menace, non ?

— Ça n'en était pas une ?

— Si, vous avez raison. C'est un peu ça. Vous avez l'impression que j'approche ?

— Que vous approchez de quoi ? Il n'y a rien à…

— Arrêtez. Vous le voyez aussi clairement que moi. Votre histoire est un mur qui comporte des failles. Et il y a une boule de démolition quelque part qui le détruira complètement. Je la trouverai.

J'ai haussé les épaules.

— Vous vous trompez.

Je n'étais pas très convaincante.

— Si ça peut vous consoler, je ne crois pas que vous ayez tué votre mari.

— Ça ne me console pas.

— Et je suis désolée pour vous. Ça doit être dur.

— On s'y habitue. À la merde.

— Oh, je comprends très bien ce que vous voulez dire. Parfois, il me faut au moins quatre verres de vodka avant d'en ressentir les effets…

Elle a tripoté la bague en argent qu'elle portait au pouce.

— Je viens de me souvenir d'un message que je vous ai laissé sur votre répondeur, a-t-elle poursuivi avec une moue gênée. Bref, je me sentais mal le lendemain matin, j'avais trop bu. Mais je pensais tout ce que j'ai dit.

— Que vous continuez à enquêter sur nous ? Je suis contente que Marnie ait tout effacé et n'ait pas entendu vos inepties.

Valérie a légèrement incliné la tête sur le côté et ses yeux se sont écarquillés. J'ai compris que j'avais commis une erreur.

— Qu'est-ce que vous voulez dire ? Elle ne l'a pas écouté ?

J'ai secoué la tête.

— Je croyais qu'elle l'avait entendu, mais qu'elle avait décidé de m'ignorer.

Je n'ai rien dit. La famille assise en face de nous est descendue à Richmond. Il y a eu un affolement de dernière minute pour rassembler les chapeaux, les sacs à dos, la crème solaire, et la mère nous a souri d'un air gêné en poussant ses enfants vers le quai, juste avant que le signal ne retentisse, que les portes ne se ferment et que le train ne quitte le quai.

L'air conditionné a grincé, puis sifflé et s'est arrêté. Sans le ronronnement du ventilateur et le souffle d'air frais, le train m'a paru silencieux. La température s'est mise à monter. Je me suis levée pour ouvrir la fenêtre, mais elle était fermée hermétiquement. Elles étaient toutes scellées.

— À nous deux, beauté, a déclaré une voix derrière moi.

Je me suis retournée et j'ai vu que l'homme qui harcelait Valérie s'était assis en face de nous, à la place de la famille.

Je suis restée debout, mais je n'ai rien dit.

Sa voix était forte et d'autres passagers suivaient la scène de loin. Je me suis demandé s'ils nous écoutaient depuis le début.

— Hé, a-t-il crié.

Valérie faisait semblant de chercher quelque chose dans son sac.

— Tu ne m'ignorais pas tout à l'heure, hein ?

— Il y a des sièges libres plus loin, suis-je intervenue. Juste là.

— Je ne cherche pas un siège, ma chérie. Je veux juste lui parler.

Valérie refusait de lever les yeux, elle triait de vieux tickets de caisse pliés, jouait avec sa bouteille d'eau vide, son téléphone. J'aurais dû m'en aller. J'aurais dû la laisser se débrouiller toute seule, mais il existe un code tacite entre les femmes dans les lieux publics et surtout dans les transports en commun : on fait front commun face aux hommes menaçants. Je suis restée aux côtés de la journaliste sans même me poser de questions.

— Hé, regarde-moi quand je te parle, l'a invectivée l'inconnu.

Elle a obéi instinctivement.

Puis elle a pris une profonde inspiration et s'est levée.

— Écoutez, j'essaie juste de passer une bonne journée avec ma copine.

J'ai senti ses doigts grimper le long de mon poignet vers ma main. Je l'ai laissée la saisir. Est-ce qu'elle crânait ? Est-ce qu'elle avait le contrôle de la situation ? Ou était-ce lui qui l'avait ?

— Nous ne voulons vraiment pas d'ennuis. Qu'est-ce que vous voulez exactement ?

Il s'est mis debout.

— Ah d'accord, tout s'explique.

Je me suis raidie, mais il ne s'est pas approché de moi.

— T'es gouine.

Il a éclaté de rire.

— Pourquoi tu ne l'as pas dit ? Mais bon, j'aurais dû deviner, t'es tellement frustrée et enragée.

Il est passé devant nous et s'est éloigné en nous adressant un doigt d'honneur.

Nous l'avons regardé partir, puis nous nous sommes rassises.

— Il me harcèle, m'a-t-elle expliqué à voix basse. Nous sommes allés boire un verre une fois. À propos d'un article que je voulais écrire. Puis je l'ai aperçu à mon spectacle de danse. Il était juste devant la scène, il me fixait. Ça m'a vraiment déconcentrée. En tout cas, j'espère que ça l'a définitivement découragé.

— Je veux que vous descendiez à l'arrêt suivant, ai-je répété.

— Je ne vous suivrai pas.

— Je ne vous crois pas.

Elle a ri.

— C'est compréhensible, j'imagine.

— Je veux que vous arrêtiez d'enquêter sur nous.

— Je n'en ai pas l'intention.

— Il faut que vous arrêtiez. Il n'y a rien à découvrir. Ça devient du harcèlement, c'est un délit.

— Je raconterai à la police ce que j'ai appris.

— Vous croyez vraiment que ça va les intéresser d'apprendre que je suis rentrée à pied sous la pluie et que quelqu'un a entendu du bruit dans l'appartement de Charles et Marnie ? Ce ne sont pas des preuves, Valérie. Ce n'est rien du tout. Vous n'avez rien trouvé. Vous perdez votre temps. Vous avez un problème.

— Je n'ai pas de problème, a-t-elle répliqué.

Mais je voyais bien que j'avais touché un point sensible.

— Ce n'est pas normal, ai-je insisté.

J'essayais de ne pas crier, mais j'exsudais de colère et j'avais beaucoup de mal à me contrôler.

— *Vous* n'êtes pas normale, ai-je poursuivi.

— Vous êtes mal placée pour me dire ça, a-t-elle rétorqué.

Son visage était déformé : sa mâchoire crispée, ses yeux rétrécis, ses lèvres pincées.

— Qu'est-ce que ça veut dire ? Qu'est-ce que vous insinuez ?

— Que vous avez assassiné le mari de votre meilleure amie. Vous voulez qu'on parle d'obsession ? D'anormalité ? Je vais vous démasquer et vous le savez très bien. Vous n'arrivez pas encore à y croire, c'est tout.

— Vous savez quoi ? Je crois que vous êtes jalouse.

Cette idée venait de me passer par la tête. Je n'y avais pas pensé jusque-là. Mais elle devait germer depuis un moment parce que c'était parfaitement logique.

Elle a voulu se défendre, mais elle n'a rien trouvé à dire. Elle est restée bouche bée.

— Pas du tout ! a-t-elle fini par protester.

J'ai haussé les épaules, comme elle l'avait fait quelques instants plus tôt, d'un air délibérément désinvolte.

Le train s'est arrêté à quai. Elle a plongé la main dans son sac et m'a tendu une carte de visite illustrée d'un stylo-plume doré.

— Je m'en vais. Mais prenez ma carte. Et appelez-moi. J'ai vraiment envie que vous le fassiez. Je suis sincère.

— Ça ne risque pas.

37

LA PORTE ÉTAIT OUVERTE, comme toujours, et j'ai toqué légèrement au chambranle. Ma mère était assise dans son fauteuil, dans le coin. Il avait un cadre en bois pâle et des pieds en bois poli. Je n'avais jamais remarqué le motif avant – les coussins étaient décorés de tourbillons verts électriques –, mais là le contraste avec le violet de son pull m'a paru hypnotique. Elle portait des chaussures au lieu de ses pantoufles habituelles et je me suis demandé si elle utilisait la crème hydratante que je lui avais achetée pour son anniversaire, parce que sa peau semblait un peu plus douce.

— Bonjour, lui ai-je lancé.

Elle m'a souri et a tapoté l'accoudoir. Elle parlait encore parfois, mais de moins en moins, préférant se faire comprendre à l'aide de petits gestes. Une fois, elle m'avait expliqué ce que c'était de perdre les mots, de sentir qu'ils s'égaraient avant de franchir les lèvres. Elle m'avait raconté que c'était comme conduire des enfants à l'école : chaque mot était un enfant, mais ils étaient ingérables et arrivaient en retard ou, parfois, n'arrivaient pas du tout, traînaient en chemin, tournaient en rond ou, pire encore, quand ils arrivaient, ce n'étaient pas les bons, c'étaient ceux de quelqu'un d'autre, et pas ceux qu'elle voulait. Le silence était une alternative moins redoutable.

Elle a tourné la tête vers le lit pour m'inviter à m'y asseoir. J'ai obéi, même si le matelas était horriblement inconfortable.

— Toi, a-t-elle énoncé.

Ce qu'elle voulait dire, c'était : *Parle-moi de ta semaine, de ta journée, de ta vie, de tout ce qui t'est arrivé depuis la dernière fois*.

— Il n'y a pas grand-chose à raconter.

C'était la vérité. J'étais retombée dans la routine, une variante confortable de métro-boulot-dodo.

— Mais j'appellerai Emma tout à l'heure.

Le visage de ma mère s'est légèrement déformé quand j'ai dit cela, et j'ai continué à parler pour qu'elle n'ait pas l'occasion de répondre ou de gesticuler.

— Je vais peut-être même passer la voir. Elle va beaucoup mieux depuis son dernier passage à l'hôpital, mais c'est sans doute une bonne idée de lui rendre visite quand même.

Ma mère a froncé les sourcils. Elle avait ignoré la souffrance d'Emma jusqu'à ce que la maladie soit profondément enracinée. Elle ne me connaissait pas en tant qu'épouse, seulement en tant que veuve. Malgré ces carences graves, elle nous connaissait comme seule une mère peut connaître ses filles. Elle savait, par exemple, que je déformais la vérité parce que j'étais faible. Que j'étais incapable d'admettre qu'Emma n'allait pas mieux, qu'en réalité elle était plus mal en point. Que ses cheveux étaient clairsemés et qu'une petite plaque chauve était apparue près de sa tempe gauche. Qu'elle tremblait tout le temps, se réfugiait constamment sous des couches de pulls, de couvertures et de chaussettes. Qu'elle avait une vilaine toux dont elle ne parvenait pas à se débarrasser.

J'étais incapable d'admettre ces éléments parce que je ne supportais pas d'affronter la réalité. Et ma mère le savait. Elle savait aussi qu'Emma n'avait pas la force d'aller mieux et qu'elle en souffrait.

Elle a pianoté avec ses ongles sur l'accoudoir en bois et a dit :

— John ?

— Tu veux dire Jonathan ?

— Demain.

Elle a montré du doigt le calendrier au mur. Je l'avais acheté pour elle quelques Noëls plus tôt. Il affichait les dates, mais pas les jours, avec des photos de fleurs différentes pour chaque mois. Elle était frustrée de ne pas se souvenir d'événements importants – nos anniversaires, par exemple – et nous avions noté les plus importants dans les cases. Même si Jonathan était mort depuis quelques années, les dates importantes de sa vie comptaient toujours pour moi et je les avais notées comme si c'était moi qu'elles concernaient.

Je me suis levée et je me suis approchée du calendrier. Chaque matin, la personne qui s'occupait de ma mère déplaçait un petit autocollant jaune sur la date du jour. À quoi servirait de savoir quand les moments importants tombent si on ne sait pas quel jour on est ?

Le lendemain aurait été l'anniversaire de Jonathan.

J'avais oublié.

Dans une autre vie, je me serais préparée pendant des semaines, sinon des mois, avec des cadeaux, un gâteau, une carte et des ballons. J'aurais réservé une table dans un bon restaurant ou organisé une fête surprise. J'aurais cherché du papier d'emballage correspondant à sa personnalité – décoré de vélos, de battes de cricket ou d'animaux – ou acheté des croissants à la boulangerie.

Et, il y a quelques années encore, j'aurais été terrassée par un chagrin insurmontable à mesure que la date approchait. J'aurais été angoissée, j'aurais regardé les jours passer en pensant à tout ce que j'aurais fait s'il avait été vivant et à ce que je ne faisais pas parce qu'il était mort.

— Oui, ai-je répondu, voulant lui faire croire que je m'en souvenais, parce que je ne voulais pas être le genre de femme qui oublie l'anniversaire de son mari. J'irai sûrement lui rendre visite. Au cimetière. À la première heure. Avant de passer voir Emma. Je vais prendre des fleurs, je crois. Peut-être un ballon. Non, pas un ballon.

Ma mère a hoché la tête et a demandé :

— Papa ?

Elle oubliait très souvent qu'il ne faisait plus partie de sa vie. Elle croyait qu'il venait la voir et me parlait de temps en temps de ses visites. Elle me racontait qu'il avait apporté des fleurs – alors que les seuls bouquets dans sa chambre étaient ceux que je lui offrais – et qu'il avait enfin placé les étagères à la maison, comme elle le lui demandait depuis des années. Elle affirmait qu'il allait bien. Ça, je le savais, mais il allait bien à des kilomètres de là avec une femme qui n'était pas ma mère.

Un jour, alors que je me disputais avec Emma au sujet de notre responsabilité vis-à-vis de notre mère, ma sœur avait suggéré que je lui rendais visite si régulièrement non pas parce que c'était ma mère ou par sens du devoir, mais parce que j'enviais sa capacité à oublier. Ma mère ignorait que la personne qu'elle aimait le plus n'était plus là.

J'avais tendance à éviter cette conversation avec ma mère quand c'était possible : soit je ne réagissais pas à ses questions, soit je formulais une réponse évasive, quelque chose qui laissait supposer qu'il pourrait venir bientôt, sans promettre de lui transmettre un message.

Elle n'avait peut-être jamais essayé de se souvenir de l'absence de mon père. Elle préférait sûrement faire comme si ça n'était jamais arrivé.

— Marnie ? a-t-elle demandé ensuite, avec le sourire.

— Elle va très bien. Audrey aussi. Elle a passé un checkup il y a quelques semaines. Elle prend beaucoup de poids. Mais je ne l'ai pas beaucoup vue ces derniers temps. Elles semblent très occupées.

— La maternité, a conclu ma mère.

Puis elle a bâillé, comme si cela aussi faisait partie de la conversation.

— Je sais. Mais l'amitié, c'est important aussi. Je me disais que je devrais lui faire une surprise.

Ma mère a acquiescé avec enthousiasme.

Il y a eu un bruit, puis un gémissement frustré lorsque la personne dans la chambre à côté a fait tomber quelque chose sur le sol. Nous avons entendu le claquement rapide de talons sur le carrelage, puis deux infirmières sont passées à toute allure devant la porte pour apporter leur aide.

— Je pourrais lui préparer à dîner, ai-je poursuivi. Tu te souviens qu'on dînait ensemble une fois par semaine ? Je devrais rétablir la tradition. Ce serait bien de garder le contact. Qu'est-ce que tu en penses ?

En d'autres lieux, avec d'autres personnes, les silences étaient comblés par d'autres voix, plus fortes. Mais ici, il n'y avait que la mienne.

— Je pourrais quitter mon travail plus tôt vendredi prochain. Ça ne poserait pas de problème. J'ai l'impression que tout le monde s'éclipse après le déjeuner à cause du beau temps et du week-end à venir. Le personnel pour répondre au téléphone est réduit, mais ce n'est pas grave parce qu'on a moins d'appels avec les vacances. Enfin, bref. Je sais que Marnie rencontre d'autres mères le vendredi à quinze heures – pour *ça*, elle trouve le temps toutes les semaines. Mon idée, c'est d'entrer chez elle pendant son absence et de cuisiner un truc incroyable, un repas qui va l'impressionner.

Ma mère avait l'air perplexe.

— J'ai une clé, ai-je ajouté. Ne te fais pas des idées, je n'entrerai pas par effraction.

J'ai ri, mais ce n'était pas naturel.

Ma mère a commencé à secouer la tête.

— Elle me l'a donnée, ai-je précisé. Qu'est-ce qui t'arrive ?

— Non, a-t-elle articulé en secouant plus vigoureusement la tête. Non.

— Pourquoi tu réagis comme ça ? C'est une bonne idée. Ce sera une chouette surprise.

— Une clé, a-t-elle insisté.

— Oui, une clé.

Elle a cessé de s'agiter et m'a regardée fixement.

Même si j'étais devenue l'adulte responsable de la famille, elle avait toujours ce regard affûté que seule une mère peut avoir, la tête penchée pour exiger des réponses. Il lui avait fallu des semaines pour accepter que mon père était vraiment parti – nous étions certaines qu'il bluffait – et quand elle l'avait enfin accepté, elle s'était écroulée. Il nous avait envoyé une carte postale d'une plage thaïlandaise nous expliquant qu'il avait un nouveau numéro qu'il ne nous communiquerait pas. Il voulait qu'on sache qu'il n'ignorait pas nos appels et nos messages, mais qu'il ne les recevait tout simplement plus. Elle avait pleuré, bu beaucoup trop et s'était enfermée dans sa chambre. Je passais régulièrement pour laisser des bouteilles d'eau sur sa table de chevet et glisser des repas préparés dans le frigo. Elle ne tenait pas vraiment son rôle de mère à l'époque.

— C'est bon, ne t'énerve pas, l'ai-je implorée.

Elle a tapé de la paume son accoudoir en bois, tellement fort qu'elle a tressailli, a retiré sa main et l'a collée contre sa poitrine, une expression de douleur sur le visage.

— Arrête. Arrête ça tout de suite. Qu'est-ce que tu fais ?

Elle s'est giflée de l'autre main, puis a renversé son gobelet d'eau, qui était posé sur un plateau à côté d'elle. Il est tombé sur le sol.

J'ai bondi pour le ramasser.

— Qu'est-ce qui te prend ? Arrête tes bêtises.

— Clé, a-t-elle sifflé.

— Elle vient tout juste de me la donner.

C'était vrai.

— Ça n'a... ça n'a rien à voir avec...

Une infirmière s'est arrêtée dans l'embrasure de la porte. Ma mère et moi nous sommes tournées vers elle.

— Bonjour, Jane. Bonjour, Helen. Qu'est-ce qui se passe ?

Ma mère a frappé sa cuisse du plat de la main. Elle me fixait avec intensité, elle voulait me dire quelque chose, mais en était incapable, elle ne trouvait pas les mots justes pour s'exprimer.

— Qu'est-ce qu'il y a ? Votre fille est ici pour vous rendre visite. Vous avez de la chance.

L'infirmière s'est agenouillée devant ma mère, a pris ses mains et les a serrées l'une contre l'autre pour qu'elle arrête.

— Clé, a gémi ma mère. Clé.

L'infirmière m'a regardée et j'ai haussé les épaules.

— Je n'ai aucune idée de ce qui a déclenché ça, ai-je affirmé.

— Je n'en sais rien non plus, a répondu l'infirmière. Qu'est-ce qui l'a tant bouleversée ? Respirez à fond, Helen.

Sa voix était apaisante.

— Voilà, c'est bien. On va régler tout ça dans une minute, mais on va d'abord s'occuper de vous. Parce qu'on a passé une belle semaine, hein ? Le coiffeur est venu et c'est magnifique maintenant, hein ?

Elle a désigné d'un grand geste les cheveux de ma mère.

— Vous l'avez raconté à Jane ? On est toute prête pour accueillir les visiteurs, pas vrai ?

— Clé, a répété ma mère en me foudroyant du regard.

— D'accord, d'accord, a concédé l'infirmière en s'asseyant sur ses talons. De quoi avez-vous besoin ? Vous voulez une clé ? Vous voulez que j'ouvre la fenêtre, c'est ça ?

Ma mère était convaincue que j'avais la clé depuis le début, que je lui mentais.

Elle a frappé le plateau, qui s'est renversé sur le sol, projetant un peu partout ses mouchoirs, sa cruche et sa photo encadrée.

L'infirmière m'a regardée.

— Peut-être qu'on devrait…

— Ce n'est rien, ai-je déclaré en me levant. Ne vous en faites pas. Je reviendrai la semaine prochaine. Elle a peut-être passé une mauvaise nuit.

Je perdais le contrôle, je commettais des erreurs.

Je lui avais dit que je n'avais pas de clé. Et, pire encore, j'avais précisé que si j'en avais eu une, j'aurais pu sauver la vie de Charles. Ce qui était n'importe quoi, bien sûr. J'avais utilisé cette clé pour lui *ôter* la vie et à présent ma mère le savait peut-être.

Je n'avais pas menti ce matin, mais j'avais menti avant et elle m'avait prise au piège de mon propre tissu de mensonges.

— Papa ? a demandé ma mère.

Je me suis tournée vers elle. Elle en parlait parce qu'elle avait besoin de lui. Elle voulait qu'il intervienne, qu'il joue son rôle de père. Elle savait qu'elle ne devait pas me faire confiance, mais elle était trop faible, trop frêle pour avoir le choix.

— Tu sais bien qu'il ne viendra pas, lui ai-je rappelé de mon ton le plus compatissant. On en a déjà parlé. Il ne vit plus ici. Tu te souviens ? Il ne fait plus partie de notre famille depuis des années.

Puis je suis partie.

★

Ce n'est qu'ensuite, en rentrant chez moi, que je me suis demandé si en réalité, plutôt que m'accuser, elle n'avait pas simplement tenté d'exprimer sa peur. Est-ce qu'elle voulait me protéger ? Est-ce qu'elle me mettait en garde, me disait de me méfier, de me surveiller, de ne pas me faire prendre ?

N'est-ce pas ce que ferait une mère ?

Elle avait peur pour moi. Elle avait perçu que quelque chose était cassé en moi, elle avait enfin remarqué mes fêlures. Et pourtant, elle avait voulu me protéger malgré tout.

38

QUAND JE SUIS ARRIVÉE À LA MAISON, j'ai appelé Emma, mais comme elle n'a pas répondu, j'ai regardé trois films et commandé un plat à emporter avant d'aller au lit. Je l'ai rappelée le lendemain matin, mais toujours pas de réponse. Je ne me suis pas inquiétée, je me suis dit qu'elle dormait. Elle était très faible et souvent épuisée, elle s'isolait quand elle ne se sentait pas en état d'affronter les autres.

J'ai réessayé le lundi après le travail et elle n'a toujours pas répondu. J'ai décidé de passer chez elle avec des fruits. Elle mangeait de temps en temps quelques tranches de pomme, même pendant ses pires semaines. Je voulais lui rappeler que je l'aimais et que je voulais l'aider.

Pendant ces trois jours, je n'ai à aucun moment envisagé qu'elle puisse avoir des ennuis, être en danger, qu'il puisse y avoir quoi que ce soit qui ne tournait pas rond.

Arrivée chez elle, j'ai frappé à sa porte. Il n'y a pas eu de réponse.

La police m'a demandé par la suite si j'avais senti une odeur bizarre. Curieusement, même si je ne peux oublier aujourd'hui cette puanteur atroce, je ne l'avais pas remarquée alors.

J'ai commencé à avoir peur. J'ai su à ce moment-là qu'il lui était arrivé quelque chose de grave.

Je suis redescendue pour aller voir l'agent de sécurité. Il avait été engagé pour patrouiller dans la zone suite à l'agression d'un jeune homme au couteau dans le parking voisin. Il était perché sur un muret de brique et j'ai interrompu le film qu'il regardait sur son téléphone pour lui demander de l'aide. Il a poussé un soupir et m'a répondu qu'il ne pouvait rien faire, que je devais revenir avec la police.

Je les ai appelés immédiatement et je leur ai expliqué que ma sœur était vulnérable, qu'elle avait été hospitalisée quelques mois plus tôt, qu'elle ne sortait pratiquement plus de chez elle et que je ne parvenais pas à la joindre. J'ai fait les cent pas devant l'agent de sécurité, l'empêchant de regarder son film, en attendant leur arrivée.

Je me sentais un peu ridicule parce que, même si j'étais absolument certaine que quelque chose n'allait pas, je n'arrivais pas à me débarrasser de la crainte – ou plutôt de l'espoir – que je faisais des histoires pour rien.

La police est arrivée et je pense qu'ils avaient déjà compris eux aussi que ma sœur était morte.

Sur leur insistance, l'agent de sécurité a contacté le préposé à la maintenance qui nous a accompagnés jusqu'à l'appartement.

— Vous voulez attendre ici ? m'a proposé la policière. On peut y aller en premier.

J'ai secoué la tête.

— C'est bon. Je veux être là.

Je savais que ma petite lueur d'espoir était vaine, qu'Emma était morte, et je ne voulais pas être lâche cette fois, je ne voulais pas détourner le regard.

Ils ont ouvert la porte et l'odeur m'a aussitôt frappé les narines. Emma était allongée sur le canapé. Elle était boursouflée, plus épaisse qu'elle ne l'avait jamais été, sa peau tachetée et grise, ses yeux grands ouverts. Des mouches lui tournaient autour et l'une d'elles était posée juste au-dessus de sa paupière.

Je me suis figée sur place. La policière s'est précipitée pour prendre le pouls de ma sœur, mais nous savions tous que c'était trop tard. Le préposé à l'entretien a été pris d'un haut-le-cœur et je l'ai entendu se précipiter sur le balcon.

Je savais depuis des années qu'elle allait mourir.

Ça a l'air morbide dit ainsi, et ça l'est peut-être, mais elle était en phase terminale. Elle était rongée par une maladie dont elle ne pouvait guérir. Il n'y avait qu'une issue possible.

La policière s'est relevée et a secoué la tête, puis elle s'est dirigée vers moi, a passé son bras autour de ma taille et m'a fait faire demi-tour pour me ramener vers l'escalier.

Je n'avais pas peur. Je savais à quoi m'attendre. J'avais déjà vécu le deuil et j'étais prête à l'affronter.

— Est-ce qu'il y a quelqu'un que je peux appeler pour vous ? m'a-t-elle demandé.

Cette fois, il n'y avait personne à contacter.

★

Voici la liste des choses qui vont de soi quand tu vis entouré par des proches et que je n'ai plus : l'impression constante, rassurante et harmonieuse que quelqu'un, quelque part, se soucie de toi ; le réflexe de préparer mentalement l'histoire qu'on va leur raconter, quand les choses vont mal ; la personne qu'on appelle du bord de la route, des urgences à l'hôpital, de l'arrière d'une voiture de police ; la certitude que si tu meurs, tu ne resteras pas à pourrir seule dans ton lit parce que quelqu'un s'inquiétera pour toi.

Qu'est-ce que ça fait de vivre sans ces choses ? Sans amour, sans rire, sans amitié, sans espoir ?

Je ne veux pas le savoir.

Je refuse de vivre une vie pareille.

Je fais le choix – ça a l'air audacieux, ça me semble audacieux – de rétablir les choses, quoi qu'il en coûte, de façon à ce que cette vie vaille la peine d'être vécue.

Je ne vivrai plus comme ça.

Ce qui veut dire que je vais devoir faire quelque chose pour remédier à la situation.

SEPTIÈME MENSONGE

39

EMMA EST MORTE IL Y A MOINS D'UNE SEMAINE.

C'est récent, hein ?

Je suis toujours sous le choc. Je dois l'être.

Pourtant, en même temps, je pense que j'ai déjà atteint le stade ultime du deuil. Je sais qu'elle est partie ; je suis capable de l'accepter.

J'ai toujours su qu'elle ne vieillirait pas. Je n'ai jamais envisagé qu'elle puisse devenir un jour une de ces femmes à la peau fine comme du papier crépon allongées sur un chariot d'hôpital. Ça ne m'a jamais paru probable. Peut-être parce qu'elle était déjà, à bien des égards, pareille à ces vieilles dames.

Elle passait tellement de temps seule. Je ne l'avais jamais vue aussi faible que ces dernières semaines. Ses os semblaient d'une fragilité extrême. Son dos lui faisait mal, ses articulations étaient gonflées, elle était percluse d'arthrite. Elle avait du mal à monter les escaliers jusqu'à son appartement. C'étaient ses hanches, disait-elle. Elle souffrait de tant de maladies qu'elle aura passé la majeure partie de sa vie d'adulte en équilibre précaire entre la vie et la mort.

J'avais depuis très longtemps conscience que cela allait arriver. Je le voyais tous les soirs dans les étoiles. C'était une certitude, celle d'un moment inéluctable qui attend juste d'être fixé dans le temps. Ce n'est pas la pire façon de perdre un être cher.

Les morts qui surviennent de façon inattendue – comme des éclairs dans un ciel nocturne – sont bien pires. Tu regardes par la fenêtre et tout à coup elle est là devant toi, une étoile plus brillante que les autres qui tombe à toute allure. Tu n'as même pas le temps de te préparer ou d'accepter la réalité, la terre se dérobe déjà sous tes pieds.

Ce sont ces morts-là que tu ne peux pas accepter. Ce sont les plus dures. L'atterrissage est violent, il détruit la vie des proches, leur avenir et sème le chaos dans son sillage. Parce que tu ressens tout ça d'un coup, en un seul instant, comme une vie avalée par une crevasse, comme un liquide qui s'écoule entre tes doigts serrés.

Je suis rentrée chez moi tout de suite après avoir découvert le corps d'Emma. J'ai pleuré, mais un peu seulement. Puis je me suis endormie.

Je me suis réveillée tôt, trop tôt, et je me suis sentie déséquilibrée, comme si les pièces qui composaient ma vie jusque-là avaient changé de position du jour au lendemain. J'ai enfilé mon jean et un pull et je suis sortie dans la rue pour me rappeler que les arbres ne tremblaient pas, que leurs racines étaient toujours solidement fichées dans la terre et que le bitume ne s'était pas soulevé. Je voulais me rappeler que la disparition de ma sœur n'était pas une catastrophe, que j'avais déjà survécu à bien pire.

Le ciel était noir, éclairé seulement par la lune au-dessus de moi et par la lueur vive et chaude des lampadaires. J'ai erré dans la ville, passant par les petites poches de banlieue qui se terrent à l'intérieur de la cité. Les voitures étaient garées le long des trottoirs, les roues collées contre le rebord. Je suis passée devant le restaurant indien avec son enseigne au néon qui illuminait la nuit de façon criarde, le supermarché dont la porte était fermée par une chaîne, un seul néon éclairant piteusement l'intérieur. Je suis passée devant deux agences immobilières, trois coiffeurs et j'ai constaté que la ville n'avait pas changé.

Je suis retournée à mon appartement et j'ai vu des moutons de poussière flotter dans ma chambre et dans la cuisine. Je me suis mise à nettoyer. Parce que la vie ne tient pas compte des deuils individuels. La crasse continue à s'accumuler. J'ai pris une douche et j'ai enfilé mon pyjama préféré, je me suis assise sur le canapé et je n'ai plus bougé sauf pour aller aux toilettes, remplir mon verre de vin et me faire griller quelques tranches de pain. Je me suis ordonné d'être patiente, de persévérer, que ça, comme tout le reste, allait passer.

★

Le lendemain soir, j'ai traîné une chaise de la salle à manger dans ma chambre, je l'ai placée contre ma garde-robe ouverte et j'ai grimpé dessus pour chercher les vieux albums photo assemblés par ma mère des dizaines d'années plus tôt, quand nous formions encore une famille. Ils étaient épais et poussiéreux, leur reliure en cuir rouge était semblable à mon souvenir.

Je me suis assise sur mon lit et je les ai feuilletés en essayant de trouver des photos d'Emma et moi ensemble. Il y en avait des dizaines. Sur l'une d'entre elles, je portais une salopette en jean et des sandales roses, j'étais lovée dans le coin d'un fauteuil et ma sœur était serrée dans mes bras, allongée sur mes cuisses. Elle ne devait avoir que quelques semaines, parce que des tubes lui sortaient encore du nez et s'enroulaient sur ses joues.

Une autre avait été prise devant un mur de brique, nous posions main dans la main vêtues d'uniformes scolaires assortis. Elle était à côté de moi, la tête contre ma poitrine. Il y en avait une adorable où nous étions assises dans un champ, avec des feuilletés à la saucisse, des sandwiches et des biscuits disposés sur une couverture écossaise, un frisbee dans la main d'Emma. Des vaches apparaissaient à l'arrière-plan. Sur une autre encore, nous étions en maillots de bain orange assortis dans un parc aquatique avec des toboggans monstrueux qui tournaient derrière nous. À ce moment-là, son petit corps était une réplique miniature du mien : les mêmes cuisses droites, les mêmes épaules carrées.

Des photos de Noël étaient rassemblées vers la fin de l'album. Sur les premières, nous étions assises côte à côte en pyjama, tout sourire, les cadeaux empilés autour de nous dans du papier coloré, le sapin scintillant dans notre dos. Sur les suivantes, nous étions en duffel-coats et bottes en caoutchouc assortis à côté d'un bonhomme de neige avec une carotte en guise de nez et des branches pour les bras. Et, à la toute fin du dernier album, on nous voyait devant notre dernière maison familiale, le jour où nous avions emménagé, entre nos parents.

Je savais que je devais prévenir ma mère.

On était un mercredi. Je ne lui avais jamais rendu visite ce jour-là, mais je ne pouvais décemment pas attendre jusqu'au samedi suivant. Je suis allée à la gare et je suis montée dans le train. Quand j'ai aperçu mon visage dans la fenêtre, j'ai vu que j'avais les yeux rouges et gonflés, le teint gris et le visage boursouflé. Je me suis frotté les joues pour leur redonner de la couleur. Je me suis retenue de pleurer tout le long du trajet pour tenter d'avoir un peu meilleure mine à l'arrivée.

J'ai appuyé sur la sonnette à l'accueil et la réceptionniste s'est approchée de moi. Elle a soupiré bruyamment lorsque j'ai dit que je devais parler à ma mère de toute urgence.

— On ne vous attendait pas aujourd'hui.

— Comme je vous l'ai dit, c'est urgent.

— Elle est peut-être dans la salle de séjour…

— Non, elle n'y va jamais.

— Nous avons des heures de visite bien précises…

Elle s'est interrompue quand j'ai tourné les talons et que je suis partie en direction de la chambre de ma mère.

Ma mère n'avait pas l'air surprise de me voir. Elle a souri quand je me suis assise au bout de son lit ; elle devait croire que c'était déjà le week-end. Elle portait à nouveau son gilet bleu, les manches retroussées sur les coudes, et on aurait dit qu'elle avait encore son pyjama dessous.

— Il faut que je te parle, lui ai-je annoncé.

Elle a hoché la tête.

— Ce n'est pas une bonne nouvelle.

Elle a à nouveau acquiescé.

— Maman, c'est vraiment une mauvaise nouvelle, la pire qu'on puisse imaginer.

Je ne l'avais pas appelée « maman » depuis des années. Le mot ne m'a jamais paru naturel dans ma bouche, comme s'il n'avait pas de rapport avec la femme en face de moi.

Elle a incliné la tête vers la gauche et l'a secouée, plus vigoureusement cette fois-ci, m'exhortant à lui dire ce que j'avais sur le cœur.

— C'est à propos d'Emma.

Elle m'a regardée fixement. J'ai continué :

— Je suis allée la voir, comme je te l'avais dit, pour vérifier si elle allait bien. Elle ne répondait pas au téléphone.

Et quand je suis arrivée, elle n'est pas venue ouvrir. J'ai fini par appeler la police parce que personne ne voulait me laisser entrer dans son appartement. Ils ont ouvert la porte…

Je voulais que ma mère réponde quelque chose, mais elle a gardé le silence et j'ai continué à lui raconter ce qui s'était passé, à lui détailler les instants qui avaient suivi, mes pensées, mes peurs, toutes les façons dont cela aurait pu finir autrement. Je savais que ma mère était désorientée, mais j'étais incapable de ralentir le flot de mes paroles. Je lui ai appris que sa fille était morte avec des mots que je n'avais jamais utilisés, des mots qui attendaient en moi et que j'espérais garder pour toujours.

— Maman, elle est partie. Les médecins pensent que c'est son cœur.

Elle a fini par comprendre parce qu'elle a étouffé un cri et que son regard s'est perdu. Elle avait l'air effrayée. Elle a ouvert et fermé la bouche, puis elle s'est détournée.

J'ai essayé de lui prendre la main, mais elle s'est dégagée.

J'ai tenté de lui parler, mais elle a commencé à fredonner très doucement et je savais qu'elle ne m'écoutait plus.

Elle n'a plus voulu me regarder par la suite. Je me suis approchée d'elle, j'ai baissé la tête pour la regarder dans les yeux, mais elle fixait le vide, comme si j'étais transparente.

J'ai compris que c'était terminé, que la moisissure qu'elle combattait depuis quelques années allait maintenant s'étendre sans entrave dans son cerveau. S'accrocher pour rester elle-même avait été un terrible combat ; il lui avait demandé des efforts surhumains, chaque jour. Et ça n'en valait plus la peine.

Alors je suis partie.

40

PENDANT DES ANNÉES, j'ai été la seule famille de ma mère. J'ai été son mari, sa fille aînée et sa fille cadette. Et, oui, je le regrettais parfois. Et, oui, c'était pénible d'aller la voir tous les week-ends. Et, oui, c'était frustrant que personne d'autre ne se sente assez en devoir de le faire.

Les autres étaient tous égoïstes. Ils n'en avaient rien à foutre. Rien.

J'aurais dû m'en fiche aussi. Je n'aurais pas dû me donner cette peine ; c'était une perte de temps et d'énergie, un gâchis de passer mon samedi matin avec elle et de croire que je faisais quelque chose de bien, que j'étais meilleure que les autres, que je me sacrifiais pour elle alors qu'elle était incapable d'être là pour moi, bordel !

Oh.

Je suis désolée.

Je t'ai fait peur ?

Ne pleure pas, s'il te plaît.

J'ai découvert ma sœur morte en début de semaine. Et ma mère s'est repliée dans sa démence il y a quelques jours à peine. Si quelqu'un doit pleurer en ce moment, c'est bien moi.

Elle ne pouvait pas exister sans sa fille cadette. Elle ne pouvait pas exister pour moi.

J'ai passé une semaine atroce.

★

Ce matin, j'ai reçu un message de Marnie. Elle me disait qu'elle était vraiment désolée, mais qu'elle devait annuler notre dîner de ce soir, ce qui est devenu une habitude chez elle. Son excuse – elle en a toujours une bonne, difficile à contester – c'est qu'Audrey avait été malade et qu'elle était restée éveillée toute la nuit avec une température supérieure à trente-huit degrés.

Je lui ai répondu de ne pas s'en faire pour moi et je lui ai envoyé tout mon amour avec des vœux de prompt rétablissement.

Mais je ne compatissais pas. Je me suis simplement sentie triste. Parce que nous n'étions plus des gamines avec des gobelets reliés par une ficelle tendue entre les fenêtres de nos chambres. Nous étions à présent distantes, déconnectées.

Valérie avait parlé d'une boule de démolition, comme si une réalité extérieure pouvait venir à bout de notre amitié. Je voulais que nos murs soient solides, tellement résistants que rien – pas même un engin de chantier – ne puisse briser ces briques. J'avais besoin de renforcer notre amitié, de l'étayer, pour qu'elle puisse résister à la force de la vérité.

À Marnie, je comptais parler des différentes découvertes de Valérie sans avoir l'air d'y toucher, en mentionnant des voisins bruyants, en soulignant que les murs et les planchers de son immeuble étaient vraiment minces, que les sons semblaient s'amplifier entre les appartements. J'avais l'intention d'évoquer ma semaine passée chez eux, de faire référence à mon séjour d'une manière ou d'une autre – le grincement des tuyaux la nuit ou le tic-tac de l'horloge dans sa chambre – et d'être choquée par son inévitable étonnement. *Charles ne te l'a jamais dit ?* Je demanderais. *C'est lui qui l'avait suggéré.*

Je lui raconterais la rencontre avec Valérie dans le train. Je lui révélerais – et ce serait au moins en partie vrai – que la journaliste m'avait suivie, traquée même, et je lui demanderais si elle pensait que je devais appeler la police. Valérie. Je dirais son nom et je n'aurais pas peur. Parce que cette fois, son histoire m'appartiendrait. Et je la transformerais en une personne indigne de confiance, en menteuse.

Mais pour tout ça, il fallait que je passe du temps avec Marnie.

Même si j'étais déçue qu'elle ait annulé notre dîner, j'étais convaincue qu'elle aurait du temps à me consacrer une fois qu'elle apprendrait la mort de ma sœur, l'état de ma mère. Car si la mort sépare à tout jamais, elle unit aussi. On ne sait jamais à quel point on est aimé tant qu'on n'est pas à l'épicentre d'un deuil si vaste et si profond qu'on ne perçoit plus rien au-delà. Très vite, des visages commencent à apparaître par-dessus le désastre pour nous offrir des cartes, des lettres, des fleurs et de la nourriture. Ces gens sont là pour nous et trouvent un moyen de nous sortir du fond du trou.

Marnie avait trouvé un moyen de nous sortir de là, la première fois.

Je savais qu'elle pouvait encore me sauver.

Une amitié pareille compte plus que tout. On n'abandonne pas un amour aussi intense.

★

Valérie, elle aussi, semblait incapable d'abandonner un amour comme le nôtre.

Je suis tombée sur elle dans le hall de mon immeuble aujourd'hui. Elle m'attendait. Je revenais du supermarché et je ne l'avais pas vue, mais elle m'a appelée, après que j'ai récupéré mon courrier. Elle était perchée sur une vieille chaise de bureau qui attendait d'être ramassée par les éboueurs, elle se faisait tourner et laissait des empreintes de pieds sur les murs fraîchement peints. Elle arborait un nouveau tatouage – une petite fleur – sous le lobe gauche. Elle portait un jean ample, déchiré aux genoux et un pull noir moulant.

Elle a arrêté la chaise et m'a souri.

— Quelle coïncidence, a-t-elle plaisanté en soulevant les jambes pour les croiser sur le siège. Je voulais vous parler, à propos de la semaine dernière.

— Ce n'est pas le bon moment.

J'étais près de l'ascenseur, mon courrier serré contre ma poitrine. Je n'étais pas surprise de la voir. J'aurais dû l'être, car je me trouvais dans un espace qui n'appartenait qu'à moi, mais quelque chose avait changé entre nous. Je la connaissais un peu mieux maintenant – je connaissais son acharnement – et elle ne pouvait plus me surprendre comme avant.

— C'est important. Vous m'avez contrariée.

J'ai ri, je n'ai pas pu m'en empêcher. C'était agréable, un soulagement, même si le chagrin et la culpabilité ont suivi très vite.

— Je vous ai contrariée ? Vraiment ?

— Dans le train. Quand vous avez dit que j'étais jalouse.

— Ce n'est pas le cas ?

— Si, c'est vrai. Mais là n'est pas la question.

Sa sincérité, sa présence, la simplicité de ce qu'elle disait avaient quelque chose d'enfantin. Au cours des semaines précédentes, je l'avais suivie sur Internet, du lycée – à seize ans, elle avait écrit un article sur la faune aquatique qui avait été publié sur le site de l'école – à la fac, où elle avait rédigé le journal du campus. J'avais trouvé ses premiers profils sur les réseaux sociaux : ses meilleurs amis, ses centres d'intérêts et la liste des personnes qu'elle aimerait rencontrer. J'avais retracé ses changements de hobbies, de maisons et d'habitudes. Elle s'était mise à nager en plein air à vingt-neuf ans. Elle y allait au moins une fois par semaine. Elle avait déménagé dans le quartier Elephant and Castle à trente ans, après la fin de son mariage. Elle se faisait faire un nouveau tatouage à chaque anniversaire depuis ; celui dans la nuque avait été le premier.

Mais le plus frappant – et je ne m'en suis rendu compte qu'à ce moment-là – c'est que tous ses meilleurs amis, enregistrés comme tels à dix-sept ans, étaient absents depuis. Ils n'étaient pas sur Instagram. Ils ne la suivaient pas sur Twitter.

— Répondez juste à une question et je m'en irai. Comment êtes-vous encore si bonnes amies ?

Je n'ai pas répondu.

— Allez, c'est fini après ça. C'est ma dernière question. Parce que ça n'a pas de sens pour moi. Une meilleure amie, à notre âge. C'est un peu gamin, non ?

— C'est extraordinaire.

— J'ai du mal à vous suivre. Ce n'est pas réel, c'est…

— Vous n'avez pas de vieux amis ? Des gens qui sont tellement intégrés dans votre univers que vous ne vous souvenez pas de votre vie sans eux ?

— Non.

— Vous devez être bien seule.

Elle a haussé les épaules, décroisé les jambes et reposé les pieds au sol.

— Je pense, a-t-elle essayé de continuer, que…

— Même pas un ? ai-je insisté.

— Je voudrais parler de vous. Vous m'intéressez.

— Mais vous, vous ne m'intéressez pas, ai-je rétorqué en essayant d'avoir l'air indifférent, le courrier serré contre ma poitrine.

Il y avait une lettre de la banque, une autre de mon université et un mot griffonné à la main par un résident du rez-de-chaussée de l'immeuble, qui insistait pour que nous fassions plus attention et que nous fermions bien la porte d'entrée à clé.

Je l'ai regardée. Elle souriait.

— Pourtant, vous me posez beaucoup de questions. Je sais ce que vous pensez, Jane. Vous préféreriez que je ne vous connaisse pas.

— Vous ne me connaissez pas du tout, me suis-je défendue.

Je sentais l'équilibre de la conversation glisser, elle prenait le dessus, touchait des points sensibles.

Elle a haussé les épaules.

— Vous vous sentez seule. Elle a annulé vos projets pour ce soir ? Je me demande si elle sait à quel point ça vous contrarie. À mon avis, non. Elle ne vous connaît pas comme moi. Et…

— Je dois y aller, ai-je annoncé.

Je me suis tournée vers l'ascenseur et j'ai appuyé sur le bouton.

Elle a ri.

— Si vous le dites. Mais si je vous connais – et je pense que c'est le cas – vous ne devez aller nulle part.

— Vous avez fini ? ai-je demandé, alors qu'un grincement annonçait l'arrivée de la cabine au rez-de-chaussée.

— Pas encore. Je suis venue ici pour vous dire autre chose. Vous ne voulez pas savoir de quoi il s'agit ?

— Non.

J'ai appuyé de nouveau sur le bouton.

— Vous mentez, je sais que vous mourez d'envie de savoir.

— Allez-y, alors.

Je pourrais me faire croire – et à toi par la même occasion – que c'était un stratagème. Je pourrais prétendre que je l'ai encouragée pour qu'on en finisse, simplement pour lui donner l'occasion de vider son sac, dans l'espoir qu'elle s'en aille au plus vite. Mais elle avait vu juste, évidemment : je mourais d'envie de savoir.

— J'ai arrêté de vous suivre.

Elle s'est interrompue et m'a regardée.

— Ça ne vous fait même pas sourire ?

— Ça m'est égal.

— Non, ça vous fait quelque chose. Vous êtes soulagée. Eh bien, c'est tout ce que je voulais vous dire. Mon enquête n'est pas terminée. Pas du tout. Je souhaite toujours que Marnie découvre la vérité. Parce qu'il y a beaucoup plus de mystères que ce dont je lui ai parlé dans mon premier message, non ? Il y a tant de choses qu'elle ne sait pas. Mais je ne suis plus pressée.

— Valérie…

— Vous allez tout saccager toute seule.

— Oh, par…

— J'écrirai mon article à ce moment-là.

L'ascenseur est enfin arrivé au rez-de-chaussée et les portes se sont ouvertes. Je suis entrée dans la cabine.

— Appelez-moi quand tout sera fini, a-t-elle chuchoté.

41

Je ne suis pas allée travailler cette semaine. Duncan m'a adressé un mail furibard, m'accusant de négliger mes responsabilités. J'ai reçu un texto inquiet de Peter, auquel je n'ai pas répondu non plus.

Je m'apitoie sur mon sort, mais aujourd'hui des sommets ont été atteints, le point culminant des mauvaises nouvelles.

Puis, à mon grand étonnement, une lueur d'espoir a surgi. Alors que je commençais à avoir faim, à penser au dîner, j'ai reçu un coup de fil de Marnie. Elle était au bord de l'hystérie, comme cela lui arrive souvent en cas de problème, incapable d'avoir une conversation calme et mesurée. La température d'Audrey avait encore grimpé en flèche, elle avait réussi à obtenir un rendez-vous de dernière minute avec leur médecin – un professionnel très compréhensif, toujours prêt à contourner les règles pour un bébé –, qui avait diagnostiqué une otite. Marnie avait une ordonnance, mais le cabinet avait aussi envoyé une copie à la pharmacie. Est-ce que cela me dérangerait, étant donné que la pharmacie était située à mi-chemin entre nos appartements, et qu'elle était encore ouverte… Est-ce que je serais d'accord ?

— Bien sûr. J'arrive chez toi le plus vite possible.

J'ai enfilé mon vieux jean, un pull et mes bottes marron, j'ai marché jusqu'à la station de métro sous la pluie. Je me suis assise dans une rame où étaient déjà entassées des familles en anoraks dégoulinants, les vitres étaient obscurcies par la condensation. J'étais remplie d'espoir. C'était une bonne nouvelle, non ? Je tenais nos retrouvailles. C'était le remède, l'occasion de reconstruire ce qui paraissait mal en point.

Je devinais ce qui allait se passer. Je voyais son visage quand elle apprendrait ce qui était arrivé à Emma : le choc, la tristesse. Je l'imaginais faisant bouillir de l'eau, commandant un plat à emporter, puis décidant que le thé n'était pas un remontant suffisant, pas pour une blessure pareille, ouvrant une bouteille de vin à la place. Audrey s'endormirait rapidement – grâce aux antibiotiques et aux analgésiques – et nous allions déballer notre tristesse ensemble.

Mais la réalité s'est révélée un peu plus compliquée. Je suis arrivée à la pharmacie, en suivant ses instructions, mais elle avait fermé une heure plus tôt que prévu. L'affiche sur la porte annonçait juste : « Vendredi : de 8 heures à 19 heures », l'information de Marnie était inexacte. Je l'ai appelée. Je lui ai annoncé que j'allais passer chez elle prendre l'ordonnance imprimée et trouver une autre pharmacie. Elle s'est mise à paniquer parce que s'il n'y avait pas d'autre pharmacie, on ne pourrait pas trouver le bon médicament ce soir. Je l'ai rassurée : tout allait bien se passer. Je me suis imaginée un moment, un peu plus tard dans la soirée, où elle me rassurerait à son tour.

Je suis montée dans le métro suivant et quand je suis arrivée à la station de Marnie, le ciel, les bâtiments, le bitume étaient baignés d'une lueur grisâtre. J'ai suivi l'itinéraire habituel jusqu'à son appartement, empruntant la ruelle et passant devant l'alignement de boutiques. Toutes ces étapes, tous ces moments me rassuraient. C'étaient des points de repère menant à la personne qui m'était chère. J'ai pleuré un peu – ce qui n'est pas inhabituel pour moi en ce moment –, mais c'étaient des larmes étranges, cathartiques en quelque sorte.

J'ai croisé le voisin dans le hall. Tu te souviens de l'homme à la serviette qui se précipitait au travail le jour de ta naissance ? Il rentrait tout juste du bureau et se tenait dans l'entrée, secouant son parapluie sur le seuil pour l'égoutter. Il m'a saluée avec un léger sourire et un hochement de tête plus discret encore.

Jeremy m'a accueillie d'un signe de la main.

Je me suis sentie à ma place.

J'ai frappé à la porte et, quand Marnie m'a ouvert, elle semblait heureuse de me voir.

— Tu es là ! a-t-elle déclaré avec un sourire.

Elle portait un jean foncé et un T-shirt crème tombant sur ses hanches, mais serré aux bras. Ses cheveux étaient attachés en chignon lâche et, comme toujours, les mèches les plus courtes s'étaient détachées à l'avant.

Elle était magnifique.

— Je suis vraiment désolée, a-t-elle déclaré. Ils disaient que c'était ouvert jusqu'à vingt heures, j'en suis sûre.

L'appartement était impeccable : les sols brillaient, les surfaces étaient immaculées et je n'ai pas aperçu un seul objet ayant appartenu à Charles.

— Il y a quelque chose qui ne va pas ? m'a-t-elle demandé en se penchant vers moi, pour mieux m'observer. Tu as pleuré ?

Je suppose que j'ai dû hocher la tête. Elle m'a guidée vers le salon.

— Qu'est-ce qui se passe ?

Audrey était allongée sur un tapis jaune au sol, vêtue juste d'une couche-culotte, les joues rouges.

— Assieds-toi, a insisté Marnie. Raconte.

Elle se tenait debout devant moi et j'ai fixé sa ceinture en cuir noir, le fermoir doré plus précisément, pour tenter de me concentrer. Je ne pleurais plus, mais j'avais mal aux yeux. Je me suis demandé s'ils étaient rouges ou cernés de noir.

Je me suis installée sur le canapé et j'ai serré un coussin gris contre ma poitrine.

— J'ai eu une semaine affreuse. Emma…

Je ne savais pas comment finir ma phrase, mais je n'avais pas besoin d'en dire plus.

— Oh non, s'est exclamée Marnie. Oh, mon Dieu. Quand ? Qu'est-ce qui s'est passé ? Pourquoi tu ne m'as pas appelée ?

— Je l'ai trouvée…

— Jane !

— … lundi.

Marnie s'est mise à arpenter le salon, passant les doigts dans ses cheveux, faisant le tour de la table basse. C'était un meuble avec des pieds en bois et une tablette en verre. En y regardant de près, je distinguais des traces sur la surface : des empreintes de doigts, des auréoles laissées par des tasses et des verres.

— Tu aurais dû m'appeler. Je serais venue tout de suite. Je n'arrive pas à y croire. Comment ont-ils… ? Tu l'as dit à ta mère ?

Marnie a fermé les portes du balcon, puis a tiré les rideaux, masquant la baie vitrée. Sans le bruit des klaxons et des voix sur le trottoir, la pièce m'a semblé plus petite.

Il n'y avait que nous.

— Elle n'est plus vraiment là, ai-je expliqué. J'ai eu l'impression qu'elle disparaissait quand je lui ai appris la nouvelle. Elle n'a plus voulu me regarder. Elle a refusé de m'écouter. Elle était encore assise dans le fauteuil, comme quelques minutes plus tôt, mais elle était partie.

— Oh, Jane, je suis désolée.

Marnie s'est affalée sur le canapé à côté de moi.

— C'est dans la logique des choses, ai-je marmonné.

— Logique ? Qu'est-ce que tu veux dire ?

— Ma mère a toujours adoré Emma. Et que ce soit la démence ou… qu'est-ce que ça peut faire ? Elle n'a jamais été là pour me soutenir.

Un petit couinement triste a échappé à Marnie.

— C'est terrible. C'est épouvantable. Je veux dire… Ma pauvre. Le choc a dû être affreux. Tu es allée travailler ?

J'ai secoué la tête.

— Tu es restée chez toi ? Toute la semaine ? Toute seule ? Pourquoi tu n'as pas… ?

Elle a pris mes mains entre les siennes. Ses ongles étaient vernis de rose et tellement longs qu'ils me chatouillaient, tandis qu'elle réchauffait mes articulations entre ses paumes.

— Ce n'était pas si grave.

— Ne sois pas ridicule, a-t-elle protesté en me donnant une petite tape sur le bras. C'est de la folie de rester seule après un… un traumatisme pareil. Je suis toujours là, je l'ai toujours été, juste au bout du fil. Tu aurais dû m'appeler. Mais ça n'a plus d'importance maintenant. Je suis là. Je suis là. Je suis toujours là. Quand auront lieu les funérailles ? Ta mère y assistera ? Tu as besoin d'un coup de main pour l'organisation ? Ou pour trier ses affaires ? Qu'est-ce que je peux faire ?

— J'ai accepté de vider son appartement demain. Un nouveau locataire emménage lundi. J'aurais préféré que ça ne se fasse pas dans la précipitation, mais ces appartements sont demandés, c'est tellement bon marché et…

Audrey s'est mise à gémir puis, très vite, à crier. Son visage est devenu rouge comme une tomate, ses petits poings serrés frappaient le sol, ses pieds battaient l'air.

— Oh, je sais, je sais, a dit Marnie en se précipitant pour la prendre dans ses bras. Je sais que tu te sens mal, ma pauvre petite chérie.

Elle a fait rebondir Audrey sur sa hanche en tournant lentement, me faisant face, puis se détournant, sans jamais me regarder.

— Je sais, je sais.

Elle a appuyé le dos de sa main contre le front d'Audrey.

— Oh, ma chérie, tu es encore brûlante. Quelle heure est-il ?

Elle a jeté un coup d'œil à l'horloge accrochée au mur, aux gros chiffres romains, aux fines aiguilles en métal.

— Oui, on va prendre quelque chose pour soulager cette fièvre. Maman va aller chercher l'ordonnance pour tante Jane et tu iras mieux en un rien de temps.

Elles ont disparu vers la cuisine.

— Jane, m'a crié Marnie, tu veux bien chercher une pharmacie encore ouverte ?

Je me suis enjoint de rester calme, de me montrer patiente, de repousser le sentiment d'abandon, la déception que je ressentais. Je me suis forcée à faire ce que Marnie me demandait et je n'ai trouvé qu'une seule officine à proximité. Elle n'était qu'à quelques kilomètres de l'appartement, mais éloignée de toute station de métro, et il n'y avait pas non plus d'arrêt de bus dans le coin. J'entendais Audrey continuer à hurler et les platitudes que Marnie lui serinait en boucle :

— Chut. Ne pleure pas. Maman est là.

J'ai senti la rage s'installer en moi et j'ai tenté de la contenir.

— Alors ? m'a-t-elle demandé en revenant dans le salon.

Elle a froncé les sourcils quand je lui ai expliqué le problème, qu'il me faudrait plus d'une heure pour y aller, en marchant presque tout le temps, et probablement plus encore pour revenir.

— C'est incroyable ! On est dans une des plus grandes villes du monde et il n'y a pas moyen de trouver une putain de pharmacie ? Bon. Je vais la mettre au lit puis j'irai moi-même. En voiture. Ce sera plus rapide. Tu resteras ici avec Audrey ? Tu es d'accord ?

J'ai hoché la tête.

— Bon. Laisse-moi quelques minutes.

Elles sont montées et j'ai allumé la télé. J'ai essayé de trouver une émission que j'aurais envie de regarder ; le choix était immense, mais rien ne me semblait un tant soit peu intéressant. Je suis allée dans la cuisine, j'ai ouvert le frigo et j'ai trouvé une bouteille de vin blanc. Je l'ai ouverte – je ne pensais pas que ça dérangerait Marnie – et je me suis servi un petit verre. J'ai examiné les rayonnages à la recherche d'un DVD ou d'un livre qui me plairait, mais je n'arrivais pas à me concentrer. Cinq minutes se sont écoulées. Puis dix. Je suis restée à fixer l'écran noir de la télé, rectangle sombre au centre de la cheminée.

— Bon, a déclaré Marnie en revenant à toute allure. Elle ne dort pas. Je suis tellement exténuée que je n'arrive pas à croire qu'une de nous deux dormira un jour ; elle est surexcitée, mais elle est un peu plus calme que tout à l'heure. Elle a cessé de pleurer, c'est déjà ça.

Marnie s'est empressée de rassembler son portefeuille, son téléphone, les clés de voiture et de les glisser dans son sac en cuir noir.

— Je crois que je n'ai rien oublié.

Elle a décroché son imper de la patère dans le couloir et l'a enfilé. Elle m'a montré l'escalier.

— Tu iras la voir dans quelques minutes ? Pour t'assurer que sa température baisse ? Il y a un thermomètre dans sa chambre, il lui suffit de lui mettre dans l'oreille. Si elle est trop énervée, essaie de la nourrir. Son biberon est dans le frigo si besoin. Son sac de change est sous l'escalier, mais je crois qu'il y a déjà tout là-haut. Bon, je file. Je reviens vite. On pourra parler tranquillement à mon retour. Je suis désolée, Jane. Je n'en ai pas pour longtemps.

Je n'ai pas ouvert la bouche. Je n'ai rien trouvé à dire. J'étais si déçue que j'avais peur d'exploser. Mais en fin de compte, je n'étais pas fâchée, juste triste.

Alors je suis venue ici, dans ta chambre.

Et je me suis mise à te raconter cette histoire.

Parce que tu as le droit de l'entendre.

Après tout, c'est l'histoire de ta naissance, de ta vie et des gens qui ont fait que nous en sommes là aujourd'hui. J'avais simplement l'intention de te raconter l'histoire de ton père, de ses défauts, de comment il est mort. Je voulais aussi te parler de ta mère, t'expliquer à quel point elle est merveilleuse et combien notre amour nous a soutenues. Je voulais me rassurer, me souvenir, pour que cette soirée soit moins impardonnable.

Mais ça n'a pas marché.

42

TANT DE CHOSES nous font nous sentir plus mal encore, alors qu'elles sont censées nous faire du bien. Les plats à emporter, par exemple. Sur le moment, ça réconforte : la base de sauce tomate d'une pizza, le chutney de mangue sur un papadum, les crêpes croustillantes fourrées au canard. Mais ensuite, ça pèse sur l'estomac. Après le repas, on ne se sent jamais dans l'état qu'on espérait atteindre avant de passer à table. Je m'attendais à ce que ma conversation avec Marnie se déroule autrement. Je ne m'attendais pas à me sentir plus mal encore après.

Parce que je croyais la connaître. Si tu m'avais posé la question, j'aurais dit que je pouvais prédire avec précision sa réaction à n'importe quelle conversation. Je savais, par exemple, qu'elle prenait son hamburger cuit à point, avec un supplément de fromage et des tomates. Ou qu'elle levait les yeux au ciel dès qu'on évoquait ses parents, peu importe l'interlocuteur, peu importe la question. Ou encore qu'elle livrait systématiquement son travail après la date limite, mais qu'elle n'avait pas plus de quelques heures de retard. Qu'elle ne rappelait jamais personne et que cela ne servait à rien de lui laisser un message, parce qu'elle ne l'écouterait sûrement pas. Que pour rien au monde elle n'avalerait un cornichon et que, quand elle était avec un convive, elle était soulagée qu'il mange le sien rapidement pour qu'elle n'ait plus à le voir dans son assiette.

Toutes ces choses sont toujours vraies.

Pourtant, la discussion n'a pas du tout pris le tour que j'attendais. Je l'avais scénarisée à la perfection, j'avais imaginé nos deux rôles, sa sollicitude, son soutien, l'attention qu'elle m'apporterait exclusivement, mais elle a improvisé sans prévenir.

Je suis déçue. J'ai peur. Et je me sens perdue.

Je sais que tu es malade. Je ne suis pas idiote. Je comprends qu'elle a la responsabilité de s'assurer que tu as les bons médicaments, de prendre soin de toi, de te materner. Mais me couper au milieu d'une phrase, passer si facilement à un autre sujet, minimiser mon deuil si ouvertement, avec tant d'indélicatesse ? Ce n'est pas comme ça que devrait se comporter une meilleure amie. Tu n'es pas d'accord ?

Elle m'a envoyé un message, il y a plus d'une heure, pour me dire que la pharmacie était fermée, qu'il y avait un panneau sur la porte indiquant : « Urgence familiale – Réouverture lundi » et qu'elle allait en trouver une autre. Ensuite, j'ai éteint mon téléphone parce que je veux qu'on soit juste nous deux, avec notre histoire, et parce que j'ai besoin d'espace pour réfléchir, pour comprendre mon angoisse.

★

Mon père disait que quand on tombe amoureux, il faut s'arranger pour aimer un peu moins qu'on est aimé. C'est le seul moyen de se protéger, affirmait-il.

Mais c'est trop tard maintenant. Est-ce que je serais capable de quitter cet appartement dans quelques heures et ne plus jamais me retourner, ne plus jamais vous voir ni l'une ni l'autre ? Je ne crois pas, non. C'est trop dur de détricoter un amour si fort. Je ne saurais pas comment dégager les fils qui sont tissés dans mes côtes, mes articulations et mes muscles. Et même si j'en étais capable, je ne le voudrais pas.

De toute façon, mon père se trompait. Si on aime trop quelqu'un, on doit tout faire pour que cette personne nous aime aussi. Et j'aime Marnie : sa bienveillance, sa chaleur, sa confiance et l'éclat qui émane d'elle. Rien de tout ça n'a changé. Mais ça ne suffit plus. Elle est bienveillante, mais envers toi, chaleureuse, mais envers toi, aimante, mais envers toi, encore et toujours.

Son éclat ne brille plus pour moi.

Ai-je le droit d'avouer que j'aimerais que ta mère m'aime autant qu'elle t'aime ?

Peut-être pas.

Mais c'est la vérité.

Avant, c'était le cas. Ensemble, nous avons découvert l'amitié et réalisé qu'elle était différente, bien plus forte que nos relations avec les personnes de notre famille, qui étaient obligées de nous aimer, elle. Nous avons découvert que cette amitié nous ancrait dans notre propre vie. Et puis, des années plus tard, nous y avons renoncé. J'aimerais pouvoir te dire que tu ne commettras pas les mêmes erreurs, mais tu n'y échapperas pas, car nous tombons tous dans le même panneau. Nous sacrifions les amours essentielles en courant après des relations plus fortes.

Oh.

Oh, non.

Je viens de comprendre, tout d'un coup.

Je n'avais jamais vu les choses ainsi. J'en étais incapable.

Mais j'ai raison, non ? C'est tout à fait logique.

On s'extirpe de sa famille, puis de ses amis, un bras ou une jambe à la fois, os après os, souvenir après souvenir, quand on construit son couple, quand on devient la moitié d'une paire. Je pensais que le processus s'arrêtait là, que c'était l'étape finale. Je n'avais pas réalisé que le schéma se répétait ensuite. Que ce processus n'était pas un fil, mais un cercle : on passe d'une étape à une autre, jusqu'à se retrouver au point de départ, de sorte qu'à la fin on revient à nouveau à la famille.

On fabrique de nouveaux bras, de nouvelles jambes et de nouveaux os et on n'est plus une seule personne parce que, cette fois, on est vraiment constitué de deux êtres. Notre squelette abrite une autre vie, à l'intérieur de la nôtre. Ce lien ne pourra jamais être défait. Ces bras, ces jambes et ces os – cet être nouveau – existeront au-delà de notre corps. Et une partie de nous vivra pour toujours en dehors de nous. Notre cœur est maintenant deux cœurs et l'un d'eux est ailleurs.

Je ne l'avais jamais compris avant.

Mais c'est toi.

C'est toi qui as défait cette amitié, avec tes petites jambes et tes petits bras et ce petit cœur qui bat dans ta poitrine. Tu es à l'origine de cet amour sans bornes, ingrat, déséquilibré.

Je pensais que c'était ma faute, je pensais avoir commis une erreur, mais ce n'est pas ça du tout.

Tu te souviens des deux femmes dont je t'ai parlé au début de cette histoire ? Une grande et lumineuse, une recroquevillée et sombre, toujours à l'aise en compagnie l'une de l'autre. Tu te souviens de leurs branches fortes, de leurs profondes racines enchevêtrées ? J'ai vu cet arbre se flétrir. Mais je peux le ranimer. J'ai perdu mon amoureux et j'ai ensuite fait disparaître le sien. J'ai permis à notre amitié de renaître. Il faut que nous soyons plus fortes que jamais et il n'y a qu'un seul moyen d'y parvenir.

Il faut que je recommence.

Cela peut paraître excessif. Peut-être que je vais trop loin ? Mais si je reste sans réaction, je serai coincée à tout jamais dans cette vie horrible où les gens me quittent volontairement, parce que je ne suis pas une raison de vivre suffisante. Ce n'est pas la vie dont je rêve. Un seul chemin me mènera vers une existence qui mérite d'être vécue. Et je suis désolée, mais tu n'en fais pas partie.

★

— Appelle-moi s'il y a un problème, m'a crié Marnie en bouclant son imper.

Je l'ai encore entendue me lancer en disparaissant dans le couloir :

— Prends bien soin de mon bébé.

— C'est promis, ai-je répondu.

Et j'ai claqué la porte.

Je suppose que c'était mon septième mensonge.

43

J'ai failli avoir mon propre bébé, un jour.

Je me souviens de la nuit où il est mort. C'est possible que ça ait été une fille, mais dans ma tête j'ai toujours pensé que c'était un garçon. Je ne l'ai connu qu'un soir.

Nous étions sortis dîner avec quelques amis. J'avais invité Marnie. Jonathan avait invité Daniel et Ben, qu'il connaissait depuis l'école, Lucy, l'épouse de Ben, et Caro, qui était la seule femme dans leur groupe de cyclisme. La soirée avait été sympa. Nous étions allés à notre resto indien habituel et avions commandé beaucoup trop de plats, une quantité impressionnante de bouteilles de bière et avions terminé la soirée en descendant des shots. Nous nous étions serrés dans les bras pour nous dire au revoir et Marnie m'avait annoncé qu'elle avait de bonnes nouvelles, qu'il fallait qu'on se voie, qu'il y avait un homme dans sa vie, que ça se passait bien. Quand pourrions-nous parler ? Caro et sa copine partaient le lendemain matin pour traverser la France à vélo, elles promettaient de nous envoyer une carte postale. Ben et Lucy dînaient avec leurs parents le week-end suivant et nous savions tous, bien qu'aucun d'entre nous ne l'ait dit, qu'il allait lui demander sa main très bientôt.

C'était une soirée normale : merveilleuse, banale. Ça me manque vraiment, tu sais, de pouvoir constater, dans une pièce ou à table, que je suis entourée de gens qui m'aiment, qui ont besoin de moi, qui m'ont choisie. Me sentir chanceuse, ça me manque terriblement. Je n'ai plus ressenti ça depuis longtemps.

★

Cette nuit-là, rien n'arrêtait l'hémorragie. J'étais assise sur les toilettes dans notre petite salle de bains carrelée et les crampes abdominales étaient violentes, elles m'élançaient de façon implacable. Je serrais ma chemise de nuit autour de ma taille et mes sous-vêtements étirés entre mes chevilles étaient souillés par une tache d'un rouge sombre.

Je me souviens des larmes qui tombaient sur mes genoux et roulaient jusqu'à mes mollets. Comme je ne soupçonnais pas le moins du monde que j'étais enceinte, ce n'était pas vraiment un deuil, mais j'étais paniquée, tremblante, tout mon corps était pris de convulsions. Et d'un coup, j'ai explosé de colère. Je me souviens de ce bruit terrible, de ce rugissement horrible, surgi du fond de mes entrailles, un bruit qui grondait dans mes os et a rempli la pièce froide.

— Jane ?

Je me souviens que Jonathan m'a appelée. Je me souviens de son inquiétude : je l'entends comme s'il était encore là.

— Qu'est-ce qu'il y a, Jane ?

Je l'ai ignoré parce qu'il n'y avait pas de mots pour expliquer ce qui m'arrivait.

— Jane. S'il te plaît. Ouvre la porte.

Je n'ai rien répondu.

— Jane ! a-t-il crié. Déverrouille cette porte ! Tout de suite !

Je ne l'ai pas fait. Quelques secondes plus tard, il a déboulé en trébuchant dans la salle de bains, avec un fracas assourdissant, après avoir forcé la serrure. Il portait un jean bleu foncé, sans ceinture. Son T-shirt gris avait une tache sur l'ourlet – de la peinture jaune, je crois. Sa mâchoire était crispée et ses yeux fixes et concentrés, mais ses lèvres étaient déformées par la panique.

— Ça va aller, a-t-il affirmé en s'agenouillant devant moi. Tout va bien se passer.

Il s'est penché et m'a embrassée sur la tête. C'était un homme bon, le meilleur. Il m'a tendu les mains et a remarqué que les miennes étaient poisseuses de sang. Il a tressailli instinctivement, mais il n'a pas interrompu son geste. Parce qu'il voulait que je sache que, malgré ce qui se passait, il était toujours là pour moi et que notre amour était toujours intact – que notre lien était plus fort que jamais, qu'il ne me laisserait pas tomber.

Il s'est levé et a soulevé ma chemise de nuit jusqu'à mes épaules.

— Je vais te chercher des vêtements propres, d'accord ? Tu veux bien rester là ?

J'ai opiné et il a souri, du plus doux, du plus petit des sourires, qui me murmurait de ne pas paniquer.

Puis je l'ai entendu courir jusqu'à ma commode. Je suppose qu'il ne voulait pas me laisser seule trop longtemps. Il est revenu avec une vieille culotte, autrefois blanche et devenue grisâtre, et une chemise de nuit épaisse en coton.

— Tu as besoin de quelque chose pour… ?

Il a jeté un coup d'œil au sous-vêtement propre qu'il avait en main.

J'ai hoché la tête et pointé du doigt le tiroir sous l'évier.

— Ça ? m'a-t-il demandé en brandissant une serviette hygiénique dans un emballage plastique violet.

J'ai acquiescé.

— Tu veux que je… ?

Ses yeux me suppliaient : *Je t'en prie, tu peux te charger de ça toi-même ?* et cela me fait sourire maintenant de savoir qu'il l'aurait fait si je lui avais demandé. Il s'est détourné et je me suis essuyée entre les jambes, encore et encore, jusqu'à ce que je me sente plus sèche, mais pas plus propre. J'ai changé de culotte et j'ai écarté les jambes pour maintenir le tissu tendu pendant que je fixais la serviette. Jonathan passait un gant de toilette sous le robinet. Il m'a essuyé les mains, l'une après l'autre, a lavé les espaces entre les doigts et le pourtour de la bague qu'il m'avait offerte. Je me suis levée et il a rabaissé la chemise de nuit sur mes épaules.

— Il me faut un pantalon de pyjama.

— En plus ?

J'ai encore hoché la tête.

— D'accord. Mets-toi au lit, je m'en occupe.

Je suis entrée dans la chambre, les jambes encore collantes, la serviette déjà humide. J'ai écarté la couette et je me suis glissée dessous, surprise de voir mes mains si propres, comme si rien ne s'était passé.

Jonathan m'a donné un de ses pyjamas, à carreaux rouges et verts avec une ceinture élastiquée. Il le portait tout le temps : le matin en buvant son café et en lisant le journal, le soir quand nous traînassions sur le canapé à regarder des films. Je l'ai encore.

— Mais il va être…, ai-je commencé.

Il a secoué la tête.

★

Je ne savais pas que j'étais enceinte. J'ai repensé aux week-ends précédents, aux endroits où nous étions allés et aux gens que nous avions vus. Je me suis rendu compte que cela devait remonter à un mois ou deux, mais que j'avais été trop occupée, trop heureuse pour voir le temps passer.

Je ne le savais pas et ça me paraissait difficile à exprimer à ce moment-là, mais j'avais l'impression que cette ignorance niait en quelque sorte mon expérience. J'étais triste, mais je ne pouvais pas justifier cette tristesse, parce qu'on ne peut être triste d'avoir perdu une chose qu'on ignorait posséder.

Et pourtant, c'était une véritable perte. C'était une chose minuscule, mais pas rien non plus. Je voyais la personne que ces quelques cellules auraient pu devenir un jour. Je visualisais un petit garçon ressemblant à Jonathan, sur un minivélo, avec des cheveux blonds et un petit menton pointu. Un gamin qui voulait me donner la main, qui se balançait entre nous, qui grandissait à nos côtés, qui était aimé et le savait à tout instant.

★

Quelques semaines plus tard, Jonathan est revenu de sa dernière course de préparation en vue du marathon. Il était de nouveau à l'aise avec moi ; il ne s'interrompait plus lorsque j'entrais dans la pièce et ne jetait plus de coups d'œil dans ma direction toutes les trois minutes. Nous avons dîné sur le canapé, l'assiette sur nos genoux, et, parce que les conversations compliquées passent souvent plus facilement quand on est côte à côte, je lui ai avoué ce que je désirais. Je lui ai dit que je voulais un petit garçon qui lui ressemble.

Il a souri, il s'est tourné vers moi et il m'a dit qu'il le voulait aussi.

★

Je pense que Marnie aurait aimé ce petit garçon. Je pense qu'elle lui aurait fait plein de cadeaux, qu'elle aurait organisé des excursions avec lui et lui aurait appris à cuisiner. Je crois qu'elle aurait été meilleure pour lui que moi pour toi.

Non.

J'ai la *certitude* qu'elle aurait été meilleure pour lui que je ne le suis pour toi.

Je dois avouer que je sens l'excitation monter en moi.

Car, bientôt, sans toi et sans ce petit garçon qui n'est jamais né, Marnie et moi serons inséparables.

44

Tu es couchée dans ton berceau. Tu es distraite par le mobile suspendu au plafond, par les étoiles de feutre gris et blanc qui dansent au bout des ficelles. Marnie l'a rendue belle, cette chambre, et parfaite pour toi. Le store crème avec de délicats oiseaux imprimés blancs. Les étagères débordant de livres, de jouets et d'images d'animaux aux couleurs vives dans des cadres blancs brillants. Tu es très aimée.

Je vois ta mère en toi, dans tous les détails. Dans tes petites lèvres roses boudeuses, assorties à ta grenouillère tachetée de rose. Dans le bleu vif de tes yeux. Dans l'impatience avec laquelle tu serres et desserres les poings en attendant d'être nourrie une dernière fois avant de t'endormir.

Je ne vois ton père que dans tes longues jambes, tes cuisses fortes. Je me souviens que ses jambes l'avaient propulsé tout au long de sa vie vers le succès. C'était un homme chanceux, tu sais. Il avait tous les privilèges, de l'argent et un charme qui inspirait confiance. Tout le monde voulait le faire rire, sourire, être celui qui provoque quelque chose de positif en lui. C'est un avantage incroyable d'être le genre de personne dont les gens veulent être aimés. J'aurais adoré avoir un peu de charme moi-même.

J'ai du mal à croire que notre temps ensemble est bientôt écoulé.

Je veux que tu saches que je t'ai aimée la première, avant que qui que ce soit ne t'ait vue ou ait commencé à te connaître. Je t'ai vue la première. Je t'ai aimée dans l'espace qui sépare la vie de ce qui la précède, quand tu franchissais la frontière entre le néant et notre réalité. Mais je ne t'ai pas vraiment connue par la suite, je n'ai jamais vraiment eu l'occasion de transformer cet amour initial en une relation plus forte encore. J'en avais pourtant vraiment envie. J'avais prévu qu'on vive ensemble.

Tu es en train de t'endormir. Je suis désolée, je sais qu'il est tard.

Je vais faire vite.

Je n'ai pas peur de ce qui peut arriver. Si ça se passe mal – je sais que c'est possible –, je me retrouverai exactement dans la même position que maintenant. Seule, une fois de plus.

Mais est-ce que quelqu'un pensera même à remettre en question ce qui se sera passé ? Une tragédie de plus dans ma vie ? Je ne crois pas, non.

Comme je te l'ai dit, je suis le genre de personne sur qui le malheur s'abat. Marnie aussi, désormais.

Ce coussin était un cadeau. Je l'avais offert à ma sœur quand elle avait été hospitalisée, à treize ans. C'est moi qui l'avais fabriqué. Ça paraît ridicule aujourd'hui, je sais. Tu m'imagines devant une machine à coudre ? Le gâteau brodé sur le devant était un clin d'œil. Emma trouvait ça drôle, mais nos parents étaient furieux. Ils n'arrivaient pas à croire que je me montre aussi insensible alors qu'elle était malade.

Emma et moi jubilions de les voir furieux. Elle te l'a offert à ta naissance. Ta mère avait déjà ce fauteuil à bascule en bois blanc brillant, et ma sœur trouvait qu'il fallait lui ajouter quelque chose de plus humain, un objet qui ait une signification particulière.

Bon.

Arrête de gigoter. Ça suffit maintenant.

C'est le moment.

LA VÉRITÉ

45

Le coussin est serré dans ma main, je sens son tissu rêche, sa surface matelassée, et je l'abaisse lentement, avec des gestes contrôlés, quand la porte d'entrée s'ouvre avec tant de force qu'elle va heurter le mur, la chaîne tinte, j'entends le cliquetis du pêne qui se referme. La pièce semble en suspension quelques instants, puis j'entends les pas de Marnie dans l'escalier. Il est évident que quelque chose ne va pas parce qu'ils sont rapides, qu'ils martèlent les marches et qu'elle ne tente même pas d'éviter les craquements du bois susceptibles de réveiller le bébé.

Lorsqu'elle apparaît au seuil de la chambre, elle est hors d'elle, ses cheveux sont retombés de son chignon et collés contre ses joues. Son visage est rouge, son regard fou, ses yeux humides, injectés de sang, ses paupières clignent comme des papillons en vol, ses cils sont trempés de larmes. Elle essaie de respirer, de se calmer, mais elle n'y arrive pas et le son qu'elle émet est faible, un gémissement tout au plus.

Elle se précipite vers le berceau et les gouttelettes de pluie de son manteau mouillent mon pull et humidifient mes bras.

— Jane ! hurle-t-elle. Qu'est-ce que tu… Audrey ?

Elle se penche sur le petit lit.

— Ma chérie ?

La ceinture de son imperméable est défaite ; elle pend autour de ses mollets, laissant ruisseler de l'eau sur le tapis. Marnie pose les mains autour de sa fille et quelque chose s'échappe de sa poche, tombe sur le matelas. Je m'approche, et ce que je vois me terrifie.

C'est un téléphone.

À l'écran, on voit cette chambre.

J'apparais en miniature sur l'image. Je me rapproche du berceau, je me cramponne au bord pour garder l'équilibre. La version miniature de moi fait pareil.

— Qu'est-ce que c'est que ça ?

Ma question est inutile : je fouille déjà la pièce du regard à la recherche de la caméra. Et voilà : une petite caméra est perchée sur l'étagère à côté des animaux en peluche et des livres empilés.

Le choc me fait l'effet d'un reflux acide qui monte de l'estomac.

— Je t'ai entendue, Jane. J'ai entendu ce que tu as dit. Quand j'étais à la pharmacie, je me suis connectée. Je voulais voir si Audrey allait bien. J'ai écouté pendant tout le trajet du retour. Et si je n'étais pas allée aussi vite…

Elle ferme les yeux, écrase ses paupières et se mord les lèvres.

— Tu parlais de Charles, du soir de sa mort, et puis…

Un frisson parcourt son corps et, en réponse, Audrey gazouille, bat des jambes, la chair de ses cuisses tremble et des fossettes apparaissent dans sa chair.

— Ce n'est pas ce que tu crois…

Mais il n'y a aucun mot qui puisse finir la phrase, aucun moyen de défaire ce qui s'est déjà joué.

— Non, crache-t-elle. Encore un mensonge ? C'est ça que tu cherches ? J'ai été tellement…

— Marnie, je…

— J'ai tout entendu, Jane, la fin du moins. Que tu avais fini de travailler plus tôt le jour de la mort de Charles. J'étais tellement soulagée que tu sois là, d'entendre ta voix dans cette chambre. Et puis, quoi d'autre, que tu avais une clé. Je ne me suis pas posé la moindre question, j'ai toujours eu une confiance totale, je n'ai jamais douté de toi, pas une fois en, quoi, vingt ans.

— Je peux t'expliquer, je…

— Jane.

Je frémis au son de mon nom, il vient du fond de sa gorge comme un aboiement de chien. Je me rends compte qu'il n'y a aucun moyen de dissimuler la vérité : impossible de mentir cette fois.

— Je voudrais que tu poses ce coussin, m'ordonne-t-elle.

Il est toujours au bout de ma main, qui pend mollement contre ma cuisse. Je le laisse tomber sur le sol.

Marnie sort de la chambre. Il fait si sombre dehors, seuls les réverbères projettent des motifs sur les trottoirs et, sans Marnie et Audrey, l'atmosphère de cette pièce est inquiétante. Je sens monter en moi une immense tristesse qui enfle et ce n'est que le début. Je suis Marnie.

Elle se tient en haut des marches, elle contemple l'escalier, la manche de son manteau tremble presque imperceptiblement, et je sais qu'elle sent aussi cette angoisse inexplicable.

Nous avons manipulé les ficelles et orienté le cours de nos vies, réciproquement. C'est une relation éprouvante à vivre, mais bien plus troublante à perdre. À cet instant, j'entrevois une lueur d'espoir.

Audrey émet un gargouillis – presque un rire – et son petit poing se referme sur une boucle auburn. Elle tire dessus et Marnie se retourne vers moi. Ses joues sont rouges, striées de mascara. Ses yeux sont gonflés et le bord de ses lèvres est pâle.

Je connais son visage dans les moindres détails. Pourtant, il me semble d'un coup presque étranger. Il y a quelque chose de nouveau en elle, quelque chose de plus.

— Va-t'en, finit-elle par m'ordonner. Pars.

APRÈS

Quatre ans plus tard

46

JANE EST ASSISE DANS SA VOITURE, elle a appris à conduire désormais. Elle s'est arrêtée entre la cour de récréation de l'école et la voie ferrée. Elle est réveillée depuis plusieurs heures – quand elle a ouvert les yeux, il était trois, bientôt quatre heures –, mais il est encore tôt. Les premiers rayons du soleil tombent sur son pare-brise, l'astre se lève paresseusement entre les immeubles de bureaux au bout de la rue. Jane incline son siège et prend une couverture sur la banquette arrière pour couvrir ses jambes. Un train passe à toute vitesse en grondant sur les rails ; c'est l'un des tout premiers de la journée, les fenêtres vides défilent.

Jane se souvient qu'à une époque elle se déplaçait en train tout le temps, elle est soulagée de vivre en banlieue désormais, dans une ville à trois arrêts du terminus, sans avoir besoin de se rendre à la grande ville. Elle est propriétaire d'un appartement – sa sœur aurait approuvé – dans une maison de maître réaménagée, divisée en sept logements, décorés en gris pâle et blanc. Elle aime le mélange détonnant de l'ancien et du neuf : la cheminée parfaitement symétrique, les meubles de cuisine blancs aux lignes épurées, les lames de plancher en plastique. Elle espère que des histoires sont tapies dans les murs, que certains secrets sont réduits au silence par de simples couches de plâtre et de peinture fraîche.

Ses propres secrets se font très discrets aujourd'hui. Il y a eu un moment compliqué, juste après que tout s'est effondré, mais elle a gardé son sang-froid. Elle a affirmé à la police qu'elle n'avait rien dit de tout ça : « Une confession ? Certainement pas ! » Elle a regretté que l'application de surveillance pour bébés n'ait pas la possibilité d'enregistrer, qu'elle ne permette aux parents que de voir et d'écouter ce qui se passe en direct. Mais même si cette fonction avait existé, elle lui aurait donné raison.

Jane a toujours été douée pour le mensonge.

Marnie a insisté pendant plusieurs mois, suppliant la police de persévérer, d'ouvrir une enquête officielle, mais il n'y avait pas de preuve matérielle, c'était la parole d'une femme contre celle d'une autre. Les autorités ont tout de même convoqué Jane une deuxième fois – probablement pour satisfaire les plaintes de Marnie, sans plus – et les agents se sont presque excusés de lui poser à nouveau les mêmes questions. À la fin de l'entrevue, ils ont évoqué le deuil, le chagrin d'amour et le fait que l'imagination peut jouer des tours parfois. Et Jane a acquiescé de la tête. Elle n'a pas eu besoin de contorsionner ses traits pour avoir l'air triste, sa peine était sincère.

Même Valérie Sands avait apparemment fini par lâcher l'affaire.

Il y a du thé dans un thermos sur le plancher et elle en boit une gorgée. Il est encore chaud. Elle voit un homme vêtu d'un épais manteau de laine passer au volant de sa voiture, mettre son clignotant et s'arrêter devant l'école. Il baisse sa vitre, tend une petite clé magnétique et le portail de métal s'ouvre. Peu à peu, les rues sont beaucoup plus animées. Des gens partent travailler et se pressent en direction de la gare. Les enseignants garent leur voiture, ramassent des piles de papiers posées sur le siège passager, se précipitent vers la chaleur de leur salle de classe. Ce n'est que le début du trimestre et ces gestes ne sont pas encore automatiques.

Jane est toujours à la recherche de cheveux auburn noués en chignon, avec des reflets roux et dorés et des boucles qui se détachent sur le devant. Elle ne cherche jamais de cheveux noirs coupés court et pourtant elle en voit partout : mais ils ne sont jamais assez sombres et il n'y a aucun tatouage dans la nuque. Jane scrute la foule au fur et à mesure que les enfants arrivent, mais ils sont tous un peu plus âgés, accompagnés de leurs parents, qui se dépêchent de faire leurs adieux. Jane s'enfonce plus bas sur le siège avant, fléchissant les jambes, consciente que les gens passent trop près de sa voiture : enfants en trottinette, parents jonglant avec leurs sacs et leurs bébés.

Elle lève soudain les yeux et la voit. Marnie s'approche de l'école de l'autre côté du portail. Elle porte un pantalon noir ample qui s'arrête aux chevilles, un peu au-dessus de ses baskets blanches étincelantes. Elle tient son manteau bleu fermé à hauteur du col et avance de sa démarche habituelle : déterminée, confiante, sans crainte. Elle parle et Jane se sent soudain envieuse, parce qu'elle connaît trop bien le mouvement de ces lèvres, de ces joues, l'articulation dynamique de cette mâchoire.

Audrey marche à côté de Marnie dans un manteau rouge et des chaussures noires brillantes. Jane a l'impression que les cheveux d'Audrey, auburn comme ceux de sa mère, ont été coupés récemment ; ils encadrent son menton avec netteté. Elle porte une petite sacoche rouge qui se balance au bout de sa main et un chapeau rouge sur la tête.

Jane possède le même. Quelques semaines plus tôt, elle a suivi Marnie et Audrey jusqu'à un magasin de fournitures scolaires dans la rue commerçante. Marnie est sortie en portant des sacs contenant les uniformes réglementaires et Audrey sautillait devant elle avec entrain coiffée ce chapeau. Jane s'est rendue dans la boutique et en a acheté un aussi, en racontant que sa fille avait perdu le sien l'année précédente. Elle avait envie de sentir le tissu – du feutre un peu rugueux – entre ses doigts.

À la porte d'entrée, Marnie se penche et dit quelque chose à sa fille. Elles lèvent les yeux vers la maîtresse, qui sourit, accueille les nouveaux élèves et rassure les parents. Marnie est nerveuse. Jane reconnaît ses lèvres pincées, la façon dont elle tient ses mains sur ses hanches. Elle voudrait être aux côtés de sa meilleure amie, parce qu'elle sait que Marnie a besoin d'elle dans des moments comme celui-ci.

Audrey ne semble pas inquiète du tout. L'enseignante fait des gestes pour inviter Marnie à s'éloigner – pour qu'Audrey puisse entrer. Marnie s'en va à contrecœur. Elle tourne les talons et fait au revoir plusieurs fois avant d'atteindre le coin de la rue et de disparaître.

Audrey semble un peu perdue. Elle regarde autour d'elle.

Jane ne se souvient pas de son premier jour à l'école primaire. Elle est convaincue qu'Audrey ne se souviendra pas de ce jour dans vingt ans non plus. Et, si c'est le cas, il est peu probable qu'elle se souvienne d'avoir vu une femme assise dans une voiture rouge l'observer. Elle ne se souviendra certainement pas que cette femme lui a souri et lui a adressé un petit signe de la main.

Que ce n'est pas la première fois. Et que cela ne sera sûrement pas la dernière.

PARUS DANS

LA BÊTE NOIRE

Tu tueras le Père
(Finaliste du prix Le Point du polar européen 2016)
Sandrone Dazieri

Les Fauves
Ingrid Desjours

Cœur de lapin
Annette Wieners

Serre-moi fort
(Prix Griffe noire du meilleur polar français 2016)
Claire Favan

Maestra
L. S. Hilton

Baad
(Prix du Meilleur Polar des lecteurs de Points 2017)
Cédric Bannel

Les Adeptes
Ingar Johnsrud

L'Affaire Léon Sadorski
(Prix Libr'à Nous 2017, catégorie polar)
Romain Slocombe

Une forêt obscure
Fabio M. Mitchelli

La Prunelle de ses yeux
Ingrid Desjours

Chacun sa vérité
(Grand Prix de littérature policière 2017,
domaine étranger
Prix Nouvelles voix du polar 2018,
roman étranger)
Sara Lövestam

Brutale
Jacques-Olivier Bosco

Les Filles des autres
Amy Gentry

Dompteur d'anges
Claire Favan

Ragdoll
(Prix Griffe noire du polar de l'année 2017)
Daniel Cole

Kaboul Express
Cédric Bannel

Domina
L. S. Hilton

Tu tueras l'ange
Sandrone Dazieri

Les Survivants
Ingar Johnsrud

L'Étoile jaune de l'inspecteur Sadorski
Romain Slocombe

Le Zoo
(Prix Transfuge du meilleur polar étranger 2017)
Gin Phillips

Le Tueur au miroir
Fabio M. Mitchelli

Sous son toit
Nicole Neubauer

La Griffe du diable
Lara Dearman

Ça ne coûte rien de demander
Sara Lövestam

Toute la vérité
Karen Cleveland

Coupable
Jacques-Olivier Bosco

Là où rien ne meurt
Franck Calderon, Hervé de Moras

L'Appât
Ragdoll, tome 2
(Prix Bête noire des libraires 2018)
Daniel Cole

Rendez-vous avec le crime
Les Détectives du Yorkshire, tome 1
Julia Chapman

Ultima
L. S. Hilton

L'Échange
Rebecca Fleet

Rendez-vous avec le mal
Les Détectives du Yorkshire, tome 2
Julia Chapman

Sadorski et l'ange du péché
Romain Slocombe

Sur le toit de l'enfer
(Prix Bête noire des libraires 2019)
Ilaria Tuti

Inexorable
Claire Favan

L'Île au ciel noir
Lara Dearman

Rendez-vous avec le mystère
Les Détectives du Yorkshire, tome 3
Julia Chapman

L'Empathie
Antoine Renand

Blood Orange
Harriet Tyce

Libre comme l'air
Sara Lövestam

De si bonnes amies
Amy Gentry

Rendez-vous avec le poison
Les Détectives du Yorkshire, tome 4
Julia Chapman

Le Bûcher de Moorea
Patrice Guirao

Tu tueras le Roi
Sandrone Dazieri

Son Espionne royale mène l'enquête
Son Espionne royale, tome 1
Rhys Bowen

Son Espionne royale et le mystère bavarois
Son Espionne royale, tome 2
Rhys Bowen

Coups de vieux
Dominique Forma

Pour seul refuge
(Grand Prix des Enquêteurs 2019)
Vincent Ortis

Les Loups
Ragdoll, tome 3
Daniel Cole

La Nymphe endormie
Ilaria Tuti

Rendez-vous avec le danger
Les Détectives du Yorkshire, tome 5
Julia Chapman

Tel père, telle fille
Fabrice Rose

Son Espionne royale et la partie de chasse
Son Espionne royale, tome 3
Rhys Bowen

Fermer les yeux
Antoine Renand

La Seconde Épouse
Rebecca Fleet

À PARAÎTRE DANS

LA BÊTE NOIRE

Son Espionne royale et la fiancée de Transylvanie
Son Espionne royale, tome 4
Rhys Bowen
(juin 2020)

Son Espionne royale et le collier de la reine
Son Espionne royale, tome 5
Rhys Bowen
(juin 2020)

Là où se trouve le cœur
Sara Lövestam
(juin 2020)

Retrouvez

LA BÊTE NOIRE

sur Facebook, Twitter et Instagram

Cet ouvrage a été composé et mis en pages
par ÉTIANNE COMPOSITION
à Montrouge.

MIXTE
Papier issu de sources responsables
FSC® C003309

L'Éditeur de cet ouvrage s'engage
pour la préservation de l'environnement
et utilise du papier issu de forêts gérées de manière responsable.

Cet ouvrage a été achevé d'imprimer en mai 2020
sur les presses de Normandie Roto Impression s.a.s.
61250 Lonrai (Orne)
N° d'édition : 60349/01 - N° d'impression : 2001470

Imprimé en France